Vladi Nowakowski & Rich Schwab
Folker hört die Signale

Vladi Nowakowski & Rich Schwab

Folker hört die Signale

Der erste Folker Schmittem-Roman

Dittrich

© Dittrich Verlag ist ein Imprint
der Velbrück GmbH Verlage, Weilerswist-Metternich 2023
www.dittrich-verlag.de
Printed in Germany
ISBN 978-3-910732-01-8

Satz: Gaja Busch, Berlin
Coverlayout, Helmi Schwarz-Seibt, Leverkusen, unter Verwendung einer Fotografie aus dem © adobe stock, jc labarre/EyeEm

Bibliografische Information der Deutschen Nationalbibliothek:
Die Deutsche Nationalbibliothek verzeichnet diese Publikation in der Deutschen Nationalbibliografie; detaillierte bibliografische Daten sind im Internet über http://dnb.d-nb.de abrufbar.

Schreiben ist einfach.
Man muss nur die falschen Wörter weglassen.

Mark Twain

Wir sind die Brüder
der romantischen Verlierer.

Uli Hundt

Dat Wasser vun Kölle es joot.

Bläck Fööss

1
Mittwoch, 13. März 2019

Die Kraadeberjer

»Wenn ich Beweis mit Eszett tippe, ist das hier aber rot unterstrichen!«
Von Jaworskis Stirn fiel ein Schweißtropfen auf die Tastatur des Laptops. »Ist dann wohl falsch.« Für Jürgen Jaworski war der Spruch ›die Gedanken sind frei‹ negativ behaftet: Seine Gedanken waren so dermaßen frei, dass es sich meist nicht lohnte, sie zu verfolgen.

»Dann ist in deinem Gerät wohl die neue rotgrünversiffte Rechtschreibung installiert«, dröhnte Heiner Hoffmann und schlug mit der flachen Hand auf den hellbraun gekachelten Wohnzimmertisch. Jaworskis wochenlang mühsam gebasteltes Modell einer Ju 52 hob kurz ab und verlor bei der Landung ein winziges graues Plastikrad. Er reagierte mit einem ergebenen Lächeln, sagte aber kein Wort. »›Ich weiß‹ wird mit Eszett geschrieben, weiß ich genau. ›Beweiß‹ dann ja wohl auch, du Arsch!«. Hoffmann kratzte sich unter seinem olivgrünen T-Shirt den Bauch, lehnte sich auf dem Sofa zurück und nahm einen Schluck aus seiner Bierpulle.

»Wir nehmen auf jeden Fall die jute alte Reschtschreibung«, pflichtete Willi Kopp, genannt ›Koppnuss‹, ihm eilig bei. »Die ordentlische. Denn dafür stehn wir ja ein. Für Rescht un' Ordnung.« Er hämmerte sich mit der rechten Faust auf die linke Brust und stieß einen mächtigen Rülpser aus.

Karl-Heinz Küppers kämpfte sich aus seinem Sessel hoch und nahm Haltung an. »Kameraden! Wir sind im Widerstand! Was soll dieser faule Zauber um falsche oder richtige Buchstaben?«

»Genau«, schrie Hoffmann.

»Rischtisch so, mit uns nisch!«, brüllte Kopp und ließ den nächsten Kronkorken ploppen.

»Siiieg …«, röhrte Küppers. Weiter kam er nicht, denn in diesem Augenblick hörten sie ein zaghaftes Klopfen an der Wohnungstür.

»Herr Jaworski«, quengelte die Stimme einer alten Frau hinter der Tür. »Es ist schon nach elf. Können Sie und ihre Freunde nicht endlich mal Ruhe geben?« Kurze Pause. »Sonst muss ich wirklich die Polizei rufen.«

Die Widerstandskämpfer erstarrten mitten in der Bewegung: Küppers mit seinem hochgestreckten rechten Arm, Kopp mit der Bierflasche an den Lippen, Hoffmann, der von der Couch hochgesprungen war, in seltsam gebückter Haltung mit offenem Mund, als zwinge ihn ein Anfall von Diarrhöe auf eine imaginäre Kloschüssel. Eine im Improvisationstheater als »Freeze« bekannte Technik. Obwohl die vier Nazis in Jaworskis Wohnzimmer soeben eine perfekte Performance dieser Kunst darboten, ging ihnen das völlig am Arsch vorbei. Der ging nämlich gerade auf Grundeis.

»Scheiße!«, flüsterte Jaworski und wischte sich Schweiß von der Stirn. »Meine Vermieterin. Ich hab doch gesagt, wir sollen uns nicht bei mir treffen.«

»Aber *du* hast doch den Computer«, zischte Küppers, fuhr in Zeitlupe den rechten Arm wieder ein und ließ seinen massigen Körper vorsichtig in den Sessel zurücksinken. Seine Lippen formten ein lautloses »Wichser« in Jaworskis Richtung.

»Das ist ein Laptop, das Ding kann man überallhin mit…«, versuchte Jaworski weinerlich einzuwenden, wurde aber von heißem Atem an seinem Ohr gestoppt.

»Jetzhömazu, du Lappen.« Hoffmann hatte die seltene Gabe, selbst sein Flüstern wie Kasernenhofgebrüll klingen zu lassen. »Wir schreiben gerade einen beschissenen Drohbrief an die Stadt. Und da geht's um ziemlich viel Schotter, erinnerst du dich? Und wir sind noch nicht fertig. Das Ding ziehen wir jetzt durch. Und wenn deine verfickte Vermieterin nochmal aufkreuzt, mach ich die alte Fotze kalt!«

Jaworski schluckte trocken. Er kannte Hoffmann seit der Grundschulzeit. Der war unberechenbar. Schon damals hatten alle Angst vor ihm, selbst die Lehrer gingen ihm möglichst aus dem Weg. Noch bevor dem kleinen Heiner das erste Schamhaar spross, hatte er ein Terror-Regime wie aus dem Lehrbuch erschaffen: Dieter, einer der Klassenbesten, schrieb für ihn die Hausaufgaben, Jaworski hatte seinen Schulranzen zu tragen und jederzeit kleine Gefälligkeiten zu erledigen, zwei oder drei Jungs aus ihrer Klasse mussten in den umliegenden Läden seinen Bedarf an Zigaretten, Kaugummis, Alkohol und den *St. Pauli-Nachrichten* stehlen. Wenn nicht, gab es Senge. Und anschließend zuhause für blaue Flecken, blutig geschlagene Lippen, zerrissene Kleidung und kaputte und bepinkelte Schulbücher oft noch einen Nachschlag. Niemand beschwerte sich, niemand hielt ihn auf. Es schien damals so, als warteten alle Erwachsenen darauf, dass sich das Problem Heiner Hoffmann von selbst erledigte.

Auf gewisse Art sorgte er in den folgenden Jahren immer wieder mal für ein kurzzeitiges Aufatmen im Viertel. Mit zwölf steckte ihn das Jugendamt in ein Erziehungsheim, weil er in einen Kiosk eingebrochen war. Kaum zurück in freier Wildbahn, verschwand er mit fünfzehn für zwei Jahre hinter den Mauern einer Einrichtung für schwer erziehbare Jugendliche. Damals war er auf den Trichter gekommen, so lange an Geldautomaten herumzulungern, bis jemand etwas abhob – und es ihm dann einfach abzunehmen. Leicht verdientes Geld: Meistens reichte es, wenn er nur fest genug zuschlug. Eines Abends musste er mehrmals zuschlagen, weil die Oma ihre Scheine partout nicht loslassen wollte. Als sie nach einer Woche Koma wieder zu sich kam, nannte sie der Kripo seinen Namen – sie wohnte nur ein paar Häuser weiter und kannte den jungen Mann. Es kam, wie es kommen musste. Hoffmann fuhr mal für zwei Jahre ein, dann mal für vier, verfolgte seine Karriere als Kleinkrimineller aber weiter, als gäbe es für ihn schlicht keine Alternative.

Und jedes Mal, wenn er wieder herauskam, kehrte er wie ein treuer Hund an den Ort seiner verpfuschten Jugend zurück. Jedes Mal kam er brutaler, verrückter, muskelbepackter und bösartiger heim ins Viertel. Und sein erster Weg führte ihn über all die Jahre immer zu Jaworski.

»Das nennt man wahre Freundschaft!«, grölte er, wenn Jaworski dann wie ein begossener Pudel in der offenen Tür seiner Wohnung stand. »Uns zwei können so ein paar Jahre im Drecks-Knast doch nix anhaben, wat, Jürjen? Komm, wir müssen sprechen!«

Und so bezog Jaworski seine Couch mit einem Bettlaken, räumte im Badezimmer eine Ecke für den neuerdings glatzköpfigen Hoffmann frei, kaufte Bier und Lebensmittel für sie beide und ergab sich demütig der Situation. Zumeist dauerte es ja nur zwei, drei Wochen, bis das Sozialamt Hoffmann eine eigene Wohnung stellte. Nach all den Jahren hatte sich da eine gewisse Routine eingespielt.

»Hallooooo! Jemand zu Hause?«, schrie Hoffmann jetzt mit seiner Flüsterstimme und zog Jaworski ein zusammengerolltes Fernsehmagazin über den Schädel. »Wo sind wir stehen geblieben?«

Jaworski schreckte aus seinen Gedanken auf, hielt den Zeigefinger an die Lippen und drehte den Laptop in Hoffmanns Richtung – und kassierte einen weiteren Schlag mit der harten Rolle mitten ins Gesicht. »Willste mich verarschen? Du weißt doch, dass ich nich ... Lies vor!« Der kahlrasierte Schädel wechselte seine Farbe von tiefrot zu dunkelviolett. Jaworskis Beine begannen unkontrollierbar zu zittern. *Der muss runterkommen, sonst knallt er wieder durch!*

»Sonst könnt ihr selber nachgucken, wo dat Wasser von Kölle nich mehr so joot ist und viel Spass dabei«, las Jaworski leise vor.

»Das war der letzte Satz.«

»Schreib dazu, dass der beschissene Klüngelkoppverein uns nisch erzählen soll, die hätten kein Jeld«, zischte Koppnuss. Hoffmann nickte, und Jaworski tippte den Satz ein.

»Letzter Satz und Finito«, Hoffmann räusperte sich. »Um unserer Forderung etwas Nachdruck zu ... eh ...«

»Verleihen?«, schlug Jaworski vor.

»Ja, verleihen is' gut. Eh ..., zu verleihen, legen wir ein verschweißtes Plastiktütchen bei. *Wir* würden das nicht öffnen.« Diesmal nickte Jaworski, und seine Finger klackerten über die Tastatur.

Im Wohnzimmer herrschte einen Augenblick lang völlige Stille. Dann fragte Küppers: »Wat is denn in dem Tütschen?«

»Gift. Rizin. Habe ich besorgt.« Hoffmann blickte einen nach dem anderen an. »Muss sein.«

»Du willst die Leute vergiften? Hier in der Stadt? Ich dachte, wir tun nur so …?« Küppers starrte ihn ungläubig an.

»Quatsch: Verjiften …! Von Rizinus krischt man doch bloß Durschfall«, lallte Koppnuss und griff nach der Flasche Jägermeister auf dem Tisch. »Aber wat sein muss, muss sein. Dat is ja schließlisch kein Spielschen hier.«

»Egal«, sagte Hoffmann. »Wenn die Idioten die elf Millionen zahlen, passiert ja niemandem was. Wenn nicht, vergiften wir das Wasser in den Stadtteilen, wo die meisten Kanacken wohnen. Ich hab genug von dem Zeugs.«

Jaworski speicherte die Datei ab und wollte gerade den Laptop zuklappen, als Hoffmann ihm schon wieder die Fernsehzeitung auf den Kopf schlug.

»Wat is' mit ausdrucken, du Dödel?«

Jaworski duckte sich. »Ich dachte …«

»Wat?«

»Als E-Mail …?« Und noch ein klatschender Schlag auf den Hinterkopf.

»Das nächste Mal nehm ich ein Stuhlbein, du hirnverbrannter Idiot! Als E-Mail! Du bist ja noch dämlicher als Koppnuss!«

»He …!«, protestierte Kopp.

»Schnauze! 'Ne E-Mail, vielleicht noch mit deinem eigenen Absender, du Vollhorst? Warum geht ihr nicht gleich hin und übergebt das persönlich, mit einem schon für den Knast gepackten Köfferchen unterm Arm?« Hoffmann ließ sich wieder auf die Couch fallen und griff nach seinem Bier. »Mann, Mann, Mann …!«

»Worski hat doch gar keine Mailadresse«, meldete Koppnuss sich zu Wort. »Der Computer gehört doch seiner Schwester.«

Hoffmann starrte ihn bloß an, an seiner violetten Schläfe pochte sichtbar eine dicke blaue Ader.

»Ich mein ja nur«, brummte Kopp und fing an, das Etikett von seiner Bierflasche zu knibbeln.

»Ja, ja«, stöhnte Hoffmann und sah Jaworski an. »Ausdrucken, du Idiot!«

»Aber …« Der schaute im Zimmer umher, als sei ihm das

gerade erst aufgefallen.»Wir haben gar keinen Drucker. Wenn Rosi was ausdrucken muss, geht sie immer runter zu Meike im Erdgeschoss. Oder in'n Copyshop ...«

In diesem Moment schoss der bierbäuchige Küppers mit einer Geschwindigkeit, die ihm niemand zugetraut hatte, aus seinem Sessel und riss den Rechner an sich. Die Steckdose neben der Couch gab mit einem *Plopp!* das Kabel des Netzteils frei, das sich graziös um den Ständer der Stehlampe wickelte. Küppers stürmte, den Laptop unterm Arm wie ein Football-*Halfback*, in Richtung Wohnungstür. Die mit dem Kabel verhedderte massive Lampe, ein Erbstück von Jaworskis Onkel Willi, vollführte drei perfekte Pirouetten, der mit Glasperlenschnüren gesäumte Schirm kam in Schwung wie der Rock einer Eiskunstläuferin, die Lampe hüpfte kurz hoch, verneigte sich zum Abschluss der Kür und krachte auf die Tischkacheln. Die Glühbirnen klirrten, flackerten zum Abschied noch einmal auf, und plötzlich war es finster.

Die Sicherung!, dachte Jaworski.

»Das ist doch Mord«, schrie Küppers aus dem Dunkel. Irgendetwas krachte, und er fluchte. Offenbar fand er die Tür nicht.»Das schicken wir nicht ab! Damit will ich nix zu tun haben!«

Jaworski hörte, wie eine Bierflasche an der Wand zerschellte und Küppers im Flur hämisch auflachte:»Daneben!«

»Komm zurück, oder ich mach dich platt«, donnerte Hoffmann in die Finsternis.

»Kameraden, wir müssen doch ruhisch sein«, jammerte Koppnuss.»Sonst kommt die Schmier tatsäschlisch noch.« Der Boden erzitterte, als der schwere Sessel, in dem Küppers vor Sekunden noch gesessen hatte, mit einem dumpfen Knall umfiel.

»Scheißdreck«, fluchte Hoffmann.

»Hol mich doch, du Wichser«, kreischte Küppers im Flur. Jaworski hörte, dass der Dicke an der Tür rüttelte. *Pech für dich, die Tür ist abgeschlossen, und das Schlüsselbrett musst du im Dunkeln erst mal finden.* Es klirrte leise, als Hoffmann eine weitere Bierpulle aus dem Kasten zog. Die Flasche zischte durch den Raum und fand mit einem hellen, fröhlichen Glockenton ihr Ziel.

Das hörte sich ganz und gar nicht nach einer Wand an. Die daraufhin einsetzende Stille dauerte nur wenige Sekunden.

»Herr Jaworski!«, drang die quäkende Stimme der Vermieterin durch die Wohnungstür. »Das ist jetzt aber wirklich die letzte Warnung! Es geht mich ja nichts an, was Sie da drinnen machen. Aber wenn hier nicht augenblicklich Ruhe ist, dann wird das für Sie Konsequenzen haben. Hören sie mich, Herr Jaworski?«

»Ja, Frau Jäger«, stammelte er. »Wir hatten einen Stromausfall ... Der Sessel ist umgefallen. Alles wieder gut ...«

»Du alte Drecksau«, stöhnte Küppers, der offenbar wieder zu sich kam und sich an der Klinke der Wohnungstür hochzog. Selbstverständlich galt die Beschimpfung Hoffmann, der ihn mit der Flasche am Kopf erwischt hatte, doch damit läutete Küppers endgültig das bittere Finale des Abends ein, an dem Jaworskis Mietvertrag endete.

»Das habe ich gehört, Herr Jaworski!«, kreischte die alte Frau. »Und das lasse ich mir nicht bieten!«

Ihren Worten folgte ein minutenlanges Scheppern aus der Küche. Koppnuss war im Dunkeln mit voller Wucht in die mit Gläsern und Geschirr gefüllte Vitrine gelaufen. Er schaffte es zwar noch, den kippenden Schrank an einer der Türen zu packen und festzuhalten. Doch das hatte lediglich zur Folge, dass der Inhalt einzeln und nacheinander auf den Küchenfliesen zerschellte. Der reinste Polterabend. Als die Vitrine vollends leer war und Küppers die Sinnlosigkeit seines Tuns bewusst wurde, beendete er die Kakophonie gekonnt mit einem Paukenschlag, indem er das Möbelstück kurzerhand fallen ließ. *Rumms!*

Jaworski schlug die Hände vors Gesicht. Im Hausflur klapperten Frau Jägers Hausschuhe erstaunlich schnell die Treppe hinauf. Wohl unterwegs zu ihrem alten schwarzen Telefon im dritten Stock.

»Wie lange braucht die Schlampe nach oben?«, fragte Hoffmann.

»Bei dem Tempo höchstens zwei Minuten«, seufzte Jaworski.

»Du machst jetzt die Sicherung wieder rein. Dann nix wie weg.«

Als das Licht brannte, versetzte Hoffmann Küppers eine kräftige Schelle und nahm ihm den Laptop weg, den der Dicke, auf dessen Stirn eine monströse violette Beule wuchs, immer noch umklammerte. »Du kommst jetzt mit!«, herrschte Hoffmann den Benommenen an. »Koppnuss, komm her, wir müssen das Sackgesicht stützen!«

Jaworski fand den Schlüssel, öffnete die Tür und ließ seine Kumpane hinaus. Dann ging er zurück, steckte Handy und Portemonnaie in die Jackentaschen, schloss die Tür ab und folgte den dreien in die Nacht. Einige Straßenzüge entfernt jaulte ein Martinshorn auf.

»Mit denen will ich heute nicht diskutieren«, murmelte Jürgen Jaworski. »Nicht heute Nacht.«

2
Montag, 18. März

HEHLAU

An die Statt Köln!
Wir die Unterschreiber dieses Briefs protestieren gegen die GEZ-Diktatur und wollen die totahle Zerschlagung des Rotfunk! Wir sehen uns das nicht mehr tatenlos mit an das immer mehr sogenante Flüchtlinge den alt eingesessenen Kölner ihre Wohnung wegnehmen! Die erkennen doch ihre eigenen Viertel nicht mehr wieder!
Wir wollen 11 Millionen, elf denn wir sind kölner. sonst vergiften wir am 20. April das Trinkwasser in einem Kölner Wasserwerk. Die Mittel dazu haben wir, wir meinen das völlig ernst. Zum Beweiß werden wir ihnen am 20. April um Mitternacht das Wasser werk nennen, wo das Trinkwasser vergiftet ist. Wenn das Geld danach nicht gezahlt wird (Einzelheiten Wann und Wo geben wir noch durch), wird es keine weitere Warnung geben. Wenn ihr keine Toten wollt, dann schaltet eine Anzeige im Kölner Express in der steht: Dat Wasser vun Kölle is jut, dä Sultan hät doosch. Sonst könnt ihr selber nachgucken, wo dat Wasser von Kölle nicht mehr so joot ist und viel Spass dabei!
Und erzält uns nicht, ihr habt kein Geld, ihr Klüngelköppverein!
Um unserer Forderung ein wenig Nachdruck zu verleihen, haben wir ein verschweistes Plastiktütchen mit einer kleinen Überraschung für euch in den Umschlag gelegt. Kleiner Tipp: WIR würden das nich öffnen.
Wir hören vonenander!
gez.: KahaKa - Kölsche helfe Kölsche,

13. März 2019
Der Brief steckte in einer Klarsichthülle, obwohl es sich nur um eine Kopie handelte. Hilde Hehlau grunzte verächtlich und gab ihn ihrem Gatten zurück.
»Und das nehmt ihr ernst?«
»Müssen wir«, brummte Herbert Hehlau, Abteilungsleiter im

Amt für Verfassungsschutz, in Köln zuständig für Terrorabwehr und organisiertes Verbrechen. Er seufzte. »Leider.«

Hilde gähnte. »Liest sich wie ein Dummerjungenstreich.« »Was auch gewollt sein kann.«

Sie schnaubte wieder. »Ach ja, der superintelligente linksradikale Terrorist baut ein paar Rechtschreibfehler und Führers Geburtstagsdatum in seinen Erpresserbrief ein, um den Verdacht auf dumme Neonazis zu lenken, wie?«

»Zum Beispiel. Mach dich nicht immer lustig über meine Arbeit.«

»Das würde ich doch nie tun«, schnurrte sie, langte auf seine Bettseite und tätschelte seine Schulter. Dann streckte sie die Arme weit über ihren Kopf und räkelte sich. Ihre Bettdecke rutschte nach unten und bot Hehlau einen appetitlichen Einblick in das Dekolletee ihres sandfarbenen Satinnachthemds. Aber bevor er einer spontanen Aufwallung nachgeben und ihren braun gebrannten, immer noch attraktiven Busen berühren konnte, drehte sie sich auf die andere Seite.

»Ist ja auch egal«, sagte sie, »wann trinken wir schon mal Wasser ...«, und griff nach dem Glas auf ihrem Nachtschränkchen. Ihr dritter Schlummertrunk, registrierte Hehlau und starrte missbilligend auf ihren halbnackten Rücken, während sie ihren Wodka mit Apfelsaft schlürfte.

»Ja, prost ...«, brummte er und nahm seinerseits das Glas mit Tomatensaft von seinem Nachttisch. Keine fünf Minuten, und sie würde anfangen zu schnarchen.

»Ich würde aber an deiner Stelle mal darüber nachdenken, warum sie ausgerechnet *dir* dieses Machwerkchen geschickt haben«, murmelte sie über ihre Schulter hinweg. »Und dann noch an unsere Privatadresse.« Sie leerte ihr Glas, stellte es ab, knipste ihr Leselicht aus, legte ihre Schlafmaske an und zog sich die Decke bis über die Nase.

Hehlau saß erstarrt da, den Tomatensaft vor seinen Lippen, stierte auf den Brief in seiner anderen Hand und fluchte in sich hinein. Das hatte er sich allerdings selbst noch nicht gefragt.

Folker

»Ist neben dir noch ein Plätzchen frei?«
Folker, der auf einem alten Pappkarton in der viel zu warmen Märzsonne lag, hielt eine Hand schützend vor die Augen. »Klar, das ist ja mein Park. Der Folksgarten«, gab er in Richtung der schwarzen Silhouette zurück, die sich über ihn beugte.
»Na dann ... Ich bin Me'Shell.«
Er stützte sich auf den rechten Ellbogen auf und sah zu, wie sie eine Decke aus ihrem Rucksack zog, sie ausbreitete und mit einer fließenden Bewegung die Schuhe von ihren Füßen gleiten ließ. Signalrot lackierte Zehennägel. *Michelle, ma belle ...*, summte er. *Jetzt bloß keinen Fehler machen ...!*
Zu spät: »Nee, nee«, sagte sie und buchstabierte ihm ihren Namen. »Ich bin nämlich ein großer Fan von Frau Ndegeocello«, erklärte sie. Beschämt stellte er fest, dass er nicht einmal wusste, ob die Dame Musikerin, Sportlerin oder eine dieser Influencerinnen war. Traute sich aber nicht, nachzufragen und ließ sich nichts anmerken.
»Aha«, tat er wissend. »Ich bin Volker, aber alle nennen mich Folker, weil ich Musiker bin und ich ...« Weiter kam er nicht.
»Kiffen?«, fragte sie und zauberte einen beeindruckenden vorgefertigten Joint aus dem Rucksack. Mindestens drei der gelben XL-Blättchen aus Maispapier. Sie blickte sich um und band ihre langen, rabenschwarzen Haare zu einem widerspenstigen Zopf. Es war schön anzusehen, wie sich dabei nicht nur ihre sehnigen Arme hoben. Und es gab allerhand zu sehen – sie trug ein dünnes schwarzes Schlabber-T-Shirt mit einem verwaschenen, ehemals bunten Aufdruck, der von der Seite nicht zu entziffern war. Aber da kramte sie auch schon ein Feuerzeug aus der Tasche ihrer engen Jeans, zündete in aller Ruhe den Joint an, nahm zwei tiefe Züge, wandte sich dann Folker zu und bot ihm den Spliff an. Auf dem Shirt warb Bob Marley mit wild schwingenden Rastazöpfen für seinen Auftritt in London – am 18. Juli 1975 ...
»So alt siehst du gar nicht aus«, sagte Folker, nahm den Joint und zwei kräftige Züge. Ob ihr herzliches Lachen diesem Spruch

galt oder seinem keuchenden Hustenanfall, war nicht zu erkennen.
Er brauchte drei Minuten, um sich einigermaßen zu erholen.
»Amateur?«, fragte sie mit einem mitleidigen Grinsen.
»Bin eher der Biertrinker.« *Und würde dir jetzt am liebsten sagen, was für tolle grüne Augen du hast.*
»Ach? Na ja, so'n frisches Gutgekühltes wäre ja bei dem Wetter auch nicht schlecht, wie?«
»Ehrlich gesagt, hatte ich den Gedanken auch schon.« Folker schickte den Worten einen letzten Huster hinterher und nickte in Richtung seines Gitarrenkoffers. »Allerdings müsste ich vorher ein bisschen Geld mit Straßenmusik verdienen. Ich bin willig, aber pleite.« Zum Beweis krempelte er das Innere seiner Hosentaschen hervor. Auf den Rasen kullerten ein noch verpacktes Kondom und eine kleine, schwarze Trillerpfeife, die er am Morgen auf der Straße gefunden hatte.
»Lustige Kombi«, gluckste Me'Shell.
»Ja, ich mag's beim Sex gern laut«, antwortete er und beglückwünschte sich innerlich zu seiner Schlagfertigkeit. Ihr heiseres Lachen versetzte zwei fette Tauben in Panik, die mit klatschenden Flügelschlägen mühsam abhoben und in die Flugbahn eines Frisbees gerieten, und Folker in Siegesstimmung.
Ihre Hand landete wie zufällig auf seiner Schulter.
»Na, komm mit. Ich geb einen aus.«
In der Stadt öffneten an diesem überraschend heißen Märztag scharenweise die Biergärten. Zufrieden lächelnde Wirte schleppten aus dunklen Kneipen Tische und Stühle ans Tageslicht. Kein Zentimeter Bürgersteig wurde verschont, überall saßen Menschen, die das plötzliche Ende des Winters begossen und ihre Gläser auf den Frühling erhoben. »Endlich Sonne, wurde auch Zeit. Ich dachte schon, das wird nix mehr. War das ein langer Winter.« Die ewig gleichen Sprüche, die die Leute halt so brabbelten, wenn die Kälte die Stadt der Hitze überließ. Das Frühjahrs-Mantra.
Mitten in dem Gewühl, zwischen lässig Sonnenbebrillten, die ihre tätowierte Haut zu Markte trugen, Mädels, die mit lustigen Schirmchen drapierte Longdrinks schlürften, Dönergeruch und

Schlangen von Kindern vor den Eislokalen, kamen sich Me'Shell und Folker näher. Sehr viel näher. Die Blicke wurden inniger, die Berührungen länger, diese knisternden Momente, die sich gewöhnlich in einem Kuss entladen, häufiger.

Wer sie waren und wohin sie noch wollten, erzählten sie sich im Schnelldurchgang auf der Fensterbank der *Sansibar*, während die Kellnerin Svenja gelegentlich für Biernachschub sorgte.

»Mutter Sizilianerin, Vater Fischkopp«, lachte Me'Shell. »Er eine waschechte Kieler Sprotte, trocken bis dröge, kein Wort zuviel, aber schwer zuverlässig, sie ein Temperamentbündel. Kannste dir ja vorstellen, dass meine Eltern es nicht allzu lange miteinander ausgehalten haben. Aber mein Erzeuger hat mir finanziell immer aus der Klemme geholfen, wenn es darauf ankam.« Dann: Jahre in Hamburg bei der Schwester des schweigsamen Fischkopps. Mutter hatte längst einen feurigen Sizilianer geheiratet und zwei weitere Kinder zur Welt gebracht und machte keine Anstalten, auch noch die Tochter aus der ersten Ehe mit durchzufüttern. Abi, ein paar Semester Sozialwissenschaften, Jobs, meistens in Kneipen, ein Jahr in Griechenland, und jetzt seit einer Woche in Köln.

»Ich bin erst mal bei 'ner Freundin untergekommen«, schloss Me'Shell. »Mein Dreißigster ist schon 'n paar Tage her, ich glaub', ich sollte langsam mal mein Studium abschließen. Köln gefällt mir. Gibt es hier noch mehr so nette Leute?«, fragte sie mit einem bezaubernden Lächeln, das nichts anderes als »wie dich« bedeuten konnte. Folker beschloss augenblicklich, keinen seiner Freunde auch nur in ihre Nähe zu lassen. Nett waren sie ja alle, aber alle wollten sie nur das Eine.

Wie ich, aber das hier ist ja wohl was völlig anderes. Diese Frau ist eine Ausnahme. Scheiße, bin ich etwa verliebt?

Jetzt war er an der Reihe: »Hier geboren, Vater unbekannt, Mutter lebt mit einem neuen Lover in Karlsruhe. Abgebrochenes Musikstudium, dann gemeinsam mit einem Didgeridoo-Spieler aus Luxemburg Straßenmusik in Australien. War aber ziemlich eintönig«, seufzte Folker bei der Erinnerung an Down Under. »Ich wache manchmal heute noch wimmernd auf und habe *Blowing in the Wind* im Ohr, untermalt von einem dumpfen Dauerdröhnen. Aber ich schlage mich immer noch mit meiner Lilli hier durchs Leben.« Er klopfte auf den Gitarrenkoffer, ignorierte Me'Shells spöttisches Grinsen und erzählte ihr von seinem Projekt, dem deutschen Schlager der 1920er und 1930er Jahre neues Leben einzuhauchen. »Da gibt's unvorstellbar gutes Song-Material in rauen Mengen. Zeitlose Perlen! Gar kein Vergleich mit dem, was dann nach dem Krieg hier als Schlager verbrochen wurde. Klar, kein Wunder – all die jüdischen Komponisten und Texter mit dem intelligenten Witz und dem Gespür für Melodie und Rhythmus waren ja entweder im Exil oder im KZ gelandet. Nimm bloß mal einen Song wie *Die Männer sind alle Verbrecher* ...«

»Hä? Kenn ich nich«, unterbrach ihn Me'Shell mit gerunzelter Stirn.

Das ließ er sich nicht zweimal sagen und sang sofort los: »*Die Männer sind alle Verbrecher, ihr Herz ist ein finsteres Loch, hat tausend verschied'ne Gemächer – aber lieb, aber lieb sind sie doch* ...«

Sie kicherte und schüttelte den Kopf. »Und das nennst du zeitlos?«

»Ja, klar! Und ich glaube, mein Konzept hat Zukunft. Musikalisch natürlich ein bisschen frisiert und modernisiert. Na ja, und bis dahin verdiene ich ein bisschen Kohle mit Gelegenheitsjobs. Zurzeit drei Mal die Woche halbtags in einem Wasserwerk.«

»Was machst du denn da so?« Diesmal schien Me'Shell ehrlich interessiert.

»Na ja ..., eigentlich bin ich nur die Putze«, antwortete Folker und war erleichtert, das Thema wechseln zu können, als Svenja ihnen zwei neue Kölsch in die Hände drückte. »Also: auf uns. Und auf die Sonne«, sagte er.

»Lecker«, erwiderte Me'Shell, hob das Glas und schaute ihm tief in die Augen. So tief, dass Folker sich nicht sicher war, ob sie das Bier meinte – oder vielleicht sogar ihn.

Als sich am frühen Abend die Sonne auf ihren Sinkflug hinter die Hausdächer begab, kroch die Kälte wieder aus den Bürgersteigen hoch. Schließlich war erst März, und Väterchen Frost hatte die Koffer für seine alljährliche Reise in den hohen Norden noch nicht fertig gepackt.

»Wird ganz schön frisch«, sagte Me'Shell und schüttelte sich leicht. »Ich glaube, ich geht jetzt mal nach Hause.«

Sie lachte leise auf, als sie Folkers Blick bemerkte: die perfekte Parodie eines Kapuzineräffchens, dem man soeben eine Banane entrissen hatte.

»Das war wirklich ein netter Tag«, fügte sie schmunzelnd hinzu und stupste mit ihrem Zeigefinger an Folkers schief nach rechts abstehende Nasenspitze. »Sollten wir wiederholen.«

»Wohin ... Wieso ... Jetzt gleich?«, stammelte er. »Na klar, wiederholen ... Unbedingt. UN-BE-DINGT!« *Scheiße! Du redest ja wie ein bekackter Bankangestellter! Wo ist dein Charme geblieben? Was ist aus ›Ich brech die Herzen der stolzesten Frau'n‹ geworden? Nimm es wie ein Mann, du Stiefellecker! Und frag sie, wo sie wohnt!*

»Ehm ..., wo wohnst du denn?« *Na also, geht doch.*

Me'Shell orientierte sich kurz, schaute nach links und rechts und sagte »Brühler Straße. Das da hinten ist die Bonner, richtig? Ich muss stadtauswärts, an diesem Großmarkt vorbei und dann kommt rechts die Brühler. Oder nicht?«

»Ich bring dich hin.« Um nichts in der Welt wollte er diese Frau jetzt gleich wieder aus den Augen verlieren. »Sind ja nur ein paar Meter.«

Me'Shell zerrte die Decke, die sie im Volksgarten als Unterlage genutzt hatte, erneut aus ihrem Rucksack und legte sie sich über ihre Schultern. »Na, dann los. Danke, nett von dir. Ich kenne mich noch nicht so gut aus in der Stadt.« Sie winkte Svenja zu, die freudig zurückwinkte und sich gleich wieder laut schwatzend einem Pulk langhaariger Jungs zuwandte, die auf der Straße vor der *Sansibar* eine vergammelte Kühltruhe auf zwei Skateboards werweißwohin transportierten.

»Kommt die nicht, um abzukassieren?«, fragte Me'Shell verwundert.

»Nee, ich hab 'nen Deckel hier. Mit deinem Gewinke kann sie nix anfangen«, erklärte Folker.

Auf ihrem Weg sprang brummend und flackernd eine Straßenlaterne nach der anderen an und wies ihnen die Richtung. *Großes Kino*, dachte Folker und schlang seinen Arm um Me'Shells Schultern. *Mal sehen, was der Abend noch bringt.*

»Halt«, sagte sie, als sie am Großmarkt vorbei waren, und zeigte auf eine Hausecke, an deren Fassade sich ein windschiefes Kneipenschild festkrallte – ›Zum Büchel‹. »Das da ist ja wohl eine dieser urkölschen Kneipen, von denen mir alle immer so vorschwärmen. Absacker?«

Er nickte erfreut.

Innen brannte Licht, doch als sie die Kneipe betraten, stellten sie fest, dass außer ihnen niemand da war.

»Durstige Gäste!«, rief Folker in Richtung der halb offenen Schiebetür hinter der Theke. Obwohl er dankbar für jede Verlängerung seines Abends mit Me'Shell war, hatte er das ungute Gefühl, am falschen Ort zu sein. *Die Klitsche kenne ich doch ...?*

»Komme sofort«, dröhnte eine tiefe Männerstimme aus dem Nebenraum. Sekunden später stand ein muskelbepackter Schnauzbart hinter dem Zapfhahn. »Was darf's denn sein, Leute?«

»Zwei richtig kölsche Kölsch«, jauchzte Me'Shell und wickelte die Decke von ihren Schultern.

»Na, was denn sonst ...« Der Keeper griff sich zwei Gläser, zapfte sie geschickt voll und stellte sie vor ihnen auf die Theke. Brummte »Prost! Gleich wieder da« und verschwand erneut hinter der Schiebetür. Sie tranken einen Schluck und lächelten sich an.

»Gibst du mir deine Nummer?«, fragte Folker und fischte sein Handy aus der Gesäßtasche.

»Klar, warum nicht.« Me'Shell nannte eine zehnstellige Zahlenfolge. Er tippte die Nummer ein und steckte das Telefon wieder weg.

»Ich gehe mal aufs Klo.«

»Viel Spaß!«

»Danke.«

»Und, schmeckt's?«, hörte er den Schnauzbart hinter sich fragen, und Me'Shells fröhliches »Ja! Machst du uns noch zwei?« Dann stand er feixend an einer uralten blechernen Pissrinne und fand, dass der Abend verdammt gut anfing.

Als er zurückkam, mit nassen Händen wedelnd, damit seine Begleiterin auch ja bemerkte und hoffentlich zu würdigen wusste, dass er sie artig gewaschen hatte, waren sie nicht mehr allein: An dem vorsintflutlichen Flipper in der Nische neben der Eingangstür standen zwei junge Typen und eine junge Frau, die aussah, als würde sie ihre Kinder Kevin und Chantal nennen, und am anderen Ende des Tresens hockten zwei Ältere im Blaumann vor drei Rentnergedecken und einem ledernen Knobelbecher. Und schon betrat auch der dritte Blaumann den Laden.

Folker schwang sich wieder auf den Hocker neben Me'Shell, griff nach seinem vollen Glas, klickte damit lässig an ihres und leerte es in einem Schluck bis auf eine schmale Neige.

Sie schenkte ihm ein schiefes Grinsen. »Ganz schönen Zug am Leib ... Kennste du das Lied ›Helja‹, von diesem Kölner Sänger – Jupp oder Jeck oder Bert ...?«

»Jächt heißt der. Wieso?«

»Da singt er so was wie ›Ich weiß schon nicht mehr, wie es ist, wenn du nüchtern mit 'ner Frau zusammen bist‹ ...«

Folker musste schlucken. Dabei war sein Glas fast leer. Baggerte sie ihn gerade an? Wurde jetzt von ihm ein lässiges ›Zu mir oder zu dir?‹ erwartet ...? *Und bin ich jetzt etwa rot geworden?!*

Sie lachte wieder ihr rasselndes Lachen. »Überlegst du gerade wirklich, wann du bei so 'ner Gelegenheit das letzte Mal nüchtern warst?«

»Mh«, machte er ertappt.

»Und ...?«

»'ne Weile her«, gestand er.

Sie stand auf und nahm ihm sein leeres Glas aus der Hand.

»Wie wär's – ich geh mal eben für kleine Mädchen, und dann geh'n wir und ... ändern das ...?«

Auch 'ne Weile her, dass du auf so ein Angebot keine schlagfertige Antwort hattest. Ihm fiel tatsächlich nichts anderes ein, als sie mit halb offenem Mund ungläubig anzustarren.

»Okay«, sagte sie. »Wir trinken noch *eins* – und dabei kannst du's dir ja überlegen.« Drehte sich um und schaukelte ihre Jeans, mit allem, was drin war, zur Toilettentür.

»Wow ...«, murmelte er.

»Find ich auch«, brummte der Schnauzbart und stellte ihm ein Frischgezapftes vor die Nase.

»Geile Mucke«, sagte Folker.

»Ja, findest du? Nagelneue Playlist, heute Morgen erst gemacht.«

»Cool.« *Ja, klar, J.J. Cale ist immer cool. Aber irgendwas an dieser Playlist ist komisch – Cale hat doch nie mit so viel Hall aufgenommen ...?*

Und auch das Klackern vom Flipper, das Kichern von Chantals Mutter und das Rattern des Knobelbechers klangen zunehmend, als säße er nicht in einer Kneipe, sondern in einem Hallenbad. Er zwinkerte ein paar Mal kräftig, schüttelte den Kopf, versuchte, sich aufrecht hinzusetzen. Aber seinem Schädel hatte das Schütteln offenbar gar nicht gefallen – er wurde immer schwerer, und Folker musste ihn, einen Ellenbogen auf dem Tresen, mit einer Hand stützen. *Scheiß-Kifferei!*, dachte er und nahm noch einen Schluck von seinem Bier. Auch das fühlte sich komisch an – als käme er gerade vom Zahnarzt, die Lippen noch taub von der Spritze.

Er schloss die Augen. In dumpfen Wellen dröhnten die Bässe der Musik durch seine Schläfen, und jetzt hatte irgendein durchgeknallter Toningenieur oder Discjockey obendrein ein Echo zugeschaltet – *They call me the breeze – eeze – eeeeze ...*, sang J.J., und das Hallenbad wurde immer größer und größer; Folker fühlte sich, als stünde er inzwischen auf dem Zehn-Meter-Brett. Aber es war ein hydraulisches Zehn-, nein: Zwanzig-, Dreißig-Meter-Brett, und all der Lärm, die Musik, der Flipper, die Stimmen verschwanden immer tiefer unter ihm. Außerdem wurde ihm zunehmend heißer; sehnsüchtig starrte er auf das kühle, penatenblaue Wasser da unten, beugte sich vor, kicherte. *Von so hoch bin ich ja noch nie gesprungen ... Aber was soll mir schon passieren?*

Also neigte er sich noch weiter vor und ließ sich langsam, wie in Zeitlupe, nach vorne fallen ...

3
Dienstag, 19. März

FOLKER

Das Nichts. Ein unendlicher schwarzer Raum, durchzogen von silbernen Fäden, an denen harzige Tropfen klebten. *Ist es hier, wo wir am Ende alle landen?*, fragte Folker sich und berührte einen der Tropfen. Sofort schoss ihm eine Erinnerung in den Kopf. Es war allerdings nicht seine: Eine junge, wunderschöne Frau in einem schwarzen Kleid stieg in ein Taxi und ließ einen weinenden Mann auf dem Bürgersteig zurück.

»Scheiße«, murmelte er und stieß seinen Zeigefinger in einen weiteren Tropfen. Sofort veränderte sich das Bild: Er saß in einem überfüllten Hörsaal und spürte ein Ziehen im Unterleib. *Bruno will das Kind nicht*, schrieb er in den Notizblock vor ihm und schob ihn seiner Nachbarin zu. *Scheiß auf Bruno, es ist dein Baby*, kritzelte die Frau darunter und tätschelte tröstend seinen Oberschenkel. Bevor er den nächsten Tropfen anzapfen konnte, kam eine Stimme über ihn wie Donnerhall, und die Fäden und Tropfen stoben auseinander, als hätte jemand mitten in einem Herbststurm sämtliche Fenster und Türen aufgerissen.

»Ey, Alter. Alles klar bei dir?« Trompeten, Posaunen und Pauken unterlegten die allmächtige Stimme. Folkers Gehirn fühlte sich an wie ein Blumenkohl in der Mikrowelle.

»Wer bist du?«, flüsterte er.

»Ah, okay. Dann also mit allen üblichen Höflichkeitsfloskeln«, dröhnte die Stimme. »Ich bin Taifun, und ich arbeite hier.« Ein einsamer, verspäteter Paukenschlag verlor sich in der Weite des Raums.

»Bist du ein Gott?«, fragte Folker, duckte sich und hielt sich sicherheitshalber die Hände vor die Augen, um sich vor dem schrecklichen Anblick des höheren Wesens zu schützen. Er würde garantiert zu Staub zerfallen, sollte er jemals das Antlitz dieses Taifuns erblicken.

»Es gibt Frauen, die das glauben«, dröhnte die Stimme und ließ ein meckerndes Lachen folgen, das Folkers Barhocker vibrieren ließ. *Barhocker?* Der Begriff zog eine Schleife durch Folkers Gehirnwindungen und hinterließ ein Fragezeichen. Er wagte es, ein Auge zu öffnen.

»Willkommen zurück«, sagte der mehr als massige Kerl, der sich über ihn beugte. »Letzte Runde ist längst vorbei, du gehst mal besser nach Hause.« *Nach Hause, Hause, ause, use, se, se,* hallte es in Folkers Kopf, und dann kam die Erinnerung. Seine eigene.

»Wie lange …?«, fragte er den Rausschmeißer.

»Fast zwei Stunden, die Hälfte davon mit der Backe auf der Thekenkante. Muss jetzt ziemlich wehtun.« Taifun fasste sich mit seiner riesigen Pranke ins Gesicht und prüfte vorsichtig die Beweglichkeit des eigenen Unterkiefers.

»Und wo ist sie?«

»Das Mädel? Weg, aber dein Deckel ist bezahlt. Nachdem du eingeschlafen bist und sie dich nicht mehr wachgekriegt hat, ist sie gegangen. Heißes Gerät, übrigens. Aber du musstest ja vor ihren Augen abkacken. Entweder hast du kräftig vorgetankt, oder sie hat dir K.o.-Tropfen verpasst. Waren nur fünf Kölsch.«

»Nach fünf Kölsch werd ich normalerweise erst langsam wach.«

»Nicht heute Abend, offenbar. Aber warum sollte dir die Tante so was ins Bier kippen?«

»Gute Frage. Meinste, ich könnte noch eins …, für den Heimweg, ohne Tropfen?«

Taifun seufzte. »Für eins geh ich aber nicht nochmal hinter den Tresen.« Er grinste, als Folker müde zwei Finger hob. Begab sich an den Zapfhahn und füllte zwei Gläser. Stellte eins auf die Kühlung und das andere ans Ende des Tresens. Die Ecke, die Stammgäste Südkurve nannten, gleich an der Klotür.

Folker runzelte die Stirn.

»Du wirst mir hier nicht mitten vor die Theke kotzen«, sagte Taifun und nickte zu den Toiletten hinüber.

»Das'n Argument«, sagte Folker und schleppte sich mühsam dorthin. Prostete dem edlen Spender stumm zu und probierte es vorsichtig mit erst einem kleinen, dann einem größeren Schluck. »Unfallfrei«, verkündete er. Wollte befreit rülpsen, sah sich aber im gleichen Moment genötigt, so schnell wie möglich auf der Toilette zu verschwinden.

»Klar doch«, brummte Taifun, leerte sein Glas auf Ex und zapfte zwei neue. Gönnte der Klotür einen nachdenklichen Blick, zuckte mit den Schultern, drehte zwei Schnapsgläser um und füllte sie aus einer Flasche ohne Etikett mit einer bernsteinfarbenen Flüssigkeit. Trug alles zur Südkurve, holte sich einen Hocker hinter die Theke, setzte sich darauf, fischte ein Päckchen *Lucky Strike* aus seiner Hemdtasche, zündete sich mit einem Zippo eine Zigarette an und summte wartend leise vor sich hin.

»Echt?«, fragte Folker, als er mit offensichtlich gewaschenem, tropfendem Gesicht zurückkam und das Gedeck vor sich sah. Taifun zuckte nur mit den Schultern und hob sein Schnapsglas. »Ja, dann …« Folker klickte seins dagegen und kippte den Inhalt in einem Zug hinunter. »Huh!«, stieß er danach zischend aus und musste zwei, drei Mal tief durchatmen. »Was ist *das* denn?«

»Apfelkorn«, brummte Taifun, der sein Glas völlig ungerührt geleert hatte. »Karibisch.«

»Hä …?«

»Bisschen mehr Rum. Meine Mischung.«

»›Bisschen‹ …? Da schaff ich ja keine vier von, ohne umzukippen!«

»Kriegst du auch nicht«, sagte Taifun, ließ sein Bier auf Ex verschwinden und stand auf. »Ich mach jetzt wirklich Feierabend.«

Er nickte zu dem schweren, schwarzbraunen Filzvorhang mit dem ledernen Saum hinüber, hinter dem sich die Eingangstür verstecken musste. Folker sah sich um und nahm jetzt erst die Einrichtung der Kneipe wahr: Alles schien komplett aus der Zeit gefallen zu sein. Vor einer Sitzecke aus auf rustikal getrimmter Pseudo-Eiche stand ein schwerer Tisch, der seit den schätzungsweise Fünfzigerjahren ungezählte Hektoliter Bier aufgesogen hatte. An der Wand dahinter der billige Druck eines Ölgemäldes, das den Kölner Dom bei Sonnenuntergang zeigte, links davon, unter einem Messingschild mit der altmodisch verschnörkelten Gravur *Sparkästchen-Verein Kimme, Korn, ran!* hingen zwei Dutzend verblasste Porträt-Aufnahmen der Mitglieder und dazu einige Postkarten aus Mallorca, so wie es wohl in den 1970er Jahren ausgesehen haben mochte.

Ein etwas blasserer, rechteckiger Fleck auf der nikotinbraunen Tapete zeugte davon, dass das Sparkästchen vor längerer Zeit abgeschraubt worden war. *Beschwerden an mich. Leckt mich am Arsch. Gruß, Pitter* hatte jemand ungelenk an den unteren Rand gekritzelt. Aus dem verschmierten Glas einer leeren Frikadellen-Vitrine hinter der Theke starrte Folker sein eigenes Gesicht entgegen. Schwarzes, wirres Haar (»Wenn ich deinen Vater nicht eine Weile ganz gut gekannt hätte, würde ich glauben, du hättest einen Schuss Zigeunerblut abgekriegt«, pflegte seine Mutter zu sagen. »Andererseits habe ich seine Eltern nie kennengelernt.«), dunkle Augenringe (na, kein Wunder) und diese eigentümlich schiefe Nase, die manche Frauen an ihm so interessant fanden.

Als Kind war er ganz profan gegen einen Briefkasten gelaufen, doch den Damen erzählte er gerne von seinem langen Aufenthalt in Australien und der Begegnung mit einem boxenden Känguru. »Ich hatte natürlich ein Gewehr – niemand *down under* geht unbewaffnet in die Wildnis – und hätte es einfach abknallen können!« Die Ladies hingen an seinen Lippen, wenn er endlich zum Höhepunkt seiner Geschichte kam. »Doch ich wollte dem Tier eine Chance geben. Es war sozusagen ein Kampf Mann gegen Mann. Und am Ende habe ich gewonnen. Das Biest hat nur leider meinen Zinken erwischt.«

Es funktionierte fast immer: Neunzig Prozent seiner Zuhörerinnen schmolzen sofort dahin, nur wenige fragten empört, ob er es denn fair finde, ein unschuldiges Tier zu verprügeln. Egal, ein bisschen Schwund war ja immer.

»Wo bin ich hier überhaupt?«, fragte Folker, in dessen Blutbahn sich die Reste der chemischen Substanz, die ihm offenbar verabreicht worden war, mit dem karibischen Apfelkorn zu einer wilden Party verabredeten. Er befürchtete, die Sause würde schon bald, aber weitgehend ohne ihn stattfinden.

Bevor das Fest stieg, wollte er zuhause sein. Oder wenigstens in der Nähe.

»Ist das hier etwa ...«, begann er. »Die Kneipe kommt mir bekannt vor.« Hinter seiner Stirn flackerten im Zeitraffer ein paar Filmszenen auf. *Bärbel. Die blonde Bärbel! Hier bin ich schon mal aufgetreten. Und dann hat uns ihr Bruder auf dem Klo erwischt. Ach, du Scheiße – war das hier ...?*

Taifun stellte klirrend die leeren Gläser auf die Theke, breitete die Arme aus, warf theatralisch den Kopf in den Nacken und rief: »Willkommen in der Zukunft! Endlich darf ich das mal sagen! Alles, was du hier siehst, gibt es eigentlich gar nicht mehr. Ich werde hier ...« Er stoppte seinen Redeschwall, als er Folkers leichenblasses Gesicht bemerkte. »Alter, was ist los?«

»Bin ich noch auf 'nem Trip? Bist du real? Bin ich in der Zukunft? Ist das hier alles echt?«, fragte Folker heiser zurück und sah sich verstohlen nach harzigen Tropfen um, an denen eventuell die Erinnerungen fremder Menschen klebten.

»Ach so, okay, verstehe. Alles gut, Mann.« Taifun nickte, ging hinter die Theke, zapfte zwei weitere Kölsch und stellte eines davon vor Folker auf den Tresen. »Ich habe den Laden vor 'n paar Wochen übernommen.« Er angelte noch eine *Lucky* aus der Brusttasche, zündete sie an und nahm einen tiefen Zug. »Der Besitzer ist verstorben, früher hieß der Laden ›Beim Büchel‹. Seit gestern heißt er ›Zukunft‹. Konntest du nicht wissen, draußen hängt noch das alte Schild.« Taifun stieß eine Rauchwolke zur Decke. »Beste Lage hier. Direkt am Großmarkt, nur 'n Steinwurf vom Chlodwigplatz entfernt. Das wird eine Szenekneipe vom Feinsten.«

»Da musst du aber noch ziemlich viel umstricken.« Folker hielt sein Glas prüfend vor die nackt über der Theke baumelnde Glühbirne. Das Kölsch schien okay zu sein – keine Trübung zu sehen.

»Nix da – ist doch voll originell! Aber vor allem muss ich die alten Säcke loswerden, die jeden Tag stundenlang an *einem* Glas rumnuckeln. Und die Scheiß-Nazis.«

»Braunes Pack? Hier ...?!«

Ja, klar: ›Hey, du Arsch! Spiel mal das Horst-Wessel-Lied!‹ Die Spinner hatten ihn für eine Feier gebucht, weil sie glaubten, er hätte Nazi-Songs im Programm. Er hatte sich mit einer brachialen Version von *Wir versaufen unser Oma ihr klein Häuschen*, die natürlich zu mehreren Schnapsrunden geführt hatte, aus der Affäre ziehen können.

Folker warf einen Blick auf die Klotür. Damals war ihm ein Aufkleber der *Böhsen Onkelz* aufgefallen. Der war noch da. Halb abgeknibbelt, zumindest. *Immerhin.*

»Ja, vier, fünf Hackfressen. Den schlimmsten Wichser nennen sie Koppnuss. Der Anführer heißt Hoffmann. Die tun so, als wenn ihnen die halbe Stadt gehört. Aber wenn du mich fragst, kann keiner von denen auch nur geradeaus pissen.« Taifun trat seine Kippe auf dem PVC-Boden vor der Theke aus und ergänzte drei Millionen Brandlöcher um ein weiteres.

»Was wollen die Spinner denn ausgerechnet in diesem Laden?«

»Haben rausgefunden, dass der Großmarkt und die Kneipe auf einem ehemaligen jüdischen Friedhof stehen. Der hieß bei den Kölnern früher angeblich ›Judenbüchel‹ oder auch ›Dude Jüdd‹. Das geilt die Neos auf. Hat mir einer dieser Vollpfosten erzählt.«

Folker zuckte mit den Schultern. »Na und? So, wie du gebaut bist, kannste doch mit den Arschlöchern den Boden hier aufwischen. Der hätte das, unter uns gesagt, auch mal nötig.«

»Ich kann hier keine Bullen gebrauchen«, brummte Taifun und warf einen Blick auf die Uhr. »So, ich gehe pennen. Aber bevor du verschwindest: Mit wem habe ich eigentlich die Ehre?«

»Ich heiße Volker, aber alle nennen mich Folker.«

Taifun zog die rechte Augenbraue hoch. »Aha. Dir ist aber schon klar, dass das wenig Sinn macht, was du da erzählst?«

»Folker. Mit F. Von *folk music*. Bin Musiker, Stilrichtung Folk. Allerdings beschäftige ich mich seit einiger Zeit mit Schlagern der zwanziger und dreißiger Jahre. Also kannst du mich eigentlich auch Volker nennen.«

Taifuns Augenbraue hatte inzwischen den Haaransatz erreicht und zog die rechte Seite seines Schnurrbarts hinterher. *Gleich fängt er an zu knurren.* Folker beschloss, jetzt lieber die Klappe zu halten und heimzugehen.

»Was kriegst du?«, fragte er und kramte in seiner Hosentasche. Taifun winkte ab. »Aber ich hör gern Geschichten. Erzähl mir bei Gelegenheit was über diese Tante – und wie's weitergeht mit euch. Oder ob überhaupt. Ich bin ja schon länger im Gewerbe. Aber dass eine Frau einem Typen K.o.-Tropfen ins Bier kippt und hinterher auch noch seinen Deckel bezahlt, ist mir noch nicht untergekommen. Riecht irgendwie nach Ärger.« Er stand auf und schnappte sich einen Besen. »Und jetzt verpiss dich.«

Hehlau

Hehlau öffnete das Schließfach und griff hinein. Das Handy war da.

Er nahm es heraus, verschloss die knallgelb lackierte Blechtür und blickte sich um. Niemand schien sich für ihn zu interessieren. Um ihn herum hasteten Menschen mit ausdrucksleeren oder von schlechter Laune zeugenden Gesichtern in Richtung Ausgang oder die Treppen zu den Bahngleisen hoch. In all dem Gewühl entdeckte er eine einzige Gestalt, die sich nicht bewegte. Neben einem Kiosk stand eine Frau mit Kopftuch und viel zu dickem Wintermantel, die still den *Wachturm* hochhielt. Niemand nahm Notiz von ihr. *Ja, du hast es auch begriffen. Nur eben auf die falsche Art*, dachte Hehlau. *Es ist ein verdammter Ameisenhaufen. Und täglich werden es mehr Ameisen. Bis sie sich gegenseitig auffressen. Auffressen müssen, um zu überleben.*

Er schob Handy und Schließfachschlüssel in seine schwarze Aktentasche, ließ die Schnalle einrasten und verließ schnellen Schrittes den Südbahnhof. *Merke: In einem Bahnhof haben es alle eilig. Pass dich stets der Umgebung an*, schnarrte die Stimme seines ehemaligen Ausbilders Hans-Theo Scherflein in seinem Kopf.

Er hatte Scherflein gemocht. Vor allem die Geschichten, die der drahtige, kleine Mann über seine Auslandseinsätze erzählte.

Wien, Paris, Tel Aviv, Moskau: Städtenamen, die in den Ohren des damals noch jungen Hehlau klangen wie Musik. Er träumte von Abenteuern in den Gassen von Prag, von gefährlichen Missionen im Gewimmel asiatischer Großstädte und Verfolgungsjagden auf karibischen Inseln.

Doch dann trat Hilde in sein Leben, knapp neun Monate später kamen die Zwillinge dazu. Hehlaus Wortschatz erweiterte sich um Begriffe wie ›Pampers‹, ›Sicherheit‹, ›Eigenheim‹ und ›Hypothek‹. Die Bücher von John le Carré, Ken Follett und Ross Thomas setzten Staub an, und den James-Bond-Film im letzten Jahr hatte er nur gesehen, weil seine Töchter befürchtet hatten, der sei erst ab Sechzehn freigegeben, aber natürlich unbedingt Daniel Craig sehen wollten.

Nur wenige Jahre, überwiegend am Schreibtisch eines stickigen Büros an der Inneren Kanalstraße verbracht, hatten ausgereicht, ihm die Flügel zu stutzen und die Flausen auszutreiben. Jetzt, mit Ende Fünfzig, machte er sich keine Illusionen mehr. Bis zur Rente würde er kleinen Fischen hinterherjagen – Dealern, die ihre Finger nicht vom eigenen Stoff lassen konnten, Hehlern, die gestohlene Ware ausgerechnet bei eBay verkauften, und sogenannten Extremisten, die meist noch bei Mama wohnten.

An einem freien Tisch des Straßencafés am Bahnhofsvorplatz bestellte er einen Kaffee und tupfte sich mit einem Taschentuch den Schweiß von der hohen Stirn. *Für Ende März ist es viel zu warm, den Mantel hätte ich mir sparen können.* Dann nahm er das Handy aus der Aktentasche, schaute sich um und pulte die Kopfhörer in seine Ohrmuscheln. Er öffnete die Audiomemo-App, drückte auf *Play* und lehnte sich zurück.

»Hallo, Hehlau«, hauchte Me'Shells rauchige Stimme. *Verdammt. Warum klingst du immer so, als würdest du dich nackt im Bett herumwälzen? Und außerdem heißt das* »Herr Hehlau«, *schließlich bin ich dein Vorgesetzter!*

Er drückte auf *Pause*, als die Bedienung den Kaffee brachte, nahm einen Schluck und widmete sich wieder der Aufnahme.

»Ich bin seit drei Tagen in der Stadt mit K. Sie ist tatsächlich ein Gefühl.« Me'Shell kicherte leise, und er verdrehte die Augen. »Zielperson ist kontaktiert. Bisher keine Anzeichen irgendwelcher verfassungswidrigen Aktivitäten. Auch wenn ihr Sesselfurzer euch einen Dreck um meine Meinung schert: Der Typ ist völlig harmlos. Musiker, leicht bis völlig verpeilt und notorisch pleite. Eure Inflagranti-Fotos von ihm und dieser Nazi-Schlampe beweisen gar nichts. Außer, dass er alles vögelt, was nicht bei drei auf den Bäumen ist. Aber davon habt ihr in eurer Abteilung ja auch ein paar Exemplare.«

Längere Pause. Hehlau vernahm quiekende, gedämpfte Geräusche, als lachte seine verdeckte Ermittlerin in ein Kissen. *Sie liegt tatsächlich im Bett. Und hoffentlich liegt die Zielperson nicht daneben!*

Nach allen objektiven Gesichtspunkten und geltenden Statuten des Amts für Verfassungsschutz war die Frau eine völlige Fehlbesetzung. Me'Shell war unbestreitbar eine Schönheit und damit viel zu auffällig für den Job. Außerdem verweigerte sie jeglichen Respekt vor ihren Vorgesetzten und hatte sich und auch Kollegen mit ihrer unkonventionellen Art schon einige Male in gefährliche Situationen gebracht. Doch sie hatte Erfolg, alles schien ihr zu glücken. *Fragt sich, wie lange das noch gutgeht ...*

Er wusste nicht, woher sie kam, wer sie rekrutiert hatte, und ob Me'Shell ihr wahrer Name war. Er war ihr nur einmal begegnet, als er sie in Duisburg aus der U-Haft herausholen musste. Damals hatte sie sich in einen Puff im Stadtteil Ruhrort einschleusen lassen. Irgendjemand in der Chefetage dachte wohl, sie würde eine überzeugende Hure abgeben. Die Ermittlungen mit dem Ziel, einem albanischen Familienclan Menschenhandel nachzuweisen, endeten für Me'Shell mit dem Vorwurf des versuchten Totschlags in zwei Fällen. Ein Zuhälter und ein Bruder des Clan-Oberhaupts mussten in Krankenhäusern wieder zusammengeflickt werden. Damals hatte Hehlau den leitenden Duisburger Staatsanwalt angerufen und ihm gesteckt, dass die Polizei eine seiner Mitarbeiterinnen in Gewahrsam habe. Und im Namen seiner Dienststelle um ihre Freilassung gebeten.

»Mein lieber Herr Gesangsverein«, hatte der schwer empört gequakt. »Sie wissen, dass Sie wilde Tiere als Mitarbeiter beschäf-

tigen? Soll ich Ihnen mal die Krankenakten der beiden Opfer zuschicken? Mein lieber Herr Gesangsverein ...!«
Als sich die Zellentür öffnete, stand Me'Shell unmittelbar vor ihm. Ihr rechtes Auge blutunterlaufen, Würgemale am Hals, deren Farbe bereits von blau zu gelb wechselte.
»Hehlau«, sagte er. Sie nickte stumm, bückte sich, um eine schon gepackte Tasche aufzuheben, und folgte ihm hinaus. Als sich die schwere Tür der Strafanstalt zu einer schmutzigen Seitenstraße öffnete, ging Hehlau nach rechts zum Parkplatz, und Me'Shell wandte sich wortlos nach links, wohin auch immer.
»Ach, übrigens ...« Er schreckte aus seinen Gedanken auf, als sie nun weitersprach. »Hab mir mal diese Kneipe angeschaut. Gemeinsam mit der Zielperson.«
Verfluchte Scheiße, die ist doch völlig irre! Hehlau knallte seine Tasse auf den Tisch, dass es schepperte. Einige der Gäste um ihn herum warfen ihm erschrocken und verwunderte Blicke zu. *Verhalte dich unauffällig,* hörte er Scherflein predigen, *vor allem in gastronomischen Betrieben!* Schnell täuschte er hustend vor, sich verschluckt zu haben, und bat mit zerknirschter Miene stumm um Entschuldigung.
»Ja, ja, ich weiß, was du jetzt denkst, Hehlau.« Me'Shells Stimme in den Kopfhörern wurde leiser. »Da ist ein neuer Wirt drin. Der Braune Pitter sitzt seit drei Monaten mit seinem faltigen Arsch im Fegefeuer. Hoffe ich jedenfalls. Da gibt es nix mehr zu observieren.« Es folgte erneut eine lange Pause. Hehlau wollte schon ausschalten, aber Me'Shell hatte noch etwas zu sagen. »Ey, Hehlau ... Die Sache ist nix für mich. Dafür bin ich doch klar überqualifiziert. Mit Spinnern, die anonyme Drohbriefe schreiben und Brunnen vergiften wollen, wirst du ja wohl spielend selbst fertig.«
Was glaubst du eigentlich, wer du bist? ›Überqualifiziert‹, du Miststück? Du bist dir zu schade für meine Aufträge? Seine Hand krampfte sich um die Kaffeetasse.
»Aber wenn ich schon mal hier bin ...« Ihre Stimme wurde lauter, und er zuckte zusammen. »In der Stadt ist massenhaft Koks unterwegs, wirklich jeder hat die Taschen voll. Gutes Zeugs, kaum

gestreckt und zu fairen Preisen.« Sie nieste, Hehlau stöhnte auf und hielt sich eine Hand vor die Augen. »Wenn du was brauchst, frag doch Schuggermän‹, sagen die Leute.« Me'Shell lachte leise auf. »Süßer Name. Wie wär's – ich serviere euch den Typen auf 'nem Silbertablett und bekomme ein gesalzenes Honorar?« Hehlaus Mundwinkel zuckten nach unten. »Eure angebliche Zielperson, diesen Musiker, hab ich schlafen geschickt«, fuhr sie fort. »Der Typ wurde mir zu anhänglich. Außerdem hat er mir eine Geschichte von einem Boxkampf mit einem Känguru erzählt. Was für ein Spinner.«

Hehlau kippte den Rest Kaffee in sich hinein und dachte an die krankenhausreif geprügelten Albaner. *Tierlieb bist du also auch.*

»Folgender Vorschlag: Neue Perücke, neues Make-up, neue Klamotten, neue Wohnung«, schloss Me'Shell. »Und du sagst durch, ob du Interesse an Schuggermän hast.«

Wieder eine Pause. Wieder ein Kichern. Dann ein Klicken. Und, in doppelter Lautstärke, Dillinger: »*I got cocaine runnin' around my brain ...*« Hehlau fluchte erst und wischte den Volume-Regler nach unten, dann wurde er wehmütig. Zu der Nummer hatte er mal mit Hilde getanzt, Ende der Achtziger, in irgendeinem Club auf der Luxemburger – *Luxor?* Er sah sie vor sich, jung und schön und in ihrem schweißnassen T-Shirt so begehrenswert, dass es schmerzte. Und später hatten sie es auf einer Bank im nächtlichen Volksgarten getrieben. Damals hatte sie noch Spaß daran gehabt, mehr sogar: oft nicht genug davon kriegen können. Wann hatte das aufgehört? *Und warum ...?*

Stille. Die Aufnahme war zu Ende. Hehlau löschte sie und warf einen Blick auf seine Armbanduhr. Zeit, Hilde am Golfclub abzuholen. Wieder keine Aussicht auf ehelichen Sex – sie würde, wie üblich, nach ein paar Alibi-Abschlägen mit ihren Golfmädels an der Bar im Clubhaus gelandet sein und nach zwei Stunden Klatsch und Tratsch mindestens drei, vier Aperol Spritz oder Mojitos intus haben. Zuhause würde sie sich als Erstes einen kräftigen Wodka-Apfelsaft mixen und dann den Rest des Abends auf der Couch herumgammeln und hinaus in den Garten starren, mit einer ungelesenen Zeitschrift auf dem Schoß, *Cosmopolitan* oder *Landlust* oder neuerdings *Happinez*, während im Hintergrund Till Brönner eine Samtdecke aus pomadigen Balladen über das schicke Ambiente legte.

Hehlau seufzte frustriert, drückte die Aufnahmetaste der App und murmelte: »Okay, bis übermorgen. Ja, ich *bin* interessiert«, speicherte die Aufnahme ab, ging zurück zur Bahnhofshalle und deponierte das Handy wieder im Schließfach. Unterwegs hatte er erneut Scherfleins schnarrende Stimme im Ohr. *Immer unauffällig bleiben, ist unsere Devise. Wer zu viel Trinkgeld gibt, ist genauso ein Idiot wie einer, der keins gibt. Natürlich merken sich Bedienungen solche Auffälligkeiten ...!*

Aber wie viel Trinkgeld war unauffällig, wenn eine Scheiß-Tasse Kaffee drei-vierzig kostete? Klar, aufrunden auf drei-fünfzig gälte sicher als knauserig, großzügig vier Euro zu geben ging Hehlau jedoch gegen den Strich. Ließe er sich auf drei-siebzig rausgeben, würde man ihn bestimmt als Pfennigfuchser in Erinnerung behalten. Er seufzte. Immerhin hatte die Kellnerin vorhin keine Miene verzogen, als er ihr drei-achtzig auf das Tischchen gezählt hatte, und ihre Blicke schon wieder über die Nachbartische schweifen lassen.

Ja, auch du schweifst ab! Die Sache mit dem Brief wird langsam unangenehm! Hehlau war durchaus in der Lage, Probleme auszusitzen, das lernte man in all den Jahren Arschplattsitzen. Doch es war abzusehen, dass schon bald Fragen auftauchen würden. Fragen, die zu beantworten kitzlig werden könnte. Vor vier Wochen hätte er seine Rolex darauf verwettet, dass er wusste, welche Trottel dahintersteckten. Doch nun schien die Spur ins Nichts zu führen.

Er würde darüber nachdenken müssen, beschloss Hehlau. Morgen.

4
Mittwoch, 20. März

FOLKER

»Mama, der Folker ist tot!«

Kai, der neunjährige Sohn seiner Mitbewohnerin Jutta, stand neben dem Bett und spritzte mit einer Wasserpistole vergnügt Folkers rechtes Ohr voll.

»Er bewegt sich gar nicht«, jubilierte das schrille Organ des kleinen Saftsacks in Richtung Küche, in der klappernde Pfannen und Töpfe verrieten, dass seine Mutter das Mittagessen zubereitete. Folkers matten Versuch, ihn aus dem Bett heraus zu packen, konterte Kai mit einem Wasserstrahl in die Nasenlöcher seines Opfers.

»Sitzen Fliegen auf seinem Gesicht?« rief sie herüber. »Riecht er heute besonders schlimm?«

»Nein, er stinkt wie immer!« Das Kreischen des Mini-Ungeheuers bohrte sich in Folkers Gehirn wie glühender Draht.

»Na, solange keine Maden aus seinen Augen kriechen, wird er schon wieder«, rief Jutta. »Komm essen!« Kai, gerade im Begriff, Folkers Bettdecke wegzuziehen, um weitere empfindliche Körperteile seines Lieblingsfeindes einem Kaltwassertest zu unterziehen, überlegte es sich anders und rannte stampfend in Richtung Küche.

»Milchzähniges Mondgesicht!«, krächzte Folker in sein Kissen. »Mögen deine Hoden die Bauchhöhle nie verlassen!« Er drehte sich auf die Seite, damit das Wasser aus seinem Ohr hinauslaufen konnte, und langte zwischen seine Beine, um zu überprüfen, ob bei ihm selbst noch alles an Ort und Stelle war.

Drei Tage waren inzwischen vergangen, seitdem Me'Shell mit der Urgewalt einer Büffelstampede so ziemlich alles niedergetrampelt hatte, was ihm bis dahin als normal erschienen war. Leider war dabei auch sein unerschütterlicher Glaube daran, jede Frau ins Bett zu bekommen, wenn er nur wollte, unter die Hufe geraten.

Na gut – jede außer Jutta. Aber das war ein anderes Thema. Ein zu schwieriges für seinen derzeitigen Zustand.

Me'Shell jedenfalls war weg. Verschwunden. In Luft aufgelöst. Als ob es sie nie gegeben hätte. Wie ein verdammter Flaschengeist. Geblieben war dagegen der seltsame Traum von silbernen Fäden und harzigen Tropfen, die Geschichten zum Besten gaben, wenn man sie berührte. Er kam zuverlässig jede Nacht zurück wie der in sämtlichen Kneipen der Stadt gefürchtete Ruf »Letzte Runde!«

Folker hatte am Vorabend seinem Kumpel Jupp davon erzählt, den alle meist ›Immelda‹ nannten. Den Namen hatte Jupp einer Thekenbekanntschaft aus dem fernen Taiwan zu verdanken, einem Touristen, mit dem er sich eines Tages in der *Sansibar* fürchterlich die Kante gegeben hatte. Als all die Runden, die der Asiat stets mit der goldenen Kreditkarte bezahlte, die an einer ebenso goldenen Kette um seinen Hals hing, die volle Wirkung entfaltet hatten und die beiden sich glückselig in den Armen lagen, schrie Jupp: »Weißte wat, Schai-Wu, für dich bin ich immer da!« Woraufhin der trinkfreudige Besucher aus Fernost ungelenk vom Barhocker glitt, sich so tief verbeugte, dass seine Stirn fast den Kneipenboden berührte und sprach: »Immelda, mein Fleund! Ich bin entzuckt und geehlt, dein Liebe zu elfahlen.«

Der Rest seiner Rede ging unter, weil Svenja der Bierkranz, mit dem sie gerade unterwegs war, scheppernd aus der Hand rutschte und sie sich hysterisch schluchzend den Bauch hielt. Noch Tage danach kicherte sie, wenn Jupp auftauchte.

»Wie, nach zwei Tagen noch immer derselbe Scheiß-Traum?«, hatte der fachkundige Immelda gefragt. »Das waren keine K.o.-Tropfen. Das war Lysergsäurediethylamid.« Er spuckte jede Silbe einzeln aus. »LSD. Kannste bei draufgehen. Hat mal 'nen Kumpel von mir böse erwischt«, raunte er.

»Wieso? Was ist passiert?«, fragte Folker und nippte an seinem Glas.

»Mit Jumpy? War wohl 'ne Überdosis.« Immelda zog an dem Rest seines Zigarillos und hämmerte ihn mit spitzen Fingern im Aschenbecher aus, als ob er ihn töten wollte. »Ist nach 'ner Party

auf ein Autodach gestiegen und hat die Bergpredigt gehalten. Wort für Wort. Ich hatte überhaupt keine Ahnung, dass der die Bibel liest. Hat nicht lange gedauert, dann waren die Bullen da. Die haben erstaunlicherweise zwar noch gewartet, bis er fertig war, aber dann haben sie ihn für lange Zeit aus dem Verkehr gezogen.«
»Gegen welches Gesetz verstößt denn 'ne Predigt auf 'nem Autodach?«
»Na ja ...«, Immelda zündete sich einen neuen Zigarillo an, »das Auto fuhr, wenn auch im Schritttempo, ständig im Kreis ums Eierplätzchen.«
»Und, was ist aus ihm geworden?«
»Heute lebt er in einem Tipi im Schwarzwald.«

Seit dem Abend mit Me'Shell vor drei Tagen suchte er nach ihr. Vergeblich. Und nun lag er am helllichten Donnerstagmittag im Bett und kontrollierte, ob seine Eier noch da waren, wo sie hingehörten. Folker schloss die Augen und stöhnte verkatert und verzweifelt vor sich hin.

»Und, noch alles dran?« Er schreckte auf. Jutta lehnte im Türrahmen und registrierte amüsiert, wie seine Hand sofort in unverfänglichere Zonen zuckte. Er hasste dieses aufreizende Grinsen, bei dem es Jutta gelang, gleichzeitig die linke Augenbraue und den rechten Mundwinkel anzuheben und ihre hellblauen Augen vergnügt funkeln zu lassen. Und er hasste diese Kaftane, in denen sie zuhause meistens herumlief. Dieses Ding hier war aus einem seidigen, zwischen türkis und moosgrün schimmerndem Stoff, der einen ständig damit verwirrte, dass er entweder locker um sie herumflatterte und alles verbarg oder sich unverhofft an alle möglichen Stellen ihres Körpers schmiegte und rein gar nichts mehr verbarg. Schon gar nicht, dass sie es genoss, diesen Stoff auf der Haut zu spüren, weshalb sie auch ganz offensichtlich nichts darunter trug.

Folker wusste nur zu genau, wie gut sich das anfühlte: Er hatte es im Badezimmer heimlich mal getestet – und anschließend länger überlegen müssen, ob er wirklich heiß oder nicht doch besser kalt duschen sollte.

»Weiß nicht«, brummte er nun. »Bin noch nicht ganz bei mir. Vielleicht könntest du mal fühlen?«

Sie kicherte leise. »Nicht nötig – ich kann es deutlich sehen.«

Kein Wunder, so wie sie dastand, die Arme unter ihrem prächtigen Milchgeschäft verschränkt, lässig an den Türrahmen gelehnt und mit einem nackten Fuß ihre Wade streichelnd. Und dann dieser Seidenstoff, der ihren Schenkel umschmeichelte ...

Bei einem ihrer seltenen ›Wie wär's mit einem Gläschen Wein‹-Abende hatte Jutta, Hebamme seit elf Jahren, ihm mal erzählt, dass etwa jeder dritte der Männer, deren schwangere Frauen sie betreute, ihr Avancen machte, was Folker keine Sekunde bezweifelte.

»Apropos deutlich«, sagte sie. »Hast du mitgekriegt, dass es was zu essen gibt?«

»Für mich auch? Was denn?«

»Schätze, in deinen Kreisen würde man es Katerfrühstück nennen. Bratkartoffeln, Spiegeleier, Gewürzgurken.«

»Mit jeder Menge Ketchup.«

»Mit jeder Menge Ketchup. Du kennst doch meinen Sohn.«

»Wäre Seine Hoheit denn einverstanden mit einem ein wenig ... miefenden Gast beim Essen? Und wäre seine Hofdame so nett, vorher diese verdammte Wasserpistole aus dem Fenster zu schmeißen?«

Augenbraue und Mundwinkel wanderten noch ein paar Millimeter höher, und ihre schnuppernden Nasenflügel weiteten sich.

»›Ein wenig‹ ist gut ... Aber ich kann dich beruhigen: Wasserpistolen und sonstige Waffen sind bei Tisch nach wie vor verboten. Außerdem kannst du froh sein, wenn du nur Wasser abgekriegt hast.« Sie ließ die Arme hängen und drehte sich um. »Manchmal pinkelt er auch rein«, sagte sie über die Schulter und ging mit appetitlich schaukelnden Backen Richtung Küche.

Die Vorstellung, Kinderurin im Ohr zu haben, bemüßigte Folker, schleunigst aus dem Bett und für drei Minuten unter die Dusche zu springen. Kurzentschlossen warf er sich danach einen von Juttas anderen Kaftanen über, den grau-braun gestreiften, und spazierte in die Küche.

Kai bekam einen Lachanfall und verschluckte sich an seinem Essen.

»Erstick ruhig dran!«, munterte Folker ihn auf, klopfte ihm dann aber doch hilfsbereit mit dem Handballen zwischen die kleinen Schulterblätter.

»Lass ihn leben!«, rief Jutta. »Er muss noch Hausaufgaben machen.« Stellte einen großzügig gefüllten dritten Teller auf den Tisch und beäugte dann ihren Mitbewohner von oben bis unten. »Jetzt zieht er schon meine Klamotten an«, sagte sie zu ihrem Sohn. »Was kommt wohl als Nächstes?«

»Eine Hochzeitskutsche«, prophezeite der. »Mit Kamelen vorne dran.« Kai trommelte einen stumpfen Beat auf die Tischplatte und krähte: »Die Karawane zieht weita, der Sultan is' doof ...«

Und Folker konnte deutlich und peinlich berührt spüren, wie ihm die Röte ins Gesicht stieg. Nicht, weil er aussah wie ein Sultan, und auch nicht, weil dieser Sultan doof sein sollte. Sondern weil ihm der ganz kurz aufblitzende Gedanke, Jutta, Kai und er könnten eine richtige Familie sein, einen kleinen Stich versetzt hatte.

Einen gar nicht mal so unangenehmen. *Ich tanze mit dir in den Himmel hinein ...*, sang es in seinem Kopf.

»Dein Essen wird kalt, Klein-Henning«, sagte er. »Und putz dir mal deine Rotznase!« Er setzte sich an den Tisch und nahm eine Gabel in die Hand. Konnte aber nicht umhin, einen schnellen Blick zu Jutta hoch zu werfen. Und stellte überrascht fest, dass sie ihn ziemlich ernst ansah.

Geradezu nachdenklich.

»Wenn ihr heiratet, zieh ich zu Papa«, sagte Kai, hieb seine Gabel in ein unter Ketchup begrabenes Eigelb und verzierte den Tisch nach Jackson-Pollock-Manier mit roten und gelben Sprenkeln.

... In den siebenten Himmel der Liebe ...

Aber mit wem ...?

5
Donnerstag, 21. März

Mona & Lisa

»Und …?«, fragte Mona Hehlau, ohne von ihrem roten iPhone aufzublicken. *Wir könnten ja mal wieder was zusammen trinken gehen,* schrieb ›Big Börnie‹. *Wie wär's mit 'nem Cocktail. Magst Du Cocktails, Mona?*

»Ziemlich dicke Luft«, sagte ihre Zwillingsschwester Lisa und warf sich rücklings neben sie auf Monas Bett. *Ich liiiiebe Cocktails!!!,* tippte Mona. *Wo gibt's denn gute?* »Wieder mit Ficktor am Chatten?«, fragte Lisa und zückte ihr eigenes, violettes iPhone.

»Nee, bloß nich'« Mona kicherte. »Der hat mir gestern doch glatt ein Foto von seinem Ding geschickt, das hat mir völlig gereicht.«

»Echt? Zeig doch mal!«

»Hab ich gleich gelöscht.«

»Och, Menno …! Blöde Kuh!«

»Quatsch! So was Ekliges willst du dir gar nicht angucken. Und wieso ist dicke Luft?«

»Der Alte hat ein Problem in der Firma, und die Olle findet, er stellt sich mal wieder ziemlich blöde an dabei.«

»Was denn für'n Problem?« *Ich mach mich mal schlau,* schrieb Börnie. Mona seufzte und tippte: *Tu das!* und verkniff sich, *Viel Glück!* hintendran zu setzen.

»Hey, die neue Single von Ed Sheeran ist raus!«, rief Lisa.

»Schmeiß mal die Boombox an!«

»Gleich. Was für'n Problem?«

»Ach, da ist wohl irgend so'n Drohbrief aufgetaucht: Irgendwelche Terroristen wollen das Kölner Trinkwasser vergiften oder so.«

»Cool!«

»Na, ich weiß nicht …« Lisa schüttelte sich. »Stell dir vor, du kommst verschwitzt vom Tennis, kippst ein Glas Wasser – und brichst dann tot zusammen! Tot, mit gerade mal siebzehn Jahren! Womöglich noch mit stundenlangen furchtbaren Krämpfen!«

»Du kriegst keine Krämpfe, wenn du tot zusammengebrochen bist, Dummie.«

»Klugscheißerin! Ich weiß jedenfalls nicht, was daran cool sein soll. Was grinst du denn so? So geheimnisvoll?«

»Ach, nix. Börnie will Cocktails mit mir trinken gehen.«

»Weia! Nach deinen letzten beiden Cocktails hast du mit diesem Rocker geknutscht. Vor allen Leuten!«

»Na, und ...?«

»Mit ein bisschen weniger Publikum wäre der dir glatt noch an die Wäsche gegangen!«

Mona lachte und strich sich ein paar blonde Strähnen aus dem Gesicht. »*An* die Wäsche ist gar kein Ausdruck, Schwesterherz – hinten im Taxi war er schon ein gutes Stück weiter.«

»Iiieh!«

»Na, du wolltest ja unbedingt vorne sitzen. Dabei war er total scharf auf einen Dreier mit uns.« Nun kicherten beide. Lisa war allerdings ein bisschen rot geworden.

»Ich weiß gar nicht, was all diese Typen so geil daran finden, mit Zwillingen rumzumachen. Überhaupt, mit zwei Frauen ... Micky fängt auch immer wieder davon an.«

»Na, sie wollen sich halt fühlen wie der Hahn im Korb. Und außerdem stehen sie drauf, zuzugucken, wie Frauen aneinander rumfummeln. Oder an sich selber.« Mona grinste und stupste ihre Schwester mit dem Knie an. »Könnten wir eigentlich auch mal wieder ...«

Lisa stieß das Knie unwirsch zurück. »Nee, lass mal, da hab ich jetzt gar keinen Kopp für. Ich war jedenfalls ziemlich froh, dass dein Rockermacker dann vorm *Wiener Steffi* Zoff mit dem Türsteher gekriegt hat und wir ihn los waren. Außerdem scheinst du ganz zu vergessen, dass wir im Juni zum Pink-Konzert in Frankfurt wollen.«

»Na, unbedingt!«

»SehnSe! Und wie wollen wir den Segen – und die Kohle! – des Alten dafür kriegen, wenn hier so 'ne Scheiß-Stimmung ist?«

»Wieso ist der denn überhaupt so sauer – er hat doch jeden Tag mit Terroristen und so zu tun?«

»Klar. Aber ne Millionenstadt vergiften? Wenn die Stadt nicht elf Millionen Lösegeld zahlt?«

Monas Kopf ruckte hoch. »Elf Mill...?! Ich dachte ...«

»Was?«

»Ach, nix.« Mona ließ rasch den Kopf sinken und ihr Gesicht hinter einem blonden Vorhang verschwinden. Und tippte eifrig wieder auf ihrem Display herum. »Hier«, sagte sie dann und hielt Lisa das Smartphone vor die Augen. »Wie findste'n Adrian?«

»Wer ist denn jetzt wieder Adr... Iiieh! Der schielt ja!«

»Echt?« Mona betrachtete das Foto genauer. »Ist mir gar nicht ... Tja, nee, Adrian, da nützt dir auch der neue Porsche nix, dann wird das wohl nix mit uns beiden. Und tschüs!« Wieder stupste sie Lisa an. »Da denkst du dann, dein neuer Typ guckt dich verliebt an – und dabei meint er deine Nachbarin ...«

»Oder deine Schwester.«

»Oder deine geile Schwester!«, kreischte Mona, wälzte sich herum und kniff Lisa lachend in den Schoß.

»Aua! Du blöde Bitch!«, keifte die und rammte ihr den Ellenbogen in die Seite. »Du hast echt nur Scheiße im Kopf! Scheiße und Schweinkram! Kapierste das nich: Wir müssen uns was einfallen lassen! Ich will Pink sehen!«

»Ja, ist ja gut, Prinzessin! Also, was machen wir? Gehst du an dein Sparbuch und hebst elf Millionen ab und zahlst das Lösegeld? Oder spielen wir Lara Croft, spüren die Terroristen auf und schleppen sie in Papas Büro?«

Lisa verdrehte die Augen. »Ha ha. Obwohl, Detektiv spielen wäre ja vielleicht gar nicht so schlecht. Es ist nämlich so ...« Sie setzte sich auf und schaute ihre Schwester ernst an. »Der Alte ist besonders scheiße drauf, weil die Olle ihm mal wieder unter die Nase hält, für wie blöde sie ihn hält. Weil er nicht selber draufgekommen ist, sich zu fragen, wieso dieser Erpresserbrief nicht an die Bürgermeisterin oder die Polizei oder so adressiert war, sondern an seine Privatadresse.«

»Oh ...«, murmelte Mona.

»Das könnte nämlich eigentlich nur bedeuten – sagt die Olle –, dass der Brief von jemandem kommt, der sowohl die Absender als auch den Ollen kennt. Ein Insider. Ein Verräter ...«

»Oh ...«, flüsterte Mona wieder.

Lisa starrte sie argwöhnisch an. »Sag mal – hast du etwa irgendwas mit der Sache zu tun?«

»Iiich ...?!«

»Ja, du. Die ganze Zeit kommst du mir schon so komisch vor – diese Heimlichtuerei, dieses geheimnisvolle, wissende Grinsen ... Deine Ablenkungsmanöver ... Jetzt sag mal: Verheimlichst du mir irgendwas?«

Mona warf empört den Kopf zurück und band sich die Haare im Nacken zu einem unordentlichen Knoten. »Hey, spinnst du? Seit wann hab *ich* denn mit Terroristen zu tun?«

6
Freitag, 22. März
BIG BÖRNIE

Börnie schwitzte. Schweißtropfen rannen ihm an den Schläfen herab, in seinen Hemdkragen, an seiner Wirbelsäule hinunter. Auch die Haut an seinem Bauch fühlte sich feucht und klebrig an, und er musste sich zusammenreißen, um sich nicht ständig zu kratzen, wo es unter dem Nikotinpflaster quälend juckte. Oder das Ding einfach abzureißen.

Aber natürlich hatte er keine Kippen dabei, er wollte ja nicht mehr rauchen. Seit vier Wochen steckte er jeden Heiermann, den er dadurch sparte, in eine alte Teekanne. Noch weitere vier Wochen, und er hätte die Kohle zusammen, um sich vom schwulen Marcel in dem Lederladen auf der Ehrenstraße eine coole Rockerhose maßschneidern zu lassen. Er hatte sich das Leder dafür im Schaufenster bereits ausgesucht: Mattschwarzes, fast unkaputtbares Material vom Feinsten.

Börnie schwitzte und seufzte. Eine Dreiviertelstunde saß er jetzt hier schon im Hof vor dem Clubhaus der Kraadeberjer auf einem Stapel ausrangierter Autoreifen, kein Schatten weit und breit. Na ja, an der Seitenwand des Schuppens gab es welchen, aber Börnie wollte nicht noch einmal die Demütigung erleben, dass Hoffmann endlich die Tür öffnete, draußen niemanden sah und »Ey, wo ist der Penner? Wo steckt der kleine Scheißer?« brüllte.

Neben der grauen Schuppentür mit dem blutroten, geschwungenen *Kraadeberjer*-Schriftzug vor der blauen Silhouette des Kölner Doms stand Küppers' ganzer Stolz, ein VW Typ 181 (»Der Nachfolier von dem lejendären Kübelwagen T 21 unserer juten alten Wehrmacht, Börnie! Ein eschtes Schätzjen, oder?«), in einem mattschwarz und hochglanzschwarz lackierten Schachbrettmuster, mit einem rot-goldenen Rallyestreifen. Auf den beiden vorderen Türen prangte das *Kraadeberjer*-Emblem – weshalb Hoffmann sich weigerte, mit der Karre zu fahren (»Da kann ich doch vor jedem unserer Einsätze direkt die Bullen anrufen und denen Bescheid sagen!«).

Börnie schlug sich mit der Faust auf den Oberschenkel – wenn er erst mal ein Kraadeberjer war und an den Geschäften des Clubs beteiligt, würde er sich auch bald ein Auto leisten können. Er hatte lange mit einem Motorrad geliebäugelt, einer Honda Goldwing, doch nachdem Hoffmann das Modell einmal abfällig als ›fahrende Einbauküche‹ bezeichnet hatte, kam die natürlich nicht mehr in Frage. (»Un' außerdem: Wat willste mit 'nem Motorrad? Wir sind doch keine Scheiß-Rocker, wir sind politisch tätig!«, hatte Heiner geschimpft.) Also schwärmte Börnie nun für einen unauffälligen Golf GTI, wie es sie in Köln zu Zigtausenden gab, damit würde er dann Hoffmann als dessen persönlicher *Driver* überallhin kutschieren – und problemlos wieder verschwinden.

Wenn er bloß schon die verdammte Aufnahmeprüfung bestanden hätte!

Wenn ich wenigstens schon mal wüsste, worin die überhaupt besteht, dachte Bernie und schwitzte. Elf Aufgaben gebe es zu lösen, hatte Hoffmann gesagt.

»E-elf …?!«, hatte Börnie erschrocken nachgefragt. »So viele?«

»Wir sind Kölner«, war die Antwort gewesen, »wir machen alles elf Mal.«

»Außer isch«, hatte Koppnuss eingeworfen. »Isch schlare nur ei'mal zu.«

Wieder einmal hatte Börnie sich gefragt, was wohl das Geheimnis dahinter war, dass ein gemeingefährliches Kraftpaket wie Koppnuss sich dermaßen willfährig unter Hoffmanns Knute begab. Klar war auch Hoffmann ein brutaler Hund, und natürlich war er ein erfahrener Kämpfer, nicht zuletzt dank seiner zahlreichen Knastaufenthalte, aber bei der einen oder anderen der regelmäßigen Kraftproben hatte er oft ziemliche Mühe, während Koppnuss jede Herausforderung grinsend und mit einem lässigen Schulterzucken erledigte.

Hoffmann ist halt viel intelligenter, der kann schnell denken und schnell schalten. Und vorausplanen. Und natürlich lag ein großer

Unterschied zwischen den beiden darin, dass Hoffmann keinerlei Skrupel kannte – dem machte es wirklich Spaß, anderen wehzutun; Koppnuss hingegen war nur daran gelegen, mit seinen Muskeln anzugeben und als schneller Sieger vom Platz zu gehen.

Börnie seufzte. Ja, an seiner eigenen Stärke und Fitness, an seiner Eignung als Kämpfer, auf den die Kameraden sich verlassen konnten, musste er noch arbeiten. Auch deshalb hatte er das Rauchen drangegeben – nicht nur seine Arme fingen bei dreißig Liegestützen oder Sit-ups an zu protestieren, seine Lunge fühlte sich dabei an, als habe ihm jemand ein Röllchen Schmirgelpapier in die Luftröhre geschoben. Immerhin schaffte er inzwischen, nach einem halben Jahr fleißigen Trainings, nicht nur die jeweils dreißig Übungen, sondern auch, dass der Vierzig-Kilo-Sack Kartoffeln, den er sich daheim an die Decke gedübelt hatte, sich bei einer rechten Geraden ein paar Zentimeter bewegte.

Dafür habe ich dreimal so viel Gehirnschmalz, wie Koppnuss Muskeln hat. Und meine Menschenkenntnis. Börnie war davon überzeugt, dass die zwei Semester Soziologie und das Kommunikations-Wochenend-Seminar in der Eifel sich voll gelohnt hatten und ihm niemand so schnell etwas vormachen konnte. Selbst Hoffmann nicht, der sein großes Vorbild war. Er wusste, wie sehr der darunter litt, dass seine Truppe nur aus vier Leuten bestand, und längst nicht aus den hellsten Kerzen auf der Torte, und Börnie war überzeugt, dass er in dem Verein die Ausnahme wäre, mit der Hoffman sich auch mal beratschlagen könnte. Und außerdem ...

Und außerdem, würde er ihm heute sagen, *hab ich nicht innerhalb von drei Wochen die Hehlau-Göre rumgekriegt? Und ihr die Infos über ihren Alten und seinen Job und seine Adresse aus der Nase gezogen – ohne dass sie irgendwas geschnallt hat? Wer von deinen Jungs*, würde er sagen, hätte das denn hingekriegt, hä?

Börnie grinste und versuchte sich vorzustellen, wie der tumbe Koppnuss sich an Mona ranmachte. Oder wie sie auf Annäherungsversuche des großmäuligen Küppers mit seinem Bierbauch reagiert hätte, oder die des unappetitlichen Jaworski.

Also rückt endlich mal raus mit euren beschissenen elf Aufgaben, würde er sagen, und dann wollen wir doch mal sehen ...
 Er durfte sich nur um Himmelswillen nicht anmerken lassen, dass er sich im Laufe dieser drei Wochen ganz schön in Mona Hehlau verknallt hatte. Natürlich würde Hoffmann einen Weg finden, das gegen ihn zu verwenden, und auf keinen Fall wollte er das Mädchen in Gefahr bringen.
 Börnie seufzte wieder. Ganz schön blöde, dass er sich jetzt irgendwie zwischen die Fronten manövriert hatte. In den letzten Tagen, beziehungsweise eher in den einsamen Nächten, hatte er sich schon ein Leben auf der anderen Seite vorgestellt. Ein Leben als Monas Mann, ein Leben in den Kreisen, in denen die Hehlaus dieser Welt sich bewegten. Und etwas galten. Kreise, in denen auch er sich durchaus wohlfühlen könnte. Dezent schicke Klamotten, eine flotte Karre, Dinnerpartys, Tennis, Saunabesuche, Konzert- und Theaterabende, Urlaube auf der Ibiza-Finca, vielleicht sogar mal nur er und die beiden Zwillinge, allein ... Börnie sah sie vor sich, wie sie aus dem Pool stiegen, nackt und ihn anlächelnd, sah sich selbst, wie er ihnen Cocktails servierte, ebenfalls nackt, und sie seinen braungebrannten flachen Bauch bewunderten, und nicht nur den ... Wie die beiden nach dem zweiten oder dritten Cocktail einander in stillem Einverständnis lasziv anlächelten, aufstanden, sich links und rechts bei ihm unterhakten und ihn ins Haus lotsten, in das Zimmer mit dem großen runden Bett ...
 Zum ersten Mal seit Monaten fragte er sich, ob sein Ehrgeiz, ein Kraadeberjer, ein Bandenmitglied zu werden, ihn in die richtige Richtung lenkte. Und ob er sich das nicht doch noch mal überlegen sollte.
 Aber bei Tageslicht betrachtet, im gnadenlosen kalten Licht der Realität, sah das alles schon wieder erheblich anders aus.
 Na, was macht er denn so, dein neuer Freund?, hörte er Hehlau fragen.
 Er studiert Soziologie, würde Mona antworten, stolz und ahnungslos.

Ach ja ...? Und was ist das dann hier? Und dabei würde Hehlau seiner Tochter eine Akte auf den Tisch legen. *Nach zwei Semestern exmatrikuliert, mein blauäugiges Mona-Mäuschen, und das vor drei Jahren schon. Und warum? Weil er mehrere Kommilitonen und Kommilitoninnen beklaut hat! Weil er mindestens zwei Mitstudentinnen massiv belästigt hat! Und weil er, um den Rausschmiss abzuwenden, eine Professorin bedroht und wochenlang gestalkt hat! Vorbestraft ist er, dein Früchtchen! Und wenn ich erfahre, dass er sich dir auch nur noch ein Mal auf weniger als fünfzig Meter nähert, werde ich ihn anzeigen, hast du das verstanden? Ich werde dafür sorgen, dass hier plötzlich Dinge in dieser Akte stehen, bei denen du grau im Gesicht wirst! Und verlass dich drauf: Ich werde jeden verdammten Brief zu lesen bekommen – im Gegensatz zu ihm! –, den du ihm eventuell in den Knast schreibst, in dem er die nächsten zehn, zwölf Jahre verbringen wird! Hast du das verstanden, mein Täubchen?*

Börnie seufzte. Sie würde nicht mal darauf pochen können, dass sie, wie ihm gegenüber behauptet, achtzehn sei und tun und lassen könne, was sie wolle – er hatte ihren Ausweis gesehen und wusste, dass sie erst siebzehn war.

Nein, nix mit Tennis, Cocktails und Finca-Urlaub. Nein, er würde sich allenfalls weiter heimlich mit Mona treffen können, und wer weiß, vielleicht ergäbe sich ja mal eine andere Gelegenheit für ein Treffen zu dritt, und sei es am Baggersee, mit einem Sixpack Dosenbier und ein paar Pintchen Jägermeister ...

Quietschend öffnete sich die Schuppentür. Jaworski.

»Bist ja noch da.«

»Klar«, sagte Börnie und stand auf. »Haste mal 'ne Kippe?«

»Leihweise«, antwortete Jaworski, grinste aber dabei und förderte eine Packung *Reval* zutage. Und kicherte hämisch, als Börnie nach dem zweiten Lungenzug einen Hustenanfall bekam.

»Verträgst wohl immer noch nicht viel, wa?«

»Hast du 'ne Ahnung«, keuchte Börnie.

»Ach ja?« Jaworski zog einen Flachmann aus der Gesäßtasche seiner speckigen schwarzen Lederhose. »Na, dann: Prost,

Macker!« Er nahm einen ordentlichen Schluck und reichte Börnie die Flasche weiter. *Stroh-Rum*, stellte der entsetzt fest.

Aber natürlich konnte er jetzt nicht kneifen. Er atmete einmal tief ein und aus und trank einen Schluck. Und hatte große Mühe, danach wieder einzuatmen: Ihm blieb einfach die Luft weg.

Jaworski grinste wieder, steckte den Flachmann weg – und verabreichte Börnie ansatzlos zwei kräftige Ohrfeigen, links und rechts.

Was soll das denn, du Arschloch, wollte Börnie sagen, bekam aber keinen Ton heraus. Und dachte, als Hoffmann in den Hof trat, *wie soll ich denen jetzt klarmachen, dass mir die Tränen nicht wegen Jaworskis Ohrfeigen kommen, sondern wegen dem verdammten Gesöff?*

»Ach, du Scheiße«, knurrte Küppers prompt über Hoffmanns Schulter hinweg. »Der fängt ja jetzt schon an zu heulen, schon bei der Zweiten …«

»Moin, Börnie«, sagte Hoffmann und klatschte ihm mit der flachen Hand ins Kreuz. Und an Küppers gewandt: »Das sind bestimmt nur Freudentränen. Oder, Börnie?«

Der versuchte bloß, überzeugend zu nicken, und schnappte immer noch nach Luft.

»Es ist nämlich so, Alter«, sagte Hoffmann. »Wir haben beschlossen, dich für die Aufnahmeprüfung zuzulassen. Die erste Aufgabe hast du ja schon zur Zufriedenheit erledigt. Und uns diese Adresse besorgt. Aber das war ja wohl auch nicht schwer. Und, na ja, die zweite Prüfung sind halt jetzt die elf Ohrfeigen.« Börnie zuckte zusammen. *Elf Ohrfeigen – von diesen Typen? Von Koppnuss …?!* Und da machte es auch schon *klatsch! Klatsch!* »Drei, vier«, zählte Hoffmann seine Rückhand und Vorhand ungerührt mit. Die anderen lachten, als Börnie dabei mit dem Hintern wieder auf dem Reifenstapel landete. Hoffman zog ihn am Hemdkragen wieder hoch. »Aber mach's dir nicht allzu gemütlich dabei.«

»Jedenfalls noch nicht«, griente Küppers, holte mit der Linken aus und versetzte Börnie eine schallende weitere Ohrfeige – und dann eine noch kräftigere mit der Rechten, die Börnie zurückwarf,

als er nach links taumelte. Er fühlte, wie seine Wange anschwoll und ihm Blut aus der Nase rann. »Fünf, sechs«, sagte Küppers.
»Na, dann«, brummte Koppnuss und trat näher.
»Lass ihn leben«, sagte Hoffmann.
»Klar«, sagte Koppnuss. »Sieben«, und schlug zu.
»Acht« hörte Börnie nicht mehr.

7
Samstag, 23. März

Hoffmann

In Jaworskis erstaunlich rasch gefundener neuer Wohnung – zwei heruntergekommene Zimmer mit Dusche und Toilette im Schatten der Severinskirche – saß Heiner Hoffmann am Abend auf der Kloschüssel und schnitt mithilfe eines Seitenschneiders seine Zehennägel. Inzwischen sahen sie aus, als hätte jemand Stücke von Baumrinde in seine Füße eingeschlagen.

»Das ist aber ein ausnehmend schönes Exemplar von Pachyonychie«, hatte sich der Gefängnisarzt gefreut, als Hoffmann sich endlich zu einem Besuch der Krankenstation durchgerungen hatte. „Hast du dir wohl in der Dusche eingefangen, Hoffmann. Darf ich ein Foto machen?" Hoffmann verstand nur »Paschischi« und erschauderte.

»Hat mich jetzt etwa irgend so'n Schwuler angesteckt?«

»Deine sexuellen Neigungen gehen mich nichts an, aber der sogenannte ›Holznagel‹ ist eine Pilzerkrankung, die meines Wissens nicht durch Geschlechtsverkehr übertragen wird«, zwitscherte der Knast-Doc, zückte sein Handy und schoss Fotos von den deformierten Zehennägeln.

»Wie, sexuelle Neigungen«, kläffte Hoffmann und krampfte seine Hände um die Lehnen des Behandlungsstuhls. »Ich bin nicht schwul!«

»Wie gesagt: Das geht mich nichts an«, erwiderte der Arzt, während er die Fotos betrachtete. »Ich verschreibe dir eine Salbe, die du bitte morgens und abends aufträgst. Regelmäßig, einen Monat lang.«

»Wie soll das denn gehen? Ich muss jeden Tag Socken und Arbeitsschuhe anziehen. Können sie mich nicht krankschreiben?«, fragte Hoffmann hoffnungsvoll.

»Wo bist du denn eingesetzt?«

»Ich verpacke Glühbirnen im Lager. Jeden Scheiß-Tag von halb sieben bis fünf.« Vor seinem geistigen Auge malte Hoffmann sich das Paradies aus: Schluss mit dem Wecken früh um fünf, Essen ans Bett, Freizeit ohne Ende.

»Glühbirnen verpacken? Dafür brauchst du deine Füße nicht«, versetzte der Doc.

»Im Stehen, Mann. Haben Sie 'ne Ahnung, wie sich da in diesen Klumpschuhen meine Füße anfühlen?«

»Na gut. Ich lasse dir vonseiten der Gefängnisleitung Sandalen zukommen.«

»Sandalen? Das sieht doch total beschissen aus!« Hoffmann wies auf seine verunstalteten Zehen. »So kann ich doch nicht rumlaufen!«

Der Arzt grinste und zwinkerte. »Na, wem willst du denn hier im Knast gefallen, Hoffi?«

Das war der Augenblick, in dem Hoffmann die Sicherung durchgeknallt war. Bevor der Wachmann an der Tür sich dazwischenwerfen konnte, hatte ›Hoffi‹ den Gummischlauch eines Stethoskops um den Hals des Mediziners gewickelt und zog erbarmungslos zu.

»Ich. Bin. Nicht. Schwul!«, keuchte er, während dem Arzt die Augen aus den Höhlen quollen. »Ich. Bin. Nicht …« Der Wachmann beendete das Plädoyer mit einem nachdrücklichen Gummiknüppeleinsatz.

Sechs Monate meines Lebens hat mich dieser Wichser von Arzt gekostet! Hoffmann ließ ein weiteres Stück Baumrinde durch das Badezimmer springen. *Ein halbes Jahr Ehrenrunde im Käfig. Und die beschissenen Zehennägel sind immer noch nicht besser geworden!*

Kurz bevor er rauskam, wurde Rahim sein neuer Zellengenosse. Tunesier, vier Jahre wegen Drogen. Ein Scheiß-Kanake. Und, so hübsch wie er war, obendrein wahrscheinlich ein Homo, weshalb Hoffmann fortan mit dem Arsch an der Wand schlief.

Doch Rahim hatte Interessantes zu erzählen: »Kennste Chorweiler-Terrorist, der mit das Rizin-Gift? Mein Kusänn«, sagte er eines Abends, nachdem das Licht gelöscht wurde. Wie schon des

Öfteren waren sie von Hölzchen auf Stöckchen gekommen, und von da war es irgendwann nicht weit gewesen bis zum nächsten großen Ding, das sie drehen würden, wenn sie wieder draußen wären. »Und du kleiner Naziarsch sags', du bis' Revolution.« Hoffmann hörte ein leises Kichern aus dem Untergeschoss des stählernen Etagenbetts. »Wenn du wills', ich sag dir, wie geht Revolution.« In Hoffmanns Gehirn sprang eine kleine Flamme an, die sich in den kommenden Tagen und Wochen zu einem Flächenbrand ausbreiten sollte. *Ihr wollt mich alle verarschen? Mich klein halten? Ihr nehmt mich nicht ernst? Ich bin für euch ein kleiner Schisser? Ich werde es euch allen zeigen!*
Jetzt hatte er endlich einen richtigen Plan.

Folker

»Wenn das so weitergeht, wirst du noch weltberühmt in der Südstadt.«

Sansibar grinste, als sie ihn in der *Sansibar* mit einem flüchtigen Wangenkuss begrüßte. Diese Ehre wurde nur wenigen Männern zuteil, während so ziemlich alle weiblichen Gäste in den Genuss kamen, meist aber nicht nur mit Wangenküsschen abgespeist wurden.

Folker empfand eine Mischung aus Stolz und Genugtuung dabei, er hielt es für einen Beweis seines unwiderstehlichen Charmes, dem sich selbst eine Frau, die von Hause aus eher Frauen küsste, nicht entziehen konnte.

»Du hast da was«, sagte er und wischte ihr mit dem Daumen ein paar winzige weiße Pulverspuren vom linken Nasenloch. Sie grinste ihn an, rosa Ränder unter den glänzenden Augen, die dunkelgrüne Iris kaum zu sehen. *Koks-Pupillen*, dachte er. Sie rieb sich die Nase und schniefte. »Ja, auf unseren Schuggermän kann man sich verlassen.«

»Den Namen höre ich in letzter Zeit immer öfter. Wer ist das denn überhaupt?« Nicht dass es ihn sonderlich interessierte –

Folker hatte mit allen möglichen Leuten, die auf die härteren Drogen reingefallen waren, nur schlechte Erfahrungen gemacht. Die Heroin-Junkies waren arme Schweine, notorisch unzuverlässig und wenn's eng wurde, nicht vertrauenswürdig; dass die Pillenschlucker nichts taugten, konnte man ja schon an der furchtbaren Mp-za-mp-za-Mucke erkennen. Und die meisten, wenn nicht alle Kokser waren egozentrische Nervensägen, die entschieden zu viel quatschten und sich selbst für unschlagbar hielten. Er wunderte sich allerdings ein bisschen, dass auch die so taffe, pragmatische Susanne Sieglinde Bartel, genannt Sansibar oder Sansi, sich mit derlei abgab, als sei ihr Ego nicht schon groß genug. Jedenfalls hatte sie ihren Laden, ihr Personal und ihre Kundschaft immer bestens im Griff. *Noch* im Griff, möglicherweise.

Sie zuckte mit den Schultern und tat geheimnisvoll. »Kennt niemand persönlich. Muss aber auch gar nicht sein – sein Vertrieb funktioniert jedenfalls bestens. »Achtzehn allein im Vorverkauf«, raunte sie dann, vielleicht um rasch das Thema zu wechseln, und deutete auf ihre bereits halb gefüllte Kneipe. »Und einige von denen, die da sitzen, sind auch deinetwegen da.«

»Toll«, brummte er. Konnte aber den Gedanken an das *Mighty Oaks*-Konzert nicht abschütteln, die mit ihrem weichgespülten Americana-Pop vor einer Woche das E-Werk fast ausverkauft hatten. *Achtzehn gegen fuffzehnhundert*, grummelte er in sich hinein, *sieben Ören Eintritt gegen fünfunddreißig.* Und 335.000 Klicks auf YouTube für ihren aktuellen Videoclip – gegen siebenundzwanzig, die sich Folkers ersten in den letzten zwei Monaten angesehen hatten. Dabei konnte sich seine Version von Peter Igelhoffs *Lieber einmal zu viel als zu wenig geküsst* doch durchaus hören lassen, oder etwa nicht, gerade für Americana-Fans? Wer machte schon aus einem Charleston-artigen Piano-Foxtrott aus dem Jahr 1937 einen Gitarren-Shuffle, der klang, als sei er in den dampfenden Sümpfen Louisianas entstanden? Und dann das originelle Video dazu – Folker sitzt mit seiner Gitarre am Ufer des zugefrorenen Kalscheurer Weihers und singt live den Song, und um ihn herum tanzen elf leichtbekleidete Kölner Jungfrauen, rekrutiert unter Sansibars Stammgästen, in leichtem Schneegestöber und himmeln ihn an. Einige von ihnen nahmen ihm heute noch übel, dass sie danach eine Woche lang erkältet waren, trotz der üppigen Gage in Form von sieben Runden Grog, die ihn (und Sansi) der Dreh gekostet hatte.

Er atmete einmal tief durch, rang sich ein Lächeln ab und tätschelte Sansibars fleischigen Arm. Den nicht mit Georgia-O'Keefe-Blüten tätowierten.

»Jupp schon da?«, fragte er.

Sie nickte zur Theke hin. »Immelda. Sogar schon fertig.«

Er tätschelte noch einmal, zögerte und gab ihr dann seinerseits einen kurzen Kuss auf die Wange. »Danke, Sansi.«

»He, he!«, sagte sie und hob eine Augenbraue, lächelte aber freundlich zurück. Wenn nicht gar anzüglich. *Falls überhaupt einer, dann du*, interpretierte Folker ihren Blick. Was ihn wieder ein wenig aufbaute. Etwas fröhlicher ging er zum Tresen, lehnte seinen Gitarrenkoffer daran und schlug Jupp Immelda auf die Schulter.

»Hörte, mein Soundcheck sei schon erledigt?«

»Seh ich aus wie die Auskunft?«, brummte Jupp, ohne von seinem Bierglas aufzublicken.

»Tust du, ja.«

»Kost' aber 'n Bier.«

Folker winkte Svenja am Zapfhahn ein Hallo zu und hielt zwei Finger hoch. Sie verdrehte nur die Augen und stand auch schon mit zwei schäumenden Frischgezapften vor ihm.

»Sieht aus, als würd's 'n guter Abend«, sagte sie. »Freut mich für dich.«

Er ignorierte den etwas verbittert wirkenden Zug um ihre Mundwinkel, bedankte sich und schob eins der Biere zu Jupp hinüber, ohne ihr länger in die Augen zu sehen. Tja, manchmal hatte es nicht nur Vorteile, wechselnde Liebschaften in einem überschaubaren Viertel zu pflegen. Es war nun schon über ein halbes Jahr her, dass er Svenja für zwei, drei Nächte erobert hatte, aber dass er ein paar Tage später mit Ina (oder war es Elli gewesen?) aus der *Sansibar* verschwunden war, nahm sie ihm anscheinend immer noch übel. Na ja, viele Mädels waren nun mal vor allem auf der Suche nach einer festen Beziehung und glaubten gern, ein paar Stunden Spaß miteinander seien der Beginn von so etwas.

Folker seufzte. »Tja, manche können's halt nicht so locker nehmen.«

»Was kann ich nich locker nehmen?«, fragte Jupp.

»Ach, dich meine ich doch gar nicht. Was ist denn jetzt mit meinem Soundcheck?«

»Längst passiert. Kannst dich einstöpseln und loslegen.«

»Na, erst mal 'n paar Bier zum Aufwärmen.«

»Klar. Ich würd' aber sowieso noch 'n bisschen warten – der Bus mit dem Fanclub ist doch noch gar nicht da.«

»Arschgeige.«

Synchron sahen sie sich um, Jupp grinsend, Folker gespannt. Tatsächlich füllte sich die *Sansibar* immer mehr, ein grober Überblick ließ Folker neununddreißig, Jupp einundvierzig Leute schätzen.

»Svenja!«, rief Jupp, nachdem sie sich wieder zum Tresen umgewandt hatten. »Wie viele sind's?« Sie ließ ihren Blick durch den Laden schweifen, ihre Lippen bewegten sich, als sie stumm zählte.

»Vierzig«, sagte sie dann.

»Scheiße«, knurrte Jupp. »Eins auf mich, eins auf unseren Popstar.«

»Aber du trinkst doch heute sowieso auf seinen Deckel ...?«

»Klar. Aber Ordnung muss sein.«

»Wow!«, raunte es in Folkers Ohr, und Sansibar schlang eine Reihe O'Keefe-Blüten um seinen Nacken. »Ernst Kristof ist da! Und möchte sich ein paar Minuten mit dir unterhalten.«

»Was, jetzt?«

»Jau.«

»Na, toll. Und dann haut er wieder spätestens nach dem ersten Song ab und saugt sich daheim irgendwas aus den Fingern für sein Schmierblatt ...!«

»Ein ›Schmierblatt‹, das immerhin fünfzigtausend Kölner lesen, Junge.«
»Und zehntausend Düsseldorfer«, warf Jupp ein.
»Komm, gib dir 'nen Ruck«, sagte Sansibar und erhöhte den Druck um Folkers Nacken. »Kann deiner Karriere sicher nicht schaden.«
»Und deinem Laden auch nicht.«
»Völlig richtig erkannt.«
»Und dann trinkt er wieder einen Kaffee und zwei Wasser und stellt am Ende ganz überrascht und bedauernd fest, dass er doch tatsächlich sein Portemonnaie vergessen hat. Wie immer.«
»Na und? Ich hab gehört, dass andere Leute noch ganz andere Dinge ausgeben, damit was über sie in der Zeitung steht.«
»Na, die werden's auch nötig haben.«
»Im Gegensatz zu dir, wie?«, mischte Jupp sich wieder ein.
»Genau«, gab Sansibar ihm recht.
Folker versteifte sich und schüttelte den Kopf. »Nee. Der kann mich mal. Entweder ich rede *nach* dem Gig mit ihm oder gar nicht.«
Sie zog ihren Arm fort und trat einen halben Schritt zurück. »Ist das dein Ernst?«
»Nee, deiner«, versuchte er, das Ganze ins Komische zu ziehen.
»Svenja«, rief sie leise. »Kannst du mal eben Folkers Deckel zusammenrechnen?«
»Hab ich im Kopf«, gab die Kellnerin zurück. »Vierhundertsechzig.«
»Das ist nicht fair«, sagte Folker zu Sansibar.
»Aber zu unser aller Bestem.« Dann schlang sie den Arm wieder um ihn und drückte ihre Pfunde an seine Hüfte. »Und wenn du brav bist«, flüsterte sie ihm ins Ohr, »darfst du mich heute Abend mal küssen.«
Überrascht ruckte sein Kopf herum. Er starrte sie an und fühlte, wie seine Schläfen heiß und sein Mund trocken wurden.
»Ist das dein Ernst?«
Sie lächelte geheimnisvoll, drehte sich um und winkte dem

Journalisten. Wandte sich halb wieder zu Folker um. »Nein, deiner«, sagte sie und ging an Kristof, dem sie kurz auf die Schulter klopfte, vorbei zum Eingang, um weitere Gäste zu begrüßen.

Folker schaute ihr entgeistert hinterher, dem schaukelnden Seemannsgang, den stämmigen Beinen, dem breiten Becken in der flatternden schwarzen Chiffonhose, den breiten nackten Schultern, durchschnitten von den Trägern des ebenfalls schwarzen gerippten Männerunterhemds, dem feisten Ringernacken, dem runden Schädel mit den auf drei Millimeter getrimmten dunklen Stoppeln und den an ihren Ohrläppchen baumelnden zierlichen silbernen Schlagringen. Sie war nicht wirklich das, was in seinem Katalog unter ›attraktive Frau‹ landen würde – aber sie hatte doch eine umwerfende erotische Ausstrahlung.

Küssen, dachte er und versuchte sich auszumalen, was danach käme, stellte sie sich nackt vor …

»Na, wie geht's, Folker?«, unterbrach Kristof den Film und schlug ihm betont männlich auf den Rücken. »Neuerdings ein Faible für Kesse Väter?«

»Gut genug – um die erste Frage zu beantworten«, erwiderte Folker und revanchierte sich mit einem Ellenbogenstoß in Kristofs Magengrube. »Und die Antwort auf die zweite ist: Wenn du wüsstest …«

»Ach …?«, staunte der Journalist und blickte neugierig und lüstern zu Sansibar hinüber. »Sag bloß, du … und sie …?«

»Ach, Ernst, ich denke, das geht weder dich noch deine Leser was an, oder?« Kristofs Miene machte deutlich, dass er da völlig anderer Meinung war. »Aber hat deine tolle Apple Watch da dir schon verraten, dass ich in zehn Minuten auf die Bühne muss?«

Natürlich musste Kristof sofort seinen Unterarm heben und mit einer großspurigen Geste schütteln, um das Display des Geräts aufleuchten zu lassen.

»Als wärst du jemals pünktlich aufgetreten. Aber keine Bange, ich halte dich nicht lange auf – ich hab heute nur sieben Fragen.«

»Also jetzt noch drei«, konterte Folker trocken.

»Hä?«

»Ach, vergiss es. Was willst du wissen? Ich hoffe, es sind nicht dieselben wie vor zwei Jahren.«

»Moment ...« Kristof zog ein Notizbuch aus der Seitentasche seines Jacketts (*wahrscheinlich doppelt so teuer wie meine komplette Garderobe*, dachte Folker) und einen vergoldeten Kuli aus der Innentasche und winkte damit zu Svenja hinüber. »Ein Espresso und ein Wasser! Medium!« Dann wandte er sich wieder Folker zu. »Also ...«

»Und mir noch ein Bier? Bitte?«, rief der Svenja zu.

»Erste Frage«, fuhr Kristof unbeirrt fort und streichelte das alberne blonde Karl-Lagerfeld-Schwänzchen in seinem Nacken, das wohl von seiner fortgeschrittenen Stirnglatze ablenken sollte. Aber natürlich nicht ernsthaft, sondern zeitgemäß ironisch. »Wie man hört, widmest du dich seit geraumer Zeit dem deutschen Schlager der Zwanzigerjahre. Das klingt nicht wie etwas, das man von jemandem erwartet, der monatelang als Straßensänger in Australien unterwegs war.«

Folker starrte ihn unbewegt an.

»Ein Espresso, ein Wasser«, sagte Svenja. »Macht vier-siebzig. Und ein Bier.«

»Ja, ich zahl später«, sagte Kristof.

»Danke, Svenja«, sagte Folker und schenkte ihr sein Du-bist-nett-ich-mag-dich-Lächeln. Was sie ein wenig zu verwirren schien. Sie warf ihm kurz einen zweifelnden Blick zu und widmete sich dann rasch einem anderen Gast.

»Und ...?«, sagte Kristof.

»Was?«

»Meine Frage.«

»Das war keine Frage.« Kristof stöhnte auf. *Ich kann meinen fünfzigtausend Lesern auch was Interessanteres bieten als einen Artikel über dich*, sagte sein Blick.

»Na, gut«, lenkte Folker ein. »Ich hatte da diesen Gig auf dem Folk-Festival in Gerringong. Kleines Kaff an der Küste, ungefähr hundertfünfzig Kilometer südlich von Sydney«, erklärte er angesichts des ratlosen Blicks seines Gegenübers. »An die hunderttausend Aborigines und vielleicht ein Zehntel Weiße. Die beiden Bands vor mir hatten, bei zirka vierzig Grad im Schatten, fast drei Stunden lang mit Didgeridoo-Gedröhn, in Echos ersäuften E-Gitarren und Zeitlupentrommeln das Publikum in eine Art Trance versetzt. Ich dachte, wenn ich da jetzt mit meinem üblichen Folkblues ankomme, krieg ich keine Schnitte. Erst recht, weil nach mir *The Cruel Sea* angekündigt waren – eine Band, die alle dort unten lieben. Langweile ich dich, Ernst?« Kristof, der schon seit einer Weile interessiert in der *Sansibar* herumschaute und, soweit Folker sehen konnte, bisher nichts als *Gerringong, Festival* und *Aborigines* in sein Notizbuch gekritzelt hatte, schreckte auf.

»Eh ..., nein!«, beeilte er sich zu versichern.

»Gut«, sagte Folker und trank die Hälfte seines Bieres. Schaute sich aber ebenfalls rasch um – und stellte überrascht und erfreut fest, dass der Laden inzwischen mit Leuten vollgepackt war. »Gut«, wiederholte er und fuhr fort. »Mir war klar, dass niemand da unten jetzt *Blowing in the Wind* hören wollte oder Joni Mitchells *Circle Game* oder *Scarborough Fair*.

»Kenn ich!«, warf Kristof ein. »Crosby, Stills und so.«

»Genau«, sagte Folker, verdrehte innerlich die Augen und fragte sich einmal mehr, wie man mit dieser geballten Menge Fachunwissen Musikredakteur werden konnte. »Jedenfalls hatte ich aber in den Wochen vorher ein total interessantes Buch über die Goldenen Zwanziger in Deutschland gelesen, und über all die jüdischen Künstler, deren Witz und Kreativität diese Zeit überhaupt erst zu einer goldenen gemacht hatten, und in dem Buch gab's eine lange Liste mit den Hits dieser Ära, die überwiegend von Juden geschrieben worden waren. Und das hat mich so fasziniert, dass ich mir 'ne Menge davon auf Spotify angehört habe, und einige von den Songs hab ich mir dann sogar draufgeschafft. Und ...«

»Noch 'n Bier, Folker?«, fragte Svenja freundlich, das Kölsch schon in der Hand. Er drehte sich zu ihr um, ließ sich sein leichtes Erstaunen anmerken. *War doch eigentlich ganz nett, mit uns beiden*, sagte ihr Blick. *Stimmt*, antwortete er stumm. Sie lächelte, und als sie ihm das Glas über den Tresen reichte, berührten sich kurz ihre Finger.

»Ich nehm noch 'n Wasser«, unterbrach Kristof die Idylle. »Und weiter?«

»Und dann hab ich mich hingestellt und eine kurze Rede gehalten, wer ich bin, woher ich komme und was vor hundert Jahren in meinem Heimatland so los war. Und hab dem Publikum den Text von *Ich brauche keine Millionen* übersetzt – und davon eine ziemlich rockige Version abgeliefert. Und was soll ich dir sagen – am Ende des dritten Refrains haben die alle *Musik! Musik! Musik!* mitgegrölt. Dann hab ich noch ein paar dieser Schlager gespielt und mit einem bluesigen *Es muss was Wunderbares sein* aufgehört. Ich hatte nur zwanzig Minuten, ich war ja quasi nur der Pausenfüller für die Aufbauzeit von The Cruel Sea. Aber als ich von der Bühne ging, fing das Volk da unten an, wieder *Musik! Musik! Musik!* zu singen. Und der Manager von Cruel Sea hat mich wieder rausgeschickt, und ich hab die Nummer noch mal gebracht. Über hunderttausend Leute, Ernst ...! Da wusste ich, dass aus dem Konzept was werden könnte.«

Poff, poff, poff!, machte es in dem Moment über ihren Köpfen: Sansibar hatte zum Testen an das Mikrophon geklopft, das an die Hausanlage angeschlossen war – acht unter der Decke im Raum verteilten Boxen.

»Hallo, Ihr Lieben!«, begrüßte sie daraufhin das Publikum. »Schön, dass so viele von Euch hergefunden haben heute Abend. Ich glaube, Ihr werdet es nicht bereuen. Habt Ihr alle was zu trinken?«

»Jaaa«, brüllte das Volk.

»Sitzt Ihr bequem?«

»Jaaa!«

»Wollt Ihr ein bisschen gute Musik hören?«

»JAAAA!!«

»Okay. Ich fasse mich kurz. Ich denke, die meisten von Euch kennen ihn eh schon. Klar, Ihr könnt Euch denken, dass ich noch lieber eine hübsche Sie ankündigen würde«, (anzügliches

Gelächter) »aber ich kann Euch sagen: Wenn's schon mal ein Dreibeiner sein muss, dann ist für mich der heutige Künstler entschieden erste Wahl.« (»Juijuijui!«) »*Ladies and gentlemen, Sansibar proudly presents: Folker!*«
Die Menge applaudierte und trampelte mit den Füßen. Folker ließ sich von seinem Hocker gleiten und schnappte sich seinen Gitarrenkoffer.
»Na dann: Hau rein, Mister Erste Wahl!«, brummte Jupp und kniff ihn in den Hintern.
»Scheiße«, sagte Folker.
»Was?«
»Ich hab vergessen, pissen zu geh'n.«
»Scheiße. Vorgruppe?«
»Ja, bitte!«
»Okay. Ein Bier extra!«
Also stieg Folker auf die niedrige Bühne, die zum Glück gleich neben dem Gang zu den Toiletten aufgebaut war, ging ans Mikro, stellte den Gitarrenkoffer ab und sagte: »Hi!« Noch mal Applaus. »Ich muss Euch leider was beichten: Ich hab vergessen, pinkeln zu gehen.« Gekicher. »Das sollte man vor einem Auftritt aber unbedingt tun – niemand möchte ja wohl, dass der ... nun ja: in die Hose geht.« Gelächter. »Darum möchte ich Euch jetzt um noch drei Minuten Geduld bitten – und mir eine Vorgruppe leisten; die ist zum Glück immer da: Jupp?«
Jupp betrat die Bühne, begleitet von ein paar eher ratlosen Klatschern, während Folker zu den Toiletten eilte, nahm die Gitarre aus dem Koffer, setzte sich auf den Barhocker am Mikrophon und schlug einen ziemlich schrägen Akkord an.
»Stimmen hat er auch vergessen«, brummte er. Gelächter. »Macht aber nix – is' ja nur Volksmusik.« Noch mehr Gelächter. Und dann stimmte Jupp Immelda die Gitarre und spielte den einzigen Song, den er beherrschte – *Lecker Bierchen*.
Und brachte Folkers Publikum erst recht in Stimmung.

Hoffmann

Der Mensch ist ja nie zufrieden. *Wat däm Eine sing Üül, es däm Andere sing Naachtijall,* sagt der Kölner Volksmund – was dem Einen seine Eule, ist dem Anderen seine Nachtigall. In der nicht nur dank BAP berühmten Kölner Südstadt leben Italiener, Spanier, Griechen, Türken, Asiaten und höchstwahrscheinlich noch zwei Dutzend andere Nationalitäten, und sie leben genauso gerne hier wie die eingeborenen Kölschen und die aus sämtlichen Gegenden Deutschlands Zugezogenen, die der Kölner ›Immis‹ nennt. Und sie fühlen sich wohl in diesem bunten Stadtviertel zwischen Rhein im Osten und Volksgarten im Westen, der die Stadt zerschneidenden Nord-Süd-Fahrt im Norden und dem alten Großmarktgelände im Süden.

›Multikulti‹ nennt das die Nachtigallen-Fraktion und weiß die Vielfalt zu schätzen, besonders die kulinarische – die mediterranen Gemüsehändler, die Asia-Märkte und die reiche Auswahl an Döner-, Tapas-, Pizza- und Souvlaki-Restaurants.

›Scheiß-Gentrifizierung‹ nennt es die Eulen-Partei, schimpft über all die unverständlichen fremden Sprachen und beklagt, dass es in ihrem Veedel längst mehr Dönerbuden als urige Kneipen gibt und man lange suchen oder sich gut auskennen muss, um noch irgendwo eine ganz normale Frikadelle oder einen ›Halven Hahn‹ zu bekommen, das von den Ur-Kölnern so geliebte, fingerdick mit altem Gouda belegte Roggenbrötchen.

Was Gentrifizierung bedeutete, würde Heiner Hoffmann, wäre er des Lesens mächtiger als ein Erstklässler, nachschlagen müssen. Er würde wohl eher einen seiner klügeren Kumpels fragen. Oder seine Schwester. Andererseits war es ihm völlig wurscht, was der Begriff besagte, denn die ›Kanakeninvasion‹, wie er es nannte, war ihm schon seit seinem vierzehnten Lebensjahr ein Dorn im Auge – seit er gegen drei türkische Jungs beinahe den Kürzeren gezogen hätte, wäre ihm nicht rechtzeitig ein Stück Rohr von einem Baugerüst zwischen die Finger geraten. Seitdem hasste er nicht nur den Gestank der Dönerbuden. Dass er einige Jahre später bei dem

Versuch, einen der Inhaber eines solchen Ladens vom Abschluss einer Schutzgeldversicherung zu überzeugen, in den Lauf einer türkischen *Akdal Ghost*-Pistole blicken musste, hatte das nur verstärkt. Genauso wie die Erzählungen des alten Freddy, mit dem er ein Jahr lang eine Zelle geteilt hatte. Der hatte ihm von den ›joldenen Zeiten‹ vorgeschwärmt:

»Die Siebzigerjahre, Jung, dat waren die Schlaraffenland-Jahre! Die janzen Studenten kamen auf einmal in die Südstadt jerannt, weil da wat los war, un' 'ne Menge von denen sin' als Wohnjemeinschaften in die billijen Altbauwohnungen jezogen. Un' die wollten Party, Party, Party! Un' jeder einijermaßen clevere Jungspund hat da 'ne Kneipe aufjemacht. Keine Ahnung von nix, aber jeden Abend die Hütte voll, un' morjens konnten die die Kohle mit der Schubkarre na' Hause fahren! Da biste rein un' has' so 'nen Amateurwirt mal 'n bisschen schräg anjeguckt, da kriegte der schon weiche Knie. ›In so 'nem Laden is‹ schnell ma' wat passiert‹, haste dem jesagt, ›un' dat wär doch schad', ne? So 'ne schöne Laden! Du brauchs' einen, der hier 'n bisschen aufpasst, datt nix passiert‹, haste dem jesagt. Un' wenn der meinte, ›Nä, dat brauch isch nit‹, da is' dem auf ei'mal 'n Barhocker in et Schnapsrejal jeflogen, un' da war ihm klar, dat brauch' er wohl. Isch hab in fünnef von den Läden jeden Abend frei Saufen jehabt, Jung, un' wenn isch dann irjendwann voll war wie tausend Mann, hab isch jesagt ›Tu mir mal wat Jeld für'n Taxi‹, un dann jingen drei, vier Hunnis über die Theke, un' dem alten Freddy jing et joldisch …!«

Mindestens vierzehn Jahre hatte Freddy von dieser Art Versicherung angeblich in Saus und Braus leben können, und wenn man ihm glauben konnte oder wollte, hatte ihm das außerdem zwei herrliche lukrative Eigentumswohnungen eingebracht.

»Du muss' dein Jeld vernünftisch anlejen, Jung, weißte, denn irjendwann biste nisch mehr so fit, wie du mal wars', un' dann musste gucken, datt dein Jeld für disch arbeitet, statt dir selber de Knochen kaputt zu machen. Meine Stratejie war, immer bescheiden bleiben – du darfs' die Kundschaft nit ruinieren. Oder so drangsalieren, datt se zu der Schmier jehen un' disch anzeijen. Nä, die paar Hunderter die Woche tun denen nit weh, dat merken die jaanit, un' dafür haben se dann einen, der 'n bisschen aufpasst auf ihren Laden. Wenn da irjendwelche Randale lief, haben die 'n bisschen rumtelefoniert, bis se rausjefunden haben, an welcher Theke ich jerade hocke, un' dann bin isch rüber zu denen un' hab eben 'n bisschen für Ordnung un' Ruhe jesorgt. War ja für misch kein Thema«, sagte Freddy und gab mit seinem immer noch beeindruckenden Bizeps und seinen vernarbten Fäusten an.

Und mit der gezackten Narbe neben seinem Nabel. Da hatte ihm ein uneinsichtiger Randalierer eines Abends ein abgeschlagenes Bierglas in den Bauch gerammt, und Freddy hatte empört rotgesehen. Dem Typen einen Barhocker über den Schädel gezogen, sich anschließend auf den Hocker gesetzt, sich eine halbe Flasche Korn erst auf die blutende Wunde und dann in den Hals gekippt und kopfschüttelnd auf den Jungen hinabgeguckt. »Dat haste jetz davon, du Doof …« Aber der hörte ihn nicht mehr – und stand auch nie wieder auf. Fünfzehn Jahre wegen Totschlags, die Höchststrafe. Die Freddy längst abgesessen hatte, aber dann war er einen Tag früher als angekündigt aus dem Knast gekommen und hatte seine Sonja daheim mit seinem ehemals besten Freund im Bett vorgefunden. Und rausgefunden, dass die beiden schon eine ganze Weile fröhlich vom Verkauf der zweiten Wohnung lebten, anstatt sich mit den monatlichen Mieteinnahmen zu begnügen und für ihn etwas beiseite zu legen. Und schon flog der Freund aus dem Fenster. Fünf Stockwerke tief – lebenslänglich für Freddy.

Hoffmann hatte dem Alten gut zugehört und, wenn auch widerstrebend, sich dessen Bescheidenheitsstrategie zu eigen gemacht. Aber die Zeiten änderten sich, alles wurde teurer, ob Mieten oder Zigaretten, das Bier oder die Handys – da kam man mit den wöchentlichen hundert Ocken von Rudis Kiosk am Hermannsplätzchen und den zweihundert von der Boutique im Antonsgässchen nicht mehr weit. Nein, Heiner Hoffmann musste expandieren, neue Geschäftsmodelle ausbaldowern – die Zeit der

Bescheidenheit war vorbei. Doch bis die Stadt mit den Millionen rüberkam, könnte es noch ein Weilchen dauern, und falls dabei irgendetwas schiefgehen sollte (»Man muss immer mit allem reschnen, Jung«, hatte Freddy oft gesagt), wollte Hoffmann auf Nummer Sicher gehen: Er brauchte für den Notfall einen zweiten, falschen Pass und ein bisschen Fluchtgeld – er brauchte dringend Geld, so um die zehn-, zwanzigtausend.

Und er hatte einen Plan.

»Der alte Öktem«, erklärte er seinen Kraadeberjern in ihrem Clubhaus. »Ich hab den jetzt vier Wochen lang beobachtet. Der macht jeden Samstagmittag seine Runde mit einer Einkaufstasche auf Rädern – sechs Dönerläden, drei Gemüseläden, vier Änderungsschneidereien – und, Achtung: den An- und Verkauf von Djengiz. Und bei jeder Station seiner Runde wird die Tasche voller und schwerer.«

»Klar«, warf Koppnuss ein, »Wochenendeinkauf.«

Hoffmann verdrehte die Augen. »Was kaufst du denn in sechs Dönerläden fürs Wochenende ein, du Doof? Nee, der alte Öktem sammelt Kohle ein. All die Läden zahlen doch Schutzgeld, an irgendeinen Mufti, der in einer Villa in Marienburg oder Bad Godesberg oder in Istanbul sitzt. Und Öktem sammelt die für den ein.«

»Is' ja 'n Ding!«, staunte Küppers. »Die verdammten Ziegenficker …!«

»Jenau. Und geht der Alte am Ende seiner Runde zu irgendeiner Bank und zahlt die Kohle ein?«

»Am Samstagnachmittag?«, fragte Jaworski. »Da haben die Banken doch zu!«

»Ja, Schlauberger, da haben die Banken zu. Was macht also der alte Öktem? Er zuckelt mit seinem Wägelchen voll Schotter einfach nach Hause. Schleppt das Ding in seine Bude, trinkt Kaffee oder raucht sein Wasserpfeifchen oder was weiß ich – und wartet …«

»Woher weißt du denn, wo der wohnt?«, fragte Jaworski.

»WEIL ICH DEN BEOBACHTET HAB, DU HOHLKOPF!«, schrie Hoffmann und versetzte ihm einen Schlag auf den Hinterkopf. »Hab ich doch eben gesagt! Hörst du mir eigentlich nicht zu, du Dämlack?«

»Ich frag ja nur«, murmelte Jaworski und rieb sich den Kopf.

»Halt's Maul! Halt einfach das Maul und hör zu! Der Alte sitzt also in seiner Bude und wartet. In einer – Achtung: Erdgeschosswohnung! Mit einem Ausgang zum Hinterhof!«

»Bestimmt abgeschlossen«, sagte Küppers frustriert.

»Na und?«, fragte Koppnuss und pumpte seinen Brustkasten auf.

»Schnauze!«, knurrte Hoffmann. »Spielt keine Rolle. Jedenfalls sitzt der da und wartet. Und um Punkt sechs Uhr fährt ein Cayenne vor, und zwei jungsche Bodybuildertypen steigen aus. Sie klingeln drei Mal kurz, zwei Mal lang, zwei Mal kurz, und dann geht die Tür auf, und nach zwei Minuten kommen sie wieder raus. Mit der Einkaufstasche. Steigen in ihre Angeberkarre und fahren was-weiß-ich-wohin.«

»Bodybuilder machen mir keine Angst«, sagte Koppnuss.

Hoffmann stöhnte. »Ja, meinst du vielleicht, wir warten auf die? Nee, wir gehen eine Viertelstunde vorher rein.«

»Boah!«, machte Koppnuss: Das fand er ganz schön clever.

»Wie kommen wir denn da rein?« Jaworski.

»Mit dem Klingelzeichen natürlich.« Küppers.

»Klar.« Koppnuss. Zu Hoffmann: »Oder?«

»Ja, natürlich! Wir klingeln, die Tür geht auf, wir gehen rein …«

»Und was ist, wenn die jede Woche ein anderes Zeichen vereinbart haben?«, gab Küppers zu bedenken. »Ich hab mal einen Film gesehen …«

»Ich hab doch gesagt, ich hab den *vier Wochen* beobachtet«, unterbrach Hoffmann ihn. »Es war jedesmal dasselbe. Aber ich guck mir das nächsten Samstag sicherheitshalber noch mal an, und Samstag drauf schlagen wir zu.««

»Vier Mal kurz, dann drei Mal … Nein, zwei …«, versuchte Jaworski Punkte zu sammeln. Und bekam einen weiteren Schlag auf den Hinterkopf.

Hehlau

Zwei, drei Kilometer weiter südlich marschierte Hehlau durch das Foyer des Amts für Verfassungsschutz und nickte dem alten Wachhabenden zu. Doch auch diesmal kam er nicht ohne Kontrolle an ihm vorbei. *Jetzt sieht er mich seit bald 30 Jahren tagaus, tagein hier reinspazieren und will immer noch meinen Ausweis sehen!*

Hehlau drückte den Dienstausweis gegen die Glasscheibe, die ihn von dem Sicherheitsmann trennte. Der Glatzkopf stierte eine gefühlte Minute lang auf die Plastikkarte, dann notierte er die Ankunftszeit auf einer Liste und nickte freundlich.

»Guten Tag, Herr Hehlau. Auch am Samstag im Dienst?«

»Allzeit bereit«, antwortete Hehlau und verkniff sich, was er eigentlich sagen wollte: *Nächstes Mal halte ich dir meine Knarre unter die Nase, du Pfosten!* Seiner Laune, schon kurz nach dem Aufwachen im Keller, war es nicht gerade zuträglich gewesen, dass der Pekinese seiner Sitznachbarin im Bus ihn ständig angeknurrt – und ihm kurz vor dem Aussteigen noch auf den Schuh gepinkelt hatte.

Er entschied sich diesmal entgegen seiner Gewohnheit – Treppensteigen statt Joggen – für den Fahrstuhl und fuhr die drei Stockwerke zu seinem Büro hoch. Er schloss die Tür auf, warf einen verzweifelten Blick auf den neuen Aktenberg, den seine Sekretärin neben dem Schreibtisch aufgetürmt hatte, schaltete den Rechner ein und rief seine Mails auf. Das Labor hatte die Substanz untersucht, die dem merkwürdigen Brief beigefügt war: Tatsächlich Rizin.

»Schwierig, aber nicht unmöglich, es zu beschaffen«, hieß es im Gutachten. »Die Samen der Rizinuspflanze, in Deutschland auch als Wunderbaum bekannt, sind hochgiftig. Für eine tödliche Vergiftung reicht die Menge von 0,3 bis 20 Milligramm isoliertes Rizin pro Körperkilogramm«, schrieb Professor August Grube, bei allen Mitarbeitern der Behörde »Sommerloch« genannt. »Das gilt für die orale Einnahme«, fügte der Laborchef hinzu. Es folgten eine ellenlange Abhandlung über chemische Prozesse, die Wirkung bei intravenöser Einnahme und der Hinweis, das Rizin nach dem deutschen Kriegswaffengesetz als Kampfstoff geführt sei.

Zum Ende der Mail wurde Sommerloch persönlich: »Und wenn du als Kind mal tagelang nicht kacken konntest, haben dir deine Eltern bestimmt Rizinusöl eingeflößt, nicht wahr, Hehlau? Das Zeug funktioniert auch heute noch tadellos. Lässt sich auch bei Verhören bestens einsetzen. Als Druckmittel, sozusagen.« Grube schickte ein Smiley hinterher. Hehlau verzog keine Miene.

Es gebe drei Möglichkeiten an das Zeug heranzukommen, schrieb Sommerloch. »Entweder du setzt dich in den Flieger und pflückst die Samen in Nord-Ost-Afrika oder im Nahen Osten selbst und schmuggelst sie nach Deutschland. Oder du kennst jemanden, der Rizinusöl herstellt. Nach der Extraktion des Öls bleibt das Gift in den Nebenprodukten. Da stecken noch gut fünf bis zehn Prozent drin.« Genug, um Alte, Kinder und Menschen mit Vorerkrankungen qualvoll krepieren zu lassen. Man könne sich aber auch all die Mühe sparen, auf der Couch hocken bleiben – und Rizin im Internet bestellen. »So wie unser tunesischer Freund aus Chorweiler. Der hat sich mehr als 3.000 Samen per Post kommen lassen. Meine Fresse, das wäre ein Gemetzel geworden, wenn uns die amerikanischen Kollegen nicht frühzeitig gewarnt hätten.«

Bei der Erinnerung an den geplanten Terroranschlag des Islamisten im vorigen Jahr krampfte sich Hehlaus Magen zusammen. Sein Chef hatte ihn damals vor versammelter Mannschaft gnadenlos in den Senkel gestellt. »Wie kann es sein, Hehlau«, hatte Hesselmann gebrüllt, wobei er jedes einzelne Wort mit einem Fausthieb auf den Konferenztisch unterstrich, »dass ein verkackter Terrorist vor unserer Haustür verkackte Dinge vorhat und du und dein verkacktes Büro keinen Schimmer davon habt und zuerst die verkackten Amis dahinterkommen? Wofür bezahlen wir dich und dein Dutzend verkackter V-Leute eigentlich?«

Hesselmann hatte recht, irgendwo war etwas furchtbar schiefgelaufen. Bevor jemand aus der Abteilung antworten konnte,

rauschte der Chef aus dem Versammlungsraum und warf hinter sich die Tür zu. Neben dem Kopierer kam ein Aktenberg ins Rutschen und landete mit Schwung auf dem Fußboden. Drei Mitarbeiter sprangen eilfertig auf, um sie aufzusammeln, und stießen mit den Köpfen aneinander. Aber niemand wagte zu lachen.
Jetzt, nur ein Jahr später, kam wieder Rizin ins Spiel. Und diesmal wollte sich Hehlau nicht verarschen lassen. *Irgendjemand hat mich damals hereingelegt!* Unvermittelt schoss ihm noch ein anderer Gedanke durch den Kopf: *Wo ist das Zeug aus Chorweiler eigentlich abgeblieben?*
Hehlau griff zum Telefon.

FOLKER

»Toll, wie du sie alle immer wieder rumkriegst!«, schrie Bärbel Hoffmann Folker ins Ohr und knetete seinen Oberschenkel. Er zuckte mitten in ihrem Satz zurück – mit dem Kopf, weil er nicht fand, dass ein Tinnitus gut zu einer Musikerkarriere passte, und mit dem Bein, weil er es für keine gute Idee hielt, sich noch einmal mit Bärbel einzulassen. Und da war ja auch noch Sansibars Versprechen.

Völlig unbeeindruckt folgten Bärbels Lippen seinem Ohr und ihre Hand seinem Bein. »Ich fand's aber auch geil, wie du *mich* rumgekriegt hast«, raunte sie ihm, zum Glück wesentlich leiser, ins Ohr. »Schade, dass es so kurz war ...«

»Ja«, sagte er. »Aber ...« *Ja: Aaaber ...* Ihre Lippen an seinem Ohr, ihr Geruch, ihre heiße Hand auf seinem Schenkel, ihr weicher Busen an seinem Arm ... *Ja, eigentlich schade, dass es so kurz war.* Aus dem Nebel seiner Erinnerungen tauchten flackernde Bilder auf. Musste einige Monate her sein ...

Der schmale, düstere Gang zu einer Kneipentoilette, Herren rechts, Damen links. Eine junge Frau – Bärbel –, die in der offenen Tür der stockfinsteren Damentoilette auftaucht: »Hier ist gar kein Licht«.

»Tja, dann musst du wohl bei uns pinkeln, was?«
Sie kichert. »Wenn's dir nichts ausmacht ...?«
»Natürlich nicht«, behauptet er. Tut es ja auch nicht. Bis sie neben ihm am Urinal steht und schamlos zusieht, wie er seinen Reißverschluss öffnet und sein bestes Stück herausholt. Und es ›hübsch‹ nennt. Und scharf einatmet, als er es ein wenig schüttelt und sein Geschäft zu verrichten versucht. Ihn damit, dass sie die Zähne in ihre Unterlippe gräbt und sich an den Busen fasst, nicht nur ablenkt, sondern auch unübersehbar erregt. Was sie mit einem weiteren Kichern quittiert.
»Mit einer Erektion kann ich nicht pissen«, beschwert er sich.
Sie kichert wieder. »Das kenn ich von meinem Bruder«, sagt sie – und fasst ihn an. Keine zehn Sekunden später steht Folker mit dem Rücken an einer Kabinenwand, die Hose auf den Knöcheln, Bärbels Beine um seine Hüften geschlungen, ihre Zunge in seinem Mund und er auf dem Weg in ein neues Vergnügungsviertel. Er hat es eben gefunden und erkundet es, als draußen vor der Kabine die Tür zu den Damen klappert.
»Bärbel?« Sie presst eine Hand auf seinen Mund, mit großen, erschrockenen Augen.
»Mein Bruder!«, flüstert sie und löst sich von ihm. »Hau bloß ab!«
»Wie denn?«
»Mann, hier ist ja gar kein Licht! Bärbel?«, kommt es von nebenan.
»Das Fenster!«, keucht sie, verlässt schnell die Kabine und eilt zur Herren-Tür. »Ich bin hier!«, hört er sie rufen. Findet das Fenster, unverriegelt zum Glück, keine Gitter davor. Und so gerade groß genug für ihn.
»Wat machs' du denn auf'm Männerklo?«, fragt eine zornige Stimme.
»Na, bei uns ist doch kein Licht.«
»Un' wer is' du drüben?«
»Niemand, Heiner! Wer soll denn da sein?«
»Verarsch mich nich', du ...« Die Herren-Tür wird aufgestoßen,

just in dem Moment, als Folker einen Handstand auf einem leeren Bierfass macht und versucht, seine Füße nach draußen zu ziehen, ohne einen Überschlag in einen Stapel Leergutkästen zu machen. »Ey!«, brüllt es hinter ihm. Aber da ist er schon draußen, mit Geschepper. »Ey, du Scheißer!«

Folker dreht sich triumphierend um, aber das Grinsen vergeht ihm, als das mordlüsterne Gesicht eines ziemlich brutal aussehenden Typen im Fenster auftaucht. Der versucht, ihm nachzusteigen, aber dessen Schultern zu breit für die Öffnung sind.

»Drecksscheißfuzzy!«, schreit Bärbels Bruder. »Deine Dreckshippievisage hab ich mir gemerkt! Ich krieg dich noch! Un' dann reiß ich dir den Schwanz ab!«

Folker verschwindet in der Dunkelheit. Schwein gehabt, denkt er und grinst. Bis ihm einfällt, dass er sich so sicher nicht fühlen sollte. Er sieht den Typen vor sich, wie er sich drinnen beim Wirt der Kneipe nach ›dem Hippie‹ erkundigt, der vor ihm aufs Klo gegangen ist. Und wie der Braune Pitter ihm verrät, dass es sich um Folker, den komischen Musiker handelt.

Der Braune Pitter! Verdammt, ich war im ›Büchel‹ – deswegen kam die ›Zukunft‹ mir so bekannt vor ...!

»Wie heißt du eigentlich mit Nachnamen?«, fragte er Bärbel nun und schob sie sanft ein Stückchen von sich weg.

»Hoffmann«, sagte sie und lächelte ihn freundlich (*oder heimtückisch?*) an.

»Mensch, Folker, geiler Gig!«, brüllte Jupp Immelda, klatschte ihm mit der flachen Hand auf den Rücken und hielt ihm mit der anderen zwei mit einer braunen Flüssigkeit gefüllte Schnapsgläser vor die Nase. »Hier, den hast du dir jetzt verdient!«

Dankbar nahm Folker ihm eins davon ab, sie stießen die Gläser aneinander und kippten den *Kabänes* synchron in ihre Hälse.

»Jupp, Bärbel«, sagte er dann. »Bärbel, Jupp.«

»Dich hab ich aber auch schon mal irgendwo gesehen«, sagte Jupp, beäugte sie schamlos lüstern von Kopf bis Fuß und zurück und grinste bewundernd.

»Bestimmt«, sagte Folker und stand von seinem Hocker auf. »Dann könnt ihr ja jetzt mal rausfinden, wo und wie, während ich mal pinkeln gehe.«

»Alleine diesmal?«, fragte Bärbel anzüglich. Er sparte sich eine Antwort.

»Kennste den?«, fragte Jupp sie und legte ihr eine Hand auf die Schulter. »Was haben ein Hund und ein kurzsichtiger Gynäkologe gemeinsam?«

Folker wartete nicht ab, wie sie auf »'ne nasse Nase, hahaha!« reagieren würde. Er ging zur Toilette, schloss sich in eine der Kabinen ein und setzte sich seufzend auf den Klodeckel. Verfluchte sich selbst, weil er sein Bier nicht mitgenommen hatte, und versuchte, wenigstens *einen* klaren Gedanken zu fassen. Aber sie wirbelten wild in seinem Schädel umeinander: *Wie schaff ich mir diese verdammte Bärbel vom Hals? Ob Sansibar das wirklich ernst gemeint hat? Bin ich überhaupt noch nüchtern genug, wenn sie endlich Feierabend hat? Wie werd ich Bärbel los und kann mir dabei aber ein Hintertürchen offenhalten – hätte ja schon was, mit ihr mal in Ruhe ...* Und immer wieder schob sich erst das Bild Me'Shells dazwischen, die er einfach nicht vergessen konnte, und dann wieder Juttas verlegen-nachdenkliche Miene.

»Scheiß-Weiber!«, stieß er hervor und trat gegen die Toilettentür.

»Na, na, na!«, tadelte eine heisere Frauenstimme in der Nebenkabine. Natürlich waren die Toiletten in der *Sansibar* geschlechtsneutral.

»'tschuldigung«, murmelte er.

»Willste 'ne Kippe?«, fragte die Nachbarin. »Scheiß-Nichtrauchergesetz!«

»Oh ja, gern.«

»Ich auch. Bringste mir eine mit?«

»Ich kann gerade nicht.«

»Oh. Schade. Okay ...«

Dann rauschte nebenan die Spülung, die Tür klapperte, und jemand stöckelte lautstark und offenkundig schwankend hinaus. *When the whip comes down*, fauchte Jagger, als die Tür zum Gastraum aufging, hatte aber Mühe, das allgemeine Stimmengewirr zu übertönen.

Ja, dachte Folker, *Rock'n Roll ... Eigentlich war das, was ich da heute abgeliefert habe, auch Rock'n Roll, oder?*

Auf jeden Fall hatte das Publikum an diesem Abend reagiert wie auf ein Rockkonzert. Er hatte allerdings auch ganz schön Gas gegeben. Die meisten der Songs waren mindestens doppelt so heftig und dreckig rübergekommen, wie er sie eingeübt hatte, er hatte schmissige Gitarrenriffs und -fills eingebaut, von denen er nicht mal wusste, woher sie gekommen waren, hatte sich keine Mühe gegeben, ›schön‹ zu singen ... Und ja, die Leute, ihre ausgelassene Stimmung hatten ihn getragen, mit jedem Song war ihre Begeisterung gestiegen, und mit jeder dieser Steigerungen war er lockerer und besser geworden, hatte das Volk im Griff gehabt, war dankbar, dass sie ihm erlaubten, ja, ihn dazu drängten, sie im Griff zu haben. Im letzten Drittel des Auftritts hatte er das Gefühl gehabt, auf einer Wolke zu schweben, getragen von seiner Spielfreude, der Freude und der Sympathie seines Publikums und ihrer aller Lust an dieser Musik. *Seiner* Musik.

Nein, es war ja nicht mal seine, oder nur teilweise, er hatte einen einzigen seiner eigenen Songs eingebaut – und erschrocken bemerken müssen, dass der längst nicht so gut ankam wie all die auf seine Art umarrangierten alten Schlager. All die uralten Gassenhauer, wie *Haben Sie schon mal im Dunkeln geküsst, Da geht mir der Hut hoch, Ich zähl's an meinen Knöpfen ab. Man müsste Klavier spielen können. Schöner Gigolo. Der Novak* ... Sogar die melancholischen Balladen, geschickt im Programm verteilt, hatten Begeisterungsstürme ausgelöst – *Es wird einmal ein Wunder gescheh'n, Beim ersten Mal, da tut's noch weh,* Zarah Leanders *Nur nicht aus Liebe weinen* ...

Drei Zugaben hatte er erspielt. Und als er nach der dritten erschöpft und schweißgebadet von der Bühne stieg, hatte ihn Sansibar dort applaudierend empfangen, »Toll!«, gerufen, ihn umarmt – und ihn unter dem Gejohle der Gäste auf den Mund geküsst, hatte sogar kurz ihre Zungenspitze über seine Lippen flattern lassen und ihm dann »Das war nur ein Vorgeschmack« ins Ohr geflüstert. »Und jetzt spiel uns noch ein schönes Abschiedslied!« Mit dem er sich endgültig in die Herzen der Zuhörer gespielt hatte: Marlene Dietrichs *Wenn ich mir was wünschen dürfte*. Duster Bennett hätte es kaum herzzerreißender hingekriegt. Mindestens die Hälfte von ihnen hatte Tränen in den Augen dabei, und wenn Svenja auf Sansibars Geste hin nicht noch während seiner Dankeschöns das Mikrophon abgedreht und plötzlich – durchaus passend – *We Will Rock You* durch den Laden gedröhnt hätte, wären weitere *Zugabe! Zugabe!*-Rufe sicher nicht so schnell verhallt.

Folker seufzte. *Was wäre es geil, auf 'ne richtige Tour gehen und das jeden Abend haben zu können ...*

Wieder wurde die Tür zu den Toiletten geöffnet. Der *Psycho Killer* der Talking Heads schallte herein. *Hoffentlich ist das nicht Bärbel!* Aber dann kicherten zwei Frauenstimmen, erst vor seiner Kabinentür, danach in der Kabine nebenan, gefolgt von Schmatzen und leisem Stöhnen.

Er stand auf, um wieder hinauszugehen und sich seinen Herausforderungen zu stellen.

»Geile Mucke, wa?«, sagte da eine der Frauen nebenan.

»Joh, nicht schlecht.« Folker hielt inne und spitzte die Ohren.

»Aber ich mag Sänger eher muskulös und sexy.«

»Ach, du stehst auch auf Typen?«

»Na ja ... Ich bin dreiundzwanzig, ich hab mich noch nicht so recht entschieden, ob ich wirklich 'ne reine Lesbe bin.«

»Interessant ... Da kann ich ja froh sein, dass du's zumindest teilweise bist.« Wieder Kichern, Schmatzen und Stöhnen.

»Da bin ich ja wohl auch nicht die Einzige«, sagte die eine.

»Wie meinste das?«

»Na, unsere Sansi, zum Beispiel.«

»Nee ...?!?«

»Doch, klar. Die steht auch auf Typen.«

»Woher willste'n das wissen?«

»Sie hat mich mal zusammen mit einem nach Hause gebracht, als ich ein bisschen arg betrunken war.«

»Und ...?«
»Und da hat sie erst mit mir rumgemacht und dann mit ihm. Der konnte nach dem ganzen Rumgemache und Zugucken kaum noch an sich halten – aber ficken durfte er sie nicht. Da steht sie wohl nicht so drauf. Aber dann hat sie ihn überredet, sich einen runterzuholen, weil sie das voll anmacht.«
»Huh ...!«
»Ja, war geil. Fünf Minuten später hat sie ihn nach Hause geschickt und mit mir noch 'ne Weile rumgemacht, bis ich eingeschlafen bin. Hey! Oh ja, das ist schön ...!«
Interessant!, dachte Folker, während das Schmatzen und Stöhnen lauter wurde, und verließ die Toiletten.
Pharell Williams' Welthit *Happy* dröhnte durch die *Sansibar*. Ausgerechnet.
»Da isser ja wieder!«, grölte Jupp und versetzte Folker einen schmerzhaften Rippenstoß. »Die is' weg«, erklärte er, als er Folkers suchenden Blick sah, und grinste. »Ich glaub, sie war ziemlich sauer. Hab ihr erzählt, du hättest noch 'ne Verabredung und seist durch die Hintertür raus.«
Folker drückte ihm einen Kuss auf die Stirn. »Du bist der Beste.«
»Kann ich das schriftlich haben? Und deine Klampfe ist auch schon weggepackt und steht in der Küche.«
»Zwei Kabänes, zwei Bier, bitte!«, rief Folker zu Svenja hinüber.
»Außerdem wird's langsam Zeit, dass du 'ne CD machst«, sagte Jupp. »Schätze, heute Abend hättest Du mindestens achtzig davon verkaufen können.«
»Bei fuffzig Zuschauern?«
»Dreiundsechzig.« Sansibar stand plötzlich neben ihm. »Und das mit der CD ist 'ne verdammt gute Idee.«
»Kann ich mir nicht leisten.«
»Können wir ja mal drüber reden«, sagte sie und grinste ihn an. »Später ...« *Weia*, dachte er und versuchte sich vorzustellen, wie er auf ihrem Bett lag und vor ihren vergnügt glitzernden Augen ...

»Hey, Folker«, zischte Tommy Flens aufgeregt. »Ich komm gerade aus der *Zukunft*.«
»Gratuliere!«
»Lass den Quatsch. Ich wollt' dir nur Bescheid sagen: Heiner Hoffmann sucht dich. Wegen seiner Schwester. Und Küppers ist bei ihm. Und nach der nächsten Runde wollen sie sich auch hier mal umgucken.«
»Ach, du Scheiße!«, stöhnten Jupp und Sansibar unisono, und Folker dachte stumm dasselbe und konnte spüren, dass er ein wenig blass geworden war.
»Hätt ich doch bloß meine Knarre mitgebracht«, knurrte Jupp.
»Dann hättest du jetzt Lokalverbot«, sagte Sansibar. Sie wandte sich an Svenja. »Gibst du mir mal meinen Schlüssel?« Als sie ihn hatte, löste sie einen einzelnen Schlüssel von dem Bund und drückte ihn Folker in die Hand. »Durch die Küche, erster Stock links. Wir seh'n uns später.«
»Und vergiss die Klampfe nicht«, mahnte Jupp. »Aber die beiden hier trinken wir noch, wa'?«
Rasch kippten sie die Schnäpse, dann nahm Folker sein Bier, sagte: »Du hast was gut bei mir« zu Tommy und machte sich in Richtung Küche davon.
»Und wenn die Arschgeigen gleich kommen, hältst *du* dich schön raus, verstanden?«, hörte er Sansibar noch nachdrücklich zu Jupp sagen.
Und Jupps gleichmütige Antwort: »Ach, wer weiß, ob die überhaupt hier auftauchen – zwischen der *Zukunft* und der *Sansibar* liegen noch sieben andere Kneipen.«
Wenig später klappte die Küchentür hinter ihm zu, und er stand, seinen Gitarrenkoffer in der Hand, im stockdunklen Treppenhaus. Und schrak zusammen, als mit einem lauten Klacken die Beleuchtung anging.

Schuggermänn

Die Geschäfte liefen bestens.

Als verkündeten Werbetafeln an allen einschlägigen Plätzen der Stadt: *Kauf dein Koks bei Schuggermän, und es wird dir super geh'n!* Schuggermän kicherte leise, zog die unterste Schreibtischschublade auf und entnahm ihr ein unter einem Fotoalbum verborgenes, in braunes Packpapier gewickeltes quadratisches Päckchen, das heute Morgen in einem Schließfach des Südbahnhofs gelandet war, und auf das die werte Kundschaft sehnlichst wartete. Zwei Kilo bestes Kokain hatten die Belgier versprochen. Sie hatten Schuggermän bisher nicht enttäuscht, die Qualität war hervorragend. Doch es war abzusehen, dass mit der Nachfrage die Gefahr stieg, verschnittene Ware zu bekommen. Schließlich waren sie ja alle nur Geschäftsleute.

Das Portionieren ging flott, viele der Stammkunden bestellten regelmäßig zwanzig Gramm – die Höchstmenge, weil der Preis dafür bei viertausend Euro lag. Größere Summen würden die Banken nur stutzig machen. Solange auf den Monitoren der Geldwäsche-Beauftragten der Institute keine roten Warnlämpchen aufleuchteten, funktionierte das Geschäft. Die Deals liefen schön anonym ab: Wer Stoff wollte, schrieb per Telegram-App an ›Staubfee‹. Schuggermän gab daraufhin den Preis und die Spendenkontonummer der Hilfsorganisation ›Wege aus der Sucht‹ durch. Für die Eröffnung des Kontos bei der Deutschen Bank in einer Dresdener Filiale waren lediglich ein falscher Personalausweis und ein ebenso gefälschter Auszug aus dem Vereinsregister nötig gewesen. »Das ist sehr nett von ihnen, sich für ihre Mitmenschen einzusetzen«, hatte der grauhaarige Bankangestellte gesagt, als er die ausgefüllten Unterlagen überreichte.

Ja, ich helfe den Bedürftigen. Wenn auch anders, als du denkst ...

Alle paar Tage überwies Schuggermän das eingegangene Geld an weitere, unter falschen Namen eröffnete Konten bei verschiedenen Geldhäusern in Hamburg, München, Berlin und Düsseldorf. »Vergiss Auslandskonten«, hatten die Belgier gesagt. »Überweisungen ins Ausland werden immer gecheckt.« Für das Konto in

Berlin hatte deren deutscher Strohmann eine Vollmacht und hob regelmäßig kleinere Summen in bar ab. Damit wurden die Lieferungen bezahlt. »Denk dran«, hatte der Belgier, der zum ersten Treffen kam, gewarnt: »Sei nicht gierig. Die Geldbeträge dürfen nicht zu hoch sein, damit du schön unterm Radarschirm bleibst. *Sois sage et tout ira bien.*«
Es war kein perfektes System, doch bis jemand dahinterkam, würde es ein Weilchen dauern. *Und dann bin ich mit der Kohle schon über alle Berge.* Für die geniale, aber simple Idee, wie die Übergabe lief, ohne dass jemals jemand die Staubfee zu Gesicht bekam, wäre glatt der ›Innovationspreis der deutschen Dealer-Vereinigung‹ fällig. Sobald der Kunde überwiesen hatte, wurde das Koks unauffällig deponiert. Es gab hunderte von geeigneten Orten in der Stadt. Schuggermän hatte das Zeug schon in Mülleimer gestopft, an die Rückseiten von Verkehrsschildern geklebt, in den Spülkästen von Kneipentoiletten versenkt und unter Taufbecken gepappt. Kirchen waren sowieso bestens geeignet. Meist standen sie tagsüber offen und leer. Die zwei, drei Gestalten in den Bänken, die ihren Gott um ein paar Stunden mehr anbettelten, waren alt und langsam, hörten und sahen nur noch schlecht. Erst wenn der Stoff abholbereit war, schrieb die Staubfee den Abnehmern, wo sie ihre Ware finden würden. Funktionierte bestens. Na gut, ein einziges Mal war eine Lieferung verschwunden. Wahrscheinlich hatte irgendein Penner ausgerechnet in dem einen Mülleimer nach Pfandflaschen gewühlt und das verschweißte Tütchen gefunden.

Oder jemand, dessen Rente nicht zum Leben reicht. Mülleimer lasse ich in Zukunft vielleicht besser weg, die Leutchen dieser Sorte werden ja nicht weniger. Eine positive Nebenerscheinung des Zahlungssystems: Die Kunden, die ja angebliche Spendengelder überwiesen, wickelten dies über ihre privaten Konten ab. Schuggermän hatte alle Nummern und Namen. Es konnten ja mal schlechtere Zeiten kommen.

Im Augenblick gab es aber eine ganz andere dringende Frage zu lösen: *Wer war die Frau, die Folker K.o.-Tropfen verpasst hatte – und warum, zum Teufel, hatte sie das getan ...?*

FOLKER

»Mensch! Wer sind ...? Folker? Was machst *du* denn hier im Dunkeln?«, fragte Regina, drei Schritte neben ihm, und ließ die Haustür hinter sich zufallen. »Hast du dich verlaufen? Ausgesperrt? Hast du nicht 'n Konzert heute? Wie spät isses denn?«
»Puh ...!«, antwortete er und ließ ordentlich Luft ab. »Ganz schön viele Fragen auf einmal. Mann, hast du mich erschreckt! Ich ...«
»Und du mich erst! Ich hätte dir beinahe meinen Schlüssel ins Auge gehauen! Was machst du denn hier? Wieso hast du kein Licht gemacht? Willst du jetzt rein oder raus? Ist der Schalter schon wieder kaputt?« Sie kam näher und drückte auf den Lichtschalter neben der Küchentür. »Ach so, der tut ja jetzt nix, das Licht ist ja an. Aber wieso hast du das denn nicht angemacht?«
»Regi...«
»Was guckst du mich so an? Du bist ja ganz blass – geht's dir nicht gut?«
»Darf ich auch mal was sagen?«
»Ja, natürlich! Ich frag dich doch die ganze Zeit, warum gibst du keine Antwort? Ist dir schlecht?«
»NEIN!«
»Warum schreist du mich denn so an? Hab ich dir irgendwas getan? Hat Sansi dich rausgeschmissen? Hast du scheiße gespielt?«
Er ging zur Treppe, setzte sich auf die dritte Stufe und seufzte.
»Nein, Regina. Ich steh im Treppenhaus, weil ich ... Ach, egal! Hier, ich hab Sansis Wohnungsschlüssel, ich soll oben auf sie warten. Ich ...«
»Sie hat dir ihren Schlüssel gegeben? Sie hat dich eingeladen? Für heute Abend? Wieso denn dich au... – Ach so.« Sie grinste anzüglich. »Wir sind wohl mal wieder zu dritt heute, wie? Wie find ich das denn? Wieso hat sie mir denn nix davon gesagt? Heute ist doch Samstag, oder?« Sie polterte zu ihm hinüber und setzte sich neben ihn. »Die macht auch immer, was sie will, oder? Geht dir das auch so? Mit ihr? Dienstag verwöhnt sie dich von

Kopf bis Fuß, Mittwoch guckt sie dich mit dem Arsch nicht an, Donnerstag taucht sie gar nicht auf, und Freitag fragt sie dich, ob du Samstag schon was vorhast, ne? Und dann stellst du fest, dass ihr gar nicht alleine seid. Findest du das okay? Ja, klar findest du das okay, du bist ja 'n Kerl, die finden das immer okay. Alle, oder? Aber meinste nicht, sie könnte wenigstens mal fragen, ob du das okay findest? Ob du darauf überhaupt Lust hast? Hä? Jetzt sag doch auch mal was dazu!«

»Und, hast du Lust drauf?«

Sie kicherte und stieß ihm den Ellenbogen in die Rippen. »Na, klar! Immer! Also, nicht immer natürlich. Aber meistens schon. Ist ja auch lustig, findest du nicht? Warst du überhaupt schon mal dabei? Weißt du, wie sie dann immer abgeht? Törnt dich das auch so an? Ist doch irgendwie geil, oder? Wieso willst du denn jetzt schon hoch? Ist doch noch früh. Woll'n wir nicht erst noch was trinken? Oder bist du schon besoffen? Was ist denn mit deinem Auftritt? Oder ist der schon vorbei?«

Folker drehte sich zu ihr um und hielt ihr den Mund zu.

»Ich *muss* schon hoch, weil Leute hinter mir her sind«, raunte er ihr ins Ohr. Sie hörte starr zu, mit aufgerissenen Augen. »Irgendwelche Schläger-Arschgeigen. Ja, mein Gig ist schon gelaufen, und er war toll. Und ja, natürlich bin ich nach einem Gig besoffen. Na, zumindest halb, heute, weil ich ja verschwinden musste. Und natürlich kannst du jetzt da rein und noch was trinken, so viel du willst. Aaaber, Regina … Tu uns allen *einen* Gefallen: Halt die Klappe! Du hast mich nicht gesehen. Du hast keine Ahnung, wo ich sein könnte. Du kennst mich nicht mal! Verstanden?«

Sie nickte heftig, die Augen immer noch entsetzt aufgerissen. Himmelblaue Augen, die ausgesprochen gut zu ihren krausen blonden Haaren passten. Die wiederum vortrefflich mit dem übergroßen schwarzen Nadelstreifen-Jackett harmonierten, was geschmackssicher konterkariert wurde von den roten Netzstrümpfen an den dünnen Beinen und den schweren Doc Martens. Und den drei gepierceten Ringen in ihrem rechten Nasenflügel.

Folker zog langsam seine Hand fort – und küsste sie auf den Mund.

»Hey!«, sagte sie und stieß ihn zurück. »Doch nicht ohne Sansi!« Aber sie grinste dabei.

»Okay.« Er stand auf. »Ich geh dann mal hoch. Vergiss nicht, was ich dir gesagt habe, ja?«

»Klar. Ich kenn dich gar nicht.« Sie kicherte wieder. »*Noch* nicht …« Nahm ihren Schlüssel und öffnete die Küchentür. »Dann bis später, oder?«

Folker nickte bloß und stieg die Treppe hoch. Hinter ihm klappte die Tür zu. Er ging in Sansibars Wohnung, fand, ohne Licht zu machen, den Weg in die Küche, durch deren Fenster der violette Neonschriftzug der *Sansibar* leuchtete, fand das Wohnzimmer, fand auf einem Sideboard eine Flasche *Osborne*, nahm zwei, drei ordentliche Schlucke, schnappte nach Luft, ließ sich auf eins der beiden Sofas fallen, nahm noch einen Schluck, drehte sich eine Zigarette, fand kein Feuerzeug, nahm einen weiteren Schluck, legte sich auf die Seite und döste weg. Zu den von unten hoch dröhnenden Klängen von Bowies *Let's dance*.

Das Letzte, was er vor seinem inneren Auge sah, war Regina, die neben Sansibar am Tresen saß und verschreckt zuhörte, wie ein paar Schlägertypen Sansi nach ihm ausfragten, bis Regina es nicht mehr aushielt: »Wen meint ihr? Den Folker, der hier heute gespielt hat? Ich hab keine Ahnung, wo der steckt. Ich kenn den nicht mal. Seid ihr Freunde von ihm? Wieso kommt ihr denn so spät? Wisst ihr nicht, dass Live-Konzerte hier um zehn zu Ende sein müssen? Was guckst du mich denn so grimmig an? Hab ich was Falsches gesagt …?«

Dann schlief er ein.

8
Sonntag, 24. März

Folker

Folker musste niesen.

Zwei Mal, drei Mal. Irgendetwas kitzelte seine Nase. Und ihm war heiß.

Mühsam öffnete er erst ein Auge, dann auch das zweite. Kein Wunder – die Märzsonne brannte ihm volle Kanne ins Gesicht. Es musste schon fast Mittag sein, ihrem Stand und ihrer Kraft nach zu urteilen. *Verdammt, wo bin ich?* Er wandte den Kopf und zuckte zusammen – erstens kannte er das Zimmer nicht, und zweitens hatte er Schmerzen in einem völlig steifen Nacken. Nach und nach konnte er konstatieren, dass er auf einem Sofa lag, in merkwürdig verdrehter Stellung, den Kopf auf einer Armlehne, die Füße auf einer anderen. Irgendjemand hatte ihm in der Nacht eine Decke übergeworfen; das und der Geschmack von Osborne, Zement und Gülle auf seiner pelzigen Zunge wären eine Erklärung dafür, dass er völlig verschwitzt war. *Aber wo?*

In gebrochenen Zeitlupenwellen schwappten widerstrebend Erinnerungen in ein paar leere Gehirnzellen. *Der Gig. Sansibar. Die ihm – hoppla! – einen Kuss versprochen hatte. Die kleine Regina im Treppenhaus. Sansis Schlüssel ...* Ja, er war in ihrer Wohnung! Ja, klar – weil dieser verfluchte Hoffmann hinter ihm her war. *Scheiße, verdammte!* Er warf die Decke von sich und setzte sich mühselig auf. Danach musste er erst einmal zwei Minuten zu Boden blicken und seinen brummenden Schädel festhalten. Der Film *Eraserhead* kam ihm in den Sinn, in dem reihenweise Köpfe zerplatzten. Die Versuchung war groß, die Küche, den Kühlschrank und ein kaltes Bier zu suchen und sich anschließend wieder hinzulegen.

Aber wo war Sansibar? Wo war Regina? Wieso hatten sie ihn nicht geweckt? War da nicht eine Ankündigung – na ja, eine Andeutung, die Hoffnung zumindest – auf irgendwelchen Schweinkram zu dritt gewesen?

Tja, war wohl nix, Casanova.
Auf dem Tischchen vor dem Sofa stach ihm ein Blatt Papier ins Auge, an eine fast leere Flasche Osborne gelehnt. Darauf stand in kindlicher Handschrift: »Schade, dass du so fest geschlafen hast. Na, vlt ein andermal. Ich muss jetzt los, arbeiten. LG Regi.« *Na, super.*
Er stand auf und tappte suchend in der Wohnung umher. Fand das Bad, klappte die Klobrille hoch, öffnete seine Hose und wollte gerade anfangen zu pinkeln, als ihm einfiel, wo er war. Klappte die Brille wieder herunter, schob seine Jeans bis auf die Knöchel hinab und setzte sich. Anschließend wusch er sich die Hände und schöpfte sich eine Minute lang kaltes Wasser ins Gesicht. *Schon besser.*
Nebenan stand eine Tür ein Stück offen. Grunzende, pfeifende und schmatzende Geräusche drangen in den Flur. Folker drückte die Tür etwas weiter auf und fand sich in einem halbdunklen Schlafzimmer wieder – Nordseite, Hinterhofseite, zu drei Vierteln herabgelassene lilafarbene Jalousien. Auf einem Zwei-mal-zwei-Meter-Bett lag Sansi und schnarchte. Sie lag auf dem Bauch, mit einem bunten T-Shirt bekleidet, die Arme um eins von einem halben Dutzend Kopfkissen geschlungen, den Kopf auf einen Unterarm gebettet, ein Laken zerknüllt um ihre stämmigen Beine gewickelt. Satinbettwäsche, komplett, silbergrau. Sehr schick.
Noch schicker war das Bild, das sich ihm erst langsam eröffnete: Das tolle Georgia-O'Keefe-Blüten-Tattoo auf ihrem linken Arm kannte er ja schon. Und jetzt wurde ihm klar: Sie trug gar kein T-Shirt. Über ihrem ganzen breiten, fleischigen Kreuz breitete sich eine karibische Dschungellandschaft aus – in ihre ansonsten nachtmenschenweiße Haut tätowiert. Palmen, Mammutbäume, riesige exotische Blüten in allen Farben. Auf ihrem linken Schulterblatt saß ein rot-gelber Papagei in einem dunkelgrünen Baum, auf dem rechten hockte wie sprungbereit ein schwarzer Panther in einem hellgrünen. Wohl inspiriert von Rousseaus Tropenbildern. Und Sansibar-Prospekten aus dem Reisebüro. Unter den Bäumen immer mehr Blüten, ein paar Kolibris, dann, wo Sansis

Becken begann und die Wölbung ihres Hinterns, ein Sandstrand. Auf ihren Pobacken zwei barbusige Hula-Tänzerinnen in kurzen Baströckchen, die sich über die Spalte in der Mitte hinweg an den Händen fassten.

Und darunter – Folker musste zwei Schritte näher herangehen – tanzten in türkisfarbenen, schaumbekränzten Meereswellen Dutzende von winzigen weiteren Tänzerinnen von beiden Seiten in die dunkle Höhle zwischen den Schenkeln hinab.

Folker war fasziniert – ein echtes Kunst-, ja ein Meisterwerk. Minutenlang stand er da und bestaunte es andächtig. Nach einer Weile nicht mehr nur das Bild, auch der feiste Nacken unter dem Kopf mit den schwarzen Drei-Millimeter-Stoppeln, das mächtige breite Kreuz, die unter dem rechten Arm hervorquellende, plattgedrückte Brust, das voluminöse Hinterteil, die Kugelstoßerschenkel, die dunkle von schwarzem Gekräusel umwucherte Höhle faszinierten ihn, weckten zunehmend Interesse, weckten Fantasien – und tatsächlich seine Begierde.

Jetzt einfach ausziehen und sich danebenlegen. Sie wachstreicheln. Ganz sanft über das Bild streichen, von der höchsten Palme bis zum Strand ..., flüsterte eine verführerische Stimme in seinem Kopf. *Fifty-fifty*, antwortete eine andere prosaisch. *Entweder wacht sie davon nach 'ner Weile in angeregter Stimmung auf und heißt dich mit offenen Armen und Schenkeln willkommen ...*

Oder sie schlägt dir ein paar Zähne ein und tritt dich aus ihrer Wohnung, ergänzte Folker, *und du kriegst nie wieder eine Chance. Und wohl nie wieder einen Gig in der Sansibar.*

Das gab den Ausschlag. Er ging zurück ins Wohnzimmer, schnappte sich seinen Gitarrenkoffer, überlegte einen Moment lang, stellte ihn wieder ab und schrieb noch eine kurze Nachricht unter Reginas Brief: »Tut mir leid. Ja, vielleicht ein andermal. Und danke für den Unterschlupf, Sansi. xxx F.«

Er wollte eben die Wohnungstür leise hinter sich zuziehen, als er innehielt und noch einmal zurückging. Und, grinsend, schrieb: »*p.s.: Tolles Tattoo, übrigens.*«

Dann verließ er endlich die Wohnung.

9
Montag, 25. März

Me'Shell

»Hat's geschmeckt, die Dame?«, fragte der schnöselige Kellner auf der anderen Rheinseite, der ›Schäl Sick‹, wie der Kölner sie nennt, und bemühte sich, nicht allzu auffällig auf ihre Schenkel zu starren. »Noch ein Kaffee vielleicht, ein Espresso?«

»Danke, ja, und danke, nein«, sagte Me'Shell, legte zwei Zwanziger auf den Tisch, erhob sich und stand so dicht vor dem Typen, dass er erschrocken einen Schritt zurückwich. »Aber Sie sollten sich mal Gedanken über Ihr Aftershave machen.« Mit halb offenem Mund und roten Flecken im glattrasierten Gesicht starrte er hinter ihr her, als sie die Terrasse des Hyatt-Hotels verließ und in Richtung Hohenzollernbrücke stöckelte, und konnte sich kaum entscheiden, ob er ihren aufreizenden Gang, die ewig langen nackten Beine unter dem kurzen Wildlederrock, den perfekten Hintern, ihre kühle Dreistigkeit oder das vergnügte Funkeln in ihren dunkelgrünen Augen bewundern sollte.

Oder ihre Großzügigkeit. Dreißig Prozent Trinkgeld …! Irgendetwas an ihm schien ihr wohl doch gefallen zu haben.

»Sag mal, Sonja, wie findest du eigentlich mein Rasierwasser?«, fragte er seine Kollegin an der Bar.

»Das ist doch einfach«, erwiderte sie. »Man muss doch nur bis auf einen Kilometer an dich rankommen und Ausschau nach den toten Fliegen halten.«

Me'Shell setzte sich kurz vor der Brücke auf ein Mäuerchen am Rheinufer, zündete sich eine Zigarette an und betrachtete versonnen den in Sonnenuntergangsfarben leuchtenden Dom, die glitzernden goldenen Dächer des Museums links daneben und kopfschüttelnd das blaue Musicalzelt rechts des Hauptbahnhofs. *Da hat aber jemand das Motto ›Macht euch schick für die Party‹ gründlich missverstanden*, dachte sie. Fand jedoch, dass der

Anblick immer noch erträglicher war als der dieser vermurksten Kranhäuser weiter südlich. *Ich wette, der Architekt ist Düsseldorfer und hat die selbstverliebten Kölner ganz schön verarscht ...* Sie grinste vor sich hin.

»Na, so ganz alleine hier?«

Sie setzte eine gelangweilte Miene auf und besah sich den Typen langsam von unten, von den lächerlichen gelben Sneakers über die zu weite Khakihose, das viel zu enge gelbe T-Shirt, die Bodybuilder-Muskeln, den mit Akkuratesse gestutzten schwarzen Acht-Tage-Bart, die bekifft-lüsternen dunkelbraunen Augen bis zu dem unfreiwillig komischen US-Marines-Haarschnitt.

»Und das bleibt auch so«, sagte sie leise.

»Warum, schöne Frau? Ist so ein schöne' Abend ...!«

»Verpiss dich, Achmed.«

»Ey, heiß ich Hüsseyn.«

»Verpiss dich, Hüsseyn.«

»Was? Ey, Du blöde F...« Er machte einen Schritt auf sie zu – und schrie auf, als sie ihm ihre Funken sprühende Kippe ins Gesicht schnippte. Der Schrei brach abrupt ab, als sie aufstand und ihm in der gleichen Bewegung ein Knie zwischen die Beine rammte. Stöhnend krümmte er sich, mit tränenden Augen, und hielt sich mit beiden Händen die Kronjuwelen.

Me'Shell beugte sich ein wenig zu ihm herab. »Ich sagte, verpiss dich. Jetzt.«

»Ja, is' ja gut«, greinte er und humpelte davon, in immer noch gekrümmter Haltung wie ein von Bechterew gequälter Greis.

Dabei wär's eigentlich gar nicht schlecht, mal wieder ein bisschen Spaß zu haben, dachte Me'Shell, während sie ihm grinsend hinterher schaute, *eine Runde wilden, rauen Sex ... Oder eine träge Frühlingsnachmittagsnummer ...* Verdutzt sah sie Folker vor ihrem inneren Auge auftauchen. Klar, ein kleiner Loser, ein Möchtegern-Don-Juan, eine ordentliche Portion zu überzeugt von sich – aber irgendetwas war an ihm ... *Und schöne Gitarristenhände hat er ja. Aber Dreißigerjahre-Schlager – was für ein Spinner!*

Nee, nee ...! Und sowieso: Erst die Arbeit, dann das Vergnügen!

Doch als sie die Hohenzollernbrücke überquerte, ertappte sie sich dabei, wie sie *schöner Gigolo, armer Gigolo* vor sich hin summte und ihre Schritte zum Bahnhof hin etwas Beschwingtes hatten.

FOLKER

Sag, wie heißt du, süße Kleine, sang Folker rau, prügelte mit der Rechten auf seine Gitarre ein und verpasste dem alten Hans-Albers-Schlager einen zornig-kantigen Chicago-Blues-Groove. *Alles weiß ich, nur das eine, deinen Namen weiß ich nicht ...*

Er war inzwischen überzeugt, dass Me'Shell nicht ihr richtiger Name war – würde sie sich mit ihrem wahren Namen vorstellen, wenn sie vorhatte, einem K.o.-Tropfen zu verpassen? Aber wie hieß sie dann? Wo kam sie her? Wieso hatte sie sich die Mühe gemacht, ihm eine falsche Telefonnummer zu geben? Und warum hatte sie es überhaupt auf ihn abgesehen – und das auch noch ganz anders, als er es sich ausgemalt hatte?

Er *musste* sie wiedersehen! Aber wo und wie sollte er sie suchen?

Ach, ich möcht' dir doch mal schreiben, dass dein Herz dir nicht vor Sehnsucht bricht ...

Sehr witzig, Hänschen! Folker warf die Gitarre aufs Bett und sich daneben auf den Rücken. *Als wäre sie es, die hier Sehnsucht hat ...!*

Vielleicht sollte er sich erst mal ernsthaft über seine Sehnsüchte Gedanken machen. Nein, nicht vielleicht: ganz sicher. Überhaupt schien ihm sein Liebesleben – oder was er dafür hielt – mal wieder (oder endlich mal) einer gründlicheren Betrachtung wert.

Er ging in die Küche, stibitzte sich ein Glas von Juttas Weißwein aus der Flasche im Kühlschrank und eine Zigarette aus der Schublade im Küchentisch, schlich zurück in sein Zimmer und ließ sich wieder auf dem Bett nieder. Schaute den Rauchringen nach und haderte mit seinem verkorksten Gefühlsleben.

Du bist verknallt in Me'Shell – oder wie auch immer sie heißt. Und das, obwohl sie dich ordentlich verarscht hat. Du bist scharf auf Sansibar. Und das, obwohl du weißt, dass sie auf Frauen steht und sich mit Männern allenfalls aus irgendwelchen voyeuristischen Gelüsten abgibt. *Du bist scharf auf eine Gelegenheit, dich mit Bärbel mal mehr als einen Toiletten-Quickie lang vergnügen zu können. Obwohl du weißt, dass ihr Bruder dir diese Nummer ziemlich übelnimmt. Du bist scharf auf mindestens die Hälfte aller weiblichen Sansibar-Gäste. Und auf mindestens die Hälfte aller Mädels im Publikum deiner Auftritte. Und du empfindest irgendwas, was du womöglich mal näher untersuchen solltest, für Jutta. Kriegst sogar 'ne rote Birne, wenn ihr verdammter Sohnemann was von Hochzeitskutschen schwafelt! Wenn's so weitergeht, entwickelst du am Ende noch so was wie väterliche Gefühle für ihn!*

»Hey, Volker ›Folker‹ Schmittem«, knurrte er einem besonders gelungenen Rauchring hinterher, »komm mal runter aus deinem Wolkenkuckucksheim und gib zu, dass du die längst schon hast! Sei doch *ein* Mal ehrlich, wenigstens zu dir selbst!«

Er versenkte die Kippe im fast leeren Weinglas und griff nach seiner Gitarre. Klimperte ein Weilchen ziellos darauf herum und fand dann einen Akkord und noch einen, und schließlich drosch er einen ZZ-Top-artigen Shuffle-Groove in die Saiten. Und sang.

Ob blond, ob braun, ich liebe alle Frau'n ...

»Scheiße!«, rief er, brach ab und warf die Klampfe wieder neben sich aufs Bett. Er musste diese verdammte Me'Shell wiedertreffen. Und sei es, um herauszufinden, dass er sie sich aus dem Kopf schlagen konnte. Er musste wissen, warum sie ihm so übel mitgespielt hatte. Und wieso ausgerechnet ihm? Er musste sich über seine Gefühle für Jutta und Kai klarwerden. Er musste überhaupt mal ein bisschen Ordnung in seinen Gefühlshaushalt bringen.

Eins der gelegentlichen »Ein-Gläschen-Wein?«-Gespräche an Juttas Küchentisch kam ihm in den Sinn.

»Ach, du bist doch auch nur einer von denen«, hatte sie irgendwann gesagt.

»Von welchen?«

»Du wärst so gern ein Zyniker, dabei bist du auch bloß ein gekränkter Idealist.«

Und mal ganz von deinen Scheiß-Gefühlen abgesehen: Du musst mal wieder zu einem bisschen Kohle kommen. Du brauchst Gigs. Und – last not least, Mister Was-soll-mir-schon-passieren – musst du dir möglichst bald mal was einfallen lassen zum Thema ›Ein paar Faschos sind hinter dir her und wollen dir sämtliche Knochen brechen und dich womöglich anschließend im Rhein versenken‹ ...

ME'SHELL

Sie war gerade die Treppe von der Brücke zur Domplatte herabgestiegen, als die Wolken, die schon seit einigen Minuten die Sonne verdeckten, beschlossen, ihre nasse Last loszuwerden. Ein eiskalter Regenguss zwang Me'Shell, irgendwo Schutz und Wärme zu suchen (*Jau, 'ne Lungenentzündung, das fehlte mir jetzt noch!*). Im Laufschritt flüchtete sie in das Museum Ludwig, zahlte die geforderten zwölf Euro Eintritt – und stellte überrascht und erfreut fest, dass dort bis zum ersten Mai eine Sammlungspräsentation zum neunzigsten Geburtstag von Gerhard Richter gezeigt wurde. Ein Maler, den sie sehr verehrte – *danke, Petrus!*

Eine ganze Weile stand sie schließlich vor *Ema (Akt auf einer Treppe)*, völlig versunken vergaß sie alles um sich herum, hörte und sah nichts mehr außer diesem Bild, genoss die Schönheit der nackten jungen Frau, die umwerfende Malkunst Richters, dem dank seines genialen Unschärfe-Effekts gelungen war, Ema wie eine Gestalt aus einem Traum wirken zu lassen, eine wundersame Mischung aus unschuldiger Natürlichkeit und erotischer Ausstrahlung. Der sich auch Me'Shell nicht entziehen konnte, während sie spürte, wie Tropfen aus ihren nassen Haaren in den Nacken rannen und sie sich bewusst wurde, wie ihre durchnässte Bluse an ihrer Haut klebte.

»So würde ich Sie auch gern malen – wenn ich malen könnte«, raunte eine belegte Stimme an ihrem Ohr, und eine Hand legte sich sanft auf ihre Hüfte.

Me'Shell erstarrte. Sämtliche Muskeln ihres Körpers spannten sich an, bereit, dem Kerl hinter ihr den Ellenbogen in den Magen zu rammen. Die Hand tätschelte kurz ihren Rücken.

»Nicht gleich zuschlagen«, sagte die Stimme. Als wüsste er von ihrer Begegnung mit Hüsseyn. Eine zweite Hand tauchte neben ihr auf, mit einem kleinen Briefumschlag winkend. »Schönen Gruß von Hehlau.«

Sie wandte sich um. Ein junger Typ, raspelkurze blonde Haare, beige Jeansjacke, graues Jeanshemd, schwarze Jeans, ein spöttisches Lächeln. Nie gesehen, nirgends. Sie starrte ihn stumm an, ihre türkisgrünen Augen hell und leuchtend wie Glasmurmeln. Und genauso kalt. *Du lässt mich also beschatten, Hehlau. Traust mir nicht, wie?*

Wahrscheinlich zu Recht, sagten die Augen ihres Verfolgers. Glitten dann ab, hinab zu der nassen Bluse und allem, was sich deutlich darunter abzeichnete.

Me'Shell nahm den Briefumschlag, faltete ihn zweimal und steckte ihn unter den Bund ihres Rocks. Schaute kurz über die Schultern des Anstands-Wauwaus, sah ein paar wenige Besucher – einige ältere Damen, ein Grüppchen von Schülerinnen –, entdeckte den gelangweilten Wachmann am Durchgang zum nächsten Saal. Sie lächelte und lehnte sich ein wenig vor, sodass ihre Wange die des Typen fast berührte.

»Wirklich schade, dass du nicht malen kannst«, flüsterte sie ihm ins Ohr und fasste an den Bund seiner Jeans. Öffnete geschickt den einsamen Knopf. Hörbar sog der Wauwau den Atem ein, wurde tatsächlich ein bisschen rot, schob aber reflexartig sein Becken vor. Mit einem Ruck riss sie beidhändig seinen Hosenstall auf, zerrte an seinen Hemdschößen und stieß ihn so heftig von sich, dass er zwei Schritte zurücktaumelte.

»Was fällt Ihnen ein?«, schrie sie. »Sie Ferkel!« Überall ruckten Köpfe zu ihnen herum. Sahen eine attraktive junge Frau mit empört aufgerissenen, zornsprühenden Augen und einen jungen Mann, der halb gebückt, mit hochrotem Gesicht hektisch versuchte, sein Hemd in die Hose zu stopfen und seinen kaputten Reißverschluss zu schließen. Zwei Frauen kreischten vor Entsetzen und

Entrüstung, ein paar der Kinder vor Vergnügen, der Wachmann setzte sich erschrocken in Bewegung und murmelte auf dem Weg zum Tatort aufgeregt in das Mikrophon an seinem Jackettkragen.
»Was ist hier los?«, fragte er Me'Shell und packte gleichzeitig den Wauwau am Arm.
»Das Schwein!«, rief sie. »Er hat mich … belästigt!« In einer dramatischen Geste legte sie den Handrücken an die Stirn und murmelte: »Oh, Gott …!«
Zwei weitere Wachleute tauchten auf, ein Mann und eine junge Frau. Sahen, wie Hehlaus Bubi versuchte, sich dem Griff ihres Kollegen zu entziehen, stürzten sich auf ihn und rangen ihn zu Boden.
»Moment!«, schrie er. »Das ist ein Irrtum!«
»Ja, klar«, sagte der Wachmann.
»Ja, ja, wahrscheinlich ist wieder die Frau im kurzen Rock schuld«, seine Kollegin.
»Quatsch!«, schrie der Wauwau und bäumte sich auf. Zu dritt zwangen sie ihn unsanft zurück auf den Boden und drehten ihm beide Arme auf den Rücken. Jetzt brüllte er vor Schmerzen.
»Geht's Ihnen gut, meine Liebe?«, fragte eine der älteren Damen und legte fürsorglich einen Arm um Me'Shell.
»J-ja, ja … Ich …, ich muss an die Luft!«, stöhnte die.
»Ja, natürlich. Verständlich, Sie Arme. Kommen Sie …«
Me'Shell ließ sich bis ins Foyer führen.
»Danke, es geht schon wieder«, sagte sie dort. »Ich … Ich glaube, ich muss … Ich will zu meinem Mann …« Sie drückte die Hand der verständnisvoll nickenden Frau, bedankte sich herzlich und eilte nach draußen. Es regnete nicht mehr, und zwischen erleichtert weiterziehenden Wölkchen blitzten schon wieder Sonnenstrahlen hervor.
Hehlau, du verdammtes Arschloch! Hast du zu viel Personal? Musst du jetzt schon zusehen, dass du deinen Jahresetat ausgegeben kriegst? Mich beschatten lassen …! Das wirst du noch bereuen, mein Lieber!
Rasch, um nicht noch von einem eifrigen Museumswachmann eingeholt zu werden, marschierte sie zum Alter Markt und stieg

dort in einen gerade ankommenden Bus Richtung Südstadt. Sie löste einen Fahrschein, setzte sich in die letzte Reihe, zog den Briefumschlag aus ihrem Rock und öffnete ihn.

Ein DIN A4-Blatt, ein Schlüssel, eine Scheckkarte.

»Eine unserer Wohnungen«, stand da, und eine Adresse in der Südstadt, in Hehlaus akkurat-steiler Handschrift, die er sicher für männlich und auf eine Führungspersönlichkeit hindeutend hielt. »Ansonsten Kontaktaufnahme weiter zu den üblichen Zeiten über das übliche Handy. Noch mal: Ja, deinen Schuggermän würde ich mir gerne an die Brust heften.« *Ja, klar, Dirty Harry – aber das wird dich teuer zu stehen kommen!*

»Dein Plan scheint mir ganz vielversprechend zu sein. Wenn ich mich auch frage, woher du schon so viel über den Fall weißt.« Me'Shell grinste. *Vielleicht weil ich viel weniger blöde bin, als du denkst, Hehlauchen ...?*

»Hier eine saubere Kontonummer. Inhaber Hanna Martin. Die ist bei der Bank auch schon fürs Online-Banking registriert. Geh sparsam mit dem Guthaben um, mehr gibt's nicht.« Es folgten die IBAN, die PIN für die Karte und Hannas Geburtsdaten.

»p.s.: Und halt verdammt noch mal Augen und Ohren offen zum Stichwort Rizin! Gruß, H.«

Immer noch grinsend schloss sie die Augen, merkte sich die PIN, verstaute dann Schlüssel und Scheckkarte in ihrer kleinen Hüfttasche, schaute nach draußen und versuchte sich zu orientieren. *Ah, die Severinsbrücke ...!* Sie stieg aus und die Treppen hoch zur Severinstraße. Unterwegs zerriss sie den Brief in winzig kleine Schnipsel, ließ ein paar davon über das Geländer rieseln, warf den Rest in zwei Abfallkörbe. Oben betrat sie das Hotel *Mercure* und erkundigte sich an der Rezeption nach den Zimmerpreisen.

»Oh ...!«, hauchte sie, als der junge Mann sie ihr nannte. Lächelte ihn, ganz das hilflose Weibchen, verzweifelt an.

»Nun ja, dies ist ein Vier-Sterne-Hotel, gnädige Frau«, belehrte er sie.

»Ich fürchte, das übersteigt mein Budget. Hätten Sie vielleicht einen Tipp, wo ...«

Er schaute sich verschwörerisch um und kritzelte dann rasch etwas auf einen Zettel. Faltete ihn zusammen, legte ihn auf den Tresen und ging ein paar Schritte zur Seite, um dort hochbeschäftigt auf einer Computertastatur herumzuhacken. Me'Shell verkniff sich ein Grinsen, nahm den Zettel, bedankte sich und verließ das Hotel.

Keine drei Stunden später hatte sie mit einer Anja Herrmanns telefoniert, sie von dem *Mercure*-Rezeptionisten gegrüßt, sich mit ihr getroffen, ihr zweihundert Euro angezahlt und ihren Rucksack aus einem Schließfach am Südbahnhof geholt. Nun saß sie mit einer ›Pizza Togo‹, einer Flasche Rosé und ihrem Laptop in einem schlichten Ein-Zimmer-Apartment in der Elsaßstraße.

»Na, dann woll'n wir mal, Schuggermännchen«, sagte sie zu der Anmeldeseite von *Telegram*. »Oder soll ich dich ›Staubfee‹ nennen? Wäre dir das lieber? Verrät das was über dich? Oder möchtest du eben gerade das: dass deine Kundschaft nicht weiß, ob du Männlein oder Weiblein bist, hä?«

Derweil tippte sie sich durch die Prozedur, einen Account für Hanna Martin anzulegen.

»Was? Du wunderst dich, dass ich deinen Tarnnamen kenne? Tja, Schuggi, da solltest du dir deine Kundschaft etwas sorgfältiger aussuchen – das war ja nun wirklich nicht schwer. Du gehst in eine dieser albernen *After Work Lounges*, wo prompt diese fantasielose *Lounge Music* läuft, und guckst dir an der Bar das kleine Grüppchen Typen aus, das am lautesten und hektischsten labert. Suchst dir den aufgedrehtesten von denen aus und setzt dich so irgendwohin, dass er dich nicht übersehen kann. Sorgst dafür, dass er mitkriegt, wie du ihm gelegentlich ›unauffällige‹ Blicke zuwirfst, und wettest um einen Fuffi, wie lange es dauert, bis er dir einen Drink vor die Nase setzen lässt.«

Sie nahm einen Schluck Wein, biss ein Stück Pizza ab, kaute und spülte es mit einem weiteren Schluck hinunter.

»Eine halbe Stunde später sitzt er neben dir, und noch einen Drink später fragst du ihn, ohne was gegen seine Hand auf deinem Bein zu sagen, ob er seine Superlaune und seinen charmanten Mut nur den Drinks verdankt, oder ... Und dabei reibst du dir mit dem Daumen an der Nase entlang. Immerhin guckt er erst ein bisschen sparsam, aber dann sagst du ›Geht mich ja auch gar nichts an‹ und bestehst darauf, dass jetzt du dran bist mit einen ausgeben. Das überzeugt den Hohlkopf davon, dass du nicht vom RD bist, und er fragt dich, ob du auch was haben willst. Und schon steht ihr in einer Kabine auf dem Damenklo und schnieft eine Line vom Display seines iPhone. Du lässt ihn noch ein bisschen an dir rumfummeln, dann schleppst du ihn zurück an die Bar, weil dich ›das tolle Pulver so waaahnsinnig durstig macht‹.«

Noch ein Bissen, noch ein Schluck.

»Beim nächsten Drink schwärmst du davon, wie toll das Zeug dich antörnt, und fragst ihn, wo du noch mehr davon kriegen könntest. Natürlich erzählt er dir, dass er noch mehr davon hat, zu Hause nämlich, und du erzählst ihm, dass du später noch deinen Chef treffen musst, aber morgen ein super Tag für ein paar Näschen wäre, weil du dann mit deiner tollen Freundin einen Zug um die Häuser machen willst. Und natürlich kriegt er dann *ganz* große Ohren, erst recht, wenn du dann sagst, ›Ach nee, besser nicht – das letzte Mal, als wir an so einem Mädels-Abend gekokst haben, sind wir am nächsten Morgen im Bett eines Swingerpärchens wach geworden‹ ...«

Sie kicherte, schob die Pizza beiseite, füllte ihr Glas nach und nahm einen weiteren Schluck. Öffnete einen neuen Tab in ihrem Browser, ging auf YouTube, gab ›Me'shell Ndegeocello‹ ein und drehte für *The Way* die Lautstärke auf. *Maybe Judas was the better man*, sang sie mit, *and Mary made a virgin just to save face* ...

»Und dann legst *du* eine Hand auf *sein* Bein, und zwar so weit oben, dass er aufhört, mit dem Kopf zu denken – und fünf Minuten später weißt du, wie Schuggermäns Kunden an ihr Marschierpulver kommen. Ein paar Schlucke danach guckst du auf deine Uhr, rufst erst erschrocken ›Mein Chef!‹, dann ›Zahlen, bitte!‹ und wühlst in deinem Täschchen nach dem Portemonnaie, bis er zwar frustriert, aber großmütig sagt, ›Lass mal, ich mach das schon‹. Aber natürlich nicht, ohne nachzufragen, wo ihr denn seid, morgen, du und deine tolle Freundin. ›Na, wie wär's mit hier‹, fragst du zurück, ›so gegen Mitternacht?‹ Und er grinst so zufrieden, dass du dir das kleine Vergnügen nicht verkneifen kannst: ›Du schuldest mir ja sowieso noch 'nen Fuffi …‹ Und wenn er dann lacht über die Geschichte deiner kleinen Wette, tut's dir vielleicht sogar ein bisschen leid, dass du ihn nie wiedersehen wirst …«

Seufzend lehnte Me'Shell sich zurück und griff nach ihrem Glas.

»Tja, erst die Arbeit, dann das Vergnügen. Ja, ich weiß, ich rede mal wieder zu viel. Aber das Tröpfchen hier ist wirklich lecker. Na ja, für 'nen Italiener, jedenfalls. Aber zurück zu dir, kleine *Staubfee* … Dann wollen wir mein Netz doch mal noch etwas enger spinnen. Und mal sehen, ob du dich darin – nein: *Wann* du dich darin verhedderst. Und dann komme ganz langsam ich aus meinem Bau, wickele dich fein säuberlich ein – und sauge dich aus …!«

Sie schickte eine Freundschaftsanfrage an Staubfee und ging ausgiebig duschen.

Anschließend lag sie, in ein Handtuch gewickelt, wieder auf dem Bett, widmete sich weiter dem Rosé und schaute sich im Netz ein paar aktuelle Nachrichten an. Die Mitglieder des deutschen Bundestags würden zum 1. April mal wieder eine automatische Erhöhung ihrer Bezüge erhalten – drei Prozent mehr. Ein Minister kam damit auf fast 21.000 Euro im Monat – ohne all die Sonderzahlungen und Aufwandsentschädigungen. Polizei, Justiz und Zoll in Nordrhein-Westfalen verschärften mit Razzien in Shisha-Bars, Wettlokalen und Spielhallen ihren Kampf gegen die Clan-Kriminalität. Im Zuge der neuen »Null-Toleranz-Strategie« konnten über hundert Kilo unversteuerter Tabak beschlagnahmt und mehr als fünfzig Verstöße gegen das Rauchverbot in Gaststätten mit Anzeigen geahndet werden. Und rund viertausend Euro Bargeld wurden sichergestellt.

»Na, das wird den Clan-Chefs aber eine Lehre sein«, kicherte Me'Shell und prostete dem Monitor zu. Schlagerstar Tony Marshall, 81, kämpfte in der Reha gegen ein Nervenleiden und musste geplante Auftritte vorläufig absagen. Ganz Deutschland feierte nach einem EM-Qualifikationsspiel den ersten Sieg der Fußballnationalmannschaft über die Niederlande seit dreiundzwanzig Jahren. Die niederländischen Fans verabschiedeten ihre Mannschaft mit Pfiffen und prügelten sich anschließend in der Amsterdamer Innenstadt mit deutschen Hooligans.

Angewidert rief sie Google Earth auf, gab ›Ibiza‹ und ›Santa Eulalia‹ ein und zoomte auf die Hügel oberhalb des langen weißen Sandstrands, bis sie einen kleinen, lachsfarben gestrichenen Bungalow im Bild hatte.

»Bald«, flüsterte sie, »bald komme ich, *guapa* ...«

Eine knappe Stunde später vibrierte ihr Handy – eine SMS: *Was kann ich für dich tun?*

Sie überlegte kurz und tippte bloß *20* ein.

Dann geschah eine ganze Weile lang nichts. *Vielleicht musst du erst mal nachschauen, ob überhaupt noch so viel Coke da ist ...?* Nach einer weiteren Stunde fragte sie sich, ob sie etwas falsch gemacht hatte. Kurz vor Mitternacht schlief sie leise schnarchend ein.

Erst als der nächste Morgen anbrach, summte es neben ihrem Ohr. *4K*, schrieb Staubfee. Es folgte eine IBAN.

»Uiuiui«, Me'Shell räusperte sich schlaftrunken. »Vier Mille für zwanzig Gramm – stolzer Preis!« Egal, viel interessanter war die Kontonummer. Sie überwies sofort – laut der IBAN ging das Geld auf ein Konto bei der Deutschen Bank in Dresden. *Danke, Schuggermän! Bist mir auf den Leim gegangen, Süßer. Jetzt komm ich und hol dich ...*

Sie zog sich an, nachdem sie kurz das Fenster geöffnet hatte, auch einen Mantel, und spazierte durch den kühlen Märzmorgen in Richtung Südbahnhof. Hehlau sollte die Kontonummer erfahren und jemanden nach Dresden schicken. *Irgendjemand in der Deutschen Bank wird uns erzählen können, wie dieser Schuggermän aussieht.*

Ansonsten hieß es jetzt, auf die Lieferung zu warten.

Folker

»Eimf…, eim…, einfach weg!«, quengelte Folker. »Weg! Wie vom Erdbeben verschwun'n! Un' mach 'as weg, sons' fang ich noch an zu heulen!«

Er meinte die Musik. *Magnolia you sweet thing*, raunte J.J. Cale und trauerte seiner Liebsten hinterher, der angeblich besten, die er je hatte. Taifun erbarmte sich und tippte einen Track weiter.

»Besser?« Folker grunzte bloß, als er *Ain't Love Funny* erkannte, kniff ein Auge zu und versuchte, nach einem der beiden halbleeren Kölschgläser vor seiner Nase zu greifen, bis ihm klar wurde, dass da nur eines stand. »Du schnallst aber schon, dass jemand, der sich an einem Montagabend zufällig nicht in einer von neun Kneipen aufhält, in die du reinguckst, nicht unbedingt vom Erdboden verschwunden ist, oder?«

»Min'ssens neun! Min'ssens!«

»Unübersehbar«, brummte Taifun. »Ein Wunder, dass du überhaupt noch sprechen kannst.«

»Im Chlodwig-Eck«, zählte Folker auf, »inner U-U-Ubier-Schänke, im Ubier-Ding, im Cöllner, im Dingens-Eck, im … eh …«

»Aber um jemanden zu suchen, muss man dabei doch nicht in jedem Laden zehn Bier …«

»Im Terrarium«, ließ Folker sich nicht stören, »im Q-Hof, im Backes, in der Sansibar …«

»Spätestens da hättest du die Olle wahrscheinlich nicht mal mehr erkannt …«

»Quatsch! Die erkenn ich ü-überall! Wo ist die?«

»Kriegen wir noch zwei?«, rief eine der beiden Frauen am anderen Ende der Theke.

»Aber immer«, brummte Taifun, füllte zwei -4cl-Gläschen mit Apfelkorn, zapfte zwei Biere und brachte sie hinüber.

»Du bist 'n Schatz, Taifun, weißte dat?«, krähte die Frau. »Isser nit 'n Schatz, Erika? Ich sag zu meinem Mann auch immer, der Taifun, dat is'n Schatz! Pros', liebe Jung! Moment – trinkste einen mit? Un' mach dem armen Deubel da drüben auch einen, der sieht ja aus, als würd' er jleich anfangen zu heulen …! Wat? Ja, datt der schon janz jut einen im Tee hat, dat seh ich auch! Komm, jib ihm ers' recht einen – Vitamine machen nüchtern! Wa', Erika, ha ha, da können wir zwei doch 'n Lied von singen, wa'? Vitamine machen nüchtern, ha ha!« *Lady Luck*, sang J.J.

Und sie hatte recht. Drei Apfelkörner später waren irgendwelche Synapsen in Folkers Gehirn offenbar neu verdrahtet worden – er fühlte sich fit genug, noch ein paar weitere Kneipen zu durchforsten.

»Die haben doch alle schon zu«, belehrte Taifun ihn. »Es ist halb drei, Junge.«

»Echt? Nee, wie die Zeit vergeht … Na gut, dann mach uns noch zwei.«

Eine gute halbe Stunde später, Lady Luck und Erika hatten sich schon kichernd auf den Heimweg gemacht, und J.J. war von Jason Isbell abgelöst worden, saßen die beiden Jungs alleine über Eck am Tresen, eine neue Flasche in Reichweite.

»Du hast echt 'nen feinen Musikgeschmack«, sagte Folker.

»Für'n Türken?«

»Hab ich nicht gesagt.«

»Aber gedacht.«

»Na ja … Man wundert sich halt.«

»Ich bin in der Südstadt geboren, Junge, im Klösterchen, wie sich das gehört. Ich war in der Grundschule am Zugweg und auf dem Friedrich-Wilhelm-Gymnasium. Ich kann Deutsch und Englisch besser als Türkisch, und ich war in Nashville und Memphis und hab siebenhundert Meilen Route 66 geschafft …«

»Warum nur siebenhundert?«

»Weil mich dann ein Truck gerammt, mich von meiner Harley geschmissen und sie anschließend auch noch mit den Hinterrädern überrollt hat.«

»Ach du Scheiße!«

»Ja, ach du Scheiße.«

»Und dann?«

»Dann war ich sauer. Ich hab einen Pick-up angehalten und den Fahrer rausgeschmissen und bin hinter dem Truck her. Ich hätte besser auf einen Sportwagen gewartet – fünf Stunden hab ich gebraucht, bis ich das Arschloch hatte, und das auch nur, weil er auf 'ner Raststätte gehalten hat.«

»Und da hast du ihn dir zur Brust genommen.«

»Und da hab ich ihn mir zur Brust genommen«, bestätigte Taifun und schenkte nach. »Blöd war nur, dass in dem Laden auch ein paar seiner Freunde hockten. Prost!« Sie tranken. »Und noch blöder war, dass einer der Freunde der lokale Sheriff war. Sechs Wochen hab ich in einer seiner beiden Zellen verbracht – er nannte es U-Haft. Und dann hat mich ein Richter – sein Schwiegervater – zu drei Monaten verknackt, wegen Körperverletzung in fünf Fällen, und dafür gesorgt, dass am Ende der drei Monate mein Visum abgelaufen war. *Bye, bye, America* …«

Zeit für Folker, nachzuschenken.

»Immerhin warst du in Nashville«, sagte er, als die Gläser leer waren.

»Immerhin war ich in Nashville. Und in Memphis. Und hab 'ne Menge geile Musik gehört, das kann ich dir sagen. Da siehst du Bands, von denen hat hier noch kein Schwein je was gehört, und du denkst, Mann, wieso sind die nicht weltberühmt? Wer kennt hier Jason Isbell, zum Beispiel?«

»Na, ich natürlich.«

»Ja. Du hast eben auch 'nen guten Geschmack. Wie bist du eigentlich auf die Idee gekommen, Musiker zu werden?«

»Hans Albers«, sagte Folker. »Lange Geschichte.«

»Ist erst halb vier«, brummte Taifun, langte über die Zapfhähne hinweg und zapfte zwei frische Kölsch. Zündete sich eine neue Lucky an, stützte sein Kinn auf eine Hand und schaute den Musiker geduldig wartend an. Er schien wirklich interessiert zu sein.

Offenbar echt 'n guter Typ, dachte Folker, drehte sich eine Zigarette aus seinem Tabak und musterte seinerseits Taifuns Physiognomie. Das kantige Kinn, den buschigen dunkelblonden

Schnurrbart, dessen Enden an den Mundwinkeln ein, zwei Zentimeter herabhingen. Die breite knochige Nase, die ganz offensichtlich schon mindestens ein Mal gebrochen war. Die großen Ohren, die Drei-Tage-Glatze, die borstigen Augenbrauen. Und die vielen Lachfältchen um die so sanft blickenden hellblauen Augen. Die muskulösen breiten Schultern, den Respekt einflößenden Bizeps, die schwieligen Pranken. *So einen hätte ich mir als großen Bruder gewünscht. Oder wenigstens als Freund. Aber das können wir ja vielleicht noch werden.*

»Na ja ... Ich war als Kind viel allein, weißt du. Mein Alter hatte ein paar gute Gründe, zur Fremdenlegion zu gehen, da war ich gerade mal zwei. Also musste meine Mutter doppelt arbeiten; tagsüber verkaufte sie Kugelschreiber und Bleistifte im Kaufhof auf der Hohe Straße, und drei Mal die Woche spülte sie abends noch Geschirr in der Kaufhof-Kantine. Und ich war, bis ich in die Schule kam, den ganzen Tag allein.«

»Gab's da keinen Kindergarten?«

»Schon, aber meine Mutter hatte Angst, dass mein Großvater väterlicherseits mich dort abfangen könnte. Der war nämlich der Meinung, sie sei für eine ordentliche Erziehung seines einzigen Enkels nicht geeignet, und wollte das Sorgerecht für sich erkämpfen. Wir wohnten in einem winzigen Gartenhäuschen in Raderthal, und wegen dem Alten schloss sie auch immer ab, wenn sie morgens mit ihrem klapprigen alten Rad zur Arbeit fuhr. Im Garten spielen konnte ich immer nur am Wochenende. Na ja, und so hockte ich halt den ganzen Tag in dieser Laube, spielte mit meinen bunten Bausteinen oder Mensch-ärgere-dich-nicht gegen mich selbst oder las Mickey-Mouse-Heftchen, und meine einzige Gesellschaft war das Radio. Ein uraltes Trumm von Loewe Opta, mit so 'nem Gitter-Stoffbezug vor dem Riesenlautsprecher und davor in einer Ecke einem blinkenden grünen Auge.« Folker seufzte. »Und einer beschissenen Antenne. Gerade mal zwei Sender kamen einigermaßen durch – irgend so ein WDR-Seniorensender und BFBS. Ansonsten undefinierbares Rauschen und Pfeifen und verzerrte Musikfetzen und Bruchstücke von tausend krächzenden

Sprachen aus aller Welt.« Er leerte sein Bierglas. »Hast du noch 'n Bier da? Ich glaub', ich hab mich tatsächlich wieder nüchtern getrunken.«

»Das kenn ich«, sagte Taifun. »Ob ich noch Bier hab? Ich hab so viel davon, ich muss es schon verkaufen!« Er stand auf und sorgte für Nachschub. »Und glaub mir, du hattest es noch verdammt gut. Meine beiden Schwestern und meine Mutter hatten drei verschiedene Vorstellungen davon, wie man einen kleinen türkischen Jungen in Deutschland erziehen sollte. Von meinem *baba* ganz abgesehen – von dem gab's nur Ohrfeigen, Kopfnüsse und Arschtritte. Der kam abends nach Hause und hat mir erst mal ein paar verpasst – ›für alles, was du heute wieder angestellt hast, mein Sohn‹, und oft genug bekam ich morgens, wenn er ging, schon ein paar ›für alles, was du heute anstellen willst – damit du dir das gut überlegst‹. Der alte Drecksack.« Taifun schüttelte den Kopf. »Aber erzähl weiter.«

»Stundenlang hab ich bloß vor der Kiste gesessen und mich in die Welt da draußen geträumt, Mann. Und dienstags morgens gab es auf diesem deutschen Kanal die Wiederholung des Wunschkonzerts vom Sonntag. Das ich sonntags nie hören durfte, weil meine Mutter es nicht leiden konnte – es machte sie nur furchtbar traurig, weil sie niemanden hatte, der ihr Grüße schicken würde. Oder umgekehrt. Also hatte ich dienstags meine Lieblingssendung für mich alleine. Natürlich nutzten diese Art von Grußbotschaften nur die alten Leutchen, weswegen ich da all die ollen Operettenlieder und die Schlager aus längst vergangenen Zeiten kennenlernte, Zeiten, die diese Leute die Goldenen nannten. Und da, eines Tages, kam Hans Albers: *Nimm mich mit, Kapitän* ... Kennst du das?«

Taifun nickte. »*Auf die Reise* ...«, brummte er.

»*Mit in die große, weite Welt*«, sang Folker in seiner besten Hans-Albers-Imitation. »Diese Musik, diese Streicherklänge, der Text! Und wie der Typ das gesungen hat ...! Das hat mich umgehauen. Ich hab vor diesem verdammten Radiokasten gehockt und geheult wie ein Schlosshund. Das ist mir echt unter die Haut gegangen,

103

bis tief ins Herz. Du magst J.J. Cale, und Isbell und so, du weißt, wie Musik einen berühren kann, tief drinnen, oder?«

Taifun nickte wieder und lächelte. *After midnight*, sang er leise, *we gonna let it all hang down* ... Ich mag übrigens auch Chet Baker.«

»Oh ja, natürlich! Ich auch!«

»Ich hab mal einen wunderschönen Satz gelesen ...« Taifun schloss die Augen, um sich zu erinnern. Ohne sie wieder zu öffnen, zitierte er: »›Die Art und Weise, wie er die Töne hält, erinnert einen an den Moment, wenn eine Frau kurz davor ist, in Tränen auszubrechen; wenn ihr Gesicht sich bis zum Rand mit Schönheit füllt und man alles in der Welt darum geben würde, dass man sie nicht so verletzt hätte.‹«

»Wow!«, seufzte Folker. »Wer hat das geschrieben? Geoff Dyer, oder?« Taifun, sichtlich gerührt – und beeindruckt –, nickte nur stumm. »Ja, genau. Ein super Beispiel. Und da saß nun ich, mit meinen gerade mal vier oder fünf Jahren, und wusste: Das will ich auch! Ich will auch Musiker werden, die Menschen so berühren, mit meinen Liedern, mit einem Instrument, das ich noch finden müsste, mit meiner Stimme ...«

»Und du hast es geschafft.«

»Ich hoffe.«

»Na, dein Gig in der Sansibar war schon ... na ja: große Kunst. Da waren ein paar Leutchen ziemlich gerührt.«

»Du warst da?«, fragte Folker überrascht.

»Yep. Fast 'ne Stunde lang. Aber ich musste ja wieder her, arbeiten.«

Folker sah sich um. »Wer vertritt dich denn hier, wenn du nicht da bist?«

»Kennst du wahrscheinlich nicht. Bärbel heißt sie. Ein paar Leutchen aus deinem Publikum waren danach noch hier. Ein Mädel hat mich gefragt, ob ich nicht Musik von dir auflegen könnte.«

»Echt?«

»Echt.«

»Wow. Der Countrysänger Waylon Jennings hat mal gesagt:

›Ich war schon immer verrückt, aber die Musik hat mich davon abgehalten, wahnsinnig zu werden.‹ Und ich glaube, das gilt für mich auch. Wenn ich mal ein paar Wochen aus irgendeinem Grund keine Musik machen kann, fange ich an, gemütskrank zu werden, Mann. Ich wüsste auch gar nicht, was ich sonst machen könnte.«
»Nie 'ne anständige Arbeit gehabt?«
»Mehr als mir lieb war. Aber auch nie so viel, dass es mich umgebracht hätte. Weißte, wenn du ein bisschen Gitarre spielen kannst und einigermaßen singen und dafür keinen Strom brauchst, kannst du dich immer mal irgendwo auf die Straße stellen, mit einem Hut vor den Füßen, und ein paar Songs bringen. Und irgendwann hast du zumindest genug Kleingeld in dem Hut, um dir 'ne Kleinigkeit zu essen oder ein paar Bier leisten zu können.«

Taifun grinste. »Und 'nen Schlafplatz zu finden ist dann wohl auch nicht so'n Problem, was?«

Folker grinste zurück. »Na ja, es gibt schon erstaunlich viele Mädels, die ein Herz für streunende Hunde haben.«

»Anders als deine – wie heißt sie, Michelle?«

Folker schlug sich mit dem Handballen an die Stirn. »Mann! Erinnere mich doch jetzt nicht daran! Die ist allerdings ... was ganz anderes. Und ich muss sie unbedingt wiederfinden!«

»Sicher nicht mehr heute Nacht«, sagte Taifun gähnte und warf einen Blick auf seine Armbanduhr. »Aber weißt du was – ich merke gerade, erstens hab ich lecker einen im Tee, und zweitens hab ich Hunger. Komm, ich mach hier dicht, und wir gehen was frühstücken.«

»Frühstücken? Wie spät isses denn?«

»Halb sechs.«

»Wo willst du denn da jetzt frühstücken?«

»Wirst du schon sehen. Komm einfach mit.«

Ja, großer Bruder, mit dir geh ich überall hin. Mit dir kann einem doch nirgends was passieren.

»Aber ich zahle«, sagte Folker.

»Davon bin ich ausgegangen«, antwortete Taifun trocken.

»Also, Abmarsch.«

10
Dienstag, 26. März

Taifun

Aus der Ömeria, einem kleinen Dönerladen in einem Gässchen hinter dem Chlodwigplatz, drangen Stimmengewirr und wilde türkische Saz-Klänge. Als Folker und Taifun das völlig verqualmte und unverkennbar nach Haschisch riechende Lokal betraten, lief die Musik weiter, aber die Stimmen verstummten. Alle Köpfe im Laden waren zur Tür gedreht, und skeptische, lauernde und abweisende Blicke bewirkten, dass Folker sich so unwillkommen fühlte wie noch nirgends. *O weia*, dachte er.

Aber das feindselige Schweigen dauerte nur zwei Sekunden. »Ah, Taifun, *oğlum!*«, rief ein älterer Typ hinter dem Tresen, und »Taifun, *kafadar!*«, kam es von allen Seiten. Etliche Figuren, für die Folker nachts die Straßenseite gewechselt hätte, sprangen auf und umarmten den Riesen, lachten ihn an und redeten auf Türkisch auf ihn ein. Taifun schien hier sehr beliebt zu sein; Folker fiel eine ganze Wagenladung Steine vom klopfenden Herzen.

An mehreren der sechs Tische wurden Stühle gerückt, um Platz für die Neuankömmlinge zu machen, aber Taifun bedankte sich höflich und mit zahlreichen Verbeugungen und einem Wink zu Folker hin, dann übernahm der Tresenmann die Regie. Er zog einen Vorhang an der Rückwand des Lokals auf, hinter dem sich ein schummriges Hinterzimmerchen verbarg. Dort gab es drei kleinere Tische mit Zweiersitzbänken, die durch halbdichte Holzgitter voneinander getrennt waren. Am vordersten saßen zwei muskulöse junge Männer mit gegelten Haaren und spielten Backgammon. Neben dem Spielbrett Teetassen, Zigarettenpackungen, ein Aschenbecher und ein Haufen Geldscheine.

Die Typen blickten genervt auf, alles andere als erfreut über die Störung, aber der Alte überzog sie mit einem Redeschwall und Gesten, die Folker als ›Das war's für heute, packt euren Kram ein und geht woanders zocken‹ interpretierte. Taifun jedoch winkte ab, beruhigte den Alten und tätschelte einem der Spieler die Schulter.

»Ihr stört uns nicht, und wir stören euch nicht«, sagte er. »Wir wollen nur frühstücken und was bequatschen. Aber was machst du auf der falschen Rheinseite, Hüsseyn?«

»Erzähl ich dir später«, knurrte der, ohne das Spielbrett und das Geld auf dem Tisch aus den Augen zu lassen. »Wenn all die Kohle mir gehört.«

»Okay«, sagte Taifun und winkte Folker zu der letzten Nische hin. Kaum saßen sie, stellte der Alte zwei Becher dampfenden schwarzen Tee und drei Gläser Raki vor sie hin.

»*Buraya, şerefe, oğlum!*« Er hob eins der Gläser, Taifun hob ein zweites, und als sie Folker auffordernd ansahen, nahm er an, dass von ihm das Gleiche erwartet wurde.

Er sagte: »Prost!«, sie tranken, und der Alte sammelte die Gläser wieder ein.

»Frühschatück?«, fragte er. Taifun nickte und signalisierte, dass er gern ihm die Wahl der Speisen überließe. Erfreut zog der Alte sich zurück.

»Du trinkst immer noch Alkohol?«, rief Hüsseyn über die Schulter.

»Du machst immer noch Urlaub vom Training?«, gab Taifun zurück.

»Geschäfte.«

»Klar.«

»Was heißt ›Buraja Sheriff Olum‹?«, fragte Folker sein Gegenüber.

Taifun grinste. »Nicht Sheriff – şerefe. Heißt ›prost‹. *Buraya* heißt ›hier‹, und *oğlum* ›mein Sohn‹.«

»Das ist dein Vater?« fragte Folker entgeistert.

»Nee, Mann. Leider nicht. Das ist Onkel Murat. Alle nennen ihn so. Und er nennt uns alle ›mein Sohn‹.«

»Und ›Kafada‹?«

»*Kafadar* bedeutet ›Kumpel‹.«

»Ah. Und wo wir schon dabei sind: Wieso bist du so blond?«
Taifun lachte. »Das weiß keiner. Mein Alter hat schwarze Haare und Augen, meine Mutter, meine Schwestern ... Vielleicht ist das ja der Grund, warum mein Alter meine Mutter und mich immer so mies behandelt hat.« Folker sah das Lachen verschwinden und einem grimmigen Ausdruck weichen.
»Wann hast du ihn das letzte Mal gesehen? Habt ihr überhaupt noch Kontakt?«
»Ich sehe ihn oft. Aber Kontakt haben wir schon lange keinen mehr.«
»Weil er dich so oft verprügelt hat?«
»Nee.« Nachdrückliches Kopfschütteln. »Das tun die alten türkischen Väter alle, das sind wir in meiner Generation gewöhnt.«
»Warum dann?« Taifun sah Folker eine ganze Weile nachdenklich an. *Als ob er überlegt, welche Geschichte er mir auftischen soll. Dabei würde ich wirklich gern die Wahrheit erfahren.*
»Weil er für Leute arbeitet, die ich nicht mag«, sagte Taifun schließlich. Er griff nach seinen Zigaretten, aber da erschien einer der beiden jüngeren Männer, die hinter dem Tresen arbeiteten, und stellte zwei Teller und eine große Platte mit den verschiedensten duftenden Vorspeisen auf den Tisch.
»*Afiyet olsun!*«, sagte er, und höflich zu Folker gewandt: »Guten Appetit!«
»Aah ...!«, seufzte Taifun genüsslich und bedankte sich. »*Meze* – Vorspeisen.« Er schnappte sich eine Gabel und zeigte auf die unterschiedlichen Schälchen und Speisen. »*Sigara Böreği* – Zigarrenbörek«, erklärte er. »*Yufka* – so 'ne Art Strudelteig, gefüllt mit Schafskäse, Petersilie, Gewürzen – Schwarzkümmel und so – und ein bisschen Granatapfelmus ...«
»Ich war schon mal in 'nem Dönerladen«, sagte Folker. »Und ich hab auch schon Böreks gegessen.«
»Mh. Die schon stundenlang da rumlagen. Labberiger Teig und wässrig gewordene, lauwarme Füllung. Nee, Junge, Zigarrenbörek musst du frisch gebacken essen – hier, probier mal!«
Und in der Tat musste Folker feststellen, dass es gewaltige

Unterschiede gab zwischen den Böreks, die er kannte, und dem heißen, knusprigen Ding, in das er nun hineinbiss und dessen pikante Füllung seine Geschmacksknospen aufblühen ließ. Er nickte anerkennend, mit halb vollem Mund, und nahm gleich noch einen Bissen.

»*Cacık* dazu«, empfahl der Landsmann. »Nicht zu viel Knoblauch und schön suppig.«

»Tzaziki«, sagte Folker.

»Ja, ohne frische Minze wäre es Griechenbrei. Und hier: *Kısır* – Bulgursalat, wie er sein soll.«

»Tabouleh – kenn ich.«

»Na ja, nicht ganz. *Kısır* ist Bulgursalat mit Petersilie – Tabouleh ist Petersiliensalat mit Bulgur. Und die anatolische Variante hier ist viel schärfer gewürzt.«

»Was für Leute?«, fragte Folker. Taifun blickte auf, sah ihn an, sah ihn lange an. Ohne mit den Wimpern zu zucken, das Gesicht plötzlich ausdruckslos. Aber in seinen Augen konnte Folker ein ganzes Spektrum von Emotionen ablaufen sehen. Amüsement, Ärger, Traurigkeit, Zweifel, Zorn ...

Für ein paar bange Momente befürchtete Folker, zu weit gegangen zu sein, sich die beginnende Freundschaft verscherzt zu haben.

»Und hier: *Mercimek Köftesi* – rote Linsenbällchen«, fuhr Taifun dann ungerührt fort. »Mit scharfem Paprikamark und Granatapfelmus, wie es sich gehört.«

»Lecker!«, versicherte Folker, nachdem er eine Gabelvoll davon genommen hatte und gleich drei Löffel *Cacık* hinterherschieben musste, um die Schärfe zu lindern, die ihm Tränen in die Augen trieb.

Taifun grinste. »Tapfer«, urteilte er. »Und neugierig und hartnäckig, wie?« Folker zuckte bloß mit den Schultern. »Ich mag sie eben nicht«, brummte Taifun. »Und mehr willst du auch gar nicht wissen.«

»Und ob!«

Ein tiefer Seufzer. Der *Kafadar* stand auf, ging zum Tresen und

kam mit einer Rakiflasche und zwei Gläsern zurück. Schenkte ein und klickte seins gegen das zweite.
»Sheriff!«, sagte Folker. Sie lachten beide und kippten den Schnaps.
»Ich war achtzehn«, begann Taifun und schaufelte sich eine Kollektion Vorspeisen auf den Teller. »Eins meiner Geburtstagsgeschenke war eine goldene Armbanduhr. Eine ziemlich teure. Ein kleiner Junge hatte sie gebracht, aber es war nicht aus ihm rauszukriegen, wer ihn geschickt hatte. Drei Tage später bekamen wir abends überraschend Besuch. Zwei Männer in teuren Anzügen. Auch sie trugen auffällige, wertvolle goldene Uhren. Als mein Alter sie sah, schickte er mich sofort auf mein Zimmer und schloss die Wohnzimmertür. Aber natürlich hab ich mich zurückgeschlichen und gelauscht ...
»Du hast einen guten Sohn, baba«, sagte der eine der Männer. Öktem nickte bloß stumm und blies in seinen Tee.
»Jetzt ist er erwachsen«, sagte der andere. »Und er ist stark. Er wird ein guter Kämpfer werden.«
»Wir brauchen gute Kämpfer«, ergänzte der eine.
»Dein Sohn wird gut für dich sorgen können, wenn du alt bist, baba. Wenn er für uns arbeitet.«
»Mein Sohn hat eine Arbeit.«
Der Mann lachte verächtlich. »Ein Koch. Ein Koch mit Abitur. Ein Koch für die Kartoffelfresser. In zehn Jahren wird er dick und fett sein und ständig betrunken, und er wird nicht mehr verdienen als du, nach dreißig Jahren Gabelstaplerfahren, aber er wird mit seinem Geld nicht dich versorgen, seinen baba, er wird es für seine gottlose Sauferei brauchen und für irgendwelche Kartoffelfresserhuren. Deine Knochen werden kaputt sein, und deine Frau wird sich, weil euer Geld nicht reicht, von irgendwelchen Leuten als Putzfrau erniedrigen lassen. Auf den Knien vor denen herumrutschen. Und euer Geld wird nicht reichen, denn du wirst bald zwei Töchter verheiraten mussen. Was willst du ihnen als Mitgift geben, baba? Wovon willst du ihnen anständige Brautkleider kaufen, eine anständige Hochzeitsfeier ausrichten?«

»*Meine Töchter gehen euch nichts an.*«
»*Du hast recht, baba, deine Töchter gehen uns nichts an. Aber die Ehre unseres Volkes geht uns etwas an. Der Frieden in unserem Land geht uns etwas an. Der Kampf gegen die Sozialisten und Kommunisten und Anarchisten geht uns etwas an! Verstehst du? Baba? Und ein Kampf kostet Geld. Geld, das wir verdienen müssen. Geld, das wir auch hier in Almanya verdienen müssen. Und können. Wenn wir genügend Landsleute finden, die ihre Heimat und ihr Volk so lieben wie wir. Und die bereit sind, ihren Beitrag zu unserem Kampf zu leisten. Wie wir.*«
Öktem lachte. »*Ihr ...! Ihr seid doch nur Botenjungen, ihr zwei. Und wenn ich euch so ansehe, in euren Angeberanzügen und mit euren Angeberuhren, dann kann ich mir gut vorstellen, in welchem Luxus die Leute leben, die euch geschickt haben. Wie viel Geld bleibt denn noch übrig für euren ›Kampf‹, wenn ihr all das finanziert habt? Ach, darauf habt ihr keine Antwort? Ich sage euch etwas: Nur meine Höflichkeit gebietet mir, euch diesen Tee austrinken zu lassen, bevor ihr endlich mein Haus verlasst!*«
»*Baba, baba ... Wir hatten gedacht, du seist vernünftiger. Wir hatten gedacht, auch du seist ein Patriot, der sein Land und sein Volk liebt.*«
»*Ihr seid keine Patrioten, ihr seid Schmarotzer. Schmutzige kleine Kriminelle. Und ich sage euch, ich lasse meinen Sohn lieber von Kartoffelfressern in den Arsch treten, bei ehrlicher Arbeit, als ihn von euch und euresgleichen bei euren schmutzigen Geschäften herumkommandieren zu lassen!*«

Taifun ließ die Gabel auf seinen leeren Teller sinken. Mit zusammengepressten Lippen starrte er auf die Rakiflasche.

»Und dann flüsterten die Männer nur noch. Aber es klang sehr böse. Und plötzlich hörte ich meinen Vater aufschreien – vor Schmerz aufschreien. Im ersten Moment wollte ich die Tür aufreißen und sie aus der Wohnung treten – aber dann wurde mir instinktiv klar, dass das nicht die Lösung war. Sie würden ja wiederkommen. Und dann vielleicht nicht nur zu zweit. Ich schlich mich aus der Wohnung, ging runter auf die Straße, guckte mir die parkenden Autos an und versteckte mich ein paar Meter hinter einem nagelneuen, glänzend weißen BMW ...«

»Hey!«, zischte Taifun, als die beiden Männer an den Autotüren standen. Sie wandten sich um, sahen und erkannten ihn. Der eine lehnte sich, betont lässig, an die Beifahrertür, der andere, der auf der Fahrerseite, steckte seine Hand unter seine Jacke.

»Ja?«, sagte der Beifahrer und lächelte freundlich.

»Können wir reden?«, fragte Taifun und ging ein paar Schritte auf den Wagen zu.

»Klar«, sagte der Beifahrer.

Taifun sah zu den Fenstern seiner Wohnung hoch. »Unterwegs?«

Die beiden Boten sahen sich an, verständigten sich stumm, der Beifahrer nickte und öffnete die hintere Wagentür. Er ließ Taifun einsteigen und setzte sich neben ihn auf den Rücksitz. Als er die hintere Tür geschlossen hatte, stieg auch der Fahrer ein.

»Fahren wir ein bisschen spazieren«, sagte der Beifahrer.

Als sie schweigend ein paar Blocks weit gefahren waren, wandte er sich Taifun zu. »Du wolltest doch reden?«

»Ja«, sagte Taifun, »aber ich will deinen Kollegen nicht ablenken. Fahr doch da vorne rein«, er wies auf die Einfahrt zu einem verlassenen Firmengelände, »da können wir in Ruhe ...«

Er stieß aus aufgeblasenen Wangen hörbar den Atem aus. Griff sich die Flasche und schenkte nach. Schaute Folker eine Weile stumm an. Nickte.

»Seit ich dreizehn war, hab ich in unserem Kampfsportverein trainiert. Drei Mal die Woche. Ernsthaft trainiert. Ich war schon ganz gut.« Er hob sein Glas, Folker hob seins, sie tranken. »Nach diesem Abend allerdings hab ich sechs Mal die Woche trainiert. Vier Jahre lang.« Er schaute sich um. »Mittlerweile haben die meisten der Leute ein bisschen Respekt vor mir, würde ich sagen.«

»Und da hast du den beiden Typen den Arsch versohlt.«

»Nee.« Taifun grinste verkniffen. »Ich hab ihnen das Genick gebrochen.«

Folker fiel die Kinnlade herab. »Du hast was ...?«

»Und ihnen ihre protzigen Uhren ins Maul gestopft. Und, man weiß ja nie, ihre Knarren mitgenommen.«
»Boah, ey. Das muss ich, glaub ich, erst mal verdauen.«
»Denk ich mir.«
»War gut?«, fragte der junge Kellner und räumte das Geschirr vom Tisch. Taifun unterhielt sich eine Weile mit ihm, und zwei Minuten später kehrte er mit neuem Geschirr zurück. Und später mit einer Platte voller Hackfleischspieße.
»Is' nich' wahr!«, staunte Folker. »Du willst jetzt noch weiterfressen?«
»Was glaubst du, warum das vorhin *Vor*speisenteller hieß?«, entgegnete Taifun ungerührt und lud sich den Teller voll. Folker nahm einen der Spieße.
»Und ihr habt nie wieder von denen gehört?«
»Leider doch«, antwortete Taifun schmatzend. »Natürlich kamen ein paar Tage später zwei andere zu meinem Alten. Aber da war ich schon in Amerika. Wie der Zufall es so will – oder irgendwelche Götter –, bekam ich nämlich am Tag nach diesem Abend das Angebot, für einen erkrankten Schiffskoch auf einem Kreuzfahrtschiff einzuspringen. Hab ich natürlich mit Kusshand angenommen. Und weg war ich.«
»Und dein Vater?«
»Hat angefangen, für die Arschlöcher zu arbeiten.«
»Hm. Aber eigentlich müsstest du ihm doch ziemlich dankbar sein für seine …«
»War ich auch. Eigentlich. Aber als ich ihn vom Schiff aus angerufen habe, war er sehr kurz angebunden. ›Du bist nicht mehr mein Sohn, ich bin nicht mehr dein Vater‹, hat er gesagt, und es war sehr deutlich, dass das sein voller Ernst war. Nach über einem Jahr kam ich zurück nach Köln. Meine Familie war umgezogen, aber ich hab ihre neue Adresse rausgefunden. Als meine Mutter mir die Tür aufmachte, hat sie mir die gleich wieder vor der Nase zugeknallt. Dann hab ich ihn aufgespürt. Er hat durch mich durchgeguckt, als sei ich gar nicht da. Ich hab auf ihn eingeredet wie auf 'n krankes Pferd, aber nix, keine Reaktion.«

»Mensch, Taifun, wer weiß, was die mit ihm angestellt haben? Was sie ihm angedroht, womit sie ihn erpresst haben? Deine Schwestern, zum Beispiel! Er hat sich doch quasi für dich geopfert ...!«

»Vielleicht.« Der *Kafadar* warf das letzte, leere Holzspießchen auf seinen Teller und wischte sich mit einer Serviette den Mund ab. »Öktem, mein Freund, der Name meines Vaters, heißt so viel wie stark, ehrenhaft. Wenn man für diese Arschgeigen arbeitet, *aus welchem Grund auch immer*, ist man weder das eine noch das andere. Punkt. Und jetzt bin ich satt und müde und besoffen und muss mal 'ne Runde pennen. Ich bedanke mich für die Einladung – wenn du jetzt 'nen Fuffi auf dem Tisch liegen lässt, machst du dich zumindest nicht unbeliebt.«

Folker kramte in seinen Taschen, zählte sein Geld.

»Eh ... Meinst du, du könntest mir 'nen Zwanni pumpen ...?«

»Ach ja«, sagte Taifun draußen vor der Tür der Ömeria, einen Heiligenschein aus Morgensonne um den Kopf, und legte Folker einen Arm um die Schulter. Zog eins der Holzspießchen aus der Tasche und kitzelte damit an Folkers Ohr. *In* dem Ohr. »Sollte ich jemals was davon mitbekommen, dass du irgendjemandem etwas von unserem Gespräch heute erzählst, komme ich zu dir, schiebe dir dieses Ding hier ins Ohr und durch dein ganzes verdammtes Hirn durch und ziehe es an deinem anderen Ohr wieder raus. Klar?«

Folker, völlig erstarrt, konnte bloß zaghaft nicken.

Sein *Kafadar* tätschelte ihm den Hinterkopf, sagte: »Man sieht sich« und ging, ein wenig schwankend, der Sonne entgegen.

KÜPPERS

»Ey, hol mir noch 'n Bier!«, bellte Koppnuss.

Keine Reaktion. Kuppers blickte von seinem *Landser*-Heftchen auf, sah erst ihn an, dann zu Börnie hinüber, der in den *Express* vertieft war, und verdrehte die Augen zur Decke des Clubhauses.

»He, Einohrhase!«, schrie der Dicke und warf Börnie einen Kronkorken auf die Zeitung.

Börnie schreckte hoch. »Was? Was ist?« Seit der siebten Ohrfeige war er auf dem linken Ohr ziemlich taub. »Du sollst mir noch 'n Bier holen! Sonst ...« Koppnuss hob die linke Hand. Er machte sich gern einen Spaß daraus, Börnie daran zu erinnern, dass er »noch eine gut« hatte. Jaworski kicherte. Als der arme Börnie bei der siebten die Besinnung verlor, war Heiner Hoffmann dazwischen gegangen und hatte entschieden, dass es reichte.

»Klar, sofort«, murmelte Börnie, sprang auf, ging zum Kühlschrank, neben dem Koppnuss saß, nahm eine Flasche Bier heraus und hielt sie dem Dicken hin. Der starrte ihn nur ausdruckslos an. Jaworski kicherte wieder. »Ach so ...«, stotterte Börnie und schlug an der Kante eines Bierkastens den Kronkorken ab. Gnädig nahm Koppnuss ihm das überschäumende Bier ab, und Börnie ging erleichtert zu seinem Sessel zurück und streichelte seinen geschwollenen, schmerzenden Kiefer.

Börnie schwitzte. Er hatte Angst. Musste sich tatsächlich eingestehen, dass er einen ganz schönen Bammel vor den nächsten Aufgaben hatte. Am Tag nach den Ohrfeigen hatte er sich gefragt, wie denn wohl der schmächtige Jaworski die Aufnahmeprüfung bestanden hatte – und ihn schließlich mal danach gefragt.

»Ich brauchte keine«, hatte Jaworski mit einem Schulterzucken gesagt.

Empört war Börnie zu Hoffmann gegangen. »Wieso muss ich denn 'ne Prüfung ablegen und Jaworski nicht?« Hoffmann hatte ihn ein paar Sekunden lang nur mit seinem *Was-willst-du-denn,-du-Pisser?*-Knastblick angestarrt. *Was geht's dich an, dass der Polack und ich schon seit Kindertagen befreundet sind?*

»Weil wir die Statuten geändert haben«, hatte er laut geantwortet.

»Wat jibt et denn Neues, Jürjen?«, fragte Koppnuss Jaworski, der die Gelegenheit genutzt und sich einen Teil von Börnies *Express* unter den Nagel gerissen hatte.

»Weiß nich', da musst du Heiner fragen.«

Der Dicke schnaubte. »Siehst du hier irjendeinen Heiner? *Du hast doch die Zeitung, du Pappnase!*«

»Ach so, ja. Aber die Neuigkeiten stehen doch immer auf der ersten Seite – und die hat Börnie.«

»Und, Hase?«

»›Das Großprojekt Sanierung der Mülheimer Brücke wird wesentlich teurer als bislang angenommen‹«, las Börnie stockend vor. »›War die Stadtverwaltung im Jahr 2010 noch von 39 Millionen Euro ausgegangen, war 2017 bereits von mehr als 150 Millionen die Rede. Jetzt wurde die Bausubstanz weiter überprüft, und es wird mit über 300 Millionen Euro gerechnet. Die Schäden an dem denkmalgeschützten Brückenzug sind erheblich umfangreicher …‹«

»Ach, Scheiße!«, schrie Küppers, pfefferte seinen *Landser* in eine Ecke und sprang auf. »Da haben wir's doch wieder! Millionen und Millionen von unseren Steuergeldern verprassen die Arschgeigen – beziehungsweise stecken die sich gegenseitig in die Taschen. Stadtverwaltung, Politiker, Bauunternehmer, Architekten, Bänker … Und alles Judenschweine, möchte ich wetten! Die Bänker sowieso! Und wir kleinen Puffis sitzen da und gucken zu! Und warten auf unseren großen Herrn Chef, um demnächst irgendeinem Knoblauchfresser eine Tasche voll Scheinchen abzunehmen!« Sich immer mehr in Rage redend, tigerte Küppers Speichel sprühend im Raum auf und ab. Trat hier gegen einen Sessel, da gegen eine Werkzeugkiste. »Ich bin's satt! Ich hab die Schnauze voll! Ich bin doch kein Kleinkrimineller – ich bin Widerstandskämpfer! *Wir* sind Widerstandskämpfer, oder etwa nicht?«

»Klar«, brummte Koppnuss und streckte lahm den Arm zum Hitlergruß aus.

»Und die elf Millionen?«, fragte Jaworski.

»Ja, wo sind die denn?«, brüllte Küppers. »Glaubst du Vollidiot vielleicht, die Scheiß-Stadt würde die Kohle ausklinken? Einen Scheiß werden die! Einen Scheiß!«

»Jetzt beruhig dich doch langsam mal wieder …«

»ICH WILL MICH NICH BERUHIGEN! VERSTEHST DU?«
Aber dann nahm er sich ein neues Bier aus dem Kühlschrank und setzte sich endlich. Um nach dem ersten Schluck gleich wieder aufzuspringen. »Nee, mir reicht's. Ich will Action! Und ich hab auch schon 'ne prima Idee. Los, auf jetzt, ihr Penner!«
»Wat denn ...?«, brummte Koppnuss.
»Was, jetzt ...?«, maulte Jaworski.
»Ja, jetzt! Wir werden dieser Scheiß-Stadt mal zeigen, wie sicher sie ist! Los, kriegt eure Ärsche hoch!«
»Wo willste denn hin?«, fragte Koppnuss.
»Wir gehen zum Rathenauplatz.«
»Wat wollen wir denn da?«
»Wirste schon sehn.« Küppers legte Börnie den Arm um die Schulter. »Und du kannst dabei gleich deine dritte Aufgabe für die Prüfung erledigen. Und jetzt Abmarsch, Kameraden!«
Börnie schwitzte.

Jutta & Kai

»Boah, Mama!«, krähte Kai schon an der Wohnungstür. Er warf sein neues Skateboard in eine Ecke und stürmte mit hochrotem, verschwitztem Gesicht in die Küche. »Der Wahnsinn, Mama! Die haben voll das Polizeiauto demoliert! Irre cool!«

»Hey, jetzt beruhig dich erst mal ein paar Takte«, sagte Jutta. »Hol dir mal ein Glas und trink erst mal was – du siehst ja aus, als kriegtest du gleich 'nen Herzinfarkt! Fänd ich 'n bisschen früh, kleiner Mann.«

»Ich krieg doch so was nicht«, entgegnete Kai, gehorchte aber, nahm brav ein Glas aus dem Schrank und ließ es sich von seiner Mutter mit Leitungswasser füllen. »Ich bin doch Sportler. Voll krass, ey! Die haben ...«

»Trinken! Langsam!« Sie setzte sich an den Küchentisch und kramte eine Zigarette aus der Tischschublade. Zündete sie an, nahm zwei Züge und schaute zu, wie ihr Sohn, von einem Fuß auf den anderen tanzend, das Glas leerte. »Und jetzt hock dich mal hierhin und erzähl mir alles in Ruhe. Von Anfang an.«

Er setzte sich an den Tisch, stellte das Glas ab und schnappte sich Salz- und Pfefferstreuer. »Bämm!«, rief er und ließ die beiden aneinander knallen. »Das hat einen Krach gegeben ...!«

»Von vorne, Kai!«

»Ach so, ja. Ja. Also ... Ich war heute mit Stefan am Rathenauplatz.« Jutta schenkte ihm einen gestrengen Blick. »Ja, ich weiß, das ist nicht in der Nähe – aber Stefan war doch dabei! Du hast gesagt, wenn Stefan dabei ist ...«

»Ja, ist ja gut.« Fand sie nicht wirklich, auch wenn Kais Cousin drei Jahre älter war als er und ein sehr vernünftiger, besonnener Junge. »Ihr wart also am Rathenauplatz ...«

»Ja, da gibt's doch so 'ne kleine Skater-Rampe, für Anfänger. Aber ich bin schon viel besser geworden! Hat Stefan auch gesagt!«

»Natürlich bist du besser geworden. Und dann?«

»Also, da steht ja an dem einen Weg an der Roonstraße immer so'n Streifenwagen.«

»Der die Synagoge bewacht. Und irgendwelche Nazi-Idioten davon abhalten soll, die zu beschmieren. Oder noch Schlimmeres anzustellen.«

»Ja, genau. Aber ich weiß nicht, ob das Nazis waren.«

»Wer?«

»Na, die ... Also, da waren so vier komische Typen, ein ganz dicker und drei normale. Und die sind so komisch da rumgeschlichen. Hat Stefan auch gesagt. ›Die wollen bestimmt irgendwo was klauen oder so‹, hat er gesagt. Und da haben wir die ein bisschen beobachtet. Wie richtige Detektive.«

»Und das haben die nicht gemerkt?«

»Nee! Wir haben doch so getan, als würden wir mit unseren Skateboards angeben und haben Fotos gemacht, mit Stefans Handy. Ach, ja!« Kai sprang auf und fasste Jutta an der Hand. »Komm, wir gehen an deinen Computer! Stefan hat gesagt, er schickt die Bilder an deine Mailadresse ...«

Als sie in ihrem Büro am Schreibtisch saßen und Jutta, mit

Kai auf ihrem Schoß, nacheinander die Mails von Stefan öffnete, staunte sie nicht schlecht: Es waren siebzehn Stück, jede mit mehreren Anhängen. Das erste Dutzend davon zeigte abwechselnd zwei verschwörerisch grinsende Jungs, die mit ihren bunten Brettern posierten, mal mehr, mal weniger albern. Und im Hintergrund, mal mehr, mal weniger deutlich zu erkennen, vier finster aussehende Gestalten in paramilitärisch wirkenden Outfits. Selbst diese Schnappschüsse vermittelten den Eindruck, die vier seien auffällig bemüht, unauffällig zu wirken; mal standen sie zusammen, mal locker verstreut und taten, als würden sie einander nicht einmal kennen.

»Warte!«, rief Kai, als sie die nächste Mail öffnen wollte. »Wir machen eine Bilderschau, eine Live-Reportage – du machst die Bilder auf, und ich erzähl dir dabei, was da passiert ist. Okay?«

»Okay. Dann erzähl mal. Aber wie konntest du denn sehen, was hinter deinem Rücken passiert ist, wenn Stefan dich geknipst hat?«

»Na, der hat mir dabei doch alles gesagt, was hinter mir los war. Und umgekehrt ich ihm!«

»Okay ...«

»Da siehst du also, wie diese Typen da so rumschleichen. Wären die dir nicht auch verdächtig vorgekommen, wenn du die so gesehen hättest?«

»Doch, da gebe ich dir recht.«

»Siehste. Uns eben auch. Okay, nächstes Bild! Da kannst du sehen, wie die auf einmal miteinander streiten. Und wie vor allem die drei mit dem einen schimpfen, dem Dünnen mit der dicken Backe. Und hier siehst du, wie der Dicke so tut, als wollte er dem eine Ohrfeige verpassen.«

Jutta lief es kalt den Rücken hinab. Den Dicken hatte sie schon einmal gesehen. Beim Zigarettenholen an Rudis Kiosk. Er hatte sie von oben herab mit einem Blick angesehen und förmlich ausgezogen, dass sie nur noch an ihr Pfefferspray denken konnte – und wie lange sie wohl brauchen würde, es aus ihrer Tasche zu wühlen. »Kein guter Mensch«, hatte Rudi gesagt, als der Typ gegangen war. Ohne seine Zigaretten zu bezahlen.»Scheiß-Nazis!«, hatte Rudi nur noch geflüstert.

»Mein Gott, Kai«, wisperte nun sie und drückte ihren Sohn an sich.»Was hätte dir alles passieren können ...!«

»Ach was«, brummte er und entwand sich ihrer Umarmung.»Die haben doch gar nix geschnallt. Und außerdem wären wir doch viel schneller als die – die würden uns nie kriegen! Mach weiter!« Jutta öffnete die nächste Mail, die nächsten Fotos.»Da, siehst du? Der Dünne hat Angst vor dem Dicken, und jetzt geht er zu dem Riesenmäher dahinten. ›Geh mal 'n Stück nach rechts‹, hat Stefan gesagt – nächstes Bild! Siehste, jetzt steigt er auf ...«

Und tatsächlich sah sie den dünnen Typen auf einem gewaltigen städtischen Aufsitzrasenmäher sitzen. Der sich auf dem neuen Foto bereits einige Meter in Richtung Hecke bewegt hatte. Und, eins weiter, auf eine breite Lücke darin zu. In der das blau-weiße Heck eines Streifenwagens aufblitzte.

»Da!«, schrie Kai.»Jetzt rammt er das Polizeiauto! Voll krass, ey!«

Und voller Entsetzen erkannte Jutta, dass Stefan geistesgegenwärtig auf Video umgeschaltet hatte. Sah ihren Sohn an einer anderen Stelle durch eine kleinere Lücke in der Hecke schlüpfen, die Kamera folgte ihm. Hörte den Aufprall, das Aufheulen des Mähermotors, das Knirschen von Blech. Stand mit den beiden Jungen auf dem Bürgersteig der Roonstraße und konnte zusehen, wie der Mäher den Streifenwagen unerbittlich über den Bürgersteig gegenüber der Synagoge und auf die Straße schob. Sah, wie die beiden Polizisten im Wagen erschrocken und überrumpelt nach hinten schauten, verzweifelt versuchten, die Wagentüren zu öffnen, was aber nicht ging, weil da am Rand des Bürgersteigs auf der einen Seite ein Poller, auf der anderen ein Halteverbotsschild mit einem angeschraubten, überlaufenden Abfalleimer stand.

»Mensch, Kai!«, zischte sie und rüttelte ihn.»Wie kannst du da nur hinlaufen? Was, wenn diese Typen ...«

Kai winkte ab.»Ach, die sind doch längst in die andere Richtung abgehauen.«

Und dann stand der Streifenwagen mitten auf der Fahrbahn, der dünne Typ würgte den Motor des Mähers ab, sprang von seinem Sitz und rannte gebückt aus dem Bild.

»Und jetzt knallt's richtig«, kommentierte Kai, und da hörte sie auch schon ein zorniges Hupen, Bremsen quietschten, aber der Müllwagenfahrer schaffte es nicht – obwohl er noch versuchte auszuweichen, rammte er das vordere Ende des Streifenwagens, wirbelte ihn herum, drückte ihn seitwärts an den Abfalleimer, dass der Pfahl umknickte. Wie in einer letzten resignierenden Geste sprang die Motorhaube des Polizei-BMWs auf, dann wurde das Bild schwarz.

»Da war Stefans Akku alle«, sagte Kai und sah sie mit großen Augen an. »Voll krass, oder, Mama …?«

11
Mittwoch, 27. März

Mona & Lisa

»Wo kommst *du* denn jetzt her?«, flüsterte Lisa, huschte ins dunkle Zimmer und setzte sich auf Monas Bett. Das einzige Licht kam von dem iPhone-Display, das Mona auf dem Schränkchen daneben abgelegt hatte. Lisa warf einen neugierigen Blick darauf, musste aber enttäuscht feststellen, dass dort nur die App-Icons des Homescreens zu sehen waren. Und die Uhrzeit: 03:17.

Aber das Licht reichte aus, um zu erkennen, dass Monas Bluse vorne zerrissen war und sämtliche Knöpfe fehlten. Und als Mona sich bückte, um ihre völlig verdreckte Hose abzustreifen, wurde ein großer blauer Fleck an der Seite ihres Kinns deutlich.

Lisa schnappte nach Luft. »Was ist passiert?«

Mona starrte sie an, ihre Augen sprühten Funken vor Wut.

»Frag nicht«, zischte sie. Sie riss sich den Rest ihrer Kleidung vom Leib, zerrte Lisa vom Bett, schlüpfte unter die Bettdecke und drehte sich zur Wand.

»Ach, nee«, sagte Lisa. »Und was willst du gleich beim Frühstück der Alten erzählen?«

»Ich bin einfach ausgerutscht und unglücklich gefallen«, murmelte ihre Schwester.

»Und wo?«

»Mann, irgendwo halt!«

»Ah ja. Und da hat dir dann eine Bordsteinkante einen Kinnhaken verpasst …«

»Genau.«

»… und dann kamen zwei Ameisen und haben dir die Bluse aufgerissen.«

»Genau.«

»Verarschen kann ich mich selber, Mona.«

»Ach, lass mich doch einfach in Ruhe!«

»Nee, vergiss es. Ich will wissen …«

Abrupt drehte Mona sich um und setzte sich halb auf. »Der Scheiß-Börnie war's!«, zischte sie. »Und jetzt hau ab und lass mich in Ruhe!«

»Aber wieso? Was ist denn passiert? Was …? Hat das was mit Papas Fall zu tun?«

Mona griff in Lisas Haare, Lisa schrie auf, aber Mona zog ihren Kopf bis dicht an ihre Lippen. »Ich. Will. Nicht. Drüber. Reden! Verstehst du mich? Hau endlich ab! Geh schlafen! Denk an deine Scheiß-Mathe-Arbeit!« Dann ließ sie los, fiel zurück und drehte sich wieder zur Wand.

Lisa keuchte. Verstört stand sie auf, blieb noch eine Weile mit zitternden Lippen vor dem Bett stehen und starrte auf ihre Schwester hinab. Schließlich schluchzte sie auf, drehte sich um und verließ das Zimmer. Sie ging in ihr eigenes und warf sich aufs Bett. Stand wieder auf, tapste zurück in den Flur, drückte sich eine Weile zwei Türen weiter vor dem Schlafzimmer der Eltern herum und knabberte an ihren Fingernägeln.

Nein, entschied sie dann, *ich kann sie nicht verpetzen!*, zog sich wieder in ihr Zimmer zurück, kroch unter ihre Ed-Sheeran-Decke und wälzte sich noch eine Stunde lang schlaflos herum.

12
Donnerstag, 28. März

Mona & Lisa

»Wie seht ihr denn aus?«, rief Hilde Hehlau, als ihre Töchter in die Küche kamen. Dann entdeckte sie den Bluterguss an Monas Kinn. »Mein Gott! Wie siehst *du* denn aus? Kind, was ist passiert?«
»Nix weiter«, murmelte Mona. »Bin bloß hingefallen.«
»Wo?«
»Draußen, auf der Straße.«
»Wann denn?«
»Na, gestern Abend. Kann ich jetzt frühstücken? Wir sind spät dran.«
»Du willst *so* zur Schule …?«
»Wir schreiben doch 'ne Mathearbeit heute«, sprang Lisa ein.
Hilde stemmte die Fäuste in die Hüften. »*In dem Zustand?* Eine Mathearbeit? Du willst in deinem miesesten Fach noch weiter abkacken?« Mona schnaubte genervt. »Was? Was ist, wenn du 'ne Gehirnerschütterung hast? Was ist, wenn du mitten in der Arbeit umkippst?«
»Ach, Mama! Mir geht's gut! Ich hab bloß 'nen blauen Fleck, sonst nix.«
»Du kannst doch nicht mal richtig sprechen!«
»Das ist 'ne *schriftliche* Arbeit, Mann. Und ich hab mich gut vorbereitet darauf.«
»Das stimmt«, bestätigte Lisa und packte je zwei Äpfel und Bananen in eine Tupperdose. »Aber wir müssen jetzt los, Mama. Mathe erste Stunde!«
»Genau«, sagte Mona, stopfte sich eine halbe Scheibe Toast mit Kräuterquark in den Mund und drehte rasch den Kopf weg, um ihr schmerzverzerrtes Gesicht zu verbergen.
»Na gut«, gab Hilde nach. »Dann fahre ich euch schnell. Wartet, ich ziehe mir flott was an – zwei Sekunden …!« Sie eilte aus der Küche, auf dem Weg schon ihren Morgenrock abstreifend. Mona

verdrehte genervt die Augen, Lisa zog die Augenbrauen hoch und wiegte beschwichtigend den Kopf – sie würden sich in ihr Schicksal fügen müssen, wenn sie nicht wollten, dass ihre Mutter noch misstrauischer würde.

Fünf Minuten später saßen die Zwillinge auf den breiten Rücksitzen des Hehlauschen Mercedes-SUV, ein schwarzer GLE Baujahr 2014, den die Mädels protzig fanden und den Hilde Hehlau entschieden zu alt fand. Aber immer, wenn sie das Thema ansprach, hielt ihr Mann (der ja gewöhnlich mit dem Bus zur Arbeit fuhr) ihr einen ermüdenden Vortrag über das Einkommen eines Abteilungsleiters im Staatsdienst und die Lebenshaltungskosten der Familie und erinnerte sie erst an ihren, Hildes, Traum von einer Finca in Andalusien und dann an die Extras, die er von der amtseigenen Werkstatt gegen ein paar Gefälligkeiten in den Wagen hatte einbauen lassen.

Eines dieser Extras kam Hilde heute allerdings sehr gelegen.

Schon seit acht Jahren waren die Zwillinge es gewohnt, dass ihre Mutter auf gemeinsamen Fahrten ihren Spanisch-Sprachkurs hörte. (Sie wollte nicht zu den neureichen Deutschen gehören, die ihre einheimischen Haushaltshilfen mit »Du musst noch die Fenster putzen, Anschelita! Die Fenster! DIE F.E.N.S.T.E.R! PUTZEN!« herumkommandierten, um anschließend beim Cocktail mit ihren Nachbarinnen die widerspenstige Begriffsstutzigkeit des spanischen Personals zu beklagen.)

Nach kurzer Zeit jedoch hatten die Mädchen rebelliert; zum einen sahen sie wenig Sinn darin, Spanisch zu lernen, wenn man von Hollywood träumte, und zum anderen konnten sie sich nicht auf ihre Last-Minute-Hausaufgaben konzentrieren, oder auf die letzten wichtigen WhatsApp-Nachrichten, bevor sie ihren Chat-Partnerinnen leibhaftig begegneten, nicht wenn ihnen aus sechs Boxen Vokabeln um die Köpfe dröhnten, die ihnen zu Recht spanisch vorkamen. Also hatte Hilde ein Paar teure kleine Kopfhörer angeschafft, die sie mit einem Kopftuch tarnte, wenn sie am Steuer saß, und sich angewöhnt, die gewünschten Wiederholungen der Vokabeln und Beispielsätze nur leise vor sich hin zu sprechen.

Weshalb die Zwillinge – die Mama hörte ja nichts – sich auf dem Rücksitz ungehemmt über alles Mögliche unterhalten konnten. Wie sollten sie wissen, dass die Mama an diesem Morgen nicht wie gewohnt ihrem Kurs lauschte, sondern das in der Rückenlehne verborgene Mikrophon aktiviert hatte – und fast jedes Wort dort hinten mithören konnte. (»Ich bin schließlich nicht umsonst mit einem Mann beim Verfassungsschutz verheiratet«, sagte sie später, als das rauskam.) Außerdem war Hilde schlau genug, ab und an ein paar spanische Wörter und Floskeln vor sich hin zu murmeln. Was sie beinahe vergaß, als ihr klar wurde, worüber ihre Töchter sich heute unterhielten.

»Jetzt pack schon aus!«, flüsterte Lisa, nachdem ein paar Minuten lang nur Schweigen im Wagen geherrscht hatte. »Was ist denn nun wirklich passiert? Deine Story von wegen ›hingefallen‹ kauft dir doch kein Mensch ab.«

»Lass mich in Ruh!«, nuschelte Mona.

»Nee. Ich denk ja nicht dran. Ich kann aber auch Mama von Big Börnie erzählen. Oder Papa …!«

»Du Scheißtier!«

»Ach, komm! Jetzt tu doch nicht so, als sei *ich* plötzlich dein Feind!«

»Nein, bist du ja auch nicht. Aber …«

»Aber was?«

»Ich weiß nicht. Ich glaub, ich muss da alleine durch.«

»So'n Stuss! Guck mal in 'n Spiegel, da siehst du, wie weit du alleine kommst!«

»Scheiße!«

»Ja, Scheiße! Los, jetzt erzähl mir, was los ist!«

Langes Schweigen.

»Mona …?«

Schluchzen.

»Ich bring ihn um!«

Hilde zuckte zusammen und verriss kurz das Lenkrad. Neben ihr brüllte sie ein empörter Radfahrer an.

»Wen? Bernie?«
»Ja, klar, wen denn sonst?«
»Was ist denn passiert?«
»Ach, er hat ...« *Schluchz.* »Ich hab ...« *Schluchz.* »Ich wollte doch nicht ...«
»Mann, Mona! Jetzt mal ganz ruhig. Und ganz von vorne, bitte. Ihr wart also einen Cocktail trinken ...«
»Ach, es fängt doch schon viel früher an! Ich hab ... Nein ...!«
»Doch! Ich hau dir gleich auf deine kaputte Backe! Du hast *was*?«
»Na ja, ich hab ihm von Papas Job erzählt. Schon beim zweiten Mal. Und, na ja, ein bisschen angegeben, was für ein toller, erfolgreicher Terroristenjäger er ist. Und dass das alles furchtbar geheim bleiben muss.«
»Oh, Mann ... Du und deine große Schnauze ...!«
»Ja, ich weiß. Scheiße! Und bei unserem dritten Treffen – da haben wir uns zum ersten Mal geküsst und so –, da hat er irgendwann nach der Adresse von Papas Büro gefragt. ›Warum willst du die denn wissen?‹, hab ich gefragt. Ach, er hätte da so einen Verdacht, dass ein paar Typen, die er kennt, irgendein komisches Ding drehen wollten. Und es sei ja wohl seine Pflicht, das zu melden. Aber zur Polizei gehen könne er nicht, er hätte da so 'ne Akte ...«
»Na, super – dein Börnie ist 'n Krimineller?«
»*Empezamos a acostumbrarnos a la comida*«, murmelte Hilde, »Wir gewöhnen uns allmählich an das Essen«, und knirschte mit den Zähnen.
»Weiß nicht. Na ja, sieht so aus, irgendwie, ja. Ich hab nicht weiter nachgefragt.«
»Sag mal, bist du eigentlich verknallt in den?«
»Nee! Na ja, ein bisschen vielleicht. Er kann gut küssen. Und er ist nicht so grob und ungeduldig wie manche andere Typen. Ja, irgendwie schon, glaube ich. Also, war ich zumindest, bis gestern Abend.«
»Na, kein Wunder. Ein Typ, der einen schlägt, ist ja wohl sofort *out and over*.«

»Nein, *er* war das doch gar nicht! Das war …«

»Moment! Nicht vorgreifen! Du hast Börnie also Papas Büroadresse gegeben …«

»Nee. Ich hab das alles gar nicht ernstgenommen. Ich dachte, er will bloß so'n bisschen angeben. Wie …, na ja: wie ich eben. Ich hab so ganz flachsig gesagt, wenn er Papa was schreiben will, soll er's ihm doch nach Hause schicken.«

»Der Erpresserbrief!«, keuchte Lisa.

»*Me encuentro muy cansado*«, murmelte Hilde. »Ich bin sehr müde.« *Woher wissen die verdammten Gören von dem verdammten Brief?*

»Ich weiß nicht«, nuschelte Mona. »Nee, ich glaub, ja.«

»Und dann?«

»Dann hab ich ihm beim nächsten Mal auf den Kopf zugesagt, dass ich weiß, dass er was mit diesem Brief zu tun hat. Und dass ich das total scheiße finde, und dass ich Papa alles erzählen würde. Aber er hat bloß gelacht, hat mich ausgelacht und gefragt, wie begeistert Papa wohl wäre, wenn er wüsste, dass ich …«

Überaus begeistert, dachte Hilde und schaute in den Rückspiegel. Die Mädchen achteten nicht im Geringsten auf das, was draußen geschah. Kurz entschlossen bog sie zweihundert Meter vor der Schule an einer Kreuzung ab.

»Und ich soll froh sein, dass ich es nur mit ihm zu tun habe und nicht mit den anderen Typen, hat er gesagt. Aber er wolle mit denen auch nichts mehr zu tun haben, denn was die da vorhätten, das ginge ihm viel zu weit, das sei kein lustiger Streich mehr. Und außerdem würde er mich doch lieben, und …« Wieder hörte Hilde eine Weile nur Schluchzen. Im Rückspiegel sah sie, wie Lisa ihre Schwester im Arm hielt und zu trösten versuchte. »Und er will mit mir zusammen sein, für immer, sagt er …«

»Und das hast du geglaubt?«

»Ja. Irgendwie schon. Er war so … so zärtlich, und …«

»Und dann hast du mit ihm geschlafen.«

»Nein! Ja. Also, beinahe … Aber dann kam dieser andere Typ, Heiner. Ein guter Kumpel von ihm, hat Börnie gesagt. Aber das war überhaupt kein Guter. Irgendwie hat der geschnallt, worüber wir geredet haben, und was er nicht geraten hat, hat er aus Börnie rausgekriegt, weil er dem die Hand so gequetscht hat, dass die jetzt ganz blau und dick ist. Und dann hat er mich in die Brust gekniffen – so brutal, dass ich da jetzt fünf blaue Flecken hab. ›Wenn du nicht die Schnauze hältst, mach ich dich kalt‹, hat er zu mir gesagt. ›Das woll'n wir doch mal sehen!‹, hab ich ihn angebrüllt, ›mein Papa ist ...‹ Und da hat er mir eine geknallt, dass ich vom Hocker geflogen bin. Börnie wollte mich noch festhalten, aber dabei hat er nur meine Bluse zerrissen. Und da sind sofort auch schon der Barkeeper und der Türsteher gekommen, und der Keeper hat gesagt, die Bullen wären schon unterwegs, und da hat dieser Heiner nur noch mal gesagt, ich solle bloß die Klappe halten, und hat die Fliege gemacht.«

»¿Qué le duele?«, knurrte Hilde. »Me parece que tengo el dolor de cabeza.« Wo tut es Ihnen weh? – Ich glaube, ich habe Kopfschmerzen.«

»Oh, Mann ...«, stöhnte Lisa und sah sich um. »Mama, wo fährst du denn hin?«

»Da hinten war Stau«, antwortete Hilde geistesgegenwärtig. »Ich glaube, da gab es einen Unfall oder so.« Sie bog zwei Mal links ab, hielt vor der Schule und atmete ein Mal tief durch. »So. Und toi, toi, toi für die Mathearbeit, meine Süßen!«

»Danke, Mama!«, rief Lisa. Mona nickte bloß.

Hilde Hehlau sah ihren Töchtern nach, bis sie im Schulgebäude verschwunden waren. Dann öffnete sie das Handschuhfach, holte den silbernen Flachmann heraus und gönnte sich einen so kräftigen Schluck, dass ihr die Tränen in die Augen traten. Als sie wieder zu Atem gekommen war, ließ sie die Seitenscheibe herunter und wandte sich an ein Grüppchen Jungs, die noch auf dem Bürgersteig standen und rauchten.

»Hey, ihr Helden, habt ihr mal 'ne Zigarette für mich?«

Me'Shell

Sie wartete einige Minuten draußen vor dem Eingang des Südbahnhofs. In der Halle tummelten sich für ihren Geschmack zu viele Menschen. Klar, es war früher Abend – all die Pendler mussten zurück in die Vorstädte und noch weiter hinaus, um sich in ihren Reihenhäusern auf die Couch zu werfen und für ein paar Stunden ihr Sklavendasein zu vergessen. Me'Shell sah zwei Aktentaschenträger in Schlips und Kragen, die miteinander tuschelten und ihr dabei begierige Blicke zuwarfen.

Vergesst es, Jungs. Geht heim zu Mama, mit mir könnt ihr nix anfangen. So viel Aufregung verkraftet ihr gar nicht.

Eine Durchsage auf einem der Bahnsteige ließ die Bürohengste aufschrecken und im Gleichschritt zu den Treppenaufgängen sprinten, selbst ihre Taschen schwangen dabei synchron vor und zurück. *So ist's brav. Und träumt schön von mir.*

Einer der beiden drehte sich noch einmal um und winkte ihr zu. Sie hob nur die Augenbrauen und verdrehte die Augen zum Himmel.

Wenige Minuten später lichtete sich die Menschenmenge in der Halle. Me'Shell eilte zum Schließfach und schnappte sich Hehlaus Handy, packte es in ihren Rucksack und ging durch die Bahnunterführung auf der Luxemburger Straße in Richtung Barbarossaplatz. Beide Seiten des Tunnels waren mit Konzertplakaten zugekleistert, auffallend viele davon mit neongelben DIN A4-Zetteln überklebt. Die alle das Gesicht eines Musikers zeigten, eines Typen mit einer schiefen Nase und schwarzen Haaren, die an ein explodiertes Sofakissen erinnerten.

Me'Shell blieb stehen – es war eine Ankündigung für ein Konzert in der *Sansibar: Ein Lied geht um die Welt – Folker rockt die 30er!*

»Ein ›Glied‹ hätte auch gepasst«, murmelte sie und grinste. Ob Hehlau den Typen noch auf seiner Liste hatte? In ihren Augen war der Kerl einfach ein harmloser Spinner. *Okay, ein gutausse-*

hender Spinner. *Aber ich kann niemanden brauchen, der mir am Bein klebt. Und dann noch ein Schlager-Fuzzi …!*

Für ein paar Momente versuchte sie sich vorzustellen, ihr Treffen wäre anders verlaufen und sie würde sich seinen Auftritt ansehen. Würde sogar zu ihrer Überraschung Spaß daran haben, mal wieder in diese besondere Live-Konzert-Stimmung zu geraten (wann war ihr das zuletzt passiert – vor zehn, zwölf, fünfzehn Jahren …?), mitzusingen, zu schreien, zu pfeifen, mitzuklatschen, ein bisschen zu tanzen vielleicht … Womöglich anschließend mit dem Künstler ein Bier trinken, sich ganz unbeschwert mit ihm über Musik unterhalten. Mit ihm flirten. Ihn am Ende verführen, sich, seinen Geruch nach Bühnenschweiß und Adrenalin und Bad in der Menge in der Nase, von seinen schönen Gitarristenhänden verwöhnen lassen …

Nein. Das Konzert war letzten Samstag gewesen, sah sie jetzt. *Nein, schlag ihn dir aus dem Kopf.* Folker war nur der Letzte in einer langen Reihe anhänglicher Kerle, die sie mithilfe einer eigenen Kreation aus K.o.-Tropfen und LSD schlafen geschickt hatte. Die bewährte Mischung wirkte schnell und sorgte noch Stunden bis Tage nach der Einnahme für eine gewisse Verwirrung und Orientierungslosigkeit. Zeit genug für Me'Shell, um auf Nimmerwiedersehen zu verschwinden. Viele der aufdringlichen Typen hatten ihre Portion Schlummertrunk mehr als verdient, bei anderen war sie sich nicht so sicher – aber loswerden wollte sie sie alle. ›*Es kommt der Tag, an dem wir uns wiedersehen, guapa‹. Als schleppte ich nicht schon genug Dreck mit mir herum …!*

Die Anwesenheit ihres Verfolgers konnte sie geradezu physisch spüren, Hehlau hatte eines seiner Hündchen das Schließfach bewachen lassen. Ihre blonde Perücke, das Businesskleid samt schwarzem Mantel und die farbigen Kontaktlinsen, die ihre grünen in blaue Augen verwandelten, hatten damit als Tarnung ausgedient. Zeit für einen kleinen Zaubertrick.

Eine Straßenbahn zog gemächlich vorbei und bimmelte, Me'Shell setzte sich wieder in Bewegung. Nach zwei Minuten Fußweg mündete die Luxemburger Straße in den Barbarossaplatz.

Sie bog rechts ab und sah die *McDonald's*-Filiale. *Ah, der perfekte Moment für einen Fleischklops!*

Der Laden war brechend voll, die Warteschlangen vor dem Tresen reichten bis zur Eingangstür. Drinnen versammelten sich die Jünger des Heiligen Fast Food, um ihrem Götzen zu huldigen: Schulkinder und Jugendliche, die mit steifem Nacken auf ihre Handys starrten und sich mit der Masse der Wartenden nach vorne in Richtung Tresen drängen ließen, Familien mit Einkaufstüten und Kinderwagen, Junkies, Besoffene und Pendler. Dazwischen hier und da wie ein versprengter Schwarm übel gelaunter Krähen Männer in schwarzen Anzügen, spitzen Schuhen und vom andauernden Sitzen gekrümmten Rücken. Bankangestellte, Steuerberater und IT-Leute, vermutete Me'Shell.

Sie reihte sich in die Kolonne rechts außen ein und wartete. Erst als die Menge sie Zentimeter für Zentimeter bis in die Mitte des Raums geschoben hatte, sah sie sich um. Ihr Blick blieb eine Sekunde lang an einem blonden Hünen hängen, der alle anderen um einen Kopf überragte. Der aber lächelte und blinzelte ihr zu. *Nein, der ist es bestimmt nicht.* Weiter hinten eine Frau, die in ein Headset sprach und ausdruckslos in ihre Richtung starrte. Doch dann näherte sich ein Kind und umschlang deren Beine. *Nein. So tief ist Hehlau noch nicht gesunken.* Und schließlich verriet sich ihr Schatten selbst: Er stand draußen vor der riesigen Glasscheibe auf dem Bürgersteig. Sekundenbruchteile, bevor ein Punk mit zwei vollgepackten *McDonald's*-Tüten in ihn hineinstolperte, umtänzelte er ihn in einer fließenden Bewegung, ohne dabei die Eingangstür aus den Augen zu lassen oder sein Handy vom Ohr zu nehmen. Ein bisschen zu geschickt für einen harmlosen Passanten. *Gut, dass du draußen bleibst.* Ein Blick nach vorne zeigte, dass ihr Ziel bald erreicht war. Zehn Trippelschritte später schlüpfte Me'Shell aus der Reihe und durch die Schwingtür zu den Toiletten.

Nicht nur die Speisekarte der über vierzigtausend Filialen, auch der Geruch der *McDonald's*-Klos war weltweit identisch: Die Ausdünstungen der Klosteine in den Herren-Pissoirs mischten sich mit dem Gestank eines süßlich-scharfen amerikanischen Desinfektionsmittels, das die Mitarbeiter zu benutzen hatten. Ob in New York, Moskau, Hongkong oder eben Köln.

Sie steuerte auf eine der Kabinen in der Damentoilette zu, schloss hinter sich ab und hängte ihren Rucksack an einen Haken. Es musste schnell gehen. Sie zog den Mantel, die schwarzen Stiefeletten, den engen Rock und die Bluse aus und warf die Kleidungsstücke achtlos hinter die Kloschüssel. Die blonde Perücke flog hinterher. Me'Shell fuhr mit einer Hand über den kahlrasierten Schädel, schnurrte wie eine Katze und kratzte sich ausgiebig am Kopf. Sie öffnete den Rucksack und kramte eine rote Perücke mit kurzen, zotteligen Haaren hervor. *Ist ja nicht für lange, vergiss einfach, dass es juckt.*

Dann stieg sie in eine viel zu weite, verschmutzte Jeans, zog sich ein ausgewaschenes rosa T-Shirt mit dem Aufdruck *Bitches have more fun* über, schlüpfte in ein paar ausgelatschte Springerstiefel und eine olivgrüne Bomberjacke.

Die Tür zu den Damentoiletten öffnete sich und fiel eine Sekunde später mit einem metallenen Klicken ins Schloss. Me'Shell erstarrte. Schritte näherten sich, eine nach der anderen wurden die Türen der unbesetzten Kabinen aufgerissen und wieder zugeschlagen.

»Scheißladen«, verkündete eine Frauenstimme. »Hey, du da drin! Hast du Klopapier übrig?« Me'Shell stieß erleichtert die Luft aus und sah sich um. Auch bei ihr hing nur eine leere Rolle im Halter an der Wand.

»Nee, ich benutze Tempos, hab aber nur noch eins«, antwortete sie schnell.

»*Fuck*. Dann gehe ich eben woanders kacken.« Die Schritte entfernten sich, die Tür ging auf und fiel wieder zu.

»Weiter im Programm«, murmelte Me'Shell, griff sich Hehlaus Handy, gab das Kennwort ein und deaktivierte die GPS-Standortverfolgung. Sie entnahm die SIM-Karte und wickelte sie in ein Stück Alufolie. Eine Ortung wurde damit nicht völlig unmöglich, sondern lediglich schwieriger. *Aber es verschafft mir etwas mehr*

Zeit. Das blöde Telefon brauche ich noch. Und Hehlau brauche ich, um Schuggermän zu finden. Er muss ja nicht ständig wissen, wo ich bin.

Sie strich zum Abschied über den alten, leeren Rucksack, öffnete die Kabinentür und trat vor den Spiegel an den Waschtischen. *Okay, sieht scheiße aus. Und jetzt ab durch die Mitte, du Bitch.*

Es klappte. Hehlaus Mann würdigte sie keines Blickes, als sie ins Freie trat. Sie verkniff sich den Spaß, ihn nach einer Zigarette zu fragen, und ging weiter in Richtung Südstadt. An der nächsten Ecke sah sie verstohlen zurück. Ihr Verfolger wollte nicht mehr draußen warten und enterte in diesem Moment den Fast-Food-Tempel.

In der Elsaßstraße schloss sie die schwere, verwitterte Eingangstür auf und wartete im Flur, bis die krachend hinter ihr zufiel. Erst dann stieg sie die wenigen Treppenstufen zu ihrem Apartment hoch. Oben angekommen, zog sie die Vorhänge zu, kramte das Handy aus der Innentasche der Bomberjacke und legte die SIM-Karte ein.

»Wo bist du?«, zischte Hehlaus Stimme in den Kopfhörern. »Wenn du meinst, hier dein eigenes Ding durchziehen zu müssen, werfe ich dich den Duisburgern zum Fraß vor! Die du in den Knast gebracht hast!«, brüllte er unvermittelt in das Mikrofon. »Da sind einige ganz schön scharf darauf, dich wiederzusehen!«

Me'Shell saß im Schneidersitz auf dem Bett und drehte sich ungerührt einen Joint. *Hehlau, du Sesselfurzer. Dazu musst du mich erst mal finden.*

»Ich finde dich!«, schrie er, als hätte er ihre Gedanken gehört. Auf ihrem Gesicht breitete sich ein Grinsen aus.

Hehlaus Ton wurde sachlicher, offensichtlich hatte er den Wutanfall nötig gehabt. »Ich gehe davon aus, dass du weiterhin für mich arbeitest. Denn sonst …«. Er sprach den Satz nicht zu Ende. *Ja ja, du Arsch. Das alte Spiel. Aber deine Schachfigur macht sich jetzt selbstständig. Du hast mich lange genug benutzt.* Sie zündete den Joint an und nahm einen tiefen Zug.

»Und die Aktion mit meinem Mitarbeiter im Museum nehme ich persönlich. Ich habe sehr viel Zeit in den jungen Mann investiert, und nun denkt er ernsthaft darüber nach, den Dienst zu quittieren.« Me'Shell prustete los und ließ sich lachend hintenüber auf das Bett fallen.

»Wir hatten einen Vorfall«, fuhr Hehlau fort. »Die Synagoge am Rathenauplatz zieht das Nazipack an wie ein Magnet. Deshalb ist dort vierundzwanzigsieben Polizeipräsenz angeordnet.« Er gab einen kurzen Überblick der Ereignisse vor dem jüdischen Gotteshaus, an deren Ende ein völlig demolierter Streifenwagen und zwei verletzte Beamte zu beklagen waren.

»Einer der insgesamt vier Täter hält sich offenbar für besonders fotogen«, schnaubte Hehlau verächtlich. »Die Überwachungskameras an der Synagoge haben ihn mehrmals im Bild festgehalten. Es ist ein alter Bekannter von dir: ein gewisser Karl-Heinz Küppers.«

War das nicht einer aus der Idiotentruppe, die ich überwachen sollte? Die trauen sich so etwas?

Hehlau räusperte sich. »Ich habe dich nach Köln kommen lassen, damit du dich in der einschlägigen Szene umschaust. Du erinnerst dich an den Drohbrief?« In seine Stimme mischte sich ein wütender Unterton. »Es gibt eine neue Lage.« Hehlau legte eine Pause ein und Me'Shell konnte deutlich hören, wie er in den Papieren auf seinem Schreibtisch wühlte. »Ich erspare dir die Einzelheiten, aber eins musst du wissen. Das im vergangenen Jahr bei dem vereitelten Anschlag in Chorweiler beschlagnahmte Rizin ist zu einem gewissen Teil aus der Asservatenkammer im Polizeipräsidium verschwunden.« Hier unterbrach sich Hehlau kurz. Offenbar überlegte er, ob er sie für vertrauenswürdig genug befand, um weitere Details zu nennen. »Also gut. Es ist nicht genug verschwunden, um riesigen Schaden damit anzurichten. Aber es reicht aus, um Alte, Säuglinge und Menschen mit Vorerkrankungen in ernsthafte Gefahr zu bringen. Vom Imageschaden für die Wasserwerke und die Stadt mal ganz abgesehen.«

Me'Shell wurde einmal mehr bewusst, warum sie diesen Schreibtischtäter im Dienste des Verfassungsschutzes so verach-

tete. Menschen waren ihm im Grunde egal – ihm ging es rein um das Wohlwollen der Teppichetagen einige Stockwerke über seinem Büro. *Wenn ich mit dir fertig bin, Hehlau, dann ist ein Imageschaden dein kleinstes Problem.*
»Wir ..., also, ich habe diesen Drohbrief analysiert. Bei unserer ersten Kontaktaufnahme habe ich dir bereits erzählt, warum einiges darauf hinweist, dass dieses Gekritzel der rechten Szene in der Stadt zuzuordnen ist. Der Verdacht hat sich erhärtet. Nach dem Ding an der Synagoge bin ich der Ansicht, dass sich hier etwas Übles zusammenbraut.« Noch ein Räuspern. »Deshalb hat dein Überwachungs-Auftrag klare Priorität. Klemm dich vor allem an Küppers dran. Aber vergiss nicht die kleine Nazi-Nymphomanin und ihre Lustknaben; das ist schließlich nicht die dümmste Art, neue ›Kameraden‹ zu rekrutieren. Damit das klar ist: Ich will verdammt noch mal wissen, ob einer von diesen Typen um Küppers und Co. den Brief verfasst hat!«

Me'Shell drückte den Stummel des Joints im Aschenbecher aus. *Du hast ganz schön Scheiße am Schuh, oder, Hehlauchen? Wissen eigentlich deine Vorgesetzten von dem Brief, oder ist das eine Solo-Nummer von Dir?*

»Ach ja«, meldete sich seine Stimme im Kopfhörer zurück. »Für uns ebenfalls nicht ganz uninteressant ist es, zu erfahren, warum Köln derzeit mit Kokain überschwemmt wird. An der Sache darfst du nach Absprache mit der Chefetage also auch dranbleiben.« Wieder Papierrascheln. »Die Abfrage bei der Deutschen Bank in Dresden hat bereits stattgefunden. Unser Mann vor Ort hat den Sachbearbeiter ausfindig gemacht, auf dessen Veranlassung das Konto eröffnet wurde.« Sie drehte den Ton lauter. *Jetzt wird es interessant.*

»Dieser Sachbearbeiter erinnert sich an eine schlanke, schwarzhaarige Frau im Alter von etwa dreißig Jahren. Es hätte aber auch ein zierlicher Mann mit Perücke sein können. Das Ganze ist fast sechs Jahre her. Selbstverständlich war unser Mann befugt, sich die Personalien der Kundin aushändigen zu lassen.« *Mensch, Hehlau, was kannst du geschwollen daherlabern. Komm auf den Punkt!*

»Dabei handelt es sich um eine Person namens Gerlinde Schustermann, geboren 1989, wohnhaft Poststraße 14, 01139 Dresden. Eine Überprüfung ergab, dass die Frau das Licht der Welt bereits 1939 erblickte und ihre Augen 2017 für immer schloss. Der Ausweis war gefälscht, wir werden das – übrigens für eine Organisation namens ›Wege aus der Sucht‹ eröffnete – Konto also weiterhin im Auge behalten. Die Geldeingänge liegen im Bereich von fünfhundert bis etwa viertausend Euro. Und das mehrmals im Monat, seit über fünf Jahren. Mein lieber Scholli, da kommt ganz schön was zusammen! Bisher ist das dem Geldwäsche-Beauftragten der Deutschen Bank nicht aufgefallen. Unserem Mann in Dresden sagte er, dass bei ihm erst ab einer Summe von fünftausend Euro ein Warnhinweis auf dem Bildschirm aufploppt. Wenn sich jeder dieser Heinis seine eigene Obergrenze selbst setzen kann, kann das System ja nicht funktionieren.«

Es sei bekannt, wer Geld überweise, erklärte Hehlau weiter, aber das sei ja noch kein Verbrechen. »Vom Konto wird regelmäßig überwiesen, per Online-Banking. Leider über ein virtuelles privates Netzwerk. Wir müssen also mit einem gültigen Gerichtsbeschluss zum Betreiber, damit er uns die IP-Adresse des Nutzers herausgibt. Das dauert noch. Außerdem werden an diversen Geldautomaten immer wieder kleinere Beträge abgehoben – eine Liste der Automaten ist leider noch in Arbeit.«

Dann wissen wir, wo jemand auf das Konto zugreift, aber nicht, wer. Toll, Hehlau. Ich wette, am Ende findet ihr heraus, dass dieser Jemand in Köln sitzt. Mehr gibt's nicht?

»Du weißt ja, dass wir problemlos an alle Videoaufzeichnungen kommen, wenn wir nur wollen«, sagte Hehlau betont beiläufig. Me'Shell horchte auf. »Aber in diesem Fall gibt es keine. Die Banken überspielen die Aufnahmen alle paar Tage. Leider. So, Ende für heute. Ich warte auf Nachricht von dir. Und zwar plötzlich«, schloss Hehlau.

Also nichts. Me'Shell warf ein Kissen an die Wand und starrte sekundenlang auf das Handy. Dann pulte sie die SIM-Karte heraus, ging zum Klo, ließ den Chip hineinfallen und spülte. Einige Minuten später bestieg eine rothaarige Frau in Bomberjacke und schmutzigen Jeans am Chlodwigplatz eine Straßenbahn der Linie 15 und fuhr eine Station weiter zum Ubierring. Sie kam an einem Spielplatz vorbei und fand sich auf einer Promenade wieder. Es waren nur wenige Schritte bis zum Rhein, auf dessen Oberfläche sich der Sonnenuntergang spiegelte. Sie sah sich um. Kein Mensch in der Nähe. Sie ging an die Kaimauer und warf Hehlaus Handy ins schimmernde Wasser. Die Kommunikation würde von jetzt an auf ihre Art laufen.

Sie drehte dem Rhein den Rücken zu und ging zurück in Richtung Ubierring. Und blieb ein paar Meter weiter abrupt stehen. *Du weißt ja, dass wir problemlos an alle Videoaufzeichnungen kommen.* Hehlaus Satz hallte in ihrem Kopf nach.

Me'Shell lächelte. Sie hatte eine Idee.

Hehlau

»Was ist denn mit Mona? Wo bleibt die denn?«, fragte Hehlau, als er sich am Abendbrottisch niederließ, und runzelte die Stirn.

»Der geht's nicht so gut«, sagte Hilde und reichte ihm die Salatschüssel.

»Was hat sie denn?«

Seine Frau schaute ihn einen Moment lang nachdenklich an, dann nippte sie an ihrem Cocktail. »Sie ist jedenfalls nicht schwanger.«

»Ach so«, sagte Hehlau und schaufelte sich Salat auf den Teller. Für ihn war die Sache damit erledigt – *Frauensachen. Weiberkram.* Er nahm eine Schnitte Brot, bestrich sie großzügig mit Kräuterbutter und legte eine Scheibe Serrano-Schinken darauf.

»Und Lisa?«

»Kümmert sich schwesterlich liebevoll um sie.«

»Gut. Und du – bist du jetzt vollends auf flüssiges Abendbrot umgestiegen?«

Hilde legte den Kopf schief und blickte ihn an, ein spöttisches Funkeln in den Augen. »Seit wann interessierst du dich für meine

Figur?« Sie sah, wie er kaum merklich zusammenzuckte, und verdrehte innerlich die Augen.

»Das Interesse hat nie nachgelassen«, murmelte er. »Und das weißt du auch. Ich mache mir eher Sorgen um deinen Geisteszustand.«

Sie lachte kurz auf. »Weil am Freitag die Party ist und ich mich vor deinen Kollegen – und vor allem *dich*, vor deinem dämlichen Chef – blamieren könnte?« Er schüttelte bloß unwirsch den Kopf und pellte angelegentlich ein gekochtes Ei, aber sie wusste, dass sie ins Schwarze getroffen hatte. »Keine Bange, mein Schatz, ich werde mich zurückhalten.« Er nickte erleichtert. »Solange ich kann.« Er stöhnte genervt auf. Das Spiel gefiel ihr, aber sie ermahnte sich selbst, es nicht zu übertreiben. Sie langte über den Tisch und tätschelte seine Hand. »Ach, Herbert ... Sieh doch nicht immer alles so verbissen!«

Seine Gabel klirrte auf den Teller. »Verbissen?«, schrie er, schlug mit der Faust auf den Tisch und versprühte Eigelbkrümel. »Hast du 'ne Ahnung, wie Hesselmann mir gerade die Hölle heiß macht? ›Wieso wissen wir immer noch nichts über die Identität der Drohbriefschreiber? Was treiben Sie eigentlich den ganzen Tag, Hehlau? Wo bleiben die Erkenntnisse und Ergebnisse Ihrer merkwürdigen – und, nebenbei: verdammt teuren – Informantin? Und was ist mit dem Attentat vor der verkackten Synagoge? Geht Ihnen das am Arsch vorbei, Hehlau?‹« Jedes dritte, vierte Wort wurde mit einem Schlag unterstrichen, dass das Geschirr nur so schepperte. »Und so weiter, und so weiter! Wenn das so weitergeht, kannst du dir am Freitag die Kante geben, bis du im Koma landest – weil die verdammte Party nämlich ins Wasser fällt, du blöde versoffene Kuh! Weil mein geliebter Chef nämlich gar nicht auftauchen wird! Genauso wenig wie die werten Kollegen – weil ich nämlich in die Poststelle versetzt wurde und niemand mehr was mit mir zu tun haben will! Niemand!« Er schwenkte den Arm, deutete auf den reich gedeckten Tisch, die teure Einrichtung des Esszimmers, die Bodenfenster zum Wintergarten, die Terrasse mit den *Manufactum*-Möbeln, den gärt-

nergepflegten Garten.«Wir werden im Arsch sein, Hilde! Und du erzählst mir was von ›nicht so verbissen sehen‹? Werd' mal wach! Oder hast du dich schon völlig aus der Realität gesoffen?«
Dann verstummte er, saß mit hochrotem Kopf und offenem Mund da, hilflos und verständnislos, weil seine Frau ihn plötzlich strahlend anlächelte.

»Hey, Herr Hehlau ...! Sie können ja doch noch mal richtig Temperament entwickeln!« Sie griff in die Seitentasche ihres Hemdkleids und förderte ein kleines, goldenes Make-up-Etui zutage. Klappte es auf, feuchtete eine Fingerspitze an, tupfte damit ein weißes Pulver aus dem Etui und massierte es sich ins Zahnfleisch.

»Wo hast du das denn her?«, fragte Hehlau konsterniert.

»Ach, das willst du gar nicht wissen, Schatz.« Sie stand auf, kam um den Tisch herum, schob sein Essgeschirr beiseite, zog ihre Hemdschöße hoch und setzte sich vor Hehlau auf den Tisch. »Der alte Herbert ...! Das gefällt mir«, gurrte sie. »Das gefällt mir sehr ...!« Sie leckte kurz an ihrem Daumen, tunkte ihn in das Etui und steckte ihn in Hehlaus Mund, rieb auch ihm das Pulver ins Zahnfleisch. Er ließ es willenlos, wie gelähmt geschehen, fühlte nur das Blut in seinen Adern pochen, von Begierde überwältigt wie ein pubertierender Teenager. Sie schleuderte ihre Sandalen von sich und stellte ihre zierlichen Füße mit den blutrot lackierten Zehennägeln auf seine Schenkel. »Er ist wieder da, der alte, forsche Herbert, den ich mal kannte. In den ich mich mal verliebt habe. Hast du eben ›blöde versoffene Kuh‹ zu mir gesagt?«

Hehlau schluckte. Starrte auf ihre entblößten Schenkel. Wusste nicht, wohin mit seinen Händen. »Eh ..., ich ..., du ...«, stotterte er.

»Find ich lustig«, sagte sie. »Aufregend«, tupfte noch einmal einen Finger in das Etui, klappte es zu, legte es neben sich auf den Tisch und ließ ihre Schenkel auseinanderfallen.

13
Montag, 01. April

S͟a͟n͟s͟i͟b͟a͟r͟

»Find ich lustig«, sagte Jupp Immelda in der *Sansibar*.

»Ich nicht«, schnappte Sansibar und hieb ihm die Faust auf den Oberschenkel. Jupp zuckte nicht einmal, grinste und griff nach seinem Kölschglas.

»Was denn überhaupt?«, erkundigte sich Regina, die gerade von der Toilette kam. Sie lehnte sich an Sansi, legte ihr einen Arm um die Schulter und küsste sie auf den Hals.

»Folker«, sagte Sansi und schob sie sanft aber bestimmt von sich. »Die ganze Woche noch nicht aufgetaucht.«

»Die Typen, die angeblich hinter ihm her sind, aber eben auch nicht«, sagte Jupp.

»Wo steckt er denn?«

»Weiß ich ja auch nicht.«

»Er war doch Montagabend hier«, meldete Svenja sich. Man sah ihr an, dass sie sich daran gar nicht so gern erinnerte. »Sternhagelvoll.«

»Und auf der Suche nach seiner neuen Flamme«, ergänzte Sansi mitfühlend. Was ihr einen ziemlich bösen Blick von Svenja einbrachte. Sie zuckte mit den Schultern. »Ist nun mal so, Schätzchen.« Svenja presste die Lippen zusammen.

»Deswegen musst du mich aber nicht verdursten lassen«, brummte Jupp. Sie zapfte ihm rasch ein frisches Bier und rang sich ein gequältes Lächeln ab, als er ihr tröstend die Hand tätschelte. »Der kommt schon wieder. Ist 'ne treue Seele.«

»Und wie!«, rief Regina aufmunternd. »Der hat ja nicht mal mit …« Sie verstummte, als Sansi ihr den Ellenbogen in die Rippen stieß.

»Mit wem?«, wollte Svenja wissen.

»Na ja, mit …« Regina schaute sich suchend um. »Also, mit längst nicht allen.«

»Ja, bau mich auf«, sagte Svenja und begab sich ans andere Ende der Theke.

»Was denn?«, fragte Regina, als Sansi ihr kopfschüttelnd einen strafenden Blick schenkte. »Hab ich was Falsches gesagt? Is' doch wahr! Der ist doch der reinste Casanova! Und bloß, weil er Samstagnacht gepennt hat ... Aua! Mensch, was haust du mich denn dauernd, Sansi? Hab ich etwa nicht recht? Menno, immer hackt ihr alle auf mir rum! Wieso ist Svenja denn jetzt so sauer? Was hab ich euch denn getan? Ich weiß gar nicht, warum ich überhaupt noch hierher ...«

Als sie zu schluchzen anfing, nahm Sansi sie in den Arm und küsste sie aufs Ohr.

»Du hast gar nix getan, Schätzchen. Alles ist gut. Du quatschst halt nur manchmal ein bisschen zu viel.«

Regina riss sich los »Nur weil ich nicht vier Stunden hier am Tresen hocken und stumm in mein Bier glotzen kann wie der Jupp, zum Beispiel? Man muss doch miteinander reden! Sonst erfährt man doch nichts! Woher soll ich wissen, wie's dir geht, wenn du's mir nicht sagst? Und warum solltest du es mir sagen, wenn ich dich nicht danach frage? Und ich frag dich aber doch, weil es mich interessiert. Meinste, das interessiert mich nicht? Verstehste, ich möchte wissen, wie's dir geht! Weil du mir nicht egal bist! Hast du das noch nicht gemerkt? Weil ich dir egal bin, vielleicht?«

»Hey, hey«, brummte Jupp. »Jetzt krieg dich mal wieder ein. Du bist hier niemandem egal. Wir alle lieben dich. Aber Sansi hat nun mal auch recht: Manchmal quatschst du ein bisschen viel. Aber das tut doch unserer Liebe keinen Abbruch. Meiner jedenfalls nicht.«

»Echt?«

»Ich schwör's.«

»Mann, Jupp, das war ja mal 'ne richtig lange Rede von dir«, wunderte sich Sansi.

»Und du?«, fragte Regina sie. »Liebst du mich auch? Wenigstens ein bisschen? Obwohl ich so viel quatsche?«

Sansi seufzte, hob Reginas Kinn an und schaute ihr tief in die Augen. »Hast du das heut' Nachmittag nicht gemerkt?«

Regina warf Jupp einen verlegenen Blick zu, wurde rot und kicherte.

»Heute Nachmittag?«, hakte Jupp nach. »*Jetzt* kannste mal mehr erzählen …! Komm, wir trinken einen Kurzen!«

Sansi boxte ihn auf den Oberarm und nahm Regina noch einmal in den Arm. »Wehe!«, flüsterte sie ihr ins Ohr.

»Spielverderber«, brummte Jupp.

»-in«, korrigierte Sansi.

»Außerdem glaube ich, Folker ist schwul«, sagte Regina.

»Waaas …?!«, fragten Sansi und Jupp unisono und rissen die Augen auf.

»Das wüsst' ich aber«, knurrte er. »Soll das 'n Aprilscherz sein?«

»Wie kommste'n darauf?«, erkundigte sich Sansi, an Regina gewandt.

»Na ja, als ich am Dienstag zur Arbeit ging – ich muss ja immer früh raus, weißte ja, Sansi, ich fang ja immer schon um sieben an. Ist ganz schön ätzend manchmal, aber dafür hab ich ja dann auch schon um drei Feierabend, und«, wieder ein Kichern, »den ganzen Nachmittag frei. Was ja auch schön ist, oder, Sansi?« Sie schmiegte sich in Sansis Arm.

»Bestimmt«, sagte Jupp. »Aber was war denn jetzt Dienstagmorgen?«

»Ach so, ja, da hab ich ihn doch gesehen, den Folker. Mit diesem Riesentypen, dem neuen Wirt vom *Büchel*. Ach nee, heißt ja jetzt *Zukunft*. Find ich eigentlich 'nen blöden Namen für 'ne Kneipe – wie klingt das denn: ›Wir treffen uns in der Zukunft‹? Oder ›Gestern war ich in der Zukunft‹ – ist doch irgendwie Quatsch, oder? Also, wenn ich 'ne Kneipe hätte …«

»Regiiina …!«

»Ja, ja, ich weiß, ich quatsche wieder zu viel. Menno! Na ja, jedenfalls kamen die beiden da an, Folker und der andere, so quasi Arm in Arm und so, und dann sind sie in diesen türkischen Laden gegangen, wo sie einen als Frau gar nicht reinlassen. Obwohl man da prima essen kann, hab ich gehört. Also, ein Kollege von mir, der war mal da, und der war ganz begeistert. Also, ich find das total blöd, dass die da keine Frauen reimmmmfpfpnnnn ...« Weiter kam sie nicht, weil Sansi ihr den Mund zuhielt.

»›Zukunft‹?«, wunderte Jupp sich. »Neuer Wirt? Hab ich was verpasst? Im alten Büchel haben doch die Scheiß-Nazis verkehrt, oder?«

»Was man so hört, scheinen die sich da aber jetzt auch nicht mehr so wohlzufühlen«, belehrte Sansi ihn. »Der Taifun mag die anscheinend auch nicht sonderlich.«

»›Taifun‹?«

Regina zuckte mit den Schultern. »Wahrscheinlich sein Spitzname.«

»Nee«, sagte Sansi, das ist 'n türkischer Name.«

»Aber das ist doch kein Türke – der ist doch blond!«

»Gibt auch blonde Türken.«

»Echt?«

»Paar Ecken weiter gibt's sogar 'nen türkischen Albino«, warf Jupp ein.

»Echt? So wie Dustin Hoffman in ›Rain Man‹?«

Sansi und Jupp verdrehten die Augen, und Jupp sah sich nach Svenja um; er brauchte dringend einen Schnaps. Sansi folgte seinen Blicken und setzte sich in Bewegung – inzwischen hatte sich hier und da eine zweite Reihe am Tresen gebildet, auch die meisten Tische waren besetzt – obwohl es Montagabend war: Svenja brauchte Unterstützung.

»Wie ist er denn so, der Taifun?«, wandte Jupp sich an Regina.

Sie deutete mit den Armen eine Gestalt von zwei Metern Höhe und zwei Metern Breite an. »Und eben blond«, sagte sie. »Mehr weiß ich auch nicht.«

»Hm«, machte Jupp und leerte sein Bier. »Dann wollen wir uns diesen Wirbelsturm doch mal näher angucken ...« Er winkte Sansi und Svenja zu. »Bis später, Leute.«

JUPP & TAIFUN

Die Mucke ist ja schon mal nicht schlecht, dachte Jupp, als er die *Zukunft* betrat und Lyle Lovett ihm *On Saturday Night* entgegennäselte.

»Und ich dachte, es wär erst Freitag«, sagte er auf dem Weg am leeren Tresen entlang zur Begrüßung und enterte einen Hocker in der Südkurve.

»Willkommen in der Zukunft«, erwiderte Taifun. »'n Bier?«

»Wir sind in Köln«, knurrte Jupp. »Ich bin Kölner, ich trinke Kölsch.«

»Glück gehabt«, sagte Taifun, »ich hab gar kein anderes«, und zapfte ihm eins. Stellte es ihm vor die Nase und stand dann stumm da, einen leeren Bierdeckel in der einen Hand, einen Bleistift in der anderen und einen Hauch von Fragezeichen im Gesicht.

Jupp neigte freundlich dankend den Kopf und leerte das Glas zur Hälfte.

»Ich bin Taifun«, sagte Taifun. »Und wie nennen wir den?« Er nickte zu dem Deckel in einer Hand hinab.

»Bierdeckel?«

Fünf Sekunden starrte der Wirt Jupp ausdruckslos an, dann zuckte er leicht mit einer Schulter, kritzelte etwas auf den Deckel und legte ihn auf den Regalschrank hinter sich.

»Was haste'n jetzt da draufgeschrieben?«, erkundigte Jupp sich.

»DBR.«

»Soll'n das heißen?«

»Der Büttenredner.«

Jupp deutete ein Grinsen an und leerte sein Glas vollends.

»Noch eins?«, fragte Taifun. Jetzt starrte Jupp *ihn* fünf Sekunden lang an. Nach einem weiteren Schulterzucken wurde ihm ein Frisches gezapft. Jupp nickte wieder freundlich dankend und leerte auch dieses Glas in einem Zug zur Hälfte.

»Du willst mich damit doch sicher nicht den ganzen Abend nerven«, sagte er. »Ich geb dir Bescheid, wenn ich *keins mehr* will. Okay?«

»Klar«, brummte Taifun.

»Und wenn ich so mache«, Jupp hob eine Hand ein paar Zentimeter vom Tresen und streckte zwei Finger aus, »dann möchte ich zwei. Okay?«

»Klar«, brummte Taifun.

Jupp holte Zigarillos und Feuerzeug aus seiner Jackentasche, zündete sich eine an, nahm sein halbes Bier, trank es aus und hob zwei Finger. Taifun zapfte zwei Kölsch, stellte sie vor Jupp auf den Tresen, pflückte ihm die Kippe aus der Hand und warf sie auf den Boden.

»Schon mal was vom Nichtraucherschutzgesetz gehört?«

»Ich hatte gehofft, das sei in der Zukunft Vergangenheit«, sagte Jupp, nahm sein Glas und nickte zu dem zweiten hin. »Das ist übrigens deins.«

»Aha«, brummte der Wirt. »Danke. Prost, eh ...«

»Jupp.«

»Prost, Jupp.« Ein Schluck, und Taifuns Glas war leer.

Jupp nickte beifällig und schaute sich ein wenig um. Bis auf drei junge, südländisch aussehende Typen mit ausrasierten Schläfen am Flipper neben dem Eingang war das Lokal leer. Und machte einen ziemlich heruntergekommenen Eindruck.

»Hast ja gewaltig investiert«, sagte er, wieder zum Tresen gewandt.

»Solltest erst mal die Raucher-Lounge sehen«, antwortete Taifun, stellte einen Aschenbecher auf die Theke und steckte sich eine *Lucky* an.

»Ich kenn da übrigens ein paar Leute beim Ordnungsamt«, sagte Jupp beiläufig.

»Ich kenn sogar ein paar Leute vom Hänneschen-Theater.«

Jupp zog ein mächtig beeindrucktes Gesicht, leerte sein Glas und hob zwei Finger. »Wir haben sogar einen gemeinsamen Bekannten.«

»Ach ja?«

»Er heißt Folker.«

»Mit V oder mit F?«

»Genau der. Ich bin sein Manager.« Taifun hob eine Augenbraue. »Na ja, sein Roadie. Und sein Fahrer.« Sie stießen an und tranken. »Und sein Vorprogramm. Und sein Schutzengel. Manchmal.«
»Kann er ja heutzutage gut brauchen, was man so hört.«
»Yep.«
»Und warum bist du jetzt nicht bei ihm?«
»Weiß nicht, wo er steckt«, gestand Jupp.
»Das ist blöd.«
»Yep.« *If I needed you*, sang Lyle Lovett. »Gutes Stichwort«, sagte Jupp und nickte zu der Lautsprecherbox in der Ecke hoch.
»Machst du dir Sorgen um ihn?«
»Um Lyle? Nö. Wer nach drei Jahren Ehe von Julia Roberts geschieden wird, der ist entweder sowieso nicht mehr zu retten – oder er hat's echt drauf.«
»Und Folker?«
»Sorgen um Folker? Meistens.«
»Und heute besonders.«
»So langsam. Hab ihn die ganze Woche noch nicht gesehen.«
»Aha.«
»Im Gegensatz zu dir, was man so hört.«
»Aha.«
»Yep.«
»Hey, Cheffe, noch drei Cola!«, rief jemand aus der Flipperecke.
»Bitte«, rief Taifun zurück und schaute die Jungs dort mit unbewegter Miene an. Zehn Sekunden langes Schweigen, während die Flipper-Crew unschlüssige Blicke tauschte. Bis einer von ihnen ironisch »Bitte« sagte. »Geht doch«, brummte er und servierte das Bestellte.

Jupp betrachtete interessiert sein leeres Glas, als Taifun zurückkam.

»Anderthalb Milliarden Menschen weltweit haben zu wenig Trinkwasser, wusstest du das?«

»Nee«, antwortete Taifun. »Das ist ja fast ein Fünftel der Weltbevölkerung.«

»Genau. Jetzt stell dir mal vor, jeder Fünfte deiner Gäste hier im Laden hätte nix zu trinken ...« Sie sahen sich um. »Ach so«, sagte Jupp.

»Der fünfte ist heute wohl gar nicht erst gekommen.« Taifun grinste und zapfte zwei neue Biere. Ohne sie aufzuschreiben. Wie auf ein Theaterstichwort ging die Tür auf und zwei Damen mittleren Alters kamen herein.

»Hallo, Taifun!«, rief die eine, »'n Abend!«, die andere.

»Hallo, Elke, hi, Erika!«, erwiderte Taifun. »Ich wusste doch, dass es stimmt: Je später der Abend ...«

»Hach, du Scharmööör ...« Elke verging das geschmeichelte Lächeln, als sie die Jungs am Flipper entdeckte und erkennen musste, dass ihr Stammplatz damit so gut wie belegt war. Mit einem Schmollmund nahmen die Damen an der langen Seite des Tresens Platz. »Na, dann mach uns mal zwei Jedecke auf den Schreck!«

»Bitte«, rief einer der Flipper-Jungs.

»Klappe!«, knurrte Taifun.

»Arschloch!«, murmelte ein anderer. Taifun starrte ihn an.

»Isch mein dem Flippa!«, beeilte der Junge sich zu versichern. Taifun nickte und kümmerte sich um die Bestellung der Damen.

»*Tit for tat?*«, fragte er, als er mit frischem Bier zu Jupp zurückkam.

Der starrte ihn verständnislos an. »Wat?«

»Botz widder Botz?«, versuchte der Türke es mit der kölschen Übersetzung.

»Ah!«, machte Jupp. »Am liebsten ja.«

»Okay. Meine putzigen jungen Landsleute da drüben haben eben verabredet, dass sie sich gleich zum vierten Mal Silbergeld geben lassen wollen, und wenn sie das verspielt haben, gedenken sie abzuhauen. Und die Zeche zu prellen.«

»Na ja ...«, Jupp grinste. Ohne der Flipperecke einen Blick zu gönnen. »So hab ich das in dem Alter auch öfters gemacht.«

»Darauf hätte ich ein ganzes Fass gewettet.«

»Und was ist dein Plan?«

»Die rennen schneller als ich.«

»Da hätte jetzt *ich* ein Fass drauf gewettet.«

»Wir könnten allerdings Hase und Igel spielen.« Jupp wandte sich um. »Ich gehe durch die Tür da, hinter der wahrscheinlich früher mal 'ne Küche war, komme von da in den Hausflur – und stehe schon vor der Kneipentür, wenn die kleinen Gangster rauskommen?«

Taifun stellte zwei Schnapsgläschen auf den Tresen, holte die Apfelkornflasche aus dem Kühlfach und schenkte ein. »Wäre doch 'ne hübsche Überraschung, oder?«

»Sag einfach, wann.«

Taifun nickte, als habe er mit nichts anderem gerechnet. »Mach ich.«

Nach vier weiteren Bieren war es soweit.

»Jetzt«, brummte Taifun. Jupp stand auf und spazierte in aller Ruhe zu der Küchentür. Niemand achtete auf ihn. Taifun ging ans andere Ende der Theke und unterhielt sich freundlich mit den Damen. Einer der Flipperjungs bewegte sich unauffällig zur Eingangstür.

»Bin ich gleich wieder da«, sagte er, als Taifun zu ihm hinübersah. Und verschwand erst hinter dem dicken Filzvorhang, dann nach draußen. Die anderen beiden nuckelten betont lässig am Rest ihrer Cola herum. Drei Minuten, vier. Fünf.

»Mann, wo bleibt der denn?«, rief schließlich einer der beiden und ging zur Tür. »Ich geh mal gucken, ne?« Kaum hatte er den Vorhang und die Tür geöffnet, spurtete der dritte los. Und wurde vom Rücken des zweiten abrupt gestoppt. Der bekam gerade eine Ohrfeige, knallte mit dem Kopf gegen eine der bunten Butzenscheiben in der Kneipentür und stolperte zurück. Der dritte wandte sich um – und prallte auf den Brustkorb Taifuns, der, unter dem Applaus der Damen, mit einem einzigen kurzen Schritt Anlauf über den Tresen geflankt war.

Taifun schob den Jungen in die Flipperecke und pflückte sich den mittleren aus dem Eingang. Diesem folgte der erste Kollege, der sich, von Jupp ins Lokal geschoben, mit schmerzverzerrtem Gesicht den Magen hielt.

»Tja, war wohl nix mit Freispiel«, sagte Jupp und schloss ordentlich Tür und Vorhang hinter sich.

»Jetzt hab ich nur noch drei«, brummte Taifun und schüttelte bedauernd den Kopf.

»Freispiele?«

»Butzenscheiben.« Jupp schlug den Vorhang zurück und betrachtete die Eingangstür. Tatsächlich: Es waren einmal elf der bunten Scheiben gewesen, sieben davon waren schon vor längerer Zeit durch Sperrholzbrettchen ersetzt worden, deren Zustand nach zu urteilen in größeren chronologischen Abständen. Und von einem hing nun eben nur noch die Hälfte in der Bleifassung.

»Ausweis und Handy«, sagte Taifun zu dem Verursacher.

Der Junge – vielleicht siebzehn, achtzehn Jahre alt – wandte den Kopf ab und starrte demonstrativ stumm an ihm vorbei. Dabei geriet er in Elkes Blickfeld und grinste sie schließlich frech an.

»Scheiß-Türke!«, zischte sie.

»Na, na!«, ermahnte Taifun sie über die Schulter.

»Blöde Fotze!«, kläffte der Junge in der Flipperecke.

Ein Schritt, und Taifun war bei ihm. Steckte seine Hand in den Hosenbund des Bürschchens und zog ihn daran hoch, bis er auf den Zehenspitzen stand.

»Jetzt pass mal auf, Kollege, wenn du noch einmal in meinem Lokal eine Dame beleidigst, schleife ich dich aufs Klo und wasche dir das Maul aus – und zwar mit sämtlichen Klosteinen, die da sind. Hast du mich verstanden?« Der Junge schluckte und nickte. »Und jetzt entschuldige dich.« Ein schneller Blick zu seinen Kumpels, dann kniff er die Lippen zusammen. Taifun zog ihn höher. Der Junge wimmerte. »Meinst du nicht, du könntest deine Eier vielleicht irgendwann noch mal brauchen?« Noch höher.

»'tschuldigung!«, krächzte der Junge in Richtung Elke und vermied es ab da, seine Kumpels anzusehen.

»Na also«, sagte Taifun, ließ ihn los und ging zu Elke hinüber.

Griff in die Gesäßtasche seiner Jeans und hielt ihr seinen Ausweis unter die Nase. Sie bekam große Augen und schnappte nach Luft.
»Du bist ...?«
»Ein Scheiß-Türke, ja.« Erika neben ihr japste entsetzt. »Und wenn ich das von dir noch mal höre, nehme ich mir eine Pulle Apfelkorn, stecke sie dir in den hübschen Mund und hole sie erst wieder raus, wenn sie leer ist. Hast du mich verstanden, Elke?« Sie wurde kreidebleich und nickte heftig. »Gut. Und jetzt entschuldige dich.« Sie wollte empört den Mund öffnen, besann sich dann aber.
»Tut mir leid«, sagte sie zu den Jungs und schaffte es tatsächlich, verlegen auszusehen. »War ... War nicht so gemeint.«
»Gut«, brummte Taifun und wandte sich wieder dem anderen Jungen zu. »Und jetzt zu dir. Ausweis und Handy.«
»*Siktir!*«, zischte der.
»Wenn«, sagte Taifun und drückte ihm einen Zeigefinger in die Halsgrube, »dann nicht mich, sondern dich, Kleiner. Entweder du gibst mir jetzt deinen Ausweis und dein Handy, oder ich lege dich da auf die Theke, ja, genau da vor den beiden reizenden Damen, ziehe dich aus und hol mir, was ich haben will. Na ...?«
Der Junge versuchte, dem Finger auszuweichen, aber der bewegte sich keinen Millimeter und ließ ihm ebenso wenig Spielraum. Er wich zurück, bis er mit dem Rücken am Flipper stand, packte mit beiden Händen Taifuns Arm, um ihn wegzubiegen – aber der schien aus Beton zu sein: keine Chance. Er begann zu röcheln, als der Finger sich immer weiter in seinen Hals bohrte, die tränenden Augen traten ihm aus den Höhlen; schließlich gab er auf, griff in seine Jackentasche und brachte seinen Ausweis zum Vorschein, dann fischte er ein Handy aus seiner Hosentasche.
Taifun nahm beides, warf einen Blick auf den Ausweis. »Gut, Sükan – ach, weißt du eigentlich, was dein Name auf Deutsch bedeutet? Nein? Es heißt ›tapferer Held‹. Ja, kannst du mir glauben. Und, bist du ein Held, Sükan?« Der Junge starrte ihn nur trotzig an. »Ja, natürlich bist du das. So ein Name ist ja auch eine Verpflichtung, oder?« Taifun gab ihm das Handy zurück. »Also

rufst du jetzt tapfer deinen *baba* an und sagst ihm, er soll sofort herkommen, klar? Ach ja, und er soll direkt das Geld für meine kaputte Scheibe mitbringen – sagen wir ... zweihundert Euro?«

Sükan wurde immer blasser und kleiner. »Hey, ich ... Ich zahl alles, Ehrenwort, Cheffe, alles, Cola und Spielgeld und Scheibe, alles, ich schwöre! Bei Allah!«

Taifun zog sein eigenes Handy aus der Hemdtasche und fotografierte den Ausweis.

»Gut«, sagte er und gab ihn Sükan zurück. »Ich gebe dir zwei Wochen Zeit. Und jetzt haut ab, ihr Dummköpfe!«

Innerhalb von fünf Sekunden waren sie verschwunden.

Jupp applaudierte. »›Bei Allah‹? Sind das die Typen, die sich für siebzig Jungfrauen in die Luft sprengen?«

»Die sicher nicht«, sagte Taifun kopfschüttelnd.

»Wär ja auch Quatsch. Siebzig Jungfrauen – dat is' doch jrad mal wat für die Semesterferien ...«

»Können wir mal zahlen?«, meldete Elke sich zaghaft.

Taifun lächelte sie breit an. »Nee, jetzt trinken wir erst mal gemütlich einen, was?« Er ging hinter seinen Tresen, zapfte vier Bier und schenkte vier Schnäpse ein. »Freundschaft?«, fragte er, als er mit erhobenem Schnapsglas vor Elke stand.

»Freundschaft«, flüsterte sie verschämt.

»Freundschaft«, bestätigte Erika und stieß ebenfalls mit ihm an.

»Klar doch«, brummte Jupp, und sie kippten synchron zu viert die Apfelkörner. Dann begaben er und Taifun sich wieder an die Südkurve.

»Ich sach et doch die janze Zeit schon«, hörte Jupp es hinter sich raunen, »der Taifun, dat is' ene Jute, Erika, ich sach et dir. Ich sach letztens noch zu meinem Mann ...«

»Gefällt mir, wie du so was händelst«, sagte Jupp, als sie auf ihren Hockern saßen und ihre Glimmstängel brannten. »Kommen wir also zu Botz Nummer zwei ...«

»*Tit for tat.*«

»Von mir aus. Also, der Folker. Wo isser, wat treibt der, wat weißt du darüber, un' wat weißt du überhaupt?«

»Wo er heute ist, weiß ich schon mal nicht. Was er treibt? Er sucht eine Frau.«

»Ja, dat weiß ich auch, dat tut er jeden Abend.«

»Nein, eine bestimmte. Eine Michelle.«

»Kenn ich nich'. Wer ist das?«

»Weiß ich auch nicht. Mit der war er jedenfalls vor zwei Wochen mal hier ...«

Pa-da-ba-da-dap, brüllte das Gitarren-Riff von Muddy Waters' *I'm a Man* aus Jupps Jackentasche.

»Ach so, ich hab ja auch eins«, sagte er und kramte sein Handy heraus. »Ja? Wat ...? Wer ...? Regina ...? Wat ...? Wer ...? Leg sofort auf! Nein, hör auf zu quatschen, ich bin gleich da!« Er drückte das Gespräch weg, kippte sein Bier auf Ex und starrte Taifun an. »*Tit for tat?*«

»Klar.«

Jupp stand auf. »Die Typen, die Folker suchen, mischen gerade die Sansibar auf.«

»Diese Nazi-Arschgeigen?« Auch Taifun erhob sich.

»Jenau die.«

»Voll der Multikulti-Abend heute, was? Elke! Erika! Ich muss mal kurz weg. Ihr wisst ja, wo alles ist, ne?«

14
Dienstag, 02. April

Sansibar

Sie brauchten keine drei Minuten. In der Straße zur *Sansibar* kamen ihnen ein paar bleiche, verschreckte Leute entgegen. »Geh da nicht rein, Jupp!«, keuchte ein Mädel. »Da drehen die Nazis durch!«
»Ein Grund mehr«, sagte er.
»Tun die das nicht von Haus aus?«, fragte Taifun. Und schon standen sie vor der Eingangstür. »*Pa-da-ba-da-dap*«, sang Taifun, zwinkerte Jupp zu, zog die Tür auf und ließ ihm mit einer devoten Verbeugung den Vortritt.

Als Erstes musste Jupp aufpassen, nicht auf einen jungen Punk zu treten, der bewusstlos auf dem Boden vor der Tür lag. Als Zweites registrierte er, dass etliche Gäste sich rechts in eine Ecke verdrückt hatten, ein anderes Grüppchen duckte sich links am vorderen Thekenende zusammen. Eine Frau schluchzte. Hinter dem Tresen drückte sich eine zitternde Svenja an das Flaschenregal, ihr Gesicht bleich wie ein Bierdeckel, und starrte mit offenem Mund und hyperventilierend auf die drei Männer, die mitten im Raum standen. Rechts an der Bühne der grinsende Küppers, ganz rechts hielt Jaworski, ein abgebrochenes Stuhlbein in der Hand, die Gruppe in der Ecke in Schach, schien sich dabei aber nicht sonderlich wohlzufühlen, und links lehnte Hoffmann am Tresen und raunte Sansibar, die auf einem Barhocker vor ihm saß, etwas ins Ohr. Er hatte ihren Oberarm umklammert, und ihrem Gesicht war anzusehen, dass das ein keineswegs zärtlicher Griff war.

»Boah, muss ich pissen!«, dröhnte Jupp mit breitem Grinsen zu Svenja hinüber. »Machste mir schon mal 'n Bier?« Als sei alles wie gewohnt, marschierte er schnurstracks am Tresen entlang zu den Toiletten, so selbstverständlich an Küppers vorbei, dass der nur verdutzt die Stirn runzelte, den Mund halb offen.

»Boah, Jupp!«, piepste Regina, die auf einem Hocker hinter Hoffmann saß. »Gut, dass du kommst! Die wollen wissen, wo Folker ist! Kennst du einen Folker? Also, ich weiß gar nicht ...«
»Schnauze!«, herrschte Küppers sie an. Hinter ihm klapperte die Toilettentür.
»Mann, wie redest du mit mir? Was glaubst du, wer du bist? Du bist hier genauso Gast wie ich, du hast mir gar nix zu sagen! Das muss ich mir überhaupt nicht gefallen lassen, ich ...« Küppers machte zwei Schritte auf sie zu und hob drohend die Hand.
»Hey!«, sagte Taifun und tat seinerseits zwei Schritte vorwärts. Küppers hielt inne und starrte erst ihn, dann Hoffmann an.
»Taifun.« Hoffmann grinste. Fast unmerklich neigte er den Kopf nach rechts. Jaworski verstand das Signal und schlich von hinten auf Taifun zu, das Stuhlbein halb erhoben.
»Wie der Name schon sagt«, brummte der Türke, wirbelte ansatzlos um die eigene Achse und trat Jaworski gegen das, was so schön poetisch Sonnengeflecht genannt wird. Das Stuhlbein polterte zu Boden, Jaworski landete hart auf den Knien und schnappte mit weit offenem Mund nach Luft. Bekam keine, verdrehte die Augen und kippte aufs Gesicht.
Sansibar schrie auf, als Hoffmann sie vom Hocker riss und ihr von hinten den Unterarm unter das Kinn presste. Verzweifelt trat sie ihm mit der Hacke ihres Doc-Marten-Stiefels vor das Schienbein – und röchelte nur noch, als er ihr den Hals zudrückte.
»Mit Mädchen prügeln?«, sagte Taifun mit einem verächtlichen Grinsen. »Hast du das in Ossendorf gelernt, Heiner? Oder in Rheinbach?«
»Verpiss dich!«, zischte Hoffmann. »Halt dich da raus!«
»Zu spät, ich bin schon drin. Lass sie los!«
Hoffmann lachte auf. Küppers zog sein Wehrmachtmesser aus dem Futteral an der Innenseite seiner Bundeswehrhose. Hoffmann gab Sansi einen Schubs, trat einen Schritt vom Tresen weg und nahm vorgebeugt Kampfstellung ein.
»Und jetzt, Türkmann?«, fragte er höhnisch.
»Hübsches Messer«, sagte Jupp und steckte Küppers die

Mündung seines Revolvers ins Ohr. »Bestimmt schön scharf, oder? Damit könnte ich mir gleich eine feine neue Kerbe in meinen Kolben schnitzen, was?«

»Mensch, Jupp!«, schrie Sansi. »Was – willst du ihn vielleicht mit deinen Ohrringen erschlagen?«

Regina kicherte. »Der Jupp ... Ich hab's doch gleich gewusst: Wenn was ist, ruf den Jupp an ...«

»Tja«, sagte Hoffmann, richtete sich auf und grinste bedauernd. »Das nennt man dann wohl patt.«

Küppers lief dunkelrot an. »Ich soll wegen einem Scheiß-Neger den Schwanz einziehen? Bloß weil er 'ne Scheiß-Knarrre hat?«

»Nicht nur deswegen, Toastbrötchen«, sagte Joseph Luis ›Immelda‹ Ogoudageah, auf Kölsch meist Jupp genannt, freundlich und steckte ihm einen dunkelbraunen Finger in das andere Ohr. »Als du noch Fußballerbildchen in ein Album geklebt hast, hab ich im Kongo schon Ohren und Pimmel gesammelt.«

Küppers hob sein Messer ein paar Zentimeter an. Hoffmann schüttelte kurz den Kopf. Klirrend fiel es zu Boden.

Hoffman sah Taifun an. »Für heute, Türkmann«, betonte er und drehte sich zu Svenja um. »Tu mir mal ein großes Wasser, Schätzchen.« Sie begriff gleich, was er vorhatte, und füllte ein Weizenbierglas mit Spülwasser; er nahm es, ging zu Jaworski und kippte es ihm über den Kopf. Jaworski stöhnte. Hoffmann half ihm auf. Dann wandte er sich zu Taifun um, das leere Glas in der Hand.

»Versuch's ruhig«, sagte Taifun, geradezu sanft.

Hoffmann grinste, sah zu Jupp und seiner Waffe hinüber und ließ es fallen. »Alles zu seiner Zeit«, sagte er, hakte den schwankenden Jaworski unter, zog ihn Richtung Tür und bedeutete Küppers mit einer Kopfbewegung, ihm zu folgen.

Küppers bückte sich, um sein Messer aufzuheben.

»Vor allen Dingen«, brummte Jupp. Küppers biss die Zähne zusammen und ging los. Seine Wangenmuskeln zuckten. Dicht vor Taifun blieb er stehen und starrte ihm von unten in die Augen.

»Deine Visage hab ich mir gemerkt.«

»Gut so«, sagte Taifun. »Sich deine zu merken lohnt sich ja nicht, die könnte bald aussehen wie ein Erdbeerkuchen.« Küppers schnaubte und drückte sich an ihm vorbei.

Dann fiel die Tür zu.

»Mann«, stöhnte Jupp, »wenn ich nicht bald 'n Bier kriege, kann ich nur noch Sand pissen ...!«

Jauchzend fiel Regina ihm um den Hals, die Beine um seine Hüften geschlungen. Sofort fingen alle an zu lachen und wild durcheinander zu plappern, und die Ersten riefen ebenfalls schon nach Bier. Svenja schüttelte den Kopf, schenkte sich einen doppelten Cognac ein und kippte ihn in einem Zug hinunter.

Sansibar ging zu Taifun und reichte ihm die Hand, mit der anderen ihren blutunterlaufenen Hals abtastend. »Danke«, sagte sie leise.

Er zog nur eine *Nicht-der-Rede-wert*-Miene.

»Was trinkst du?«, fragte sie.

Er schüttelte den Kopf. »Mein Laden ist auch noch offen. Und ich hab kein Personal. Schätze, die Arschgeigen sind jetzt auf dem Weg dorthin.«

»Oh«, sagte sie. Schaute sich um, überlegte zwei Augenblicke lang. »Hey, Leute!«, rief sie dann. »Hey, seid mal still! Die Sansibar wird jetzt geschlossen.« Allgemeines Aufstöhnen und Protestrufe antworteten ihr. »Ja, Moment! Wir gehen jetzt alle in die ›Zukunft‹ – und ich gebe einen aus!« Das löste allerdings frenetischen Jubel aus.

Unterwegs stupste Sansi Jupp mit dem Ellenbogen an. »Ohren und Pimmel? Im Kongo?«

Er grinste. »Klang doch gut, oder?«

»Auf jeden Fall hat's gewirkt. Warst du überhaupt schon mal im Kongo?«

»Nee. Mein Alter ist schon zehn Jahre vor meiner Geburt nach Leverkusen gekommen. Aus der DDR, wo er vier Jahre lang zum Chemotechniker ausgebildet worden war, um danach in Mozambik, seinem Heimatland, dem Fortschritt des Sozialismus, also auch der Wirtschaft, auf die Sprünge zu helfen.«

»Hat ihn wohl nicht sonderlich gereizt, wie?«
»Nicht nach dem Angebot aus Leverkusen.«
»Und wieso Kongo?«
Er grinste wieder. »Glaubst du, der Idiot hätte auch nur 'ne Ahnung, was oder wo Mozambik ist?«

»Mann, was 'n Abend …!«, stöhnte Regina und setzte sich im Bett auf. »Was 'ne Nacht!«
»Dat kannste laut sagen«, brummte Jupp und ließ seine Fingernägel sanft ihre Wirbelsäule hochkrabbeln. Sie nahm ihn beim Wort.
»WAS 'NE NACHT!«, rief sie und kicherte. »Laut genug? Hey, das kitzelt! Hör mal, hast du irgendwo 'n Wasser oder so? Also, ich hab ja immer 'ne Flasche Sprudel am Bett stehen. Immer! Man weiß ja nie, was alles so passiert, wenn man abends rausgeht, ne? Hast du keinen Durst? Also, ich hab 'nen Mordsbrand! Hab ich morgens eigentlich immer, wenn ich abends was getrunken hab – aber gestern hab ich ja richtig viel … Sag mal, wie sind wir eigentlich hierhergekommen? Wo bin ich überhaupt? Weißt du, dass ich keine Ahnung hab, wie wir … Und dann auch noch wir zwei …! Oh …! Sag mal, haben wir etwa …? Hey, was machst du da? Jupp? Jupp …! Mmmh …!«

Hehlau

Hehlau ließ sich auf den Stuhl fallen, legte den Kopf in den Nacken und schloss die Augen. Die Sonne wärmte sein Gesicht, auf der Rückseite seiner Augenlider tanzten rote und violette Punkte einen langsamen Walzer, dessen Melodie ihn sanft wegdösen ließ. Endlich Frieden.
»Wollen Sie hier übernachten, oder kann ich Ihnen was bringen?«
Eine unangenehme Frauenstimme. Er riss erschrocken die Augen auf, die sanften Walzerklänge brachen unvermittelt ab, der Straßenlärm und das unaufhörliche Geschnatter an den Nachbartischen

überfielen ihn wie ein Schwarm Schmeißfliegen. Verstört blickte er dorthin, wo er die Quelle der Stimme vermutete: Vor ihm stand eine untersetzte Frau in einem viel zu engen schwarzen Polohemd, einer grünen Schürze und einem Notizblock in der Hand. »Na, wat is? Schlafen könn'Se auch zuhause«, plärrte sie so laut, dass es auch alle anderen Gäste des Cafés am Südbahnhof hören konnten.
»Äääh ...«, begann Hehlau.
»›Äääh‹ hamwer nich.«
»Kaffee?«, fiel ihm ein.
»Hamwer. Aber draußen nur Kännschen.«
Hehlau verzog genervt den Mund, und die Dicke watschelte aus seinem Blickfeld. Er rieb sich die Augen, dann zuckte er zusammen und schaute panisch unter den Tisch. *Puh ...!* Seine Aktentasche war noch da. *Was ist denn mit dir los, Herbert? Ein Nickerchen im Dienst kann übel enden – und auch deine Kameraden in Gefahr bringen!* Da war sie wieder, die Stimme seines Ausbilders Scherflein, den er als junger Mann so verehrt hatte. Doch diesmal kam keine Nostalgie auf. Scherflein war nicht verheiratet gewesen. Den kleinen, drahtigen Kalten Krieger, der seine Vorlesungen dazu nutzte, seinen ›Kadetten‹, wie er seine Studenten nannte, immer neue Revolvergeschichten von seinen ach so abenteuerlichen Einsätzen vorzutragen, hätte eine Frau wie Hilde im Handumdrehen zum Gartenzwerg degradiert. Nach einer Woche mit den Zwillingen wäre Scherflein höchstwahrscheinlich dem Wahnsinn verfallen, abgehauen oder aus dem Fenster seines Büros im achten Stock gesprungen.
Und das mit dem größten Vergnügen, dachte Hehlau. *Die Trottel, mit denen ich arbeiten muss, hätten dir den Glauben an die Menschheit ausgetrieben. Stell dir Möchtegern-James-Bonds vor, die es fertigbringen, nachts jemanden zu beschatten – und dann Überwachungsfotos mit Blitzlicht zu schießen ...! Und würdest du mit so einem Pulverfass wie Me'Shell fertig werden? Ich glaube nicht. Ich bin einfach müde, Scherflein. Lass mich in Ruhe.*
Hehlau griff in die Aktentasche und holte das Diktiergerät heraus, das Me'Shell im Schließfach deponiert hatte. Dem Aus-

sehen nach musste es aus den Siebzigern stammen – ein Relikt aus den Zeiten, als Sekretärinnen das Gestammel ihrer Chefs in die Tastatur mechanischer Schreibmaschinen hämmerten. Durch ein Sichtfensterchen an dem metallisch schimmernden Teil sah er eine eingelegte Kassette. Ein passender Kopfhörer war eingesteckt. *Ab nun also kein Handy mehr.* Hehlau grinste müde. Als vor Tagen die Meldung eingetroffen war, dass sich eine Blondine am Schließfach zu schaffen machte, hatte er sofort das Mobiltelefon per GPS überwachen lassen. Das Signal ließ sich bis zum *McDonald's* am Barbarossaplatz verfolgen, dann brach es ab. *Misstrauisch wie eh und je, die Kleine. Aber auch clever. Ein wenig zu clever für meinen Geschmack.*

Der Kaffee kam, die Kellnerin goss die erste Tasse höchstpersönlich ein. »Bisschen Service muss sein«, sagte sie und lugte dabei neugierig auf das Gerät in Hehlaus Hand. »Ach Herrjeh, ein Grundig Dh 2220«, quiekte sie. »Das kenne ich noch aus'm Büro. Haben Sie das auf dem Flohmarkt gefunden?«

»Nein, meine Sekretärin hat es 1978 verschluckt. Es wurde erst vergangene Woche operativ entnommen«, antwortete er genervt.

»Häääh?« Kurze Pause. »Also verarschen kann ich mich selber!« Sie drehte sich entrüstet auf dem Absatz um und watschelte in Richtung Küche.

Er setzte die Kopfhörer auf und schob den einzigen Regler des altmodischen Teils auf Startposition. Er hörte ein Rauschen, ein Klicken – und dann ihre Stimme. »Schickes Gerät, was? Ich stehe ja auf so was«, Me'Shell lachte. Hehlau wusste nicht, warum, und er würde es niemals zugeben: Doch ihr glucksendes, heiseres Lachen tat ihm gut. *Vielleicht ist ja unter all diesen Knalltüten, die mir das Leben schwer machen, diese Frau die einzige fähige Mitarbeiterin.*

Sofort verwarf er den Gedanken: Ihre Skrupellosigkeit füllte ganze Aktenordner. Die in seinem Büro nicht in einem Regal, sondern in dem abschließbaren Schrank standen. Me'Shell, wenn sie denn tatsächlich so hieß, was er stark bezweifelte, war gefährlich und schreckte vor nichts zurück. *An sich die perfekte verdeckte Ermittlerin, nur kann man ihr keine zwei Meter weit trauen.*

»Ich wette, du hast sofort nachgeschaut, ob das kleine Diktierdings GPS hat.« Ein plötzlich einsetzendes Rauschen überlagerte ihre Stimme. »Hat es nicht. Mal im Ernst, Hehlau: Ich kann deine Aufpasser nicht gebrauchen. Erstens weiß ich, was ich tue. Zweitens sind die Typen, die du hinter mir her schickst, dermaßen auffällig, dass sie mir am Ende noch den Auftrag versauen.« Hehlau nickte und nahm einen Schluck Kaffee. Er wusste, wovon sie sprach. *Keine Observationen mehr.* »Ich mach's kurz, Hehlaulein.« *Wie kannst du es wagen, mich ...?* Seine linke Hand krampfte sich um das Gerät, als ob er es zerquetschen wollte. Dabei berührte er versehentlich den Schieberegler und spulte zurück. Hehlau fluchte leise und ließ das Band vorlaufen, bis er die richtige Stelle fand. »... kurz, Hehlaulein«, hörte er noch einmal und stöhnte auf. Eine Frau am Nachbartisch schaute neugierig zu ihm herüber, widmete sich dann auf seinen wütenden Blick hin schnell wieder ihrem Kuchen.

»Ich erfülle meine Aufträge, das weißt du«, begann Me'Shell. »Also renne ich seit Tagen diesen Vollpfosten nach: Küppers, Hoffmann, Kopp und Jaworski lauten die Namen. Du kennst sie. Übles rechtsradikales Milieu. Ich nehme an, jeder einzelne von den Trotteln hat eine Latte an einschlägigen Vorstrafen. Ziehen gemeinsam um die Häuser und machen Ärger. Kneipenschlägereien, kleine Diebstähle, so'n Zeugs. Ich glaube, auch Schutzgeld. Das Übliche halt. Ab und zu ist da ein Fünfter dabei, ein junger Bursche so um die Zwanzig. Den Namen besorge ich dir noch. Nennen sich »Kraadeberjer« – was weiß ich, was das heißt.«

Tja, so ist das, wenn man nicht aus Köln kommt. Hehlau stellte die Kaffeetasse ab, nahm einen der beiden Kekse vom Unterteller und biss hinein. »Ich kann dir noch nicht bestätigen, dass der Drohbrief aus dieser Ecke kommt«, sprach Me'Shell weiter. »Aber diesem Hoffmann wäre das zuzutrauen.« Es folgte eine kurze Pause, dann prustete sie los. »Kraadeberjer? Ist das nicht 'ne Biermarke?« Herbert Hehlau bedeckte mit einer Hand seine Augen und schüttelte den Kopf. *Was habe ich vorhin gedacht? Diese Frau eine fähige Mitarbeiterin? Vergiss es!*

Als sie sich halbwegs wieder im Griff hatte – gefühlte zehn Sekunden lang war lediglich unterdrücktes bis ungehemmtes Lachen zu hören –, fuhr sie fort.

»Was ich brauche, um den Koksdealer auffliegen zu lassen, ist für euch eine Kleinigkeit. Lass deine Leute die Kontounterlagen aus Dresden durchsuchen. Ich will zwei, drei Namen von Zappelpuder-Konsumenten aus Köln, die im letzten Monat mehrmals bestellt und überwiesen haben.« Hehlau überlegte, ob es eine gute Idee war, Me'Shell auf diese Leute loszulassen. *Das kann doch eigentlich nur wieder übel enden.* »Ich werde dir nächstes Mal ein paar Straßen nennen, in denen Überwachungskameras angebracht sind. Ihr beschafft mir bitte die Videos der Zeiträume, die ich euch durchgebe.«

Sie würde ihm nicht erklären, warum. Hehlau kannte das schon. Vor einigen Jahren hatte sie ein Motorrad, zehn Kisten Bier und einen Karton Wodka bei ihm geordert. Auf die Frage, was das sollte, sagte sie nur, er werde schon sehen. Drei Tage später konnte die Hamburger Polizei zwei Hell's Angels von den Fahndungslisten nehmen. Die Rocker lagen eines Morgens fürchterlich verprügelt und sauber verschnürt vor der Davidswache.

»Damit Ende und *over*«, hörte er Me'Shell sagen. Helau stöhnte.

»Zahlen, bitte!«, rief die Frau am Nebentisch.

15
Donnerstag, 04. April

Me'Shell

»Wer sind Sie, und was zum Teufel suchen Sie hier?«
Rechtsanwalt Dr. Wolfram Eberhard Meyer-Felsenthal, in seinen Kreisen allgemein nur ›Wolfi‹ genannt, streckte sich und griff nach dem Telefon in der linken Ecke seines vier Meter breiten Mahagoni-Schreibtischs. Wie war diese Person an seiner Sekretärin vorbeigekommen?

»Nicht doch«, sagte die Rothaarige, griff in die Innentasche ihrer Bomberjacke und zog ein gefaltetes Blatt Papier hervor. »Willst du gar nicht wissen, was ich zu erzählen habe?«

Wolfi wusste nur, dass er diese offensichtlich obdachlose Frau so schnell wie möglich loswerden wollte. Sie roch. Ihre Springerstiefel verdreckten den hellen Designer-Teppich. Aber irgendetwas in ihren Augen ließ ihn innehalten. Außerdem war er von Natur aus neugierig.

»Ich verhandele keine Strafsachen. Meine Fachgebiete sind Erbschaftsrecht und Familienangelegenheiten.«

»Apropos Familie ...« Me'Shell nahm ein gerahmtes Foto vom Schreibtisch und betrachtete es kurz. Zwei blonde Jungs und eine brünette Frau in Badekleidung saßen auf dem Rand eines Swimmingpools und strahlten in die Kamera. »Wissen die von deinen Drogengeschichten?«

Meyer-Felsenthals sonnenbankgebräuntes Gesicht wurde eine Spur fahler. Die Enden seines gezwirbelten Schnäuzers zitterten kurz, als er reflexartig den Kopf schüttelte.

»Sie verlassen sofort mein Büro, sonst rufe ich die Polizei!«

»Sollte ich jetzt nicht besser gehen?«, fragte das vertrocknete Männlein, das bis dahin still in einem Barocksessel am anderen Ende des Tisches gesessen hatte. Die dünne Stimme ließ Meyer-Felsenthal zusammenzucken. Er hatte Justus Räthlein, Parlamentarischer Staatssekretär a.D., völlig vergessen.

»Bleib ruhig sitzen, es wird nicht lange dauern«, sagte Me'Shell zu dem Alten und überreichte dem Anwalt das gefaltete Stück Papier. Er nahm es und warf einen Blick hinein. Es war der Kontoauszug einer Filiale der Deutschen Bank in Dresden für den Zeitraum März. Sein eigener Name sprang ihm gleich ins Auge. Er hatte vier Überweisungen getätigt. Wolfi begriff sofort, worum es ging, und faltete den Zettel wieder zusammen.

»Ich nehme an, Sie haben Kopien davon.«

Sie grinste. »So wie ich das sehe, ist das ein gefundenes Fressen für die Presse.«

»Was wollen sie, Geld?«

»Sehe ich etwa so aus, als ob ich Geld brauche?«

»Ja doch, lassen sie sich etwas Geld geben, junge Frau. Sie benötigen dringend neue Kleidung. Und ein Besuch beim Friseur wäre auch mal wieder nötig«, rief der greise Ex-Politiker aus seiner Ecke. Meyer-Felsenthal und Me'Shell ignorierten ihn und blickten sich stumm an.

»Ich höre«, sagte Wolfi schließlich und wies auf einen zweiten Barockstuhl gegenüber dem Schreibtisch. Die Rothaarige machte keine Anstalten, sich zu setzen. Sie nahm Hehlaus Liste wieder an sich und steckte sie ein.

»Du erzählst mir jetzt, wann genau Schuggermän dir geschrieben hat und wo du die Ware abgeholt hast. Datum, Uhrzeit, Ort.«

Meyer-Felsenthal dachte kurz darüber nach, was das bedeuten mochte und inwiefern es ihm schaden könnte. Dann nahm er ein Handy aus der Schublade, zog es aus dem schwarzen Leder-Etui und tippte eine Weile darauf herum.

»Die erste Nachricht kam am sechsten März um neun Uhr abends. Sie lautet: ›Hellers Brauhaus, Herrentoilette, Spülkasten, Kabine rechts außen‹.«

Es dauerte einige Sekunden, bis er den nächsten Eintrag gefunden hatte. Me'Shell ging hinüber zu dem Alten und zog ihm einen Notizblock aus den faltigen Händen.

»Also, bitte …!«, entrüstete sich Räthlein, verstummte aber, als sie sich wortlos wieder dem Anwalt zuwandte.

»Dann: ›13. März, 14 Uhr 32 – Lutherkirche, Fensterwand außen, Betonkasten zweite Reihe, dritter von rechts‹. Da habe ich echt lange gesucht, aber das Päckchen war da.« Meyer-Felsenthal blickte auf. »Für wen arbeiten Sie? Und wofür soll das hier gut sein?«

»Zwei fehlen noch«, erwiderte Me'Shell. Wolfi widmete sich mit zuckenden Wangenmuskeln wieder dem Handy. »Dritter Eintrag: ›22. März, 23 Uhr 21 – Ampido-Parkplatz am Musical Dome. In Lücke zwischen gelben Baucontainern. Morgen könnte zu spät sein‹.«

»War es da?«, fragte sie.

Er nickte. »Letzte Nachricht: ›28. März, 8 Uhr 12 – Rheinpark, Denkmalplatz. Die Stehende. Hinten am Sockel‹.« Er legte sein Handy zurück in die Schublade. »Und was jetzt?«

Me'Shell riss das Blatt mit ihren Notizen ab und warf den Block dem Oberstudienrat in den Schoß. Doch der alte Mann war inzwischen eingeschlafen.

»Jetzt vergisst du am besten gleich wieder, dass ich hier gewesen bin.« Sie drehte sich um und verschwand so schnell, wie sie gekommen war.

Meyer-Felsenthal hörte, wie draußen die Eingangstür zufiel, und beschloss, nach seiner Sekretärin zu schauen. Denise saß gefesselt und geknebelt in ihrem Bürostuhl und sah ihn mit schreckgeweiteten Augen an. Er fummelte das Klebeband ab, das ihre Arme und Beine am Stuhl fixierte, sie zog sich vorsichtig und mit schmerzverzerrtem Gesicht das Tape von ihrem Mund ab. Wolfi sah, dass ihr Lippenstift einen Kussmund auf dem Streifen hinterließ.

»Es tut mir leid, das ging alles so schnell – soll ich die Polizei rufen?«, stieß sie schluchzend hervor.

»Nein, ich regele das.« Jetzt erst kochte Wut in ihm auf, begleitet von der Angst um seine Familie, um seinen Ruf und vor dem, was ihm alles noch genommen würde, sollten Geschichten über seine Nutten-und-Koks-Partys mit Freunden, Kollegen und nicht zuletzt einigen Politikern an die Öffentlichkeit gelangen.

Er stapfte zurück in sein Büro, holte das Handy hervor und tippte eine Nachricht ein.
Irgendjemand ist hinter dir her. Eine Frau war hier. Rote Haare, grüne Augen. Sie hat Kontoauszüge von der Deutschen Bank!
Sollte der verdammte Dealer sich doch darum kümmern. Die Schlampe musste verschwinden, mitsamt ihren verfluchten Kontoauszügen – *wie ist sie bloß an die rangekommen ...?*
Der Parlamentarische Staatssekretär a.D. Justus Räthlein begann zu schnarchen, kleine Speichelbläschen platzten auf seiner Unterlippe wie Brausekügelchen.

Jutta

»Mensch, Jutta! Wir haben uns ja ewig nicht gesehen!«
Sansis Umarmung fiel entsprechend herzlich aus – sie hatten sich angefreundet, als Jutta ihr vor vier Jahren sehr engagiert geholfen hatte, *Tante* Sansi zu werden. Mehr als angefreundet offenbar, denn Sansis Küsse wollten kein Ende finden, und Juttas Gesicht bekam rote Flecken, vielleicht auch nur vor Verlegenheit, weil Sansi sich sichtlich erfreut und ungeniert an sie schmiegte und ihren Rücken bis weit über schickliche Zonen hinaus streichelte.
»Ich freu mich auch, dich zu sehen«, sagte Jutta atemlos und schob die Wirtin betont sanft von sich – kränken wollte sie sie nicht.
Sansi schaute sie prüfend von oben bis unten an, von den vom Aprilwind zerzausten blonden Haaren über die sommerhimmelblauen Augen, die etwas schärfer gewordenen Falten um die Mundwinkel, die sinnlichen Lippen, das schwarze T-Shirt mit dem appetitlich gewölbten Konterfei von Keith Richards und dem schwarzen Blazer, die enge rote Jeans bis zu den passend roten Wildlederstiefeletten. Und seufzte.
»Ewig ist ganz schön lang. Wie geht's dir denn?«
»Ach ja ... Viel Arbeit, viel um die Ohren, ein anstrengender Sohn ... Hey, wie geht's denn Katinka?«

Sansi strahlte. »Die Sonne meiner alten Tage. Willst du mal 'n paar Fotos sehen?«

»Klar, zeig!«

»Komm, wir setzen uns in die Ecke – was trinken wir? Weißwein, wie immer?«

»Gern.«

Die nächste halbe Stunde verging mit dem Betrachten von zahllosen Bildern der Nichte auf Sansis Smartphone und Kleinkinder-Anekdoten.

»Aber du bist ja nicht hier, um Fotos zu gucken«, sagte Sansibar beim zweiten Glas Wein.

»Du wirst lachen – eigentlich genau deswegen«, erwiderte Jutta und holte ihr eigenes Handy aus der Jackentasche. Rief die Fotos-App auf, blätterte kurz und hielt Sansi dann das Gerät vors Gesicht. »Kennst du den?«

»Ach du Scheiße. Und ob ich den kenne, der hat mir schon zweimal im vollen Kopp den halben Laden zu Klump gehauen. So heißt er auch – Koppnuss. Hat Spaß daran, Leuten mit seiner Stirn, die aus Beton zu sein scheint, die Nase zu demolieren. Was hast du denn mit dem zu tun?«

»Das weiß ich im Grunde auch nicht so genau. Ich hab einfach so'n beschissenes Gefühl. Mehr kann ich dir leider auch nicht dazu sagen; es geht jedenfalls auch um Kai.«

»Oh …!«

»Ja. Ich hab einfach das Gefühl, ich sollte mehr über den wissen. Wie so'n Warnblinksignal, verstehst du?«

»Nicht wirklich. Aber ja, vielleicht doch. Ich weiß auf jeden Fall, dass es selten verkehrt ist, auf sein Bauchgefühl zu hören.«

»Was weißt du denn über diesen Typen?«

»Ist einer von so 'nem Nazitrüppchen. Dumpfbacken und Arschlöcher, einer wie der andere. Meiner Meinung nach sind das einfach normale Scheiß-Kriminelle, die ihre Lust an Gewalt und krummen Dingern und ihre Unlust an geregelter Arbeit bloß mit einem pseudopolitischen Mäntelchen verdecken. Ich bin froh, wenn ich die nicht sehe. Nicht mal von Weitem. Der Schlimmste von denen ist ihr Chef, Heiner. Der ist ein echter Psychopath, wenn du mich fragst. Aber wenn du mehr über die Arschgeigen wissen willst, unterhalt dich doch mal mit Bärbel, die sitzt zufällig heute auch hier. Da drüben, am Zapfhahn. Die mit der roten Lederjacke. Sie ist Heiners Schwester.«

»Was? Ich soll mich mit der ...«

»Kannst du ruhig, sie ist auch nicht gerade glücklich damit, was aus ihrem Bruder geworden ist. Und alles andere als 'ne Nazi-Braut.«

»Hm. Würdest du uns vorstellen?«

»Klar«, sagte Sansi. Und hielt Juttas Arm fest, als diese aufstehen wollte. »Hey ... Als du reinkamst eben ..., na ja, da hab ich einen Moment lang gedacht, nein: gehofft, du wärst meinetwegen hier ...«

»Bin ich doch«, sagte Jutta, lächelte sie an und streichelte die Hand auf ihrem Arm. »Weil ich weiß, dass ich dir vertrauen kann. Und ja, weil ich dich mag. Es ..., es war sehr schön mit dir, damals.«

»Echt?«

»Ja! So was hatte ich vorher ja noch nie erlebt. Und ... na ja ...«, Jutta starrte auf ihre Knie, »nachher auch nicht.«

»Kein neuer Dreibeiner in deinem Leben?«

»Nö. Ist mir auch gar nicht nach.«

»Ach ...« Sansi rutschte noch näher, legte Jutta den Arm über die Schulter und kraulte sie im Nacken. »Hättest du denn nicht Lust, noch was hierzubleiben und ... und nachher vielleicht ein bisschen Wiedersehen zu feiern?«

Jutta schaute auf und lächelte sie an, liebevoll fast, und ein wenig wehmütig. »Kai«, sagte sie und streichelte Sansis Wange. »So lange kann ich nicht wegbleiben, der Babysitter, weißt du?«

»*Der* Babysitter?«

»Ja, ich hab doch seit einem Jahr – ach, seit über einem Jahr einen Untermieter. Netter Typ. Ein Musiker. Trinkt zwar ein bisschen viel ... Aber er ist auch dann ein eher ruhiger Vertreter und benimmt sich nie daneben. Und was ganz praktisch ist: Wenn er nicht gerade einen Auftritt hat, komme ich abends schon mal vor die Tür und brauch mir um Kai keine Sorgen zu machen, denn Folker zieht meist erst später am Abend los, wenn ich längst wieder da bin.«

»Volker?«, rief Sansi. »Mit V oder mit F?«

»Mit beidem«, antwortete Jutta erstaunt. »Sag bloß, du kennst ihn?«

Etliche Gäste blickten neugierig zu ihnen herüber, als Sansibar in ihr heiseres und doch dröhnendes Gelächter ausbrach und Jutta auf den Rücken schlug. »Ob ich den Folker kenne?«, wieherte sie. »Ja, Juttchen, den kenn ich.«

»Erzähl«, drängte Jutta, nun erst recht interessiert.

»Och, ein andermal«, sagte Sansi und wischte sich eine Lachträne aus dem Augenwinkel. »Vielleicht kommst du ja mal wieder – und vielleicht nicht wieder erst in drei Jahren.«

»Vielleicht«, sagte Jutta, küsste sie auf die Stirn und stand auf. »Sogar gut möglich. Na gut, dann stell mich jetzt mal dieser Bärbel vor.«

»Hey, Bärbel«, sagte Sansi an der Theke. »Das ist Jutta, eine ... alte Freundin. Sie würde sich gern mit dir über Koppnuss und seine Kumpels unterhalten.«

Bärbel schaute von ihrem Kölsch mit Schuss auf und runzelte die Stirn. »Wieso das denn? Was hab ich denn mit ...«

Sansi legte den Arm um sie und drückte sie. »Weil du mehr über die weißt als ich? Weil es Jutta anscheinend wichtig ist? Weil ich dich darum bitte? Sei lieb und hör dir wenigstens an, was sie wissen will, ja?«

Bärbel verdrehte die Augen. »Okay«, murrte sie.

»Du bist ein Schatz«, sagte Sansi und küsste ihr Ohrläppchen. So lange, bis Bärbels Gesicht sich zu einem Lächeln verzog.

»Das kitzelt!«

»Das will ich hoffen«, grinste Sansi und klopfte ihr auf die Schulter. »Dann lass ich euch beide jetzt mal allein.« Sie gab Jutta ebenfalls einen Schmatz aufs Ohr und machte sich auf eine Runde um die wenigen besetzten Tische.

Jutta kletterte auf den Hocker neben Bärbel.»Möchtest du noch was trinken?«

»Was glaubst du, warum ich hier bin?«

Oje, eine harte Nuss.»Ich weiß nicht«, sagte Jutta laut.»Weil du Alkoholikerin bist? Weil du auf Frauen stehst? Weil du was mit Sansi hast? Weil sich auch Typen hierher verirren?«

Bärbel starrte sie an. Erst wütend, dann neugierig, dann gespannt. Dann grinste sie. *Na, geht doch!*

»Bist *du* an Frauen interessiert?«, fragte sie, aber es lag keine Anmache in ihrem Blick.

Jutta zog ein nachdenkliches Gesicht.»Ich sag mal so: Ich war lange verheiratet, eine ganze Weile sogar glücklich, ich habe einen neunjährigen Sohn, seit ein paar Jahren lebe ich mit ihm allein, mal abgesehen von unserem Untermieter. Ich habe immer gern mit Männern geschlafen, und das einzige sexuelle Erlebnis mit einer Frau hatte ich vor drei Jahren mit Sansibar. Und ja, das war auch sehr schön. Ach ja – und ich bin Hebamme, ich habe allerdings ein sehr großes Interesse an Frauen, aber dann doch mehr aus beruflichen Gründen.«

»Und du redest gern Klartext«, konstatierte Bärbel, deren Blick zunehmend offener und freundlicher wurde.

»Am liebsten ja.«

Bärbel schaute zu Svenja hinter dem Tresen hinüber.»Die Frau will mir einen ausgeben. Ich nehm 'n Bier und 'nen Tequila, ohne Gemüse. Und lass das alberne Malzbier weg, bitte.«

Jutta bestellte sich noch ein Glas Wein. Schweigend warteten sie, bis die Getränke kamen. Prosteten sich zu. Bärbel kippte den Tequila, schüttelte sich und trank schnell einen Schluck Bier hinterher, Jutta nippte an ihrem Wein.

»Was hast du denn mit einem Arschloch wie Koppnuss am Hut?«, wollte Bärbel wissen.

»Das weiß ich auch nicht so genau«, gestand Jutta und erklärte ihr noch einmal das Gleiche wie vorher Sansibar. Und verriet ihr, dass die Heiner erwähnt hatte und dass der Bärbels Bruder sei.»Aber sie meinte auch, du seist nicht gerade glücklich, was ihn angeht«, schloss sie.

»Kann man nicht sagen«, erwiderte Bärbel, die sehr aufmerksam zugehört hatte. »Der Idiot baut nur Scheiße, am laufenden Band. Manchmal denke ich, es wäre besser für ihn, für uns alle, die würden ihm endlich mal lebenslänglich verpassen. Aber dann fällt mir ein, dass er dafür wohl jemanden umbringen müsste, und das will ich natürlich auch wieder nicht. Vielleicht sollte ich ihn mal mit meinem Twingo überfahren – aber dann wäre wahrscheinlich das Auto im Arsch und mein Bruder stinkwütend.«

»Wie kam es denn dazu, dass er so geworden ist?«

Bärbel gönnte ihr einen schrägen Blick. »Das willst du gar nicht wissen. Er ist eben so, fertig. Ich denke, du interessierst dich für Koppnuss?«

»Ja, entschuldige bitte. Aber das scheint ja irgendwie alles zusammenzuhängen.«

»Tja, die hängen halt ständig zusammen. Blutsbrüder und so. Und in letzter Zeit sieht's aus, als würden die immer mehr durchdrehen. Planen irgendwelche beschissenen ›großen Dinger‹, ich glaube, im Moment mindestens zwei gleichzeitig. Und sind deswegen natürlich permanent gereizt wie sonst was. Dämliche Traumtänzer, die *Kraadeberjer*. So nennen die sich«, erklärte sie, als sie Juttas fragenden Blick bemerkte. »Mach noch zwei Kurze, Svenja!«

»Nein, danke, ich …«

»Nix da – mitgefangen, mitgehangen.«

»Wieso weißt du so viel über die, wenn du so wenig mit ihnen zu tun hast?«

»Ach … Ich kenn sie halt alle schon von Kind auf. Und ich hänge ziemlich viel in ihrem Clubheim rum. Aus irgendeinem beschissenen Grund kann ich mich da gut auf meine Hausaufgaben konzentrieren. Oft sitze ich ganz alleine da, und mal kommt der eine, mal der andere und chillt da rum, und dann quatschen wir eben schon mal 'n bisschen. Der eine gibt gern an und verplappert sich, der andere ist zu blöde, um zu merken, dass er sich verplappert, der nächste hat immer noch nicht gemerkt, dass ich ganz anders drauf bin als die, und erzählt mir alles Mögliche …

Und alle sind sie scharf auf mich. Ich hätte, was das angeht, längst ziemliche Probleme, wenn ihr Chef nicht mein Bruder wäre. Und natürlich ist es so, dass die alle ständig einen Pegel haben wie unsereins, wenn wir hier rausgehen.«

»Hausaufgaben?«, wunderte Jutta sich. »Du gehst noch zur ...«

»Ich studiere. Psychologie.«

Jutta nickte beifällig. »Das ist gut. Kann man immer brauchen. Und sei es nur, um sich selbst besser kennenzulernen.«

»Ja, das dürfte Motiv Nummer eins sein«, bestätigte Bärbel. Ihre Miene verschloss sich wieder, und ein, zwei Minuten brütete sie stumm vor sich hin. Dann leerte sie entschlossen ihr Bier. »Aber das ist hoffentlich bald vorbei«, sagte sie und winkte nach neuem. »Ich hab mich für einen Studienplatz in Mannheim beworben. Soll für Psychologie die beste Uni in Deutschland sein.«

»Und weit genug weg von deinem Bruder und seinen Kumpels«, vermutete Jutta, wunderte sich, dass auch ihr Glas schon wieder leer war, und bestellte noch einen Wein und einen Tequila.

»Ja«, sagte Bärbel. Und: »Wieso nur einen?«

»Ich möchte nicht besoffen auf meinen Sohn fallen, wenn ich nach Hause komme und mich bücke, um ihm einen Gute-Nacht-Kuss zu geben.«

»Ach so, verstehe. Okay.«

»Und sind diese ... *Kraadeberjer* wirklich Nazis?«, fragte Jutta.

Bärbel schnaubte. »Küppers, ja. Dem seine ganze Bude hängt voll mit Swastika und anderem Nazi-Zeug. Der ist echt ein Spinner. Die anderen beiden wollen einfach nur Randale und mit möglichst wenig Arbeit möglichst viel Kohle machen und immer besoffen sein. Und mein Bruder ...« Sie seufzte. »Ich glaube, der ist einfach nur böse. So leid es mir tut. So leid *er* mir tut. Machst du mir noch 'n Gedeck, Svenja? Keine Angst«, beschwichtigte sie Jutta auf deren zweifelnden Blick hin, »ich falle so schnell nicht vom Hocker.«

»Ich hab nichts gesagt.«

Darauf reagierte Bärbel Hoffmann nicht. Sie hatte sich inzwischen von der Theke und dem Blick auf die Edelstahl-Zapfsäule und ihr Spiegelbild darin ab- und Jutta zugewandt, drehte sich auf dem Hocker leicht hin und her, hielt den Kopf gesenkt und schien völlig darauf konzentriert zu sein, zu beobachten, wie sich ihrer beider Knie bei jeder Drehung sacht berührten.

Ein Kind, dachte Jutta. *Ein missbrauchtes Kind.*

»Und Heiner ...«, murmelte Bärbel auf ihre Knie hinab. »Der ist natürlich Macho und Rassist und Sexist, fremdenfeindlich und judenfeindlich und Schwulenhasser ... *you name it.* Alles, was man heute gar nicht mehr sein darf. Irgendeine Politik, irgendeine Weltanschauung außer ›der Stärkere gewinnt‹ interessiert den überhaupt nicht. Nenn den Nazi, und er lacht dich aus. Oder er haut dir direkt eine rein, nicht weil er das als Beleidigung empfindet, sondern einfach, weil er weiß, dass *du* es beleidigend meinst.«

»Koppnuss und noch zwei Leute haben letzten Dienstag vor der Synagoge am Rathenauplatz einen Streifenwagen demoliert, und es gab mehrere Verletzte.«

Bärbel schaute überrascht auf. »Woher weißt du das?«

Mein Sohn hat sie gefilmt, hätte Jutta fast gesagt, aber sie biss sich noch rechtzeitig auf die Zunge.

»Ich hab Fotos«, sagte sie bloß.

»Zeig!«

Und sie zeigte Bärbel einige der Bilder.

»Das ist doch Koppnuss, oder?« Kopfnicken. »Und erkennst du, wo das ist?« Kopfnicken. »War das Heiners Idee? War er dabei?«

Kopfschütteln. »Nee. Erstens wäre ihm das viel zu albern gewesen, und zweitens ist er auf keinem von den Fotos drauf. Das ist Küppers' Idee, eindeutig. Und der gibt auch schon die ganze Woche damit an.«

Jutta steckte ihr Handy weg. »Mein Sohn war an dem Tag auf dem Rathenauplatz. Zufällig. Kannst du dir vorstellen, wie es mir als Mutter geht, wenn ich diese Bilder sehe?«

»Hat er die Fotos gemacht?«

»Nein. Das war ein Freund von mir. Hast du Kinder, Bärbel?«

»Nein!« Bärbel schrie fast. Plötzlich stiegen ihr Tränen in die Augen. »Nein«, flüsterte sie. »Nein, ich hab ... ich hatte ...«

»Du hast es abtreiben lassen«, sagte Jutta sanft und legte ihr die Hand auf die Schulter. Bärbel nickte. »Weil du nicht wusstest, wer der Vater war?« Kopfschütteln. »Weil du wusstest, wer es war.« Kurzes Nicken. »Dein Bruder«, rief Jutta, fand aber, dass es nicht so schwer zu erraten war. »Wie alt warst du da?«
»Achtzehn.«
»Und trotzdem hältst du zu ihm?«
»Er ist mein Bruder!«, rief Bärbel verzweifelt.
»Was – ›Blut ist dicker als Wasser‹? Ist es das?«
»Was denn sonst?«
»Na ja«, sagte Jutta, »rein chemisch-physikalisch mag das ja sein – alle möglichen Flüssigkeiten sind dicker als Wasser; klar, sind ja auch noch andere Stoffe und Zellen drin. Aber muss das emotional etwas bedeuten – so viel bedeuten? Für dich, für deine Seele, deine verletzte Seele?«
»Du verstehst das nicht«, murmelte Bärbel.
»Da hast du möglicherweise recht. Vielleicht verstehe ich das nicht. Es ist aber auch schwer zu verstehen. Magst du noch was trinken?«
»Aber hallo.«
Jutta bestellte und wandte sich ihr wieder zu. »Stell dir mal vor, da wären zwei Typen. Der eine, B, ist ein Scheißkerl, und der andere, W, ein liebenswerter Junge. Und beide wollen dich haben. Welchen würdest du nehmen?«
Bärbel schüttelte verständnislos den Kopf. »Den Netten natürlich!«
»Aha. Gut. Und jetzt stell dir vor, W hat eine kleine Hütte, und B hat ein Mehrfamilienhaus – für wen würdest du dich jetzt entscheiden?«
Bärbel schnaubte. »Immer noch für den Netten natürlich. Was interessiert mich die Scheiß-Kohle?«
»Okay. Ein Prosit auf dein gutes Herz!« Sie tranken. »Jetzt stell dir vor, jemand sagt, bist du bescheuert, wie kannst du denn den armen Schlucker nehmen, der andere hat dir doch viel mehr zu bieten!«

»Dann würde ich sagen, bieten interessiert mich nicht, ich kann keinen Scheißkerl lieben. Ich *will* keinen ...« Bärbel stockte. Ihr Mund blieb halb offen, ihre Augen schauten Jutta groß an. »B steht für Blut, und W steht für Wasser, oder?«

Jutta neigte nur bestätigend den Kopf.

Bärbel presste die Lippen zusammen. Starrte zu Boden, sah sich in der Kneipe um, starrte wieder zu Boden, sah Jutta an. Strich ihr über den Arm.

»Feine Jacke«, sagte sie und rutschte von ihrem Hocker. »Ich muss mal aufs Klo.«

»Eine Minute noch«, bat Jutta. »Ich muss eh langsam mal los.« Bärbel blieb abwartend stehen. »Was haben sie vor? Was für ›große Dinger‹?«

Wieder ein Kopfschütteln. »Find's raus, dann wirst du's vielleicht erfahren.« Sie wandte sich ab. »Aber nicht von mir«, versicherte sie über die Schulter und ging.

Jutta zahlte, beide Deckel, und stand auf.

»Willst du schon los?«, fragte Sansibar, die plötzlich neben ihr stand.

»Ich muss. Bis dann mal, Sansi.« Kurze Umarmung.

»Bis bald?

»Vielleicht.«

Als Bärbel wieder auf ihrem Hocker saß, sah sie aus, als hätte sie sich frisch gewaschen. Ihr Lidstrich, ihre Wimperntusche waren verschwunden, ihr Gesicht glänzte. Genauer: ihre Haut glänzte – ihr Gesicht war verschlossen und nachdenklich. Traurig.

»Noch mehr?«, fragte Svenja.

»Und ob.«

»Musst du morgen nicht arbeiten?«

»Nee. Hab mich gerade krankgeschrieben.« *Jetzt fang nicht schon wieder an zu weinen, hast dich doch gerade auf dem Klo ausgeheult.* Bärbel schniefte und kippte ihren Tequila. *Auf das Scheiß-Leben. Auf die Arschlöcher dieser Welt. Auf Blut und Wasser. Nur weg hier! Mannheim ...! Soll ja 'ne ziemlich hässliche Stadt sein. Aber egal.*

Doch sie würde Köln vermissen. Sie sah sich um. Und wie ihr die *Sansibar* fehlen würde! Sansi. Svenja. Regina. Jupp und all die anderen. Die ausgelassenen Nur-für-Frauen-Abende. Die Filmabende. Die Lesungen. Die Konzerte. *Folker ...*
Ja, wäre eigentlich schön, heute Nacht mit jemandem zusammen zu sein. – Mit irgendjemandem? – Och, ja, warum nicht? Der verdammte Folker ist ja nicht da ...
Sie musste an ihre zweite Begegnung denken. Na ja, über den Weg gelaufen war man sich des Öfteren, aber ein paar Wochen (oder waren es schon Monate?) nach dem Abenteuer auf der Toilette im *Büchel* waren sie sich mal wieder nähergekommen, hatten ein paar Bierchen zusammen getrunken, miteinander geflirtet, hatten angefangen, aneinander herumzufummeln. Und schließlich beschlossen, einen kleinen Spaziergang zu machen.

Sie landeten auf einer Bank im Friedenspark. Und fanden immer mehr Gefallen aneinander. Ihre Küsse wurden leidenschaftlicher, fordernder, ihre Hände zielstrebiger. Irgendwann war Folkers Hand unter ihrem Rock.

»Warte!«, keuchte Bärbel, stand auf und entledigte sich ihres Slips. Setzte sich rittlings auf Folkers Schoß, schlang ihre Arme um seinen Nacken und küsste ihn wild. Nahm seine Hand und zog sie zwischen ihre Schenkel. Stöhnte auf und begann, den Knopf seiner Jeans zu öffnen.

Dann erstarrte sie. »Was ist das?«
»Was?«
»Da ist jemand im Gebüsch«, flüsterte sie.
»Wo?«
»Hinter mir.«
»Quatsch.«
Aber dann knackte es wieder. Zu laut für irgendein Karnickel oder einen Igel. Sogar für einen Hund.
»Da! Hast du's gehört? Jemand beobachtet uns ...«
Folker lachte leise. »Gönn ihm doch das Vergnügen.«
»Und wenn es kein Spanner ist, sondern ein ..., ein Räuber?«
»Dann haue ich ihm das hier um die Ohren.« Sie kicherte.

Sie kicherten beide noch, als es aufblitzte und die Szenerie für Millisekunden taghell erleuchtete.

»Ach du Scheiße! Jemand fotografiert uns! Komm, lass uns abhauen!«

Sie standen auf, der Schoß seiner Jeans glänzte im blassen Mondlicht von Bärbels Feuchtigkeit. Sie sammelte ihren Slip auf und steckte ihn in Folkers Jackentasche. Betont lässig gingen sie, Hand in Hand, den Weg zurück, obwohl sie ein weiterer Blitz traf und ihnen beiden eher nach panischer Flucht war.

Aber offenbar folgte ihnen niemand.

»Und was machen wir jetzt?«, fragte Bärbel, als sie den Park verlassen hatten und auf einer beleuchteten Straße standen, und lehnte sich an ihn.

»Ich würde sagen, wir trinken erst mal einen. Auf den Schreck.«

Also tranken sie erst mal einen, auf den Schreck, obwohl sie auf eine andere Antwort gehofft hatte; genauer gesagt, kippten sie recht hastig zwei Gedecke. Und dann verloren sie sich im Gewühl der *Sansibar* – es war Freitagabend – und im Alkoholnebel aus den Augen.

Ach ja, wäre schon schön, heute Abend nicht alleine bleiben zu müssen. In den Arm genommen zu werden. – Von irgendjemandem? – Warum nicht? Oder ... Nein ...

»Na, Bärbel, was guckste denn so trübsinnig?«, fragte Sansi und drückte sie kurz.

»Ach, das sieht nur so aus«, sagte Bärbel und lächelte sie an. »Sag mal, hast du heute Abend schon was vor?«

Sansi schaute sich um. »An einem langweiligen Donnerstagabend? Nö, warum?«

»Och, ich dachte, gegen die Langeweile könnten wir vielleicht was tun«, sagte Bärbel und kraulte Sansis Nacken.

»Wir zwei mal wieder?«

»Na ja ...«

Sansi grinste sie an. Und wandte den Kopf. »Svenja, mach uns doch mal zwei Tequila.« Bärbel strahlte. »Oder ... Weißte was? Mach uns drei ...!«

16
Freitag, 05. April

Die Kraadeberjer

»Männer. Morgen ist Samstag, der alte Öktem dreht seine Runde und sammelt die Schutzgelder ein. Morgen ziehen wir das Ding durch. Jaworski und Küppers stehen Schmiere, Koppnuss und ich gehen in die Wohnung rein und kassieren ab.«

Hoffmann blickte einem nach dem anderen kurz in die Augen und nickte. »Treffpunkt hier, um fünf. Nüchtern.«

Koppnuss grinste und ließ seine Fingerknöchel knacken, Küppers starrte nachdenklich an die Decke, Jaworski kaute an den Fingernägeln und kicherte nervös. Draußen war es stockfinster, als sie sich voneinander verabschiedeten.

»Der schwerste Teil an dem Job wird wohl sein, dich bis fünf Uhr nüchtern zu kriegen, wa', Küppers?«, sagte Koppnuss.

»Ach, halt die Klappe«, brummte Küppers. »Würde mich freuen, wenn du dir morgen mal nicht ins Hemd machst, wenn's eng wird.«

17
Samstag, 06. April

ME'SHELL

Hehlau hatte Wort gehalten. Nur zwei Tage, nachdem Me'Shell durchgegeben hatte, wann und wo das Koks für Meyer-Felsenthal deponiert worden war, fand sie ein gepolstertes Kuvert mit den Videos der Überwachungskameras im Schließfach des Südbahnhofs. Sie verstaute den kleinen Grundig-Recorder und den überraschend schweren DIN-A4-Umschlag in den Innentaschen ihrer Bomberjacke und sah sich vorsichtig um. In der Ecke neben den Schließfächern lag ein Bündel Mensch unter Zeitungspapier und schlief, am Kiosk kaufte ein Pärchen Flaschenbier und Zigaretten. Es war später Abend, die letzten Züge fuhren bald ab. Draußen, wo sonst hunderte Fahrräder parkten, standen nur vereinzelte Drahtesel. Bei den meisten fehlten Räder, Sattel oder Lenker.

Niemand interessierte sich für die Rothaarige, die ihrem Aussehen nach zu den Pennern am nahe gelegenen Zülpicher Platz gehörte. Doch Me'Shell blieb misstrauisch. Hehlau war ein Kontrollfreak, er würde nicht aufhören, ihr seine Spürhunde hinterherzuschicken. Nicht zu wissen, wo sie steckte und was sie tat, musste ihm Magenschmerzen bereiten. Vielleicht hatte der Verfassungsschutz einen Glücksgriff getan und jemanden angeheuert, der etwas von seinem Geschäft verstand, oder Hehlaus Leute waren heute Abend hinter jemand anderem her – vielleicht lag es aber auch schlicht und einfach am Personalmangel: Auf ihrem Weg zurück zur Elsaßstraße verfolgte sie außer dem feinen Nieselregen, der um das Licht der Straßenlaternen tanzte, niemand.

Im Apartment kippte Me'Shell den Inhalt des Umschlags auf ihr Bett: Eine mittelgroße externe Festplatte, das dazugehörige USB-Kabel und ein Bogen Papier fielen auf die bunte Bettdecke. Das eng bedruckte Schreiben enthielt Hinweise zu den Dateien auf dem Speichermedium, in der unteren linken Ecke hatte Hehlau eine handschriftliche Notiz hinterlassen: *Bandsalat. Ersatz ist nicht zu beschaffen.* Sie warf einen Blick auf das Diktiergerät. Die Kassette fehlte.

»Standorte Ü-Kameras und Zeiträume der Aufzeichnungen nach Datum u. Uhrzeit wie angefordert«, hatte einer der Mitarbeiter Hehlaus die Auflistung überschrieben.

Datei 1: 06.03.2019; 0800 Uhr bis 2100 Uhr; Standort a.) Roonstraße/Zülpicher Straße; Blickrichtung Aufzeichnung: Roonstraße. Standort b.) Roonstraße/Rathenauplatz; Blickrichtung Aufzeichnung: Zülpicher Straße.

Datei 2: 13.03.2019; 0600 Uhr bis 1500 Uhr; Standort: Martin-Luther-Platz/Rolandstraße; Blickrichtung Aufzeichnung: Martin-Luther-Platz.

Datei 3: 22.03.2019: 0700 Uhr bis 2400 Uhr; Standort a.) Am alten Ufer/Trankgasse; Blickrichtung Aufzeichnung: Musical Dome. Standort b.) Ü-Kameras Ampido-Parkplatz: Blickrichtung Aufzeichnung Kam.1: Konrad-Adenauer-Ufer, Blickrichtung Aufzeichnung Kam.2: Musical Dome.

Keine Aufzeichnung vorhanden: 28.03.2019; Rheinpark, Denkmalplatz.

Datei 4: 30.03.2019; 0600 Uhr bis 2400 Uhr; Standort: Aachener Straße/Oskar-Jäger-Straße; Blickrichtung Aufzeichnung: Aachener Straße, Richtung Innere Kanalstraße.

Me'Shells Zwanzig-Gramm-Bestellung hatte Schuggermän am 30. März auf einem Friedhof gebunkert und am selben Tag eine Nachricht gesendet:

Melaten, Weg C, Dirk Bach, hinter Grabstein.

Es hatte eine Weile gedauert, bis sie als Nicht-Kölnerin eine Verbindung zwischen den Worten »Melaten« und »Grabstein« hergestellt hatte. Der Name Dirk Bach sagte ihr gar nichts, also stellte sie sich auf eine lange Suche auf einem riesigen Friedhof ein. Doch als sie vor der letzten Ruhestätte des Mannes stand, der offenbar ein beliebter Komiker gewesen war, musste sie grinsen. Auf dem schwarzen Grabstein prangte ein großer rosa Stern, davor lagen etliche Plüschtiere in allen Regenbogenfarben. Auffälliger ging es kaum noch.

Die Chancen, dass Schuggermän bei der Lieferung vor die Linse der Kamera gelaufen war, standen fifty-fifty. Melaten hatte sechs Ein- und Ausgänge, drei davon an der Aachener Straße. Me'Shell seufzte. Das waren alles in allem mehr als fünfzig Stunden Videomaterial. Selbst wenn sie die Dateien im Schnelldurchlauf sichtete, würde sie die ganze Nacht vor dem Laptop sitzen. Sie ging zum Kühlschrank und öffnete ihn – ihre Vorräte waren auf eine tiefgefrorene Pizza, einen Himbeerjoghurt und eine halbe Flasche Wein geschrumpft. Aber da war ja noch das verschweißte Päckchen in der Schreibtischschublade – *zwanzig Gramm Motivationshilfe, gesponsert vom Staat ...!*

Sie rief schniefend auf ihrem eigenen Handy ihre Lieblings-Playlist auf, und als Ndegeocellos Bass *Come Smoke My Herb* eröffnete, schloss sie die Festplatte an, öffnete die Datei Nummer zwei, und die Bilder rasten über den Monitor. Wie an der Schnur gezogen watschelten Menschen im Eilschritt durch das Blickfeld der Kamera. Andere verharrten für Sekundenbruchteile und liefen wieder zurück in die Richtung, aus der sie gekommen waren, drehten sich wie Brummkreisel um sich selbst, begrüßten einander händeschüttelnd, schulterklopfend oder mit Küsschen, stiegen in Autos und fuhren in einer irrwitzigen Geschwindigkeit davon.

Obwohl das Video im Zeitraffer lief, sah Me'Shell Leute, die minutenlang still im Bild standen und den Blick auf den Boden senkten. *Unheimlich. Als ob ihr Gehirn ausgesetzt hat – die reinsten Zombies ...!* In der Hoffnung, die Überwachungskamera an der Ecke Martin-Luther-Platz und Rolandstraße sei auf das überschaubare Areal vor der Lutherkirche gerichtet, hatte sie zuerst die zweite Datei angeklickt; Schuggermän hatte sich an dem Tag vor der markanten Fensterwand der Kirche herumgetrieben und das Koks schließlich in einer der vielen viereckigen Beton-Laibungen versteckt, da war sie sich sicher.

Doch die Aufnahme war eine Enttäuschung: Zu sehen war lediglich ein schmaler Streifen des Martin-Luther-Platzes am linken Bildrand. Resigniert sah Me'Shell dem wimmelnden Ameisenhaufen zu, der sich von rechts nach links und von links nach rechts durch das Bild schob. Sie musste heute Nacht auch die anderen Videos sichten, um vielleicht Überschneidungen zu finden – irgendetwas, das ihr ins Auge fiel. Eine Gemeinsamkeit, eine Person, die alle vier Kameras eingefangen hatten.

Es war drei Uhr morgens, als sie unvermittelt kurz aufschrie und Video Nummer drei stoppte. Millisekunden zuvor war etwas aufgeblitzt, das ihr bekannt vorkam. Hatte sie es wirklich gesehen, oder bildete sie sich das nur ein? Es kostete sie einige Mühe, die richtige Stelle wiederzufinden. Sie fluchte leise vor sich hin und schob die Maus hektisch vor und zurück. Da war er: ein winziger roter Punkt in einer Menschengruppe vor dem Musical Dome.

Me'Shell zoomte in das Standbild hinein. Die signalrote Umhängetasche. Die Vergrößerung war stark verpixelt und verschwommen, aber es gab keinen Zweifel: Solch eine rote Arzttasche war auf der Aufnahme der Kamera in der Roonstraße vor Hellers Brauhaus aufgetaucht, und, wenn auch nur schemenhaft, vor der Lutherkirche.

Der Pfahl einer Straßenlaterne verdeckte die Gestalt. Me'Shell ließ das Video in Zeitlupe bis zu dem Punkt vorlaufen, an dem sie freie Sicht auf den Mann mit der Tasche hatte.

Sie pfiff durch die Zähne.

Es war kein Mann. Schuggermän war eine Frau.

Öktem

Als die Stadt am Samstagmorgen langsam erwachte und die Sonne durch den dünnen Vorhang am Fenster auf Öktems Gesicht fiel, richtete sich der alte Mann abrupt auf und fischte nach seinen Hausschuhen. Früher, vor vielen Jahrzehnten, hatte er die Sonne gehasst. Damals, in der alten Heimat, musste er in der brütenden Hitze auf den Feldern arbeiten, damit er seine Familie halbwegs durchbringen konnte. Die Sonne hatte die Ernte und die Männer erbarmungslos verdorren lassen. *Und auch die Frauen, die vielen schönen Frauen.*

Heute, als alter Mann in einem ihm noch immer fremden Land, war er froh, dass sie jeden Tag wiederkam. Etwa eine Stunde lang fand sie eine Lücke zwischen zwei Anbauten im Hinterhof, drei Stunden täglich krochen ihre Strahlen die Häuserschlucht entlang und wärmten das zur Straße hin gelegene Wohnzimmer. *Das heißt, wenn nicht gerade Winter ist. Und hier ist fast das ganze Jahr Scheiß-Winter. Ein Leben in Finsternis.*

Der alte Türke fluchte, wusch sich am Waschbecken neben dem Bett und kämmte seinen eisgrauen üppigen Schnurrbart, bis er mit dem Spiegelbild zufrieden war. Er zog sich an, wählte die bequemen Schuhe. Heute musste er die Runde drehen, da konnte er schmerzende Füße nicht gebrauchen. Er warf einen Blick auf das Hochzeitsfoto an der Wand. Seine Frau war vor einigen Jahren gestorben, seine Töchter riefen nur selten an. Und sein Sohn ... Öktem seufzte und wiegte traurig den grauen Kopf. In der Straße lebten viele alte Männer wie er. Viele waren ohne Familie. Als Almanya sie brauchte, waren sie dem Ruf mit Freude gefolgt und hatten ihre schäbigen Hütten samt der sinnlosen Arbeit auf Feldern, auf denen außer Staub und Steinen nichts zu wachsen schien, hinter sich gelassen. *Nur für ein paar Jahre, dann kommen wir zurück, die Taschen voll Geld, und bauen uns richtige Häuser.* Öktem lächelte. Die Zeit war viel zu schnell vergangen. *Und jetzt? Zurück? Wohin? In der Heimat kann niemand etwas mit einem Haufen müder Greise anfangen.*

Er schnappte sich den grau-braunen Einkaufstrolley, schloss sorgfältig seine Wohnungstür ab und zog los. Es wurde Zeit.

Hoffmann wartete im Schatten der Severinstorburg und starrte die Straße hinab. Das war sein Tag, nichts sollte schief gehen. *Wieso braucht der alte Kümmeltürke heute so lange?* Von Öktem weit und breit keine Spur. Letzten Samstag hatte er um die Uhrzeit bereits die Läden am Chlodwigplatz abkassiert und war weiter in die Bonner Straße gezogen. Hoffmann zog das Handy aus der

Tasche, checkte die Zeit und wurde nervös. *Scheiße, jetzt gehe ich dem Wichser einfach entgegen.*

Einige Minuten zuvor war Öktem in der Severinstraße von einem etwa zehnjährigen Jungen angesprochen worden. »Du sollst hier Pause machen, *baba*.« Das Kind wies auf eine Bank vor einem Dönerladen. Der alte Mann nickte, setzte sich hin und zog den Trolley zwischen seine Beine. Im Inneren des kleinen Imbisses schrillte ein Telefon – einen Augenblick später kam Aslan, der Inhaber heraus und stellte eine zierliche gläserne Tasse auf das Tischchen bei der Bank.

»Hier, dein Tee.« Dann setzte er sich neben ihn und schwieg. Öktem nahm einen winzigen Schluck des heißen, süßen Gebräus, beobachtete die Männer, Frauen und Kinder, die sich durch die Einkaufsstraße drängten, und wartete. Nur wenige Augenblicke später löste sich ein Mann um die fünfzig in einem taubenblauen Anzug aus der zäh vorbeifließenden Menschenmasse und setzte sich zu ihnen.

»Aslan, mein Freund, bist du so nett und bringst mir auch einen Tee?«, bat er auf Türkisch. Aslan nickte, stand auf und verschwand im Inneren des Dönerladens.

»*Merhaba*«, sagte der Fremde. »Wir kennen uns nicht. Doch wir arbeiten für denselben Mann.« Er lächelte und ließ dabei einen Goldzahn aufblitzen. »Bevor du fragst, *baba*: Wir sind mit deiner Arbeit sehr, sehr zufrieden. Aber es gibt ein Problem.« Aslan servierte einen weiteren schwarzen Tee, der Mann bedankte sich und fuhr fort. »Du wirst beobachtet. Seit Wochen schon folgt dir jemand, und wir glauben, er weiß, warum du deine Runden drehst.« Öktem schwieg. Ihm war niemand aufgefallen. »Mach dir keine Sorgen«, lächelte der Goldzahn. »Wir wissen, wer hinter dir herläuft. Einer von unseren Brüdern hat zur gleichen Zeit im Gefängnis gesessen wie er. Ein Kleinkrimineller, der öffentlich rechtsradikale Positionen vertritt. Ein Nazi.« Der Fremde spuckte auf den Boden. »Wir haben uns seine Krankenakte besorgt. Er heißt Heiner Hoffmann, und der Gefängnisarzt schreibt, er reagiere sehr aggressiv, wenn er auf seine Homosexualität angesprochen wird.« Er nippte an seinem Tee und verzog das Gesicht. »Natürlich haben wir ihn unsererseits beschatten lassen. Er ist nicht allein. Da sind noch drei weitere Männer, mit denen er sich regelmäßig trifft. Vielleicht sogar vier.«

Öktem schüttelte den Kopf. »Was hat das zu bedeuten – und was soll ich tun?«

Der Mann im taubenblauen Anzug warf einen Blick auf seine Armbanduhr und nickte Aslan zu, der wartend im Türrahmen seines Ladens lehnte. »Zunächst wird unser Freund Aslan die heute schon eingesammelten Mitgliedsbeiträge in deiner Tasche gegen einige Portionen Döner austauschen.« Aslan nickte und zog den Trolley die zwei Stufen ins Innere des Ladens hoch. »Dann ziehst du weiter, wie gehabt. Wir haben alle Stationen deiner Route benachrichtigt, alle werden Lebensmittel und Kleidungsstücke spenden, die du bitte unter unseren ärmeren Landsleuten in deinem Viertel verteilst. Wenn du alle besucht hast, gehst du bitte nach Hause wie immer und verhältst dich ruhig. Dir wird nichts geschehen. Den Geld-Job übernimmt für heute jemand, den der Nazi nicht im Blick hat.«

»Und was passiert nächsten Samstag?«, wollte Öktem wissen.

»Nächsten Samstag wird dein Verfolger ganz bestimmt nicht mehr an der Tasche interessiert sein. Vertrau mir und hab keine Sorge – auch hier haben die Straßen Augen, fast so wie bei uns in Istanbul. Der Mann bekommt seine Lektion.« Der Fremde lächelte, stand auf und verschwand wieder in der Menge. Aslan drückte Öktem den Griff des Trolleys in die Hand, und der alte Mann marschierte weiter.

Da ist ja mein Freund Knoblauchfresser! Päusjen gemacht, du Mumie? Hoffmann drückte seinen Rücken gegen die Schaufensterscheibe einer Parfümerie und sah zu, wie Öktem mitsamt seiner Tasche auf Rädern in einer Änderungsschneiderei gegenüber verschwand. *Mach das Ding schön voll, ich hole es mir nachher ab.* Es schien alles nach Plan zu laufen, kein Grund also, dem alten

Trottel durch die ganze Stadt nachzulaufen. *Ich weiß ja, wo unsere Beute heute Abend sein wird.* Hoffmann grunzte zufrieden und bog in eine Seitengasse ab. Zeit, etwas zu entspannen und ein, zwei Bierchen zu zischen. Es war gerade erst zwei Uhr, in drei Stunden wollte er sich mit den Kameraden treffen. Gut gelaunt schrieb er eine SMS an Koppnuss: »Treffen wie geplant um fünf. Alkoholverbot ist aufgehoben. Bring Bier und Börnie mit!«

Fünf Sekunden später kam die Antwort: »Ales kla. bis gleich. K.«

Hoffmann packte das Handy zurück in die Jackentasche und wollte gerade weiter in Richtung Chlodwigplatz marschieren, als dicht vor seiner Nase ein Fußball gegen eine Garagentür schepperte.

»Habt ihr keinen Bolzplatz, ihr Scheißtürkenblagen, oder was?«, brüllte er in Richtung der Kinder, die in sicherer Entfernung abwartend herumstanden. Einer der Jungs trug ein Trikot der deutschen Nationalmannschaft.

So weit ist es schon gekommen! Hoffmann schoss den Ball mit voller Wucht die Straße entlang. *Viel Spaß beim Suchen!*

Jemand klopfte ihm auf die Schulter. Hoffmann fuhr herum und sah eine dichtbehaarte Faust auf sich zuschießen. Dann wurde es dunkel.

Küppers sah Hoffmann in der Gasse verschwinden und wäre ihm beinahe dorthin gefolgt. Doch in diesem Augenblick verließ der alte Türke eine Änderungsschneiderei auf der anderen Straßenseite und ging weiter in Richtung der Torburg. *Der ist jetzt wichtiger ... Wer nicht will, der hat ja schon, nicht wahr, Hoffmann?*

Küppers hatte einen eigenen Plan: Statt das Risiko einzugehen, Öktem in seiner Wohnung zu überfallen und sich womöglich mit irgendwelchen Gorillas herumzuprügeln, wollte er ihm die Kohle vorher abzocken. *Zack, ein Schlag von hinten auf die Rübe, und schon habe ich die Tasche. Da werden die Jungs aber Bauklötze staunen, wenn ich damit um fünf am Treffpunkt auftauche ...!*

Inzwischen war in Küppers' Schädel jedoch noch ein ganz

anderer Gedanke herangereift, und zwar ein sehr verlockender. *Wieso sollte ich überhaupt? Um mit den Pennern zu teilen …?*
Er wechselte auf die andere Straßenseite und schlenderte der Einkaufstasche auf Rädern hinterher. Irgendwo würde sich schon ein ruhigerer Ort finden, um seinen Plan umzusetzen. Hier waren zu viele potenzielle Zeugen unterwegs.

Gegen drei Uhr begann es zu regnen. Erst sachte, dann goss es in Strömen. Die Straßen leerten sich, in den Geschäften, Cafés und Kneipen gingen nach und nach die Lichter an und spiegelten sich in den Pfützen.

»Das hat mir gerade noch gefehlt!«, fluchte Küppers. Er hatte jedoch keine andere Wahl, als dem Alten weiter zu folgen. Denn allein Hoffmann kannte die Stationen, die Öktem abkassierte. *Siehste, das hat er uns gar nicht verraten. Genauso wenig wie die Adresse von dem Kümmelfresser.* Seine Idee, dem Alten eins überzubraten und das Geld für sich zu behalten, gefiel ihm immer besser. Fünfzig Meter vor ihm zog Öktem mit offensichtlicher Mühe die Tür eines Dönerladens auf und ging hinein. Küppers drückte sich in einen Hauseingang gegenüber und sah durch das Schaufenster zu, wie dem alten Türken ein Tee serviert wurde. Und wie er anscheinend etwas zu essen bestellte. *Scheiße, das kann ja dauern …!* Küppers, inzwischen nass bis auf die Knochen, warf einen Blick in den bleigrauen Himmel und bemerkte dabei, dass er beobachtet wurde. Aus einem Fenster im ersten Stock gegenüber starrte eine verschleierte Frau auf ihn hinunter. *Ist die echt, oder ist das eine Schaufensterpuppe?* Küppers streckte ihr den Mittelfinger entgegen. Keine Reaktion. *Wohl doch 'ne Puppe.*

Dafür klingelte sein Handy. Er zog es aus der Jackentasche und klappte die Schutzhülle weg. ›Jaworski‹ zeigte das Display. Küppers verdrehte die Augen und nahm den Anruf an.

»Was willst du, Jaworski?«
»Jaworski hier.«
»Ja-haa! Das seh ich! Was ist? Komm zur Sache!« Küppers zog sich mit dem Telefon am Ohr tiefer in den Hauseingang zurück. Der Regen nahm noch einmal Schwung auf.

»Es ist ääh, so ...«, begann Jaworski, und Küppers meinte, ein leises Zittern in seiner Stimme zu hören. »Wir haben gedacht, wir sollten uns ein bisschen früher treffen und den Plan noch mal gründlich durchgehen. Also Koppnuss, Börnie und ich. Heiner haben wir nicht erreichen können, und wir wissen auch nicht ...« Im Hintergrund war Koppnuss zu hören, der wie ein Brüllaffe tobte. »Sauerei!« und »Abschlachten!« waren die einzigen Worte, die Küppers verstand.

»Was hat er denn?«, fragte er Jaworski.

»Bitte, du musst sofort kommen. D-d-das musst du mit deinen eigenen Augen sehen.« Jaworski stieß einen tiefen Seufzer aus. »Bitte ...!«

Küppers schaute auf die Uhr. Zwanzig vor vier. »Ich bin hier noch ein bisschen in der Werkstatt beschäftigt«, log er. »Komme, so schnell ich kann.« Dann legte er auf. *Was haben die denn schon wieder für einen Mist gebaut? Egal, zuerst ist der Türke dran.*

Nach einigen Minuten wurde der Regen schwächer und hörte schließlich auf. Küppers sah, wie Öktem sich von seinem Gastgeber verabschiedete, den Trolley an sich zog und die schwere Glastür öffnete. Fetzen einer arabischen Melodie schwebten auf den Bürgersteig hinaus – dann fiel die Tür wieder zu. Die Einkaufstasche war prall gefüllt, der alte Mann hatte Mühe, sie die beiden Treppenstufen im Eingang herunter zu bugsieren.

Na, das sollte doch reichen, viel mehr passt da eh nicht rein. Küppers tat einen Schritt vor und blickte nach rechts und links die Straße hinab. *Kein Schwein zu sehen. Ab dafür!*

Dann geschah das Unfassbare: Öktem drehte sich auf dem Absatz um, tappte die Stufen wieder hinauf und kehrte in den Dönerladen zurück. »*Tuvalet*«, hörte Küppers ihn sagen, bevor die Tür sich schloss. *Die Tasche, er hat die Tasche draußen stehen lassen ...! Lauf und hol dir das Ding!*

Er hechtete in fünf, sechs langen Sätzen auf die andere Straßenseite, schnappte den Trolley am Griff und rannte los. Die Häuser flogen an ihm vorbei, die kleinen Vollgummiräder rumpelten und sprangen hinter ihm über die Bordsteinkanten, und Küppers'

Lunge imitierte bald schon eine Dampflok beim Berganstieg, Pfeifen inklusive.

Nach gefühlten sieben Minuten stoppte er kurz und sah sich um. Niemand war hinter ihm her. Der senile Türke hockte wahrscheinlich noch auf der Kloschüssel. Keuchend erreichte Küppers die Bushaltestelle vor dem Großmarktgelände und beschloss, das Geld umzupacken und in die Taschen seiner Jacke zu stopfen – den Trolley musste er als Erstes loswerden. Er setzte sich auf eine Bank. Die Dämmerung war bereits hereingebrochen – *gut so, müssen ja nicht alle sehen, was ich hier mache.*

Er drückte eine Schnalle auf und lugte vorsichtig hinein. *Alufolie. Verpacken die ihre Kohle in Alufolie?* Er griff hinein. *Das ist ja warm!*, wunderte er sich und zog ein Päckchen hinaus. *Ein Döner?* Er pfefferte das Teil unter die Sitzbank und fasste erneut in die Tasche. Zum Vorschein kamen noch mehr Döner, eine Mütze und einige Feinripp-Unterhosen. Jetzt platzte ihm der Kragen. *Wo ist das beschissene Geld?* Er packte den Trolley bei den Rädern und kippte den Inhalt auf den Bürgersteig. Hüte, Unterwäsche, zwei Reisewecker und ein altes Handy – und noch mehr Döner. Küppers sah rot.

»Wieso ist da kein bekacktes Geld drin?«, brüllte er den Haufen vor sich an. Zwanzig Meter weiter wechselte eine ältere Dame die Straßenseite und ging einen Schritt schneller. Er ließ sich auf die Bank fallen, nahm den Kopf in beide Hände und starrte fassungslos einen der Döner an, der ihm vor die Füße gekullert war. Dann sprang er auf, gab der Alupackung einen Tritt und marschierte los. *Hoffmann, du Sau. Du willst mich verarschen? Wenn du gleich beim Clubheim antanzt, schlage ich dir das Gesicht auf den Rücken!*

Als er die Augen aufschlug, sah er eine Taube.

Dicht vor seinem Gesicht tanzte sie um den Rest eines Brötchens herum und stieß hier und da den Schnabel in die aufgeweichte Masse. Reflexartig schoss Hoffmanns rechter Arm hervor, um den Vogel zu verscheuchen. Er stöhnte auf, als der Schmerz sein Gehirn erreichte. *Wo, zur Hölle, bin ich? Was ist passiert?*

Er schloss die Augen und hörte ein rasch an- und abschwellendes Rauschen, dann ein Hupen. Er richtete sich langsam auf und sah die Leuchtreklame einer Tankstelle. Allmählich wurde es dunkel. *Rasthof Ville*, las er mühsam, die Buchstaben schaukelten vor seinen Augen. Dann bemerkte er die leere Spritze, die in seinem Oberschenkel steckte. *Scheiße, was war da drin gewesen?* Stückweise kam die Erinnerung zurück: *Der Fußball, Öktem, das Geld! Ich muss Koppnuss anrufen!*
Er tastete nach seinem Handy, doch da war keins. Aber in der Tankstelle gab es bestimmt ein Telefon. *Wo kommt das ganze Blut auf dem Boden her?* Hoffmann biss sich auf die Unterlippe und riss die Spritze aus seinem Oberschenkel, dann schwankte er unsicher auf das in der Dunkelheit blau schimmernde Gebäude zu. Als er nach einer Ewigkeit die Zapfsäulen erreichte, stand kalter Schweiß auf seiner Glatze. Er stützte sich mit beiden Händen auf der Motorhaube eines weißen Audi ab, der gerade vorgefahren war, und übergab sich auf die Windschutzscheibe. Er sah die erschrockenen Gesichter der Insassen, doch niemand stieg aus. Stattdessen betätigte der Fahrer die Scheibenwaschanlage und verriegelte die Türen. Hoffmann stieß sich von dem Wagen ab und kroch mehr, als er ging, in Richtung der Kasse. *Irgendwie ist das heute schwierig mit der Fortbewegung ...* Er kicherte. Dann öffnete sich die Schiebetür, Hoffmann torkelte ins Innere und fiel kopfüber in ein Zeitungsregal.
»Oh, mein Gott!«, hörte er noch jemanden kreischen, dann wurde er ohnmächtig.

Es war Viertel nach fünf, als Küppers wutentbrannt vor dem Clubhaus der Kraadeberjer aufmarschierte. »Also: Was ist hier los?« Er sah sich suchend um. »Und wo ist Hoffmann?«
Koppnuss saß mit verschwiemelten Augen auf einem Stapel Paletten, neben ihm eine halbleere Kiste Kölsch, Jaworski und Börnie hatten sich auf die versiffte Hollywood-Schaukel verzogen, die die Kraadeberjer vor Jahren aus einem Marienburger Vorgarten entführt hatten.

»Ein Stück Hoffmann ist doch immer bei uns«, lallte Koppnuss und wies auf die Eingangstür.
»Was will er mir damit sagen, Jaworski? Seid ihr alle durchgeknallt? Was soll ich mit eigenen Augen sehen?« Küppers ging auf Börnie und Jaworski zu und sah, dass sie beide ziemlich blass um die Nase waren.
»Geh doch hin und guck es dir selbst an«, jammerte Jaworski und zeigte mit zitterndem Finger zur Tür. Börnie schniefte und verbarg sein Gesicht in den Händen.
Küppers hatte die Schnauze gestrichen voll. Er ging die paar Schritte und sah, dass jemand ein Stück blutiges Fleisch an die Tür genagelt hatte.
»Ja, und?«, fragte er über die Schulter zurück.
»Lies den Zettel«, antwortete Jaworski. Küppers riss das Stück Papier ab, das an einem zweiten Nagel neben dem Fleischbrocken hing.
»›Immer ein offenes Ohr für die deutsch-türkische Freundschaft‹«, las er. »Ja, und …?«
»Ja, erkennst du den Ohrstecker mit dem kleinen Hakenkreuz da unten nicht? Das ist Heiners Ohr, Mann!« Jaworskis Stimme kippte, als wollte er gleich losheulen. Börnie sprang auf und übergab sich lautstark in den Holunderbusch, und Koppnuss spielte mit seinem Wehrmachtsmesser.
Ach, du heilige Scheiße. Nicht Hoffmann hat uns verarscht – die verdammten Türken haben uns gefickt …! Küppers beschloss, über Öktems Tasche kein Wort zu verlieren.

18
Dienstag, 09. April

FOLKER

»Na, da bin ich ja froh, dass das mich nicht betrifft!«
Folker griff sich seine Gitarre und lieferte der hübschen neuen Moderatorin der *Aktuellen Stunde* im WDR-Fernsehen mit dem Refrain von *Ich brauche keine Millionen* die Begründung gleich nach: »*Ich brauche weiter nichts als nur Musik, Musik, Musik* ...« Sie lächelte ihn an und verkündete die erfreuliche Nachricht, dass die Kölner Stadtentwässerungsbetriebe im Klärwerk in Stammheim nicht nur Fäkalien aus den Abwässern filterten, sondern auch Tampons, Plastikmüll und Lappen, welche die Bürger achtlos entsorgten, ja sogar schon, wie eine Mitarbeiterin erzählte, Einkaufswagen und Kinderfahrräder herausfischen mussten. Darüber hinaus gebe es bald eine Reinigungsstufe Vier, in der selbst Mikroplastik und Spurenstoffe aus Kosmetika, Medikamenten oder Rauschmitteln durch die Poren von Aktivkohle aufgefangen würden. Folker gönnte ihr die Freude – sie war wirklich sehr hübsch und ausgesprochen sympathisch.

Er experimentierte gerade mit einem etwas langsameren Tempo und einer tieferen Tonart für das Lied herum, als es an seiner Tür klopfte.

»Ja?«

Kai öffnete die Tür ein Stück, streckte seinen Kopf ins Zimmer und präsentierte eine ziemlich verdrießliche Miene. »Folker ...?«

»Ja?«

»Ich hab Hunger.«

»›Leck Salz, kriegst du Durst‹, hätte mein Opa gesagt.«

»Du bist doof. Ich hab echt 'nen Mega-Hunger.«

»Na, dann iss doch was!«

»Was denn?«

»Was weiß denn ich? Wie wär's mit 'ner Handvoll Kaulquappen? Oder ein paar von den Wellensittichen aus dem Volksgarten?«

»Mann! Du bist echt saudoof!«

»Da hast du recht, Kleiner – ich weiß nicht mal, was Aktivkohle eigentlich ist. Gut, dass ich im Wasserwerk Hochkirchen arbeite – der Gestank in Stammheim muss furchtbar sein, da möchte ich wahrhaftig nicht putzen. So, du hast also Hunger. Ist denn nix im Kühlschrank? Wieso ist denn deine Mutter noch nicht da, es ist doch schon bald acht?«

Kai schlurfte ins Zimmer und setzte sich neben Folker aufs Bett.

»Ich weiß nicht«, murmelte er und zupfte leise an den Gitarrensaiten. »Sie hat ja nicht mal angerufen.«

»Na, dann wird sie bestimmt bei einer schwierigen Geburt gebraucht und hat gar keine Zeit sich zu melden. Aber wir zwei kriegen das schon geregelt – du wirst bestimmt nicht verhungern müssen. Wir gucken gleich mal, was denn die Vorräte so sagen; ich könnte eigentlich auch so langsam was in den Magen vertragen.«

»Mh.« Der Junge zupfte etwas mutiger.

»Möchtest du auch Gitarre spielen können?«

»M-mh.«

»Soll ich dir was beibringen?«

»Au ja!« Kai machte begeisterte große Augen. Aber es war auch Skepsis darin zu erkennen – waren sie nicht Feinde …?

»Okay. Dann musst du als Allererstes mal wissen, wie die Saiten heißen. Was Saiten sind, weißt du, oder?«

»Klar – die Drähte da!«

»Richtig – zehn Punkte!« Folker nahm die Hand vom Griffbrett. »Spiel sie mal einzeln an, langsam hintereinander. Du fängst mit der dicken hier oben an und dann bis zu der ganz dünnen da unten, und ich sage dir, wie sie heißen. Und dann verrate ich dir noch 'nen Spruch, mit dem man sich das gut merken kann. Okay?«

Dommmm … »Das ist das tiefe E.« *Dammmm …* »Das ist die A-Saite.« *Dammmm …* »D.« *Dämmmm …* »Das ist das G.« *Dimmmm …* »Die H-Saite.« *Diiimmmm …* »Und die hohe E-Saite. Fertig! Hast du sie dir gemerkt?«

»E … A … D … eh … B?«

»Nee, dann kommt G.«
»Wie geht denn der Spru-uch?«
Nun schlug Folker die Saiten nacheinander an. »Eine. Alte. Dame. Ging. Hering ... Na ...?«
»Essen?«
»Jawoll! Eine alte Dame ging Hering essen – E, A, D, G, H, E. Einfach, oder?«
Kai nickte. »Kinderleicht! Du-u ...?«
»Ja?«
»Ich möcht so spielen können wie die Spanier.«
»Flamenco?«
»M-mh.«
»Mann, da hast du dir aber was vorgenommen.« Folker spielte mit wirbelnden Rechtehandfingern die typische spanische Akkordfolge.
»Wow!«, staunte Kai. »Zeigst du mir das?«
»Klar! Aber vielleicht sollten wir uns wirklich erst mal um was zu essen kümmern, oder?«
»Okay. Mein Magen knurrt nämlich auch schon.«
»Au weia! Na, dann: ab in die Küche!«

»Warum machst du das?«
Kai beobachtete ungeduldig, wie Folker gebrauchte Utensilien zum Abspülen kurz unter den Wasserhahn hielt, sie in die Spülmaschine steckte, wie er Abfälle in das Biomüll-Eimerchen warf und die Arbeitsplatte abwischte. »Ich hab Hunger!«
»Quengel nich rum! Ich mag es eben einfach nicht, mit einem Haufen Dreck und Müll und Chaos um mich rum zu essen. Oder nach einem leckeren Essen mich mit vollem Bauch darum kümmern zu müssen. Geschweige denn, die Küche einfach zu hinterlassen, als hätte eine Bombe eingeschlagen. Und deine Mutter mag das noch viel weniger, das solltest du eigentlich schon mitgekriegt haben.«
»Ja, Oma auch. Und Tante Elma. Und Papas neue Freundin. Aber Papa gar nicht, und Onkel Fred auch nicht. Ich dachte, das machen nur Frauen so.«

»Ja, weil die meisten Männer zu faul dafür sind. Oder weil sie meinen, das sei nicht männlich und deswegen Frauensache. Find ich aber Quatsch – was soll denn daran unmännlich sein? Wärst du dir zu schade, jetzt zum Beispiel die Herdplatte mal abzuwischen, die wir so schön eingesaut haben?« Kai runzelte die Stirn. »Klar, kannst du auch später machen, oder morgen. Dann ist es aber mehr Arbeit, weil alles schon eingetrocknet und festgebacken ist. Und davon abgesehen: Macht es dir Spaß, morgens in die Küche zu kommen und so eine Sauerei vorzufinden?«

»Nö«, gab der Junge zu, schnappte sich einen nassen Topfschwamm und wischte keuchend das Ceranfeld ab. Natürlich hatte er helfen wollen beim Kochen und darauf bestanden, das Eieraufschlagen auf dem Pfannenrand zu übernehmen; dementsprechend gab es rund um das Kochfeld einen Kranz aus festgebackenem Eiweiß.

»Genau«, sagte Folker und rückte dem Kranz mit einem Herdkratzer zu Leibe. »Sehr gut! Und wenn man das alles gemeinsam macht, siehst du, kriegt man auch viel schneller was in'n Magen. Und zwar ... jetzt!«

»Schmeckt's dir denn auch?«
Folker bemühte sich um eine glaubwürdig begeisterte Miene.
»Es schmeckt ... interessant«, sagte er und nahm tapfer eine weitere Gabel von dem Gemisch aus Bratkartoffeln mit Eiern, Erbsen aus der Dose, Kräuterfrischkäse, Corn Flakes und – auf besonderen Wunsch Kais – zwei Esslöffeln Honig. Immerhin hatte er dem Jungen ausreden können, das Ganze mit einer halben Flasche Ketchup gleich in der Pfanne zu ersäufen – die war jetzt auf Kais Teller gelandet.
»If find'f wuper!«
»Na, das ist ja die Hauptsache. Noch 'n Nachschlag?«
»Klar!«

Folker legte das Lesezeichen ins Buch und klappte es zu, zog dem Jungen die Decke mit den bunten Cartoon-Dinosauriern bis zum Hals, schaltete die Lampe auf Kais Nachtschränkchen aus und schlich auf Zehenspitzen aus dem Kinderzimmer. Er ließ die Tür ein Stückchen auf, damit ein wenig Licht aus der Küche in den Flur und durch den Spalt dringen konnte.

Am Küchentisch gönnte er sich nach einem Blick auf die Uhr – halb zwölf – eine von Juttas Zigaretten und ein Glas Wein. Starrte eine Weile auf das Fenster, als könnte er in der Dunkelheit hinter der Scheibe irgendetwas erkennen, und fragte sich einmal mehr, wie es wohl wäre, einen Sohn zu haben, eine Familie. Und ob er überhaupt zum Vatersein taugte.

Beim zweiten Glas fragte er sich, ob das erste Anzeichen dafür waren, dass er erwachsen wurde, oder ob der Wein ihn womöglich bloß sentimental machte. *Das sollte leicht rauszufinden sein*, dachte er um halb eins, als er sich das dritte Glas einschenkte und sich eine weitere Zigarette genehmigte. Er entschied, es sei nicht der Wein, sondern das Buch, nahm einen der Würfel aus der Tischschublade, gab ihm eine Fifty-fifty-Option – eine gerade Augenzahl dafür, seiner gespannten Neugier darauf, wie die Geschichte weiterging, nachzugeben und William Goldmans *Die Brautprinzessin* gleich weiterzulesen, eine ungerade dafür, Kai diese Neugier zu gestehen und sie an den nächsten Abenden gemeinsam zu Ende zu lesen – und würfelte.

»Liest du mir noch was vor?«, hatte der Junge vor dem Schlafengehen gefragt.

»Ich dachte, du bist neun und kannst schon selber lesen?«

»Aber wenn ich so müde bin wie jetzt, liest Mama mir immer was vor! Sonst kann ich nicht einschlafen …!«

»Natürlich kannst du einschlafen, wenn du so müde bist.«

»Aber Mama …«

»Ja, Mann, ist ja schon gut …!«

Der Würfel hoppelte über die Tischplatte, landete klackernd auf dem Boden und kullerte unter die Spülmaschine.

»Scheiße!«, knurrte Folker. Er nahm einen zweiten Würfel aus der Schublade und würfelte aus, ob er herumkriechen und den ersten suchen sollte – mit einer Chance von eins zu fünf. *Kannst sitzen bleiben*, beschied ihn der Würfel.

»Schade«, antwortete Folker ihm, »ist wirklich 'n total spannendes und lustiges Buch.« Aber natürlich galt die unumstößliche Regel, die Entscheidung des Würfels zu respektieren. Ausnahmslos.

Folker überlegte, wie es wohl wäre, Kai an dessen achtzehntem Geburtstag immer noch zu kennen, ihm *Der Würfler* von Luke Rinehart zu schenken und ihn mit der Würfler-Philosophie zu infizieren. Er grinste: Was würde der Junge im Jahr 2031 über die verklemmte Ami-Sexualität der Fünfzigerjahre des letzten Jahrhunderts denken?

Na ja, bis dahin sind die, wenn's so weitergeht, doch schon im vorletzten Jahrhundert gelandet ... Aber apropos Sex – sollte ich mich nicht langsam mal auf den Weg an irgendeine Theke machen? Wie spät ist es denn überhaupt?

Und den Jungen alleine lassen? Nachts um eins?

Hm ...

Er leerte sein Glas, stibitzte sich noch eine Zigarette und wollte sich eben nachschenken, als er die Wohnungstür und leises Schlüsselgerassel hörte. Und wie Jutta ihre Tasche im Flur fallen ließ und ihre Jacke aufhängte.

Dann eine sehr lange Weile nichts mehr.

Schließlich ging er verwundert in den Flur, um nachzusehen. Sie stand, mit dem Rücken zu ihm, in der halb offenen Tür des Kinderzimmers an den Türrahmen gelehnt. Ihre Schultern zuckten. Als sie ihn hörte, wischte sie sich schnell über die Augen, schniefte, holte tief Luft und drehte sich um.

»Is' denn mit dir los?«, fragte er und machte mit ausgebreiteten Armen zwei Schritte auf sie zu. Sie brauchte nur einen weiteren, um sich umarmen zu lassen und ihre zitternden Lippen zu verbergen, indem sie einen Arm um seinen Nacken schlang.

»Oh, Mann ...«, seufzte sie, und er fühlte heiße Tränen auf seinen Hals tropfen. Er umfing sie fest, streichelte ihren Hinterkopf, spürte, wie sie sich an ihn schmiegte, tätschelte unbeholfen ihren unter Schluchzern zuckenden Rücken.

So standen sie minutenlang da, bis ihr Weinen langsam versiegte, aus dem Tätscheln ein Streicheln wurde, seine andere Hand über ihren Nacken strich und ihre seinen kraulte. Bis ihm bewusst wurde, dass ihr Bauch sich an seinen drückte, ihr Becken an seins. Dass ihr Schoß noch mehr Wärme ausstrahlte als ihre weichen Brüste an seiner. Und dass sie spüren musste, was das in seinem Schoß bewirkte.

Dann riss sie sich los. Lachte. »Hey, Folker ...!«

»Ja«, sagte er und küsste sie auf den Mund.

Sie trat einen halben Schritt zurück und fuhr sich mit der Hand über die verweinten Augen. »Wein!«, knurrte sie. »Aber erst duschen.« Wandte sich ab und ging ins Bad.

Oh, Mann ... Er dachte einen Moment lang darüber nach, sich auf der Stelle auszuziehen und ihr unter die Dusche zu folgen. *Könnte als zu aufdringlich empfunden werden*, entschied er, ging zurück in die Küche, schenkte zwei Gläser Wein voll, zündete zwei Teelichter auf dem Tisch an, löschte alle anderen Lampen, fand, dass er, tapfer wie er war, noch eine Zigarette verdient hätte, ließ sich auf seinen Stuhl fallen, wartete und hörte dem Rauschen der Dusche und dem Klopfen seines Herzens zu.

19
Mittwoch, 10. April

FOLKER & JUTTA

Sein Herzschlag setzte einen Moment aus, als er aufblickte und sie in der Tür stehen sah. Ihre Haare waren noch feucht, ihr Gesicht glänzte, und sie trug den orangefarbenen Kaftan, den mit dem spitzen, schmalen Ausschnitt bis fast zum Nabel. Ihre rosige Haut dazwischen glitzerte. Ganz offensichtlich hatte sie sich nur flüchtig abgetrocknet – an etlichen interessanten Stellen klebte der dünne Stoff an ihrem Körper, fast durchsichtig an der nassen Haut.

Folker schluckte.

»Gemütlich«, sagte sie. »Schön.« Auf nackten Füßen tapste sie zum Tisch und setzte sich, aber nicht ihm gegenüber, sondern auf den Stuhl an der Schmalseite, fast neben ihm. Sie nahm ihr Glas und trank einen langen Schluck.

Folker fluchte – die Kippe war bis auf seine Finger heruntergebrannt.

Jutta lachte. »Ooch ...! Muss die Mama pusten?« Sie griff nach seiner Hand und blies sanft auf die heißen Finger. Dabei fiel ihr Blick auf *Die Brautprinzessin*. Sie sah Folker an. »Jetzt sag bloß, du hast ihm vorgelesen?« Er zog eine *Na ja ...*-Miene und zuckte mit den Schultern. Sie lächelte, gleichzeitig erfreut und traurig, ein bittersüßes Lächeln, und küsste die Finger. Er spürte ihre Lippen auf seinem Handrücken – und dann eine Träne.

»Was ist passiert?«, fragte er leise, beugte sich vor, hauchte einen Kuss auf ihren Nacken und streichelte ihre Schulter. »Möchtest du darüber reden?«

Sie hob langsam den Kopf, schaute ihn lange an, mit nassen Augen. Nahm noch einen Schluck Wein. »Zigarette«, flüsterte sie. Er holte zwei aus der Schublade, zündete sie beide an und reichte ihr eine. Sie hob ihr Glas. »Auf das Leben«, sagte sie, und ihr

Gesicht verzog sich wieder zu einem Weinen. Aber sie schüttelte es ab und trank das Glas leer.

»Sieben Monate«, sagte sie heiser. »Sieben Monate lang haben wir das kleine Wesen wachsen sehen. Die Mutter und ich. Ich, ihre verdammte Hebamme.«

»Nach allem, was ich so höre, bist du eine verdammt *gute* Hebamme«, warf Folker ein.

Sie schüttelte den Kopf. »Mag sein. Aber diesmal nicht. Na ja, diesmal eigentlich auch – im Grunde hab ich alles richtig gemacht, voll nach Lehrbuch.« Sie schwenkte ihr leeres Glas vor seinem Gesicht; er schenkte ihr nach, sie trank einen Schluck. »Sagt dir der Begriff ›Wehensturm‹ was?«

»Nee, was ist das?«

»So nennt man es, wenn in geringen Abständen innerhalb von zehn Minuten mehr als fünf Wehen auftreten.«

»Und das bedeutet was?«

»Dass die Placenta sich vorzeitig löst. Der Mutterkuchen, der das Kind mit Nährstoffen versorgt, löst sich zu früh von der Gebärmutter. Dort kommt es zu Blutungen, die führen bei der Mutter durch den Blutverlust zu einem Schock, und das Kind wird mit zu wenig Sauerstoff versorgt. Und das ...«, noch ein großer Schluck Wein, »kann für das Baby tödlich sein.«

»Ach, du Scheiße«, sagte Folker.

»Ja: ach, du Scheiße. Ich brauch noch 'ne Zigarette.« Er zündete wieder zwei an. »Zum Glück kommt das nur bei etwa einem Prozent aller Geburten vor. Natürlich hab ich das sehr schnell geschnallt. Und natürlich hab ich sofort den Notarzt gerufen, ganz nach Vorschrift.« Jutta nahm einen tiefen Zug und hustete. Es war nicht ganz klar, ob die Tränen, die ihr nun wieder über die Wangen liefen, vom Rauch oder von ihrem schrecklichen Erlebnis kamen. »Der Krankenwagen war innerhalb von zehn, zwölf Minuten da. Im Krankenhaus haben beide noch gelebt, also Mutter und Kind. Dann stellte sich heraus, dass diese blöde junge Ärztin Dienst im Kreißsaal hatte. Die mich nicht leiden kann. Vor drei Jahren hab ich sie dort mal vor einem verhängnisvollen

Fehler bewahrt, das hat sie mir nie verziehen, die blöde Kuh. ›Sie warten bitte draußen‹, hieß es. Ich hatte mein Übergabeprotokoll schon weitgehend auf der Fahrt ausgefüllt, und dann durfte ich anderthalb Stunden da draußen im Flur sitzen und warten … Bis endlich eine Schwester rauskam und traurig den Kopf schüttelte – das Kind war trotz Kaiserschnitt tot zur Welt gekommen.«
»Oh, Mann …«, sagte Folker und drückte Juttas Hand.
»Ich wollte nur weg und raus da und nach Hause und mich verbuddeln. Oder mich betrinken. Apropos …« Er füllte ihre beiden Gläser wieder, streichelte ihre Hand. »Aber dann noch mal: das Übergabeprotokoll. Als wollte die Trulla mir einen reinwürgen, mir ein Versagen anhängen. Wann genau sind welche Symptome aufgetreten? Wann habe ich begriffen, dass es eine *abruptio placentae* war? Was habe ich dann unternommen? Wann habe ich den Notarzt gerufen, warum nicht früher, wann habe ich ihr welche Medikamente verabreicht, und in welcher Dosis? War das mein erster derartiger Fall? Oh, Folker, ich hätte sie erwürgen können! Und es war ihr so scheißegal, wie es mir dabei ging! Aber schon der Notarzt hatte mir bescheinigt, dass mich keinerlei Verantwortung trifft, nicht im Mindesten …!« Sie schluchzte wieder auf, und ließ den Kopf auf ihren Unterarm sinken. »Ich glaube, ich will keine Hebamme mehr sein. Ich *kann* keine Hebamme mehr sein!«

Folker stand auf, trat hinter ihren Stuhl und massierte sanft ihren Nacken.
»Aber dann hast du doch alles richtig gemacht. Hast dir überhaupt nichts vorzuwerfen.«
Ihr Kopf ruckte hoch. »Na und?«, rief sie verzweifelt. »Das Kind ist tot, die Mutter wird ein Leben lang darunter leiden müssen – und ich war beteiligt …!«
»Mag sein«, sagte er, ohne die Massage zu unterbrechen. »Ich war acht. Und mal mit meiner Schulklasse im Schwimmunterricht. Zwei Lehrer, ein Bademeister und über zwanzig Schüler. Einer davon ist ertrunken. Ich war also beteiligt, wenn auch am anderen Ende der Halle – aber würdest du sagen, dass ich

auch nur im Mindesten verantwortlich war für den Unfall? Von Schuld mal ganz zu schweigen.«
»Nein, natürlich nicht. Aber es ist eben ...«
»Furchtbar.«
»Ja.« Sie legte den Kopf zurück, lehnte ihn an seine Brust. Seine Daumen kneteten weiterhin ihren Nacken, acht Finger strichen über ihre Schlüsselbeine. »Aber es tut gut, dir das jetzt erzählen zu können. Danke, Folker. Und das tut übrigens auch gut«, sagte sie und bewegte ihre Schultern. Legte ihren Kopf noch weiter nach hinten und sah zu ihm auf. Mit fast so etwas wie einem Lächeln. Wenn auch einem unter Tränen.

Er sah auf sie hinab, ihre nassen hellblauen Augen, ihr Lächeln, ihren gestreckten Hals, den Ausschnitt ihres Kaftans, die Rundung ihrer Brüste. Beugte sich hinunter und küsste sie auf den Mund. Zuckte zusammen, als ihre Lippen sich öffneten. Zuckte noch einmal, als seine Hände von ihren Schultern langsam tiefer hinabglitten, als er ihre unter dem Stoff nackten Brüste umfasste.

»Ja ...«, flüsterte sie in seinen Mund hinein.

»Ja ...«, raunte er und spürte verzückt, wie ihre Brustwarzen anschwollen und härter wurden.

Da zog sie ihren Kopf zur Seite. »Das sollten wir nicht tun.«

»Was spricht denn dagegen?«, fragte er, einen Kloß im Hals.

Sie sah ihn lange an. »Alles«, sagte sie und stand auf. Stellte sich vor ihn und zog sich den Kaftan über den Kopf. »Und nichts«, raunte sie, küsste ihn wieder und nestelte an den Knöpfen seiner Jeans herum.

Sie landeten in seinem Zimmer, in dem der Fernseher immer noch lief. Eine Doku über Sardiniens Fischer war wahrhaftig das Letzte, was sie jetzt interessierte – Folker schaltete sie aus und ließ die Fernbedienung achtlos neben sein Bett fallen. Sie fielen übereinander her, als hätten sie die letzten zehn Jahre auf zwei einsamen Inseln verbringen müssen. So erfüllten sie das alte Klischee von den Liebenden, die im Angesicht des Todes das Bedürfnis haben, sich des eigenen wunderbaren Lebens zu vergewissern, und schienen beide lange kein Ende finden zu können.

Bis Folker irgendwann »Ich kann nicht mehr!« keuchte.

Jutta lachte, stand auf und verließ das Zimmer. »Moment!«, rief sie über die Schulter.

Leergefickt, dachte er glückselig – und schüttelte sofort unwillig den Kopf über diesen so unpassend ordinären Ausdruck. *Nein, wie wunder-wunderschön ... Mann, Jutta und ich ...! Es hä-muss hä-was hä-Wunderrrbarrres sein ...*, knödelte er leise beseelt vor sich hin.

Und da kam sie auch schon zurück, in der einen Hand einen Dessertteller und in der anderen einen Strohhalm.

»Hier«, sagte sie, gab ihm den Halm, hielt ihm den Teller unter die Nase und lächelte ihn an. Auf dem mit fröhlichen kleinen Teddybären bemalten Porzellan lag eine weiße Pulverlinie.

»Wo hast du das denn her?«, fragte Folker mehr als erstaunt.

»Ach, das willst du gar nicht wissen.«

»Aha.« Er nahm den Halm und zog sich die Hälfte des Pulvers in die Nase. Wollte ihn ihr zurückgeben, aber sie schüttelte den Kopf und nickte zu dem Rest hin.

»Hast du das Gefühl, ich würde so was auch brauchen?«

Er grinste. »Nee, wahrhaftig nicht«, und inhalierte die andere Hälfte.

Und ja, es wirkte.

Irgendwann waren sie vom Bett heruntergekullert und mussten auf der Fernbedienung gelandet sein: Plötzlich lief der Fernseher, die Frühausgabe der *Lokalzeit* auf WDR Köln.

»... protestieren an die hundert Künstlerinnen und Künstler gegen die Räumung des Geländes, das sie seit nunmehr zwanzig Jahren bewohnen und bewirtschaften, auf dem sie Bilder malen, Skulpturen erschaffen, musizieren und Konzerte veranstalten. Hier ein Ausschnitt aus einem Auftritt des Bläserquartetts ›Die Signale‹ vom letzten Dezember ...«

»Warte mal«, stöhnte Folker nach einigen Sekunden. Jutta, die auf ihm saß, hielt widerwillig inne. Verblüfft registrierte sie, dass seine Aufmerksamkeit übergangslos von ihrer beider Lust und Leidenschaft auf das Geschehen im Fernseher gelenkt worden war. Fasziniert starrte er über ihre schweißnasse Schulter auf den Bildschirm, wo zwei Frauen und zwei Männer *Summertime* spielten, in einer gleichzeitig schmutzig-rauen wie bittersüßen Version, als musizierten eine bekiffte Marching Band aus New Orleans, ein besoffenes finnisches Umpah-Orchester, eine Wuppertaler Freejazz-Combo und eine sizilianische Trauerkapelle gemeinsam.

»Wow!«, flüsterte Folker. »Das wär's! Die vier und ich, die und meine Bluesversionen der alten Schlager ...! Was, Jutta, wäre das nicht ...?«

»Die Signale«, meldete die Moderatorin sich wieder, während die Aufnahme ausgeblendet wurde. »Die Signale aus der Stadtverwaltung klingen sehr viel unversöhnlicher ...« Folker schaltete den Fernseher aus. Jutta kicherte.

»Was?«, fragte er.

»Toller Plattentitel: Folker hört die Signale«, prustete sie. Richtete sich auf und ließ langsam ihr Becken rotieren. »Und vergisst alles andere darüber.«

»Nicht ganz!« Er grinste und griff nach ihren schaukelnden Brüsten.

»Mama?«, erklang es draußen vor der Zimmertür.

»Oh, Gott!«, rief Jutta erschrocken, löste sich von ihm und sprang aus dem Bett. »Warte, ich komme!« Sie sah noch einmal auf Folker herab und kicherte auf dem Weg zur Tür. Er schaute ihr hinterher, den roten Striemen auf ihrem Rücken, dem herrlichen, schaukelnden Hintern, auf dem sich rot die Abdrücke seiner Finger abzeichneten wie auf einer Karikatur zum Thema Karnevalskostüme.

Alaaf!, dachte er. *Alaaf you* ... Und er war sicher, dass sein galoppierender Herzschlag nicht nur auf das Kokain zurückzuführen war.

Mona & Lisa

»Und du hast wirklich noch nicht mit ihm geschlafen?«
Mona schüttelte unwirsch den Kopf. »Ist das jetzt wirklich das Einzige, was dich interessiert?«
»Nicht das Einzige«, sagte Lisa, »aber eben auch.«
»Warum?«
»Weil ... Ach, ist nicht so wichtig.« Sie blickte verschlossen zu Boden, wo sie mit ihren weißen Sneakern verschlungene Linien in den schwarzen Sand zeichnete. Sie saßen auf einer Bank im Volksgarten, hinter sich den Rosengarten, vor sich den Weiher, auf dem ein paar Enten dösten. Dass sie Zwillinge waren, konnte jeder Spaziergänger schon von Weitem sehen – sie waren heute mal wieder in identischen Outfits unterwegs: Weiße Sneaker, schwarze Leggings, roter Minirock, weißer Kaschmirpullover, schwarze Baseball-Cap.
»Weil du neugierig bist«, behauptete Mona. »Weil es dich brennend interessiert, ob mein Börnie es anders macht als dein Micky. Ob sein Ding anders aussieht als dem seins. Ob er auch so komische Geräusche macht, wenn's ihm kommt. Ob er direkt danach auch unbedingt eine rauchen muss.«
»Und pünktlich nach dem zweiten Zug fragt, ob's schön war für dich«, ergänzte Lisa und kicherte.
Mona stimmte in das Kichern ein. »Dabei hast du zehn Minuten lang gestöhnt und gehechelt und dich aufgeführt wie Angela White!«
Lisa lachte lauthals. »Wie Angela White? Die olle Kuh mit ihren Silikon-Eumeln? *Hechel, hechel, komm, mach's mir, ja, fick mich, oh, ist der grooß, ooohjaaa ...!*« Nun krümmten sich beide auf der Bank vor Lachen.
»Fick dich selba!«, schrie ein etwa achtjähriger Türkenjunge auf seinem Mini-BMX im Vorbeirasen, was ihr Gelächter ins Hysterische kippen ließ.
»Ihr habt also doch ...«, sagte Lisa vorwurfsvoll, als sie sich wieder beruhigt hatten, und schlug ihrer Schwester mit dem Handrücken an den Schenkel.

»Nee, mit Börnie nicht. Mit Jan schon. Und mit Olli, zwei, drei Mal.«
»Ich hoffe, mit Gummi.«
»Klar. Was denkst du denn?«
»Und wieso mit Börnie noch nicht?«
»Weiß nicht. Hat sich eben einfach noch nicht ergeben.«
»Aber du würdest schon wollen?«
»Weiß nicht. Ja, irgendwie schon.«
»Und er? Will er nicht, oder kann er nicht?«
»Natürlich will er. Wollen doch alle. Und können kann er wohl auch – ich hab's ihm mal mit der Hand ...« Beide kicherten wieder.
»Und was willst du jetzt mit ihm machen?«, fragte Lisa. »Ich meine, von Sex abgesehen.«
Mona stieß einen tiefen Seufzer aus. »Weiß nicht. Eigentlich müsste ich den Alten erzählen, was ich weiß ...«
»Ach du Scheiße! Aber was weißt du denn schon, ich meine, was Genaues?«
»Ich ...«
»Warte mal. Komm, wir rauchen mal eine.« Lisa schaute sich um. »Da!«, sagte sie und nickte zu drei jungen Typen hin, die rauchend den Weg hinter ihnen entlangkamen. »Mach mal!«
Mona stand auf und ging den dreien entgegen. »Hey, habt ihr vielleicht mal zwei Kippen für uns?«
»Nur wenn du mit mir mal ein Viertelstündchen da ins Gebüsch gehst«, erwiderte einer von ihnen.
»Woher willst du denn fünfhundert Ocken haben?«, gab sie mit einem verächtlichen Blick auf seinen mit Ölflecken übersäten Overall zurück. Er funkelte sie wütend an, aber seine beiden Kumpels lachten.
»Das nenne ich schlagfertig«, meinte einer und holte eine Schachtel *Marlboro* aus seiner Hosentasche. »Hier, kannste behalten, ich muss mir sowieso gleich neue kaufen.« Sie klappte die Schachtel auf und schaute hinein. Tatsächlich, noch zwei Zigaretten.
»Da ist auch noch 'n Feuerzeug drin«, sagte sie.

»Schenk ich dir.« Er zwinkerte ihr zu. »Man sieht sich ja vielleicht wirklich immer zwei Mal im Leben.«

»Danke.«

»Was 'n geiler Arsch!«, rief der Erste hinter ihr her. Sie hob die Hand und zeigte ihm über die Schulter hinweg den Stinkefinger, ohne sich umzusehen. Die anderen beiden lachten abermals und zogen ihn weiter.

»Also«, nahm Lisa den Faden wieder auf, »was weißt du denn wirklich? Börnie ist in irgendeine Scheiße verwickelt – aber du hast keine Ahnung, welche. Er hat ziemlich miese Kumpels – aber das haben die meisten Typen. Du glaubst, dass die irgendwas mit diesem Giftbrief zu tun haben – aber glauben ist nicht wissen. Was willst du denn da den Alten erzählen? Und was, glaubst du, erzählt der Alte dir, wenn du ihm mit so einem Bullshit kommst?«

Mona starrte auf den Weiher, eine steile Falte zwischen den Augenbrauen, und zog heftig an ihrer Zigarette.

»Ich muss einfach mehr wissen«, murmelte sie. »Ich muss mehr herausfinden darüber, was die Typen machen. Oder was sie planen. Und ob das tatsächlich die sind, die den Brief geschrieben haben. Und ob die das ernst meinen. Und was Börnie wirklich damit zu tun hat, wie tief er mit drinsteckt.«

»Und wie willst du das anstellen?«

»Tja ... Das weiß ich auch noch nicht.«

Schweigend rauchten sie zu Ende und schnippten die Kippen ins Wasser. Beobachteten, wie eine der Enten herüberschwamm, nach einem der Zigarettenfilter schnappte und eine Weile ratlos darauf herumkaute.

»Mann, sind die blöd!«, stöhnte Lisa.

»Auch nicht blöder als Männer«, sagte Mona. »Fressen, ficken, fernsehen.« Erst kicherten sie, dann wurden sie schlagartig ernst und sahen einander an wie zwei Menschen, die gleichzeitig den gleichen Gedanken haben.

»Ja«, sagte Lisa. »Du weißt, wo man sie garantiert zum Reden bringt.«

»Am Tresen.« Wieder Kichern.
»Und im Bett«, sagte Lisa.
»Ja.«
»Du willst es doch sowieso.«
»Ja.«
»Und, machst du's?«
Mona legte den Kopf zurück und starrte zwischen noch kahlen Ästen hindurch in den Himmel. »Weiß nicht.«
Lisa tat es ihr gleich. »Wir könnten zwei Fliegen mit einer Klappe schlagen«, sagte sie nach einer Weile.
»Nämlich?«
»Meine Neugier befriedigen und deine.«
»Wie meinste'n das?«
Lisa richtete sich wieder auf. »Ich frage mich doch sowieso ständig, was Typen so toll an Sex mit zwei Frauen finden. Und wir könnten, was deine Neugier angeht, auf Nummer sicher gehen – wenn wir uns deinen Börnie zu zweit ... hi hi: zwischennehmen, wird er uns garantiert alles erzählen, was wir wissen wollen ...«

Mona wandte den Kopf und sah ihre Schwester verwundert an, den Mund zu einem kleinen *Oh* geformt, und sagte eine Minute lang nichts.

»Dein Ernst?«, fragte sie dann. Lisa zog nur eine *Was-ist-denn-schon-dabei?*-Schnute, hob gleichgültig eine Schulter und malte wieder Arabesken in den Sand. »Die kleine scheue Lisa ...«, sagte Mona, die vier Minuten älter war, und als Lisa endlich hoch- und sie anschaute, breitete sich ein schmutziges Grinsen auf Monas Gesicht aus.

Lisa grinste zurück. »Na ja ...«

»Schätze, da haben wir einen Plan«, sagte Mona, knuffte sie in die Seite, stand auf und reckte sich. »Und weißt du was, du verdammtes Luder? Der macht mich jetzt schon ganz wuschig.«

HOFFMANN

Hoffmann schlug die Augen auf.

Er sah einen alten, abgemagerten Mann, dessen hellblauer Schlafanzug mindestens drei Nummern zu groß war. Der Opa saß auf einem ungemachten Bett und schälte eine Mandarine. Vorsichtig hob Hoffmann den Kopf und schaute an sich herunter. Sein Körper war in eine cremefarbene dünne Decke gewickelt, am Fußteil des Bettes, auf dem er lag, war an unzähligen Stellen der Lack abgesprungen. An der Wand gegenüber hing ein grob geschnitztes Holzkreuz. Er drehte den Kopf nach links und bereute es sofort: ein stechender Schmerz durchzog seine rechte Gesichtshälfte. Neben ihm stand ein Infusionsständer auf Rollen, der Plastikbeutel in der Halterung war mit einer durchsichtigen Flüssigkeit gefüllt. Hoffmanns Augen verfolgten den Schlauch bis zu der Stelle, wo er unter einem Verband an seinem linken Arm verschwand.

Mit der rechten Hand tastete er seinen Schädel ab. Überall nur Verband. Sie hatten ihm einen XXL-Turban verpasst und den unter seinem Kinn festgebunden. *Du bist im Krankenhaus, aber warum?*

Bildsequenzen flimmerten durch sein benebeltes Hirn und verschwanden wieder im Dunkeln. Er schloss die Augen und konzentrierte sich. Nach einer Weile sah er den alten Öktem mit seinem Trolley einen Dönerladen betreten und sich selbst in eine Seitengasse der Severinstraße abbiegen. Er sah einen Fußball gegen ein Garagentor krachen – und dann eine behaarte Faust, die auf sein Gesicht zuraste. Langsam dämmerte ihm, was geschehen war.

»Scheiß Türkenpack«, krächzte er in den Raum.

»Schwester, der Glatzenmann ist aufgewacht«, rief der Alte sofort durch die halb geöffnete Tür. Das letzte Wort ging in einen brachialen Hustenanfall über.

»Erstick dran, Arschloch.« Hoffmann begann, den Verband an der linken Hand abzuwickeln, um die Kanüle aus seinem Arm zu reißen.

209

»Nicht so hastig, junger Mann!« Er schaute auf. Wie aus dem Nichts war neben ihm eine riesige Frau aufgetaucht. Umfang in etwa der einer Dreihundert-Liter-Regentonne. Unterhalb des gigantischen Vorsprungs, den ihre Brüste in die grau-weiße Ordenstracht drückten, baumelte an einer Holzperlenkette ein Kreuz, ihre Augen funkelten machtbewusst und angriffslustig. Hoffmann stieß zischend die Luft aus. Nonnen kamen auf seiner nach unten offenen Hass-Skala auf Platz zwei, direkt hinter den Kanaken. In den Heimen, in denen er zeitweise aufgewachsen war, hatte es vor Nonnen nur so gewimmelt. Diese scheinheiligen, zugenähten Pinguine hatten ihm das Leben zur Hölle gemacht.

»Wir rühren uns nicht von der Stelle, bis der behandelnde Arzt kommt«, bestimmte das Fass und wies auf seinen verbundenen Arm. »Das da bleibt dran, haben wir uns verstanden? Und Sie beruhigen sich jetzt und gehen wieder ins Bett, Herr Kaspari«, sagte sie zu dem hustenden Greis.

»Jawoll, Schwester Esther«, ächzte der Alte, hustete noch einmal und verkroch sich unter seine Bettdecke. Die Nonne drehte ihnen erstaunlich behände den Rücken zu und entschwebte geräuschlos durch die Tür – nicht einmal ihre strahlend weißen Gesundheitsschuhe quietschten auf dem Linoleumboden.

»›Schwester Esther‹? Was ist das denn für'n Quatsch?«, fragte Hoffmann den Greis.

»Kann man sich wenigstens merken«, stöhnte Kaspari und unterdrückte ein Husten. »Hier gibt es auch Krankenschwestern aus Afrika und Asien. Deren Namen sind was für Sprachforscher. Ich bin übrigens der Kasper.«

»Kasper Kaspari?« Hoffmann schüttelte ungläubig den Kopf und kassierte dafür einen weiteren schmerzhaften Stich. »Wo kommst du her, Mann? Aus'm Zirkus?«

Statt zu antworten, begann der Alte wieder zu husten, und Hoffmann fragte sich, was für ein Zeug ihm die Türken verpasst hatten. Okay, sie hatten ihn auf die Bretter geschickt, aber er hatte oft genug was auf die Fresse bekommen. *Ein Faustschlag kann* doch nicht solche Nachwirkungen haben. *Schwester Esther, Kasper Kaspari – was ist hier los ...?*

Die monströse Nonne kam zurück und zog einen kleinen Mann in einem weißen Kittel hinter sich her, um dessen Hals ein Stethoskop baumelte. *Nein*, dachte Hoffmann, als der Arzt an sein Bett trat. *Ein gottverdammter Japse!*

»Gute Takk«, sagte der Mediziner und strahlte über das ganze Gesicht. »Meine Name is Doktou Phantong.« Hoffmann stierte ihn mit offenem Mund an. »Kann dä Passient mich höuen, Sweste Esthe?«, fragte Phantong leicht irritiert die Nonne, die gerade am Infusionsbeutel herumnestelte.

»Vielleicht ein wenig eingeschränkt, Herr Doktor. Er hat ja einen Verband an den Ohren. Pardon, auf dem Ohr.«

»Okay, is spueke etuas laute.« Der Arzt hob seine Stimme. »Meine Name is Doktou Nathapong Phantong, is bin aus Thailand und aubeite am Kuankenhaus Seveunsklostessen als Unfallchiug. Der Noutautz hat sie gestern Abend gebuacht.«

Hoffmann verstand kein Wort. Aus Kasparis Ecke kam ein leises Kichern, das in einem keuchenden Husten endete.

Phantong ließ sich nicht stören. »Fangen wiu von voune an: Sie habe eine leichte Haauiss im Kiefeh, außedem hat jemand sie mit Betäubungsmitteh füa Pfeude naukotisiert und ihnen dann das uechte Oa amputieht.«

Hoffmann konnte nicht mehr an sich halten.

»Was brabbelt der Ping Pong da?, fuhr er Schwester Esther an. »Den kann doch kein Schwein verstehen!« Wieder gedämpftes Kichern von Kaspari, der sich inzwischen die Decke über das Gesicht gezogen hatte.

»Ihr rechtes Ohr ist ab«, klärte die Nonne Hoffmann auf und lächelte unter ihrer Haube hervor, als hielte sie das für eine freudige Nachricht. »Achtung, eins ..., zwei ...,« Bei drei riss sie die Kanüle aus seiner Vene. Sie wartete, bis sein Schrei abgeebbt war, und hielt den Schlauch gegen das Licht. »Muss ich spülen, Herr Doktor,« sagte sie zu Nathapong Phantong, den die Aktion genauso überrascht hatte wie seinen Patienten. Hoffmann begriff langsam, dass die Türken ihn bis an sein Lebensende gezeichnet hatten. Der Schock wich einer kalten Wut.

»Dih Uunde muss heile«, fuhr der Arzt fort. »Das Oa ist ueg, abeh«, der Mediziner setzte erneut sein strahlendes Lächeln auf, »helfe kann die Puastische Schiugie, genaueh die Uekonstluktive Schiugie. Lasse Sie sich von Sweste Esthe die nachste Schuitte eukläuen. Auf Wideuseeh.«

Phantong schlurfte aus dem Krankenzimmer, und die Nonne beugte sich über Hoffmanns Gesicht. »Als Nächstes kommen die Kollegen von der Polizei zu Besuch«, sagte sie und grinste bösartig. »Wir wollen doch wissen, wer uns das böse Aua gemacht hat, oder?«

Hoffmann grinste zurück. »Ich freu mich schon. Wann gibt es was zu essen? Und wo ist mein Handy? Ich muss mal meine Mama anrufen.«

Sie riss die Schublade des blechernen Nachttischs auf und sah hinein.

»Bei uns im Severinsklösterchen geht nichts verloren«, flötete sie. »All ihr Hab und Gut ist hier drin untergebracht. Auch Ihr mobiles Telefon; das hat die Polizei wohl nicht weit von Ihnen im Gebüsch an der Raststätte gefunden.« Sie schüttelte verständnislos den Kopf. »Und die nächste Mahlzeit ist das Abendessen, bis dahin müssen wir leider noch ein bisschen warten.« Sie tätschelte seinen Arm, winkte albern mit den Fingern der rechten Hand und verließ den Raum.

Hoffmann inspizierte die Schublade. Neben dem Personalausweis und dem Schlüsselbund lag sein Handy. Er nahm es heraus und schaltete es ein. Er hatte eine SMS bekommen: *Falls Sie mit unserem Service nicht einverstanden sind – WIR sind GANZ OHR. MFG, DTF.*

Er fluchte und wählte Jaworskis Nummer. Zuerst hielt er das Telefon an die Stelle, wo einmal sein rechtes Ohr gewesen war, stöhnte auf, zuckte mit den Achseln und hielt es an sein linkes. Es tutete zweimal, dann hob Jaworski ab. »Heiner ...! Oh, Gottseidank«, stammelte er. »Wir haben uns solche Sorgen gemacht, wo bist du?«

Hoffmann setzte sich mühsam auf und wartete, bis das Schwindelgefühl nachließ. »Ich bin im Klösterchen. Du nimmst dir jetzt ein Taxi und fährst hierhin. Ich komme dir in der Jakobstraße entgegen. Hast du das verstanden, Jürgen?«
»Alles klar, Heiner ich komme.« Hoffmann wollte schon auflegen, als er noch »Eh, Heiner ...« hörte.
»Was?«
»Ich hab kein Geld für'n Taxi.«
»Himmelarsch! Dann geh zum Kiosk und lass dir ein Bewegungspfündchen auf meinen Deckel schreiben, verdammt! Und bring mir eins von seinen Scheiß-Schinkenbrötchen mit – nein, zwei!«

Er beendete das Gespräch, stand auf, wäre beinahe umgekippt, setzte sich wieder, sammelte sich, stand erneut auf, kramte mühsam seine Klamotten aus dem Spind neben dem Bett und zog sich keuchend an. Irgendwie musste er an der fetten Nonne vorbeikommen. Er schaute hinüber zu Kaspari.

»Du hältst schön die Fresse, Alter. Wenn jemand nach mir fragt – ich bin in der Kantine, was zu futtern holen. Gibt's hier 'ne Kantine?« Kaspari nickte, und Hoffmann schlich sich aus dem Zimmer.

Der Flur war leer, fast gegenüber stand die Tür zum Treppenhaus offen. Hoffmann stieg leise stöhnend Stufe für Stufe hinab, vorsichtig wie ein Hundertjähriger. Sein Magen rebellierte, und er spürte, wie ihm Blut in den Verband lief.

Scheiß drauf, das geht vorbei. Ich hole das Rizin, dann kassiere ich die Kohle von der Stadt, und irgendwann kaufe ich mir einfach ein neues Ohr. Er grinste. *Und der Drecks-Kanake, der an mir herumgeschnippelt hat, kriegt auch noch sein Fett weg.*

20
Donnerstag, 11. April

JAWORSKI

Jürgen Jaworski gähnte.

Frustriert schaltete er den Fernseher aus – der sogenannte Erotik-Thriller auf RTL II hatte längst nicht gehalten, was er versprochen hatte – und warf die Fernbedienung auf den Boden. Es klirrte, als sie zwischen den Bierflaschen landete. Fünf waren leer, und Jaworski öffnete seufzend die sechste. Schon die zehnte Nacht auf Börnies Wohnzimmercouch, und in dieser Scheiß-Bude gab's nicht mal ein paar Pornohefte. Und keinen Computer. 'ne echte Lusche, dieser Börnie.

Na, immerhin hatte er sich nicht lange geziert, als Jaworski schon nach zwei Wochen aus seiner neuen Wohnung geflogen war. Fristlos. Weil der verdammte Hoffmann mal wieder durchgedreht war – die beschämende Begegnung mit Taifun und Jupp in der *Sansibar* hatte ihn dermaßen auf die Palme gebracht, dass nach einem halbstündigen Tobsuchtsanfall Jaworskis Vermieter aus dem Bett gefallen war und wütend Sturm geklingelt und an die Tür gehämmert hatte. Hoffmann hatte erst ihn die Treppe hinuntergeworfen, dann seinen Sohn vermöbelt und war im letzten Moment über den Balkon abgehauen, bevor die von der Frau des vermieters alarmierten Bullen anrauschten. Es hatte Jaworski ziemliche Mühe und eine Oscar-reife Schauspielleistung gekostet, denen glaubhaft zu machen, dass der entwischte Randalierer eine Zufallsbekanntschaft von der Straße gewesen sei, den er vorher nie gesehen, also gar nicht gekannt hatte, und von dem nur wüsste, dass er in Ehrenfeld wohnte und Klaus hieß. Er bezweifelte zwar, dass sie ihm geglaubt hatten, aber immerhin waren sie abgezogen, nicht ohne ihm mitzuteilen, dass er in den nächsten Tagen aufgefordert würde, aufs Revier zu kommen und seine Aussage zu Protokoll zu geben.

»Drecksscheiße, verdammte!«, fluchte er, nahm einen großen Schluck und spielte hadernd mit seinem besten Stück, das aber aus irgendwelchen Gründen nicht mitspielen wollte. Er stand auf, watschelte, die Hose auf den Knien, zum Fenster und öffnete es. Vielleicht hatte er ja Glück, und die mollige Hausfrau in der Parterrewohnung gegenüber, also ein Stockwerk tiefer, würde auch heute Abend wieder duschen. Es war zwar nicht allzu viel von ihr zu sehen gewesen, ihr Badezimmerfenster war mit einer halbtransparenten Folie beklebt, aber allein die hautfarbene Silhouette hatte seine Fantasie ausreichend angefacht, und nach dem Duschen war sie sogar einmal kurz nackt durch das beleuchtete Schlafzimmer gelaufen, bevor sie die geblümten Vorhänge zugezogen hatte.

Heute waren alle ihre Fenster dunkel. *Schläfst du schon, Mutti, oder bist du unterwegs und kommst gleich nach Hause? Dann musst du doch bestimmt wieder duschen, oder? Ja, komm nach Hause, zieh dich aus, zeig mir deine Titten, zeig mir dein Bärchen! Und guck mal, was ich hier für dich habe!*

Die Fenster blieben schwarz. Er drehte sich um, um sein Bier zu holen, als Börnies Wohnungstür klapperte.

»Immer rein in die gute Stube!«, rief Börnie fröhlich, und seine Stimme klang belegt und aufgeregt, als hätte er einen Kloß im Hals.

Und Jaworski blieb der Mund offenstehen. Hinter Börnie stiegen zwei Wunderwesen aus Jürgen Jaworskis wildesten Träumen herab und tänzelten kichernd ins Wohnzimmer. Sie ähnelten einander wie ein Ei dem anderen – lange blonde Haare, eine üppige rote Schleife darin, ebenso rote Kleidchen, die ihnen gerade mal bis kurz unter den Schoß reichten, weiße Leggings, rote Stöckelschuhe. Sein Blick glitt kurz zu den Flaschen vor der Couch – aber die paar Bierchen konnten ihn doch nicht ins Delirium versetzt haben?

»Huiuiui!«, machte die eine, und Jaworski wurde bewusst, dass er quasi ohne Hose dastand und seine Erregung ihm deutlich anzusehen war. Er trug nie Unterhosen, weil ihm das Waschen zu lästig war und er sowieso nie wusste, wohin mit der nassen Wäsche.

»Mensch, Jürgen!«, schrie Börnie und machte zwei Schritte auf ihn zu. »Zieh dir sofort was an und verpiss dich!«

215

Ach, Börnie ist auch nicht mehr ganz nüchtern, dachte Jaworski und grinste dümmlich. »Aber ...«
»Nix ›aber‹!«, zischte Börnie und kam einen weiteren Schritt näher. »Oder willst du mir diesen Abend versauen?«
Eins der Mädels trat hinter Börnie, schlang die Arme um ihn und strich ihm über die Brust. »Das wäre wirklich schade«, raunte sie.
»Allerdings«, hauchte die andere, stellte sich neben ihn und kraulte seinen Hinterkopf.
»Aber das ... das passt doch ... passt doch super«, stammelte Jaworski und nahm all seinen Mut zusammen. »Zwei und zwei ...« Allein die weißen Hände mit den roten Fingernägeln auf Börnies blaukariertem Flanellhemd machten ihn wahnsinnig.
»Davon hast du uns aber nichts gesagt«, maulte das Mädel hinter Börnie vorwurfsvoll.
»Nein, Mona!«
»Lisa.«
»Lisa! Das war ja auch gar nicht ... Ich hab doch nicht ... Nein!«, schrie Börnie verzweifelt und gab Jaworski einen Stoß vor die Brust. »Hau ab, Jürgen!«
Und Jürgen Jaworski haute ab.
Er stolperte rückwärts, seine Füße verfingen sich in den mittlerweile bis auf die Knöchel gerutschten Hosenbeinen, er landete mit dem Hintern auf der Fensterbank, reflexartig drehte er den Kopf, schaute nach hinten, ob das Fenster etwa immer noch offenstand – und verschwand. Viereinhalb Meter tiefer rutschte er von dem Altpapiercontainer, auf dem er gelandet war.
Die Mädels kreischten unisono auf, Börnie schrie wieder »Nein!«, und alle drei stürzten zum Fenster. Jaworski lag regungslos im dunklen Hinterhof.
»Oh Gott!«, stieß Lisa hervor und schlug die Hand vor den Mund.
»Scheiße!«, fluchte Mona.
»Oh, Mann ...«, stöhnte Börnie, augenblicklich stocknüchtern, und schlug ratlos mit den Fäusten auf das Fensterbrett. »Was mach ich jetzt? Was machen wir jetzt?! Was ...«

»Na, ganz klar: Du rufst 'nen Krankenwagen«, sagte Mona und tätschelte ihm den Rücken.
»J-ja. Ja, Kra-Krankenwagen«, stotterte er und wandte sich um. »Scheiße, ihr müsst weg!«
»Ja«, sagte Lisa.
»Quatsch!«, widersprach Mona und tätschelte weiter. »Wir bleiben hier.« Sie warf Lisa einen warnenden Blick zu.
»Genau«, bestätigte die schnell. »Wir lassen dich doch jetzt nicht allein.«
»Oh, Mann ...«, stöhnte Börnie wieder. »Scheißescheißescheiße! Was sag ich denen denn?«
»Na, die Wahrheit«, sagte Lisa. »Wir sind hergekommen, dein Kumpel wollte uns was, und du hast uns verteidigt.«
»Blödsinn«, entschied Mona und schaute wieder hinunter in den Hinterhof. »Dann rufen sie die Polizei, und die nehmen Börnie mit. Und er kriegt 'ne Anzeige wegen Körperverletzung oder wegen Totschlag oder Mord ...«
»Oh Gott!«, stöhnte Börnie.
»... und stecken ihn in eine Zelle. Und uns beide womöglich gleich mit. Nein, wir müssen ... Lasst mich nachdenken ...« Sie ging zur Couch und setzte sich.

Lisa schaute auf die stumme Gestalt im Hinterhof hinab. »Wenn die ihn da so finden, mit runtergelassenen Hosen, werden die sich ganz easy zusammenreimen können, was hier passiert ist.«

»Genau«, sagte Mona. »Also, passt auf: Wir sagen, dass wir hier reingekommen sind, und das Fenster war auf, und dann haben wir gesehen, dass er da unten lag. Versteht ihr? Wir waren gar nicht dabei, haben gar nicht mitgekriegt, wie er da runtergestürzt ist, wahrscheinlich besoffen.«

»Aber die Hose ...«, wandte Lisa ein.

»Tja«, Mona stand entschlossen auf, »die müssen wir ihm wohl erst wieder anziehen.«

»Oh Gott!«, stöhnte Börnie wieder und schluchzte.

Lisa schauderte. »Eine Leiche anfassen?«

»Wir wissen doch noch gar nicht, ob er tot ist«, erwiderte Mona ungerührt.

Börnie schluchzte noch heftiger. »Das kann ich nicht!« Nun war es Lisa, die ihn tröstete und seinen Nacken streichelte. Verzweifelt ließ er den Kopf auf ihre Schulter sinken. Über den hinweg schauten die Zwillinge sich an. Nickten synchron.

»Ich mach's«, sagte Mona. »Und zwar jetzt, sofort, ehe noch irgendjemand was mitkriegt.«

Mona, Lisa & Börnie

»Jetzt beruhig dich langsam mal wieder«, sagte Mona und kraulte Börnies Hemdbrust. »Ist doch alles halb so wild.«

Sie lagen zu dritt auf seinem Bett, komplett angezogen, eng beieinander, weil das Bett nicht sonderlich breit war, Börnie in der Mitte. Sie rauchten und tranken Bier, er in verzweifelten großen Schlucken, die Zwillinge in winzig kleinen.

Lisa und er hatten von oben zugesehen, wie Mona unten im Hof dem armen Jaworski mühsam die Hosen hochzog, ihm die Hemdschöße hineinstopfte und alle Knöpfe schloss. Er hatte ein paarmal gestöhnt, war aber nicht aus seiner Bewusstlosigkeit aufgewacht. Natürlich hatte der Notarzt die Polizei rufen müssen, doch die hatten ihnen ihre Geschichte offenbar ohne Weiteres abgekauft und waren recht bald zufrieden wieder abgezogen.

Nach einer ersten, flüchtigen Diagnose hatte Jaworski beide Beine und einen Arm gebrochen, möglicherweise kam eine Gehirnerschütterung hinzu.

»Ein paar Wochen, und er ist wieder auf dem Damm«, sagte Mona.

»Genau«, bekräftigte Lisa und rieb ihren Schenkel leicht an Börnies Bein. »Was ist das überhaupt für'n komischer Typ, woher kennst du den?«

»Jaworski«, murmelte Börnie mit ein wenig schleifender Stimme. »Jürgen. Gehört zu mei'm Club.«

»Was denn für'n Club?«
»Die Kraadeberjer. Wir sind Widerstandskämpfer«, prahlte er.
»Gegen was?«, fragte Mona.
Er schüttelte den Kopf, zwinkerte dann heftig, weil ihm davon etwas schummrig wurde. »Kann'ch nich' drüber red'n.«
»Nicht mal mit uns?«, hauchte Lisa ihm ins Ohr, so nah, dass ihre Lippen es berührten.
»Ah ...!«, machte er.
»›Widerstandskämpfer‹ klingt toll«, wisperte Mona ihm ins andere Ohr, und ihre Fingernägel krabbelten in den Ausschnitt seines Hemds. »Wäre ich auch gern.«
»Männersache«, grinste er, wandte den Kopf und küsste sie, verfehlte aber ihren Mund.
»He, he!«, raunte Lisa. »Ich bin auch noch da!« Er drehte den Kopf zu ihr hin, und sie küsste ihn.
»Hey!«, flüsterte Mona und setzte sich auf. »Lass ihn schlafen. Komm, wir müssen langsam mal nach Hause.«
»Nein!«, protestierte er. »Ich schlaf 'och gar nich'! Ich bin noch nich' ma' müde!«
»Doch, bist du. Hast ja nicht mal mehr Lust, mit uns zu reden. Außerdem kann ich kein Bier mehr sehen. Wir gehen noch ins *Cöllner*, einen Cocktail trinken. Komm, Lisa!«
»Nee!«, rief Börnie und packte ihren Arm. »Ich schabau ... 'ch hab doch auch Schnaps! Im Kühlschrank!«
»Okay«, sagte Mona. »Das ist natürlich was anderes.« Sie stand auf, ging in die Küche und machte sich dort zu schaffen.
Als sie zurückkam, drei buntgepunktete Wassergläser in den Händen, eins mit Wodka, zwei mit Leitungswasser gut gefüllt, lag Lisa halb auf Börnie. Die beiden küssten sich leidenschaftlich, Lisas Kleid war hochgeschoben, und Börnie knetete ihren Po.
»*Time out!*«, rief Mona. »Jetzt trinken wir erst mal was Anständiges.« Lisa drehte sich selig lächelnd wieder auf den Rücken, Mona setzte sich rittlings auf Börnies Schoß und reichte ihm sein Glas. »Oops!«, kicherte sie, als sie spürte, was dort los war. »Prost, Kinners! Auf die Freundschaft!«

Börnie richtete sich halb auf, nahm den Drink in Empfang und schaute sie schuldbewusst an. Aber sie lächelte freundlich, wenn nicht gar liebevoll, und als sie kurz ihr Becken bewegte, stöhnte er auf und fasste mit der freien Hand beruhigt und ermutigt nach ihrem Schenkel. »Ja«, sagte er. »Prost, ihr Süßen!« Euphorisiert kippte er ein Drittel des Wodkas hinunter.

»Und auf den Widerstand!«, ergänzte Lisa und stieß ihr Glas an seins. Woraufhin natürlich noch ein Schluck fällig war, schon höflichkeitshalber.

»Und jetzt erzähl uns von deinem Rebellenclub«, forderte Mona.

»A's geheim«, brummte er und ließ seine Hand ihren Schenkel weiter hinauf wandern.

»Ich sag dir was, Börnie«, flüsterte sie und beugte sich zu ihm hinunter, bis ihre Nasen sich berührten. »Wenn du Geheimnisse vor uns hast, wirst du unsere nie kennenlernen …« Wieder rutschte sie ein wenig auf seinem Schoß herum.

»Das fänd ich aber ganz schön doof«, schmollte Lisa, streichelte mit einem Finger seine Lippen und ließ ihre Zungenspitze in seinem Ohr flattern.

Er stöhnte wieder, gleichzeitig erregt und verzweifelt. Hin- und hergerissen. »Swick…, Zwickmühle …«

»Quatsch«, sagte Mona.

»Erzähl«, flüsterte Lisa.

In seinem Kopf rauschte, in seinen Lenden summte es. Lisas Lippen an seinem Ohr, ihre Hand in seinem Hemdausschnitt, Monas heißer Schoß auf seinem … Ihm war ein wenig schwindelig. Dagegen half nur ein weiterer kräftiger Schluck.

»Also, es is' so …«

»'ne ganz schön harte Nuss«, stöhnte Lisa, als sie eine Stunde später auf dem Rücksitz eines Taxis saßen. »Und, hast du das jetzt alles verstanden?«

»Schätze, das Wichtigste schon. Ey, mach doch mal die Musik lauter!«, rief sie nach vorn zu dem Taxifahrer, einem sehr orientalisch aussehenden älteren Mann.

Er blickte in den Rückspiegel. »*Please?*«
»*Music! Louder!*«
»*Ah, music! Louder, yes?*«
»*Yes, please!* Sprechen Sie überhaupt deutsch?«
»*Ah!* Deutsch *good! Very good, madam!*« Erfreut drehte er die wilden arabischen Klänge lauter. »*YES, VERY GOOD!*«
»Und was war das Wichtigste?«, kam Lisa wieder auf ihr Thema zurück.

»Na ja, erst mal, dass wir jetzt tatsächlich wissen, von wem dieser Scheiß-Brief kommt, der dem Alten so viel Kopfzerbrechen macht. Zweitens, dass sein Kumpel Heiner ein alter Knastbruder und ein wirklich brutaler Hund ist. Drittens, dass dieser dämliche Club bloß aus fünf Typen besteht. Und dass viertens, wenn die anderen auch so Loser sind wie Börnie und sein Kumpel Jürgen, man eigentlich nur Angst vor diesem Heiner haben muss.«

»Und fünftens, dass dein Börnie ein Scheiß-Nazi ist.«

»*Mein* Börnie ...?«

Lisa grinste. »Unserer etwa?«

»Ach, ich weiß gar nicht, ob ich ihn überhaupt noch mal wiedersehen will.«

»Na, schlaf erst mal drüber. Aber was fangen wir denn jetzt mit unserem Wissen an? Dem Alten alles erzählen?«

Mona zuckte mit den Schultern. »Weiß nicht. Ich glaub, auch das sollten wir erst mal überschlafen.«

Dann saßen sie eine Weile stumm und nachdenklich da und ließen sich von der dröhnenden Musik und Oum Kalsoums elegischem Gesang nach Ägypten entführen, während der Himmel schiefergrau einen diesigen neuen Tag ankündigte.

»Hey, sag mal«, wandte Mona sich schließlich zu Lisa um und küsste ihren Hals, gleich unter dem Ohrläppchen, »willst du wirklich Englisch-Lehrerin werden?«

»Klar, was denn sonst?«

»Na, Nutte wäre bestimmt auch 'ne Option.«

Lisa kicherte. »Vielleicht. Aber du hattest recht: Er küsst wirklich gut.«

21
Freitag, 12. April

Folker & Bärbel

»Mann, ey, geiler Gig, ey!«

Folker zuckte zusammen und spuckte einen Teil des Bieres, das er gerade trank, über den Tresen, als irgendein begeisterter Dämlack ihm die flache Hand ins Kreuz klatschte.

»Danke!«, sagte er, ohne sich weiter als nötig umzudrehen.

»Ey, ich spiel Schlachzeuch, woll'n wir nich' ma' was zusamm' mach'n?«

Es war mehr nötig. »Ruf mich mal an, meine Nummer steht auf meiner Website. Jetzt ist's gerade schlecht, du siehst ja, dass ich mich unterhalte.«

»Ja, a's kla', ey, mach ich, ey! Ey, Kerstin, mach dem Kollegen noch'n Bier auf mich! Und seiner Frau auch!« Der Dämlack verabschiedete sich mit einem weiteren Schlag auf Folkers Rücken. Bärbel strahlte ihn an. *Klar, es gefällt ihr, dass mir mein Gespräch mit ihr wichtiger ist als eins mit einem Kollegen, und es gefällt ihr womöglich erst recht, dass der sie für meine Frau hält ...*

»Ich wusste gar nicht, dass du 'ne Website hast«, sagte sie und legte eine Hand auf seinen Oberschenkel.

»Hab ich auch nicht.«

Sie lachte, und ihre Finger krallten sich beifällig in sein Bein. *'ne nette Lache, eigentlich ...*

Sie war die dritte Überraschung des Abends gewesen. Die erste war, dass der Laden so voll war, die zweite, dass all den Punks und Alt-Punks hier sein Programm Spaß gemacht hatte, obwohl er mit sehr gemischten Gefühlen hierhergekommen war – und die dritte eben, dass Bärbel in der ersten Reihe aufgetaucht war, ihn den ganzen Auftritt angehimmelt und ihn und das Publikum angefeuert hatte, als hätte er sie dafür engagiert. Und nun saß sie seit einer Stunde neben ihm und ließ keinen Zweifel daran, dass sie nicht vorhatte, allein hier wegzugehen.

Das *Kawummkafé* im Stadtteil Ehrenfeld, eine altehrwürdige Punk-Kneipe, war gerappelt voll. Seit der Eröffnung 1979 rundum schwarz gestrichen und schwarz möbliert, das Schwarz an sämtlichen Wänden allerdings von zahllosen Schichten Graffiti bunt gesprenkelt. *Auf einem Trip möchte ich hier aber nicht sitzen,* dachte Folker angesichts des psychedelischen Gewirrs von Farben, Linien, Figuren, *tags* und Comicfiguren. Auch die Musik würde ihn wohl eher auf einen Horrortrip schicken – sie kam wie eh und je von verrauschten, eiernden Kassetten aus Boxen vom Sperrmüll.

Und um die Bierleitung und die Kühlung hat sich wahrscheinlich auch seit der Eröffnung kein Schwein mehr gekümmert ... Zum schätzungsweise zwölften Mal an diesem Abend verzog er nach einem Schluck Bier angeekelt das Gesicht. Jupp hatte sofort nach der Zugabe angewidert die Flucht ergriffen.

»Mach mal zwei Kettenfett, Kerstin«, rief Bärbel über die Theke.

»Um Gottes willen!«, knurrte Folker.

»Doch, doch!«, widersprach sie fröhlich. »Ich seh doch, was los ist. Danach kann man die Plörre hier viel besser ertragen!«

»Woher weißt du das? Bist du öfter hier?«

Angelegentlich knibbelte sie mit der freien Hand an einem nassen Bierdeckel herum und häufte Pappschnipsel in einem Aschenbecher, während Folker sich eine Zigarette drehte.

»Ich war früher mal öfter hier.«

Aha ... »Du warst mit 'nem Punk zusammen?«

Ein gleichgültiges Achselzucken. »Ist lange her. Und ich hab danach geduscht.« Er grinste und bot ihr die fertige Zigarette an.

»Nee, danke, ich rauch nich'.«

»Schade«, sagte er und zündete sie an. Die Kippe, nicht Bärbel.

»Aber es macht mir auch nix aus, wenn in meiner Wohnung geraucht wird«, beeilte sie sich zu versichern, und die Hand rutschte ein Stückchen höher. Da knalle Kerstin die Schnäpse vor sie hin. Sie prosteten einander zu und kippten sie.

»Boah!«, stöhnte Folker. »Ich fall immer wieder drauf rein – Korn und Lakritz. Was 'ne Mischung ...!« Schnell nahm er einen Schluck Bier. »Aber du hast recht: Der Plörre tut's gut.«

»Solltest öfter auf mich hören«, sagte Bärbel lächelnd und wischte ihm zärtlich einen Tropfen vom Kinn. Und einen Tabakkrümel von der Unterlippe. Sehr gründlich.

»Du bist ganz schön hartnäckig, was?«, fragte er und bestellte noch zwei von den Lakritzschnäpsen.

»Manchmal.« Aus dem Lächeln wurde ein schiefes Grinsen.

»Wenn ein junger Mann kommt, der weiß, worauf's ankommt ...«, trällerte sie gegen die Straßenjungs aus den Boxen an.

»Das hab ich heute doch gar nicht gespielt«, sagte er. Dafür hatte er mit einer aus dem Ärmel geschüttelten Fassung von *Mein Papagei frisst keine harten Eier* gepunktet, die sich von einem langsamen Blues zu einer schmissigen Ska-Version gesteigert hatte.

»Ach, ich kenne viele dieser alten Schlager«, erklärte Bärbel ihm. »Ich hab jahrelang die meisten Wochenenden bei meinen Großeltern verbracht. Weil ..., na, egal.« Von einem Moment auf den anderen wurde sie ganz ernst. Und schien schnell das Thema wechseln zu wollen und fragte mit aufgesetztem Lächeln: »Warum rauchst du eigentlich so viel?«

»Ich bin Raucher. Maler malen, Trommler trommeln, Maurer mauern – Raucher rauchen. Aber du wolltest erklären, warum du so oft bei deinen Großeltern warst, oder?«

Sie schaute zu Boden, jetzt wieder ernst, traurig fast, bekümmert. Das rührte Folker so sehr, dass er ihr einen Arm um die Schulter legte.

»Hm ...?«

»Zweimal Kettenfett«, plärrte Kerstin und knallte die Gläser wieder auf den Tresen, dass es klirrte.

»Super Timing«, sagte er, »herzlichen Dank.« Sie schenkte ihm einen *Was-willst-du-denn-du-Klampfenheini?*-Blick und hob eine Augenbraue, die mit den drei Sicherheitsnadeln. In der anderen steckte nur eine.

Bärbel schien das Timing nur recht zu sein, sie griff sofort nach ihrem Glas, drückte ganz kurz in einer weiteren rührenden Geste ihre Wange auf seinen Arm, hob das Glas und nickte zu seinem hin.

»Ach, alte Geschichten«, murmelte sie, nachdem sie die leeren Gläser à la Kerstin auf den Tresen geknallt hatten.
»Erzähl!«, sagte Folker.
»Wer ist denn hier hartnäckig?«
»Na, ich auf jeden Fall.«
Sie sah ihm lange in die Augen. Scannte sein ganzes Gesicht. Streichelte gedankenverloren sein Bein. Ziemlich weit oben. Dann schaute sie in ihr Bierglas und sah zu, wie die letzten Schaumbläschen sich auflösten und verschwanden.
»Unser Vater«, sagte sie leise zu dem Bier. *Ach ja, dachte Folker, da gibt's ja auch noch diesen verdammten Bruder.* »Gerüstbauer, Säufer und Kneipenschläger. In der Woche ging's – er hatte diesen Kodex: ›Wer saufen kann, der kann auch arbeiten‹. Und sein Job begann morgens um halb sieben. Da hielt er sich abends meist ein bisschen zurück. Ging nach dem Abendessen ›auf ein Bierchen‹ in eine seiner Stammkneipen und kam halt schon gegen Mitternacht nach Hause, einfach nur normal betrunken. Und verhaute höchstens ab und zu mal im Elternschlafzimmer unsere Mutter, wenn sie nicht so wollte wie er.«

Sie leerte ihr Bier, Folker tat es ihr gleich und bestellte zwei neue. »Heiner jedoch ... Der kriegte fast jeden Abend mindestens ein paar Ohrfeigen, mal nach dem Essen, oft während des Essens. Der hatte immer irgendwas angestellt – oder auch nur was gesagt –, was dem Alten nicht passte. Und je nachdem, was es war, kriegte er den schweren Ledergürtel zu spüren.« Wieder schmiegte sie ihre Wange an Folkers Arm, der immer noch auf ihrer Schulter lag. »Aber freitags ... Die Freitagnächte waren die Hölle. Da gab er sich richtig die Kante und kam sturzbesoffen spät nachts nach Hause. Meistens hatte er sich schon in irgendeiner Kneipe oder auf der Straße mit irgendjemandem geprügelt und war immer noch voller Wut. Brüllte und krakeelte rum, fiel über unsere schlafende Mutter her, beschimpfte und schlug sie, und manchmal ging er danach rüber zu unserer Nachbarin Hannelore und vögelte sie. Ihr Mann Albert war Schlafwagenschaffner und immer nachts unterwegs. Oft genug kam er dann noch wütender wieder zurück und zerrte unsere Mutter aus dem Bett und verprügelte sie und beschuldigte sie, es tagsüber, wenn er auf der Arbeit war, mit Albert zu treiben. Wir Kinder waren längst wach und völlig verängstigt und weinten und schrien vor Angst und Entsetzen, und er befahl uns in die Küche, wo die Mama ihm noch ein paar Spiegeleier machen musste, und ohrfeigte uns, weil wir aufhören sollten zu weinen. Was es natürlich nur noch schlimmer machte. Einmal ist er so durchgedreht, dass er unsere Mutter vor unseren Augen auf dem Küchentisch gefickt hat ...«

»Was'n Horror«, murmelte Folker und streichelte ihren Nacken.

»Ja«, sagte sie, »aber es kam noch schlimmer. Eines Freitagabends, ich war sieben, kam er wieder besoffen, aber überraschend gut gelaunt, heim, kommandierte uns alle in die Küche, nachts um zwei, und ließ Geldscheine auf den Küchentisch regnen – er hatte beim Pokern gewonnen und ein paar Zuhältern richtig Kohle abgenommen. ›Jetzt essen wir ein paar Spiegeleier und trinken einen‹, verkündete er, ›und dann gucken wir uns den Klitschko an!‹ Er stand total auf die Klitschko-Brüder, weil der eine ihm auch so ähnlich sei. Und weil sie so stark und unbesiegbar waren wie er. Trinken wir noch 'nen Schnaps?«, fragte sie unvermittelt, und Folker bestellte.

»Und da saßen wir dann im Wohnzimmer, er in Unterwäsche in seinem Sessel, wir drei völlig verkrampft auf dem Sofa, denn wir trauten der guten Laune natürlich nicht, und guckten uns einen Boxkampf in Amerika an. Und er kippte sich einen Korn nach dem anderen rein. Irgendwann in einer Ringpause sah er mich an und klopfte auf seinen Schenkel. ›Komm, Schatz, komm beim Papa auf'n Schoß!‹ Natürlich musste ich gehorchen.« Zeit, die nächste Lakritzbrühe zu kippen. »Es dauerte nicht lange, da merkte ich, wie mein warmer Po auf seinem Schoß ihn erregte. Merkte es sehr deutlich. Und wollte nur weg von ihm. Aber er hielt mich fest. ›Nu, komm, mein kleiner Schatz, sei doch mal ein bisschen lieb!‹, sagte er. ›Hast du deinen Papa denn nicht lieb? Deinen großen Papa?‹ Und dann nahm er meine Hand und legte sie auf ... auf sein Ding.«

»Ach du Scheiße!«, stöhnte Folker. »Dieses Dreckschwein ...«
»Ja«, sagte Bärbel, und synchron griffen sie nach ihren Bieren und tranken. »Das Nächste, an das ich mich erinnere, ist, dass meine Mutter neben uns stand und ihm das größte und spitzeste Messer, das wir in der Küche hatten, an den Hals hielt. Ihre Hand zitterte, ihre Stimme zitterte, eigentlich zitterte sie am ganzen Leib, aber es war jedem überdeutlich klar, dass sie völlig ernst meinte, was sie sagte. Todernst. ›Wenn du noch einmal meine Tochter anrührst, du ekelhaftes Scheusal, dann bringe ich dich um!‹ Er lachte, aber es klang doch ein bisschen verkrampft und unsicher. ›Und ich helf ihr dabei‹, sagte Heiner und stellte sich neben sie. Er war da ja schon dreizehn. ›Du Pimpf?‹, lachte der Alte, als bekäme er wieder Oberwasser. ›Ja‹, sagte mein Bruder – und schlug unserer Mutter von hinten gegen den Ellenbogen. Das Messer drang zwei, drei Zentimeter in seinen Hals ein, sie zog es sofort erschrocken wieder heraus, und ich schrie wie verrückt, als ich über und über mit seinem Blut bespritzt wurde. Ich sprang auf und rannte in die Küche und konnte nicht aufhören zu schreien, aber in meinem kleinen Kinderhirn funktionierte irgendetwas, das rief ›Blut stillen! Blut stillen!‹, und ich holte ein Geschirrtuch, und das drückte Mama auf die Wunde. Und tatsächlich hörte es bald auf zu bluten, es war wohl keine wichtige Ader getroffen worden.

Na ja, und seitdem brachte meine Mutter mich freitags nachmittags zu Oma und Opa und holte mich am Montagmorgen wieder ab, um mich zur Schule zu bringen. Mein Vater war seitdem zwar nicht mehr derselbe, er war sehr viel ruhiger geworden, und er trank auch nicht mehr ganz so exzessiv – aber er trank halt immer noch, und Heiner hat mir erzählt, dass es an den Wochenenden immer noch manchmal ungemütlich wurde, aber längst nicht mehr so heftig wie vorher. Irgendwie hatte der Alte wohl doch verstanden, dass er da eine dunkelgelbe Karte gesehen hatte.«

»Ganz schön mutig von deinem Bruder«, sagte Folker. »Und von eurer Mutter.«

»Ja, das war es. Aber so – zumindest halbwegs – ruhig, wie mein Vater danach wurde, mit Heiner wurde es immer schlimmer. Er prügelte sich andauernd mit Gott und der Welt, schwänzte die Schule oder terrorisierte seine Mitschüler, und er fing überall an zu klauen und geriet völlig auf die schiefe Bahn.« Sie schüttelte traurig den Kopf. »Mittlerweile hat er schon ein paar Jahre im Knast verbracht, aber genützt hat das kein bisschen, im Gegenteil. Ich mach mir echt Sorgen um ihn.« Sie ließ sich von ihrem Hocker gleiten. »Aber jetzt muss ich erst mal pinkeln.«

Bedrückt sah er ihr hinterher und stellte fest, dass das *Kawummkafé* inzwischen halb leer geworden war. *Was für ein deprimierendes Ende eines erfolgreichen Konzertabends. Und was mach ich jetzt ...?*

Trübsinnig starrte er in sein Bier, als Bärbel zurückkam.

»Hey«, sagte sie und lächelte ihn an. »Ich wollte dir nicht den Abend versauen.« Sie stand neben ihm, eine propere kleine Frau in einer hautengen schwarzen Jeans, einem weißen *Die Toten Hosen*-T-Shirt und einer kurzen roten Lederjacke. »Im Gegenteil«, murmelte sie, schaute zu ihm auf und streichelte seinen Rücken.

»Erstaunlich, dass du nach alldem überhaupt noch ein Interesse an Männern hast«, sagte er. »Und an ...«

»Und an Sex, ja«, erwiderte sie. »Aber so erstaunlich ist das gar nicht, hab ich gelernt. Viele Frauen sind in der Hinsicht sehr aktiv, nicht obwohl, sondern gerade, weil sie so etwas in ihrer Kindheit erlebt haben, hat mir eine Therapeutin mal erzählt. Das ist auch der Grund, warum ich Psychologie studiere.« Sie hob den Kopf und tupfte ihm einen Kuss auf die Halsseite. »Also mach dir mal keine Sorgen«, murmelte sie in sein Ohr.

Er hauchte ihr einen Kuss auf die Stirn. Sie küsste ihn auf die Wange. Er küsste sie auf die Wange. Sie küsste ihn auf den Mund. Er erwiderte den Kuss.

Was mache ich hier? Wieso knutsche ich mit einem Fan, wenn ich mich derart in eine andere verknallt habe? Und was ist mit Jutta? – Was denn, willst du nachts um vier bei ihr auftauchen, nachdem sie dir drei Tage lang aus dem Weg gegangen ist? Und dann noch

besoffen? *Oder willst du wieder 'ne halbe Stunde sehnsüchtig vor ihrer Tür stehen, bevor du geknickt in dein Bett fällst, allein?*
Die Vorstellung, jetzt alleine in seinem Zimmer zu landen, gefiel ihm kein bisschen. Und immer weniger, je länger der Kuss dauerte, Bärbel sich an ihn schmiegte, leise genüsslich in seinen Mund stöhnte. Wieder eine Hand auf sein Bein legte, noch weiter oben, und mit dem Daumennagel neckisch an seinem Schoß kratzte.

Ach, was soll's. Bin ich halt heute Nacht ein bisschen mit Bärbel zusammen. Sie mag mich ja, ganz offensichtlich. Und ich mag sie ja auch. Hauptsache, nicht alleine schlafen müssen. Ich darf halt bloß nicht mit ihr vögeln.

22
Samstag, 13. April

Folker & Bärbel

Hätte ja klappen können.
Aber dann hatten sie schon im Taxi weitergeknutscht. Hatten in ihrem großzügigen Ein-Zimmer-Apartment in einem Neubau hinter dem Chlodwigplatz an einer Küchentheke gesessen und einen Absacker getrunken – *Don Caramello*, Wodka mit Karamell- und Vanille-Geschmack, eine fatale Mischung nach all dem *Kettenfett* – und ein Weilchen um den heißen Brei herumgeredet, das breite Bett mit dem Chiffon-Himmel im Rücken, und dann hatte Bärbel an ihrer Jeans herumgezerrt.
»Boah, das kneift und zwickt! Diese harten Nähte überall! Macht's dir was aus, wenn ich die ausziehe?« Nein, es machte ihm nichts aus. Auch nicht, dass sie, als sie mit nackten Füßen und Beinen neben ihm saß, hinter ihrem Rücken den Büstenhalter öffnete und ihn vorn unter dem T-Shirt hervorzog und befreit aufatmend in eine Ecke warf. Nicht einmal, dass sie ihm kurz darauf die Zigarette aus der Hand nahm, sich rittlings auf seinen Schoß setzte und ihn wieder küsste. Nur für einen winzigen Moment lang sah er eine unschuldige Siebenjährige dort sitzen und wollte sie von sich schieben. Aber Siebenjährige nehmen nicht deine Hand und legen sie auf ihre Brust, sie haben nicht mal solche Brüste, und sie fangen auch nicht an, den Knopf deiner Jeans zu öffnen und den Reißverschluss aufzuziehen.
»Hast du auch so'n Hunger?«, fragte sie etwa eine Stunde später, eine sehr schöne Stunde.
»Jetzt sag nicht, du willst Spiegeleier braten«, brummte er.
Sie lachte. »Nee, sicher nicht. Aber ich hab 'ne Pizza im Kühlfach. Und 'ne Mikrowelle.«
Also lagen sie zwölf Minuten später im Bett, schauten durch das große, gardinenlose Fenster der Nacht beim Davonschleichen zu und mampften Pizza mit allem, und Bärbel fragte ihn nach

seiner Musik und seinem Musikerleben, nach seiner Kindheit und seinen Zukunftsplänen, und er beantwortete ihre Fragen, ohne allzu sehr anzugeben (aber die Geschichte von dem Känguru-Boxkampf bekam auch sie aufgetischt). Und schließlich fragte sie ihn, ob er von seinen Auftritten eigentlich leben könne, und er erzählte ihr ausführlich von seinem Job im Wasserwerk.

Es wurde überhaupt ein sehr oraler Morgen, bis sie endlich, eng umschlungen, einschliefen.

Mona & Hilde

»Wir müssen reden.«
»Ach, Mama! Doch nicht jetzt!«, maulte Mona. »Ich muss Hausaufgaben machen!«
»Auf Instagram?«, fragte Hilde Hehlau, klappte resolut den Laptop zu und ignorierte Monas genervtes Stöhnen. Sie drehte den Schreibtischstuhl mitsamt Tochter herum und setzte sich ihr gegenüber auf Monas Bett. »So. Und jetzt erzählst du mir noch mal alles von vorn.«
»Was denn?«
Hilde deutete auf den geschwollenen Kiefer. »Woher du das da hast, zum Beispiel.«
»Och, Menno …! Ich bin hingefallen; hab ich doch gesagt!«
»Bist du nicht.«
»Wie kommst du denn …«
»Ich weiß es eben. Also, was ist wirklich passiert?«
»Hab ich doch alles schon erzählt – ich bin hinge…«
»Jetzt hör mal auf, mich für dumm verkaufen zu wollen!« Hilde wurde lauter. Und wütender. »Ich *weiß*, dass du nicht hingefallen bist!« *Ich werde dich so lange piesacken, bis du dich endlich verplapperst, du kleines Biest!*
Mona verschränkte trotzig die Arme vor der Brust. »Ja, was denn sonst? Ehrlich, ich …«
Hilde beugte sich vor. »›Ehrlich‹? Hast du gerade ›ehrlich‹

gesagt? Dann erzähl mir doch *ehrlich* noch mal, wie und wo es passiert ist.«

Mona stöhnte. »Mann, an der Brühler Straße! Ich bin da ...«

»Am Donnerstag war es noch die Bonner Straße.«

»Nein! Es war ...« Aber Monas Blick flackerte unsicher hin und her. »Nein, ich hab nicht Bonner gesagt – es war die Brühler. Wahrscheinlich hast du mir mal wieder nicht richtig zugehört.«

»Ich höre dir immer richtig zu, mein Schatz. Wo denn auf der Brühler?«

»Mann, wofür ist das denn jetzt wichtig?«

»Wo?«

»Na, da an dem ... an dem Kloster-Brauhaus.«

»Direkt davor?«

Mona stöhnte wieder und verdrehte die Augen. »Ja, Mann, direkt davor.«

»An dem Radweg?«

»Ja, Mann!«

»Nenn mich nicht immer ›Mann‹!« Hildes Stimme klirrte. Und klang im nächsten Moment wieder mütterlich verständnisvoll. »Aber komisch: Der Radweg an der Brühler ist auf der anderen Straßenseite.« Jedes der letzten Worte betonte sie mit einem Tippen an Monas Knie. »Da bist du aber weit gefallen, was? Erstaunlich, dass du dabei nicht mehr abgekriegt hast als eine dicke Backe. *Die aussieht, als hätte dir jemand eine geknallt ...!*«

Mona zuckte zusammen. »Wer ... Wer sollte mir denn ...?«

»Dein Freund Börnie vielleicht?« *Und ich werde den Teufel tun und verraten, dass ich euch im Auto belauschen kann!*

»Mein Fr... Mein *was*?« Mona starrte ihre Mutter mit großen Augen und offenem Mund an. »Woher ...?«

Hilde schwieg. Mona wand sich auf ihrem Stuhl. Schaute zu Boden. Aus dem Fenster. Kurz zu ihrer Mutter hin. Wieder zum Fenster. Fasste sich. Als sie Hilde endlich in die Augen sah, hatte sie ein Pokergesicht aufgesetzt.

»Ach so, Papa ist ja beim Verfassungsschutz. Überwacht ihr uns etwa?« Monas Stimme wurde schriller und zorniger – ganz die verletzte Unschuld. »Ist das legal? Darf er das?« *Du verdammtes kleines Luder, bist doch zäher, als ich dachte ...* »Und du machst da auch noch mit?«, schrie Mona.

Hilde lachte verächtlich. »Ich brauche deinen Vater nicht, um zu wissen, wenn mit euch etwas nicht stimmt. Und ich käme niemals auf die Idee, meine Töchter überwachen zu lassen oder ihnen hinterherzuspionieren. Ich hatte nämlich immer ein gutes Verhältnis zu ihnen, ein sehr vertrauensvolles. Eins, das auf *beiderseitigem* Vertrauen beruht. Bisher beruht *hat*, zumindest.«

Mona schnaubte. »Ich weiß, was du da für ein Spielchen treibst. Aber gib dir keine Mühe. Du willst mir weismachen, Lisa hätte mich verraten – aber das würde die nie ...«

»Ach, es gibt etwas zu verraten?«

Mona biss sich auf die Lippen und schaute weg. »Ich sag nix mehr.«

Hilde stand auf. »Also gut. Dann gehe ich jetzt mal zu Lisa rüber. Sie scheint ja wohl auch mehr zu wissen als ich.«

Monas Kopf ruckte hoch. »Nein!« *Ja, mein Schatz, du weißt natürlich auch, dass deine Schwester nicht so hartgesotten ist wie du.*

»Was, ›nein‹?« Keine Antwort. Aber es war deutlich zu sehen, wie es in Mona arbeitete. An der Stirnfalte und daran, wie sie an ihren Lippen kaute.

Hilde seufzte und setzte sich wieder auf das Bett. Klopfte auf die Decke neben sich und sagte, ganz sanft: »Komm her, Mona, setz dich mal her zu mir.« Ihre Tochter blickte zwar argwöhnisch drein, gehorchte aber. Hilde nahm ihre Hand und hielt sie fest.

»Mona. Du kannst mir doch vertrauen. So wie ich dir vertraue. Jetzt zum Beispiel reden wir ganz im Vertrauen miteinander. Und ich bitte dich, mit niemandem – außer mit Lisa vielleicht – über das zu sprechen, was wir jetzt bereden. Versprichst du mir das? Ernsthaft?« Mona nickte störrisch. »Gut.« Hilde tätschelte ihre Hand. »Also hör zu. Du hast doch Fantasie.« Mona nickte wieder. »Stell dir also einfach mal vor – rein hypothetisch, versteht sich –, stell dir vor, dein Vater und ich würden uns trennen.«

233

Monas Kopf fuhr herum. »Was?« Erschrocken starrte sie ihre Mutter an. »Wieso ...?«
»Hypothetisch, sagte ich. Beruhige dich. Stell's dir einfach mal vor, ja?« Mona nickte wieder, unsicher diesmal. »Was meinst du, bei wem würdet ihr beide dann leben wollen, du und Lisa? Bei mir oder bei ihm?«
Große Augen. Kein langes Überlegen. »Bei dir natürlich!« Tätscheln. »Das freut mich. Und wovon?«
Stirnrunzeln. »Wie meinst du das?«
»Genau wie ich es sage. Leben, falls du das noch nicht mitbekommen hast, mein Schatz, kostet Geld. Und ein gewisser Lebensstandard ...«, Hilde zupfte an Monas Dreihundert-Euro-Bluse, zeigte auf ihre nagelneuen orangefarbenen Sneaker, auf den eine ganze Zimmerwand einnehmenden Einbau-Kleiderschrank, auf den 38-Zoll-Fernseher, auf den Schreibtisch mit dem Laptop, mit einem Armschwenken auf das ganze Zimmer, das ganze Haus, »... kostet nicht wenig Geld.« Mona sah sie verständnislos an – worauf wollte ihre Mutter hinaus? »Euer Vater verdient ganz gut, sonst könnten wir uns das alles gar nicht leisten.« Von meinen kleinen Nebenverdiensten, ohne die wir uns das alles überhaupt nicht leisten können, brauchst du ja nichts zu wissen. Noch nicht, jedenfalls. »Aber du weißt, dass dein Vater nicht gerade der großzügigste Mensch auf Erden ist.« Mona nickte – und ob sie das wusste. »Er ist halt ... na ja: eine Beamtenseele. Sehr auf Ordnung und Sicherheit bedacht. Und auf Konventionen. Was, glaubst du, würde er zum Thema Scheidung sagen?«

»*Hypothetisch*«, sagte Mona mit deutlich ironischem Unterton, ließ Hildes Hand los und zeichnete mit vier gekrümmten Fingern Gänsefüßchen in die Luft. Hilde neigte bestätigend den Kopf. Mona sank auf den Rücken, den Kopf an die Wand gelehnt. »Zu allererst würde er überhaupt nicht kapieren, wovon du sprichst. Er würde gar nicht verstehen, wieso. Dann, wenn er geschnallt hätte, dass du das ernst meinst, würde er einen Tobsuchtsanfall kriegen.« Sie unterstrich ihre Aufzählung, indem sie auf ihrem Bauch einen Finger nach dem anderen ausstreckte; Daumen und Zeigefinger

waren schon oben. Nun kam der Mittelfinger. »Dann würde er dich anbetteln, es dir doch anders zu überlegen. Und wenn das nichts nützt, würde er zu Adenhauer rennen, der immerhin einer der besten Anwälte der Stadt ist, und alles daransetzen, dich mit Almosen abzuspeisen – und für sich das Sorgerecht einzuklagen, damit wir bei ihm leben müssten.« Fünf Finger. *Was für ein kluges Kind ...*
Hilde nickte. »Genauso sehe ich das auch. Und, gefällt uns die Vorstellung?«
»Nein.« Mona schüttelte energisch den Kopf. »Du willst dich also tatsächlich scheiden lassen? Und jetzt komm mir nicht mit ›hypothetisch‹. Wir wissen schon lange, dass du den Alten überhaupt nicht mehr respektierst. Dass ihr euch im Grunde ziemlich auseinandergelebt habt. Dass ihr nicht mehr ...«
Hilde grinste. »Euch entgeht nicht viel, wie? Nein, wir schlafen schon seit Jahren nicht mehr miteinander. Na ja, vielleicht einmal im Jahr ...« Sie lächelte versonnen und dachte an die letzte Gelegenheit. »Das ist aber nicht weiter tragisch – er ist ja nicht der einzige Kerl in meinem Bekanntenkreis. Und schon gar nicht der überwältigendste Liebhaber. Entschuldige«, sagte sie und legte eine Hand auf Monas Bein, »das geht jetzt zu weit und gehört gar nicht hierhin. Aber ja: Ich will euren Vater verlassen. Ja.« *Komisch – erst jetzt, wo ich das sage, wird mir klar, dass ich das wirklich will. Und wie ich das will!* »Ich will noch ein paar Jahre Spaß im Leben haben, Mona, verstehst du das?«
Mona setzte sich auf und umarmte ihre Mutter. »Ja«, murmelte sie in ihren Rücken, »ich glaube, ich verstehe das.«
»Und ich möchte, dass ihr bei mir bleibt.«
»Ja! Auf jeden Fall!«
Hilde wandte sich um und sah Mona in die Augen. »Also müssen wir einen Weg finden, wie wir uns das leisten können.« Ihre Tochter nickte, mit einem schiefen, verlegenen Lächeln. Hilde ließ sich wieder neben ihr auf dem Bett nieder. »Aber das geht nicht ohne Vertrauen. Also, jetzt erzähl mir erst mal, wer dich da geschlagen hat und warum.«

Und Mona setzte sich auf, legte den Kopf in Hildes Schoß und erzählte ihr alles.

Küppers

Wenigstens schifft es heute nicht. Karl-Heinz Küppers zog den Reißverschluss seines Bundeswehr-Parkas bis hoch unters Kinn und die graue Wollmütze tiefer über beide Ohren. Auch bei Regen hätte er zwar im Trockenen gestanden, im Eingang des bis Ende April noch geschlossenen Eiscafés, aber der Wind, der die Bonner Straße entlangfegte, war verdammt kalt.

Die Fenster des Ladens waren innen von oben bis unten mit den Papier-Platzdeckchen des Cafés beklebt, an der Eingangstür prangte ein Riesenfoto des Vesuvs, und ein DIN-A4-Blatt mittendrauf war bedruckt mit: *Buon Natale – Fröhliche Weihnachten und ein gutes Neues Jahr! Wir freuen uns auf ein Wiedersehen mit Ihnen am 1. Mai 2019 – Enzo & Mariella Basile.*

Scheiß-Itaker. Den ganzen Sommer zocken sie uns ab mit ihrem überteuerten süßen Zeug, und im Winter fahren sie nach Scheiß-Italien und liegen auf der faulen Haut und lassen's sich gutgehen und machen neue Bambinis. Früher haben sie ihren Laden über den Winter noch an einen Teppichhändler vermietet oder an irgendeine Hippie-Tussi mit Second-Hand-Klamotten, aber das haben sie jetzt wohl auch nicht mehr nötig, Drecks-Spaghettifresser, verkackte.

Finster starrte er auf das türkische Café schräg gegenüber und spielte mit dem Schlagring in der Tasche des Parkas. Er vermisste sein Messer – er hatte immer noch kein neues, das war derzeit zu teuer. Küppers war ziemlich pleite.

Aber das wird sich jetzt bald ändern. Nun mach mal hin, Opa! Scheiß-Türken – den ganzen Tag saufen sie ihren Drecks-Tee und brauchen jedes Mal 'ne halbe Stunde für so'n Mini-Tässchen. Und dann womöglich mit drei Löffeln Zucker! Kein Wunder, dass sie spä-

testens mit vierzig kaum noch Zähne im Maul haben und sich die Lücken mit Goldzähnen stopfen lassen müssen!

Er zog einen Flachmann aus der anderen Tasche und gönnte sich einen Schluck Korn. *Ah, der Herr geruht aufzustehen! Wurde auch Zeit, Mann!* Schnell trat er einen Schritt zurück. *Was – hat der jetzt zu mir rüber geguckt? Nee, er grüßt nur den Kanaken, der drüben gerade vorbeigeht. Hoffentlich fangen die nicht jetzt noch ein stundenlanges Schwätzchen an! Nee, der andere hat's eilig. Ja, Opa, mach dich schön auf den Weg nach Hause! Dir kann nix passieren heute, ich bin ja bei dir, hehe!*

Der alte Öktem, eine Plastiktüte voll Gemüse in der Hand, trottete gemütlich die Straße lang, ohne sich auch nur einmal umzusehen. Am Bonner Wall blieb er an der roten Ampel stehen und zog ein Handy aus der Jackentasche. Er telefonierte kurz, steckte es wieder ein und überquerte bei Grün die Straße. Hinter der Eisenbahnüberführung, ein Stück vor dem Großmarktgelände, bog er rechts ab und dann in die kleine Seitenstraße mit dem Dutzend heruntergekommenen Nachkriegshäuschen im Schatten des Bahndamms. Einige der Fenster waren mit Spanplatten vernagelt – lange würde es diese Siedlung wohl nicht mehr geben.

Sag bloß, hier wohnst du, Opa? Was, keine Villa im Hahnwald, du alter Gangster? Aber gut – das ist ja hier das ideale Gelände für mich …! Da wirst du gleich brav der Bewegung eine großzügige Spende vermachen …!

Im Vorbeigehen erhaschte Küppers ein paar Blicke auf einige Klingelschildchen – so wie es aussah, ausschließlich türkische Namen.

Das is' ja das reinste Klein-Istanbul hier, wa? Auch gut, da stehen die Muttis jetzt alle in der Küche und pellen Knoblauch und Hammelhoden, und die Männer sind noch auf Schicht. Gleich werd' ich dir zeigen, was es heißt, die Kraadeberjer zu verarschen, Opa! Und vor allem: sich mit dem alten Küppers anzulegen …! Mit mir nicht, Opa, mit mir nicht!

Öktem blieb ein paar Schritte vor seiner Haustür stehen und wühlte in seinen Jackentaschen nach dem Schlüssel. Küppers schlich sich näher an ihn heran, seine Hand in der Parkatasche schlüpfte in den Schlagring. Noch zehn Meter …, sieben …, fünf …, drei … Der alte Mann zog endlich einen rasselnden Schlüsselbund aus der Tasche. *Nun mach schon, Eselficker! Schließ die Scheiß-Tür auf!* Küppers hatte keine Lust, hier draußen den passenden Schlüssel zu suchen, während der Alte auf dem Bürgersteig lag.

Zwei Meter … Küppers zog die Hand mit dem Schlagring aus der Tasche. Öktem fummelte noch an dem Bund herum, da öffnete sich schon die Haustür vor ihm.

»*Merhaba, Öktem*«, grüßte ein grauhaariger Türke mit einem dicken Schnauzbart, auf einen Gehstock gestützt. Küppers fluchte in sich hinein und verbarg schnell die stahlbewehrte Faust hinter seinem Rücken. *Tack, tack*, machte es hinter ihm. Als er sich umsah, kamen zwei weitere alte Männer auf ihn zu, einer davon ebenfalls mit einem Gehstock.

Wat is' denn jetz' los? »Haut ab!«, schrie Küppers und hob drohend die Faust. Auf der anderen Straßenseite wurden zwei Türen geöffnet und entließen noch zwei türkische Opas.

»Die Straße hat tausend Augen, Junge«, sagte Öktem hinter ihm. Küppers fuhr herum. Der Alte aus Öktems Haus stand nun auf dem Bürgersteig, dahinter trat noch einer aus dem Haus. Küppers lachte auf. *Will der jetzt etwa mit dieser Seniorenarmee auf mich los?*

Aus den Augenwinkeln bemerkte er, dass auch aus den beiden Häusern links und rechts alte Männer auf die Straße kamen. Er drehte sich einmal um die eigene Achse – neun von diesen Greisen. Da, zehn. Und sie hatten ihn umzingelt. Er wandte sich mit einem verächtlichen Grinsen wieder Öktem zu. Er bekam gerade noch mit, dass der seinen Einkaufsbeutel schwang – und musste feststellen, dass ein frischer Drei-Kilo-Weißkohl nur unerheblich weicher war als eine Bowlingkugel. Der Treffer warf ihn zwei Schritte zur Seite. Benommen schüttelte er den Kopf. Aus irgendeinem unerfindlichen Grund kam ihm das merkwürdige Wort ›Schnabeltassentango‹ in den Sinn.

»Ihr verdammten ...«, schrie er wutentbrannt und holte zu einem mörderischen Schwinger aus. Aber der Griff eines Gehstocks hakte sich in seine Ellenbogenbeuge und bremste seinen Arm. Gleichzeitig landete die Spitze eines anderen Stocks so hart und schmerzhaft in seiner Kniekehle, dass er einknickte und Öktem ihm bequem mit der Linken eine Ohrfeige geben konnte. Die längst nicht so wehtat wie der Stockstoß in seine Nieren. Oder der Fußtritt gegen seinen Knöchel. Er stieß Öktem zurück, fuhr herum – und bekam einen Faustschlag aufs Auge und einen Tritt vors Schienbein. Und von hinten einen weiteren Nierenstoß, der ihn vor Schmerz aufschreien ließ.

Aber erst der zweite Treffer mit dem Weißkohl, unterstützt von einer Krücke um seinen Fußknöchel, holte ihn von den Beinen.

Dann fing es wirklich an wehzutun. Von allen Seiten traten und schlugen die Alten auf ihn ein, dass er sich nur noch zusammenkrümmen wollte wie ein Embryo, die Arme um den Kopf gekrallt, um sein Gesicht zu schützen – aber war er nicht Karl-Heinz Küppers, der im ganzen Viertel gefürchtete Widerstandskämpfer, mit Betonung auf Kämpfer? Der nicht mal Respekt vor den Bullen hatte und vor der verdammten jüdischen Synagoge lachend einen ihrer Scheiß-Streifenwagen in den fließenden Verkehr schubste?

Er warf sich herum und schlug blindlings um sich, trat und schlug und traf, schaffte es, sich auf die Knie aufzurappeln, schaffte es schließlich, ganz auf die Beine zu kommen. Rasend vor Zorn stürzte er sich auf Öktem wie ein Rugbyspieler, umfasste gebückt dessen Hüften und rammte ihn in vollem Lauf die drei Schritte weit an die grobe Backsteinwand. Hörte im Leib des Alten eine Rippe brechen, landete aber auch selbst mit dem Kopf an den Steinen. Richtete sich, Sternchen vor den Augen, auf, um sich umzudrehen und den Rest der Altengang fertigzumachen, als eine große schwielige Hand seinen Hinterkopf packte und sein Gesicht gegen die Mauer knallte. Er spürte seine Nase brechen und das Blut herausschießen, sein Kopf wurde zurückgezogen und noch einmal an die Wand geschmettert und noch einmal, dann bekam er keine Luft mehr, weil er sich an einem seiner Zähne verschluckte, und hustete, schnappte verzweifelt nach Luft, aber da traf ihn ein mächtiger Faustschlag auf die Leber.

Er rutschte an der Mauer herab und kippte zur Seite. Ein Tritt in den Magen warf ihn auf den Rücken, und während erneut Tritte und Schläge auf ihn einprasselten, spürte er, wie sein Mund sich mit Blut füllte.

»*Yeterli!*«, schrie Öktem heiser, »genug!«, und hielt sich mit schmerzverzerrtem Gesicht die Seite. Nach und nach ließen die anderen Alten von Küppers ab. Schwer atmend standen sie um ihn herum, einer oder zwei blickten die kleine Straße auf und ab. Niemand zu sehen, außer ein paar Frauen mit Kopftüchern hinter einigen Fenstern, und die zählten nicht.

Hinter dem Bahndamm ging die Sonne unter.

Karl-Heinz Küppers gurgelte und bekam davon nichts mit.

»Er stirbt«, stellte der alte Ümit fest.

»Nicht gut«, murmelte Metin.

»Er muss weg«, sagte Öktem.

23
Montag, 15. April

EXPRESS

»**Grausiger Fund am Bahndamm**«, titelte der Kölner *Express* am übernächsten Tag neben einem Foto, auf dem mehrere Gestalten in den geisterhaften weißen Schutzanzügen der Spurensicherung sich über Bahngleise beugten. »Hinter dem Bahndamm in Raderberg wurde gestern Morgen der furchtbar zugerichtete Leichnam eines Mannes entdeckt. Nach Angaben der Polizei gibt es keine Anzeichen eines Fremdverschuldens, zurzeit gehe man von einem Suizid aus, teilte Kevin Wisznewski, Pressesprecher des Polizeipräsidiums Köln, mit. Nach ersten Erkenntnissen handelt es sich bei dem Toten um den 33-jährigen Kölner Karl-Heinz K. »Ich glaube, der hatte ein Alkoholproblem«, verriet eine Nachbarin, die nicht genannt werden möchte, dem *EXPRESS* ...«

24
Dienstag, 16. April

FOLKER & ME'SHELL

Da saß sie, auf einer Bank am Rheinufer.

Die Beine lang ausgestreckt, den Kopf auf die Lehne gelegt, einen *Coffee-to-go*-Becher in der Hand, und genoss – *April, April, der macht, was er will* – die überraschend aufgetauchten Sonnenstrahlen des sich ankündigenden Frühlings.

Folkers Herzschlag tat ein paar stolpernde Hüpfer, und mit der Hitze, die in seine Wangen stieg, hatte die Sonne nichts zu tun. Und nicht nur in seine Wangen – Me'Shells Haare, die an der Lehne herabflossen, glänzten im Sonnenlicht wie geschliffener Obsidian; sie hatte ihre Jacke und einen kleinen Rucksack neben sich gelegt, und ihr Busen hob und senkte sich mit ihren ruhigen Atemzügen unter dem lachsfarbenen T-Shirt mit dem in Blautönen gezeichneten Porträt einer schwarzen Sängerin, die Folker nicht kannte. Die weiße Haut ihrer endlos langen, schlanken Beine unterhalb des schwarzen Minirocks verlangte nach einer Sonnenbrille.

Oder nach zärtlichen Händen.

»Tja«, sagte Folker und stellte sich hinter sie, »es stimmt also doch: Man sieht sich immer zweimal.«

Träge öffnete sie die Augen und sah zu ihm hoch. »Ach, nee … Der Musikus …« Überrascht, verblüfft, entzückt sah er, wie die Brustwarzen unter dem T-Shirt sich ein wenig aufrichteten. Als würde sie bei seinem Anblick sofort an das Eine denken. Wie er.

Aber da war ja noch etwas anderes. »Als ich dich hier so liegen sah wie ohnmächtig, dachte ich schon, du selbst nimmst auch K.o.-Tropfen«, sagte er, nachdem er sich geräuspert hatte.

Sie runzelte die Stirn. »Was mache ich? Warum sollte ich …?«

»Na, du hast mir doch letztens welche ins Bier gekippt.«

»Ich? Spinnst du? Warum sollte ich denn so was tun?«

»Tja, das wüsste ich auch gern.«

Sie schüttelte den Kopf. »Ich weiß nicht, wie du darauf kommst. Du warst einfach betrunken und bist am Tresen eingepennt. Fand ich auch nicht gerade prickelnd.«

»Und bist einfach abgehauen. Warum hast du mich nicht geweckt?«

Sie schnaubte. »Ich gabele einen Typen auf, rauche einen mit ihm, gehe mit ihm einen trinken, er pennt mir nach 'ner halben Stunde über seinem Bier ein – und ich soll dann Babysitter spielen? Nö, Junge. Und glotz mir nicht so auf die Titten!«

Folker schluckte. »Sind halt ein schöner Anblick.«

Sie schenkte ihm ein strahlendes Lächeln. »Ja, findest du?« Mit der flachen Hand strich sie sich geschmeichelt über die Brust. Die Warzen drückten sich noch vorwitziger durch das Shirt. Davon ein Foto auf Facebook gepostet, und er würde für mindestens vier Wochen gesperrt werden. »Warum hast du mich nicht mal angerufen? Ich hab dir doch meine Nummer gegeben.«

»Eine falsche Nummer.«

»Was? Oh, *shit* – hab ich sie wieder durcheinandergebracht? Das tut mir leid.« Sie setzte sich gerade hin, nahm ihre Jacke, legte sie sich auf den Schoß und den Rucksack auf den Boden und schlug mit der Hand auf den frei gewordenen Platz. »Setz dich doch, Folker mit F – oder hast du's eilig? Mit deiner Lili?«

»Nicht wirklich.« Er schnallte das Gitarrenfutteral vom Rücken und folgte ihrer Einladung, obwohl ihre letzten Worte etwas spöttisch geklungen hatten.

Sie nahm einen Schluck aus ihrem Becher und wandte sich ihm zu. »Hast du noch was vor?«, fragte sie mit einem Blick auf die Gitarre zwischen seinen Beinen, und ihre Augen schienen zu sagen, *ich hoffe doch nicht*, und voller köstlicher Versprechungen zu glitzern.

»Du warst das wirklich nicht?«, fragte er anstatt einer Antwort.

»Was?«

»Die K.o.-Tropfen.«

Sie warf den Kopf zurück und lachte schallend. Er musste sich zusammenreißen, um nicht sofort ihren Hals zu küssen.

»Oh, Mann! Sag mir einen Grund, warum ich dir ... Mann, wir kannten uns überhaupt nicht! Wir haben uns zufällig getroffen, und du hast mir gefallen. Es war nett mit dir, und ich war in Frühlingsstimmung und wäre ... Ach, egal ...« Sie schüttelte wieder den Kopf. »K.o.-Tropfen ...«
»›Wäre‹ was?«
Sie sah ihm wieder in die Augen. Mit einem schiefen Grinsen. »Na ja, ich wäre ganz gern mit dir versackt. Um es genau zu sagen: Ich hatte Lust, mit dir in der Kiste zu landen und dir die Seele aus dem Leib zu vögeln.« Sie schaute wieder auf den Rhein und trank noch einen Schluck. Langsam tuckerte die *Claudia* flussabwärts und schipperte Berge von Kohle in Richtung Holland.
Kai hat dienstags Ganztagsschule. Dann arbeitet Jutta immer lange ...
»Das könnten wir nachholen«, rutschte es Folker heraus, bevor er irgendeinen weiteren Gedanken fassen konnte. Seine Stimme klang belegt.
Me'Shell reagierte nicht. Starrte auf den Fluss, auf die unaufhörlich tanzenden Lichtreflexe, als dächte sie gründlich über das Angebot nach. Oder darüber, ob sie ihm den Kaffee ins Gesicht schütten sollte.
Aber offenbar trank sie ihn lieber. Leerte den Becher und warf ihn in den Papierkorb neben der Bank. Stützte die Ellenbogen auf die Knie, ließ den Kopf nach vorn hängen und schaute zu Boden. Folkers Herz pochte. Seine Lenden auch.
»*Liebe am Nachmittag?*«, sagte sie und blinzelte durch den schwarzen Vorhang ihrer Haare zu ihm hoch. »Klingt gar nicht so schlecht. Wo denn?«

»Ich hab gehört, in der Stadt sei eine Menge Koks unterwegs – weißt du irgendwas darüber?«
Sie gingen zu Fuß den Rhein entlang in die Südstadt, wie hunderte von anderen wintermüden, sonnenhungrigen Spaziergängern auch. Irgendwann hatte er ihre Hand genommen, aber nach ein paar Schritten hatte sie ihm die wieder entzogen, ihre

Utensilien aus dem Rucksack gekramt, einen unauffälligen Stick gedreht und amüsierte sich offenbar über die Blicke der Passanten, denen ihre Rauchwölkchen in die Nase wehten. Von empört oder ratlos bis verschwörerisch zustimmend war alles dabei.
»Koks? Hab ich nix mit am Hut«, sagte Folker. »Du weißt doch, ich bin Biertrinker.«
»Ach ja. Willst du trotzdem mal ziehen?«, fragte sie und hielt ihm den Stick hin. »Für einen *lazy tuesday afternoon?*«
»Nicht, dass ich nachher wieder einschlafe«, grinste er, nahm aber einen kurzen Zug und gab den Stick zurück.
»Mit mir im Bett? Sehr charmant«, sagte sie und kniff ihn in den Hintern.
Wohl eher nicht. Im Moment ist wahrscheinlich mein größeres Problem, dass ich dich nicht vorzeitig enttäusche, so scharf, wie ich auf dich bin ...

An seiner Haustür küsste er sie endlich. Erst zuckte sie kurz zurück, dann erwiderte sie den Kuss, hart und immer leidenschaftlicher. Rieb ihren heißen Schoß an ihm und griff ihm in den Schritt.
»Schließ endlich die Scheiß-Tür auf!«, keuchte sie in seinen Mund.

Das Ziel seiner Wünsche, seiner Begierde seit fast vier Wochen entpuppte sich recht schnell als etwas, das er nur mit einem Ringkampf vergleichen konnte. Das auch deshalb, weil Me'Shell, kaum dass sie auf seinem Bett gelandet waren, sich nach einem weiteren Kuss nicht nur sämtliche Kleider vom Leib gerissen hatte, sondern auch die langhaarige schwarze Echthaar-Perücke. Der Anblick dieses kahlrasieren Schädels hatte Folkers Erregung anfangs noch gesteigert, das Androgyne, Selbstbewusste, das glatzköpfige Frauen für ihn immer so merkwürdig attraktiv machten. David Bowies Bassistin, zum Beispiel, Gail Ann Dorsey.
Aber in Me'Shells ausgeprägtem Selbstbewusstsein war kein Raum für die Gefühle und Gelüste anderer. *Sie* bestimmte, was

geschah, und wann es geschah. *Sie bestimmte, wo und wie er sie anzufassen hatte und wer oben und wer unten lag* (er lag sehr bald nur noch unten). *Sie bestimmte Tonart, Rhythmus und Tempo – sie war die Chefin im Ring.* Kein Hauch mehr von Zärtlichkeit oder Zuneigung, seit sie beschlossen hatte, sich hinzugeben – sich ihrer Lust hinzugeben, nicht ihm. Seine Lust schien sie überhaupt nicht zu interessieren. Der ganze Akt lief ab wie eine längst bis zum Überdruss aufgeführte Bühnennummer; kalte, routinierte Mechanik, nach einer Choreographie, als hätte sie Sex mit einem Mann durch *Pornhub*-Videos gelernt, Kategorie BDSM. Keine Geduld, kein Spaß an der Sache, kein Humor, kein gemeinsamer Groove. Und schon gar keine Liebe.

Wäre ich aufblasbar, würdest du nicht anders mit mir umgehen. Folker stöhnte, längst nicht mehr vor Lust, sondern vor Schmerzen, als ihre Stöße immer härter und schneller, brutaler wurden. Ihr Schweiß tropfte auf ihn herab, sie hatte ihre Hände in seine gekrallt, die sie unnachgiebig neben seinen Kopf gedrückt hatte, sie keuchte mit offenem Mund, ihre Augen starrten weit aufgerissen in die seinen, ohne erkennen zu lassen, ob sie ihn überhaupt sahen. Folker wäre nicht im Geringsten überrascht gewesen, wenn sie sich als menschliche Gottesanbeterin entpuppen und ihm später den Kopf abbeißen würde.

Vor seinem inneren Auge tauchte Bärbel auf, mit ihrer mädchenhaften Geschmeidigkeit, ihrem kichernden Spaß an Sex, ihrer hingebungsvollen Anschmiegsamkeit. Jutta, mit ihrer üppigen Weichheit, ihrer melancholischen Zärtlichkeit, ihren erfahrenen, sanften Händen, ihrer Freude an ungebremster Leidenschaft. Mit einem Schlag wurde ihm klar, dass die Frau, die gerade hechelnd auf ihm ihrem Höhepunkt entgegenritt, alles andere als seine Traumfrau war. Und dann sah er, aus völlig unerfindlichen Gründen, Sansibars Rückentattoo vor sich.

»Nein!«, schrie Me'Shell, ließ seine linke Hand los und gab ihm eine Ohrfeige. »Machst du jetzt etwa schlapp?« Unwillig und ungeduldig rutschte sie auf seinem weich gewordenen Schoß herum und ließ ihr Becken zucken. Vergeblich.

»Oh, Mann …!«, stöhnte sie genervt, »ich war *so* kurz davor …« Sie glitt an ihm hoch und setzte sich auf sein Gesicht. »Dann mach's mir so!«, befahl sie, und Folker dachte, *na, den Gefallen kann ich ihr ja noch tun*, und überlegte, wie er sie danach so schnell wie möglich wieder loswerden konnte.

Gut, dass Jutta noch nicht da ist! Auch wenn es nicht das erste Mal wäre, dass Lustschreie aus seinem Zimmer durch ihre Wohnung schallten, aber ganz besonders diesmal wäre ihm das sehr unangenehm. Es fühlte sich einfach falsch an.

Taifun

»*Yok!*«, rief Öktem, als Taifun das Krankenzimmer betrat – »nein!« Die beiden Typen in den schicken Anzügen, einer anthrazit, der andere ein schimmerndes Grau, die am Fußende des Betts standen, stellten sich dem Besucher in den Weg und schüttelten mit bedrohlichen Blicken die Köpfe.

»Hey, Öktem!«, rief Taifun grinsend über sie hinweg und schwenkte einen kleinen Blumenstrauß. »Ich werde ja wohl den alten Öktem besuchen dürfen«, wandte er sich an die beiden. »Ich bin ein guter Freund von ihm.«

»Das ist wahr«, sagte der alte Mann heiser.

»Ein Freund?«, fragte einer der Anzugträger zweifelnd. »Oder vielleicht sein verschollener Sohn …?«

»Und wenn's so wäre?«, gab Taifun leise zurück, stellte sein Lächeln ab und richtete sich ein wenig gerader auf. Die beiden rückten einen halben Schritt auseinander, der eine schob eine Hand unter seine Jacke.

Taifun lachte. »Er war wirklich lange wie ein Vater für mich, das stimmt. Ohne ihn wäre meine Mutter sicher nicht mit mir fertig geworden. Stimmt's, *baba*?« Öktem schloss die Augen und nickte fast unmerklich. »Wer sind diese Leute hier eigentlich?«

»Geschäftsleute«, sagte Anthrazit.

»Freunde«, sagte Grau.

»Gut«, sagte Taifun und schob sich einfach zwischen ihnen hindurch. »Wie geht's dir, *baba*, was ist passiert?«

»Er sagt, er sei gestürzt«, beantwortete Grau die Frage.

»Verdammt, wo denn?«, fragte Taifun Öktem.

»Vor seiner Haustür«, antwortete Grau wieder.

»Ziemlich nah bei der Stelle, wo am nächsten Tag die Leiche eines Nazis gefunden wurde«, ergänzte Anthrazit.

Taifun wandte sich zu ihnen um. »Was soll das denn miteinander zu tun haben?«

»Das fragen wir uns auch.«

»Verstehe ich nicht.«

»Bist du sicher?« Anthrazit.

»Vielleicht hast du ja auch was damit zu tun.« Grau.

Taifun lachte wieder. »Hört mal, ihr Clowns, ich hab vor ein paar Wochen 'ne Kneipe aufgemacht. Ich hab Stress mit dem Ordnungsamt, ich hab Stress mit dem Gesundheitsamt, mit dem Finanzamt, mit der Berufsgenossenschaft, mit der Brauerei – ich hab anderes um die Ohren, als mich mit dämlichen Nazis rumzuschlagen. Und unser Öktem hier hat ganz sicher gar nichts mit denen zu tun.«

»Glaubst du.«

»Allerdings. Und wenn's euch nichts ausmacht und ihr alles Geschäftliche besprochen habt, würde ich mich jetzt gern in Ruhe ein bisschen mit meinem Freund unterhalten.«

Die beiden sahen einander an. Anthrazit nickte leicht. »Wir werden sehen, ob alles besprochen ist. Wir kommen wieder.« Sie wandten sich zur Tür. »Ach ja … Wie heißt du?«

»Was geht das euch an? Ich mache mit euch keine Geschäfte – ihr seht mit euren Anzügen aus wie Typen, die andere gern über den Tisch ziehen.«

Grau presste wütend die Lippen zusammen und machte einen Schritt auf ihn zu, aber Anthrazit tippte ihm auf die Schulter. »*Tamam*«, murmelte er – »schon gut.« Er warf Taifun und Öktem noch einen betont kalten Blick zu, dann öffnete er die Tür und zog Grau mit hinaus. Die Tür blieb offen.

Taifun ging hin und schloss sie.

»Arschlöcher«, brummte er, als er sich einen Stuhl schnappte und zu dem alten Mann ans Bett setzte.

»Ja«, sagte Öktem, »gefährliche Arschlöcher«, und griff nach Taifuns Hand. »Mein Sohn ...«, flüsterte er, und eine Träne löste sich aus seinem linken Auge.

»*Baba* ...«, murmelte Taifun und musste sich räuspern.

Und so saßen sie eine halbe Stunde lang schweigend da, Hand in Hand.

Du bist alt geworden, dachte Taifun und betrachtete das Gesicht mit den tausend tiefen Runzeln und Falten, die meisten von lebenslangen Sorgen geprägt, andere, wenige, wohl eher Lachfältchen. Er dachte an seine Kindheit zurück, an die Enge der Wohnung, an das strenge, fast unbarmherzige Regiment, die harte Hand des Vaters.

Und an einen der wenigen Sonntagsausflüge.

»Wir gehen in den Zoo«, hatte sein *Baba* gesagt. Taifun war gerade sieben geworden. Oder acht. »Nur wir beide, Vater und Sohn.«

Stundenlang waren sie durch das weitläufige Gelände gewandert, das der kleine Taifun noch nie gesehen hatte, genauso wenig wie all die exotischen Tiere, von denen er einige allenfalls aus seiner Bilderbuch-Ausgabe des *Dschungelbuchs* kannte.

Irgendwann, es war schon später Nachmittag, und der Junge war bereits ziemlich müde von all der Lauferei und den überwältigenden Eindrücken, landeten sie wieder im Affenhaus und standen vor dem gewaltigen Gorilla, der hinter einer dicken Glasscheibe saß und sie halb gleichmütig, halb interessiert anschaute, als seien sie die Exoten.

»Hier waren wir doch schon, *baba*«, hatte Taifun gesagt.

»Ich weiß, mein Sohn. Schau, das da«, er zeigte auf den Gorilla, »das ist mein Lieblingstier.«

»Warum, *baba*?«

»Weil er klüger und mutiger ist als wir beide zusammen. Er fängt nie von sich aus Streit an; das braucht er auch nicht, denn alle anderen Tiere haben Respekt vor ihm. Aber wenn ihn jemand angreift oder seine Leute bedroht, seine Familie, dann geht er keinem Kampf aus dem Weg. Er hat vor niemandem Angst, und er lässt sich von niemandem etwas gefallen, sagte Öktem feierlich. »Nie, von niemandem.«

Der Junge betrachtete das Wesen hinter der Scheibe mit neuen Augen, tief beeindruckt. Der gewaltige Brustkorb, die breiten runden Schultern, der riesige Schädel, die furchteinflößenden Pranken. Die tödlichen Zähne, als der Gorilla einmal kurz so etwas wie Grinsen zeigte. Die schwarz-braunen Augen, die noch viel, viel älter schienen als die seines Vaters, und die ruhig und gelassen auf ihm ruhten, als könnte das Tier tief in ihn hineinschauen und all seine Gedanken lesen.

»Dann will ich auch so werden, wenn ich groß bin, *baba*.«

»*Inschallah*«, sagte sein Vater und nahm seine Hand. »Komm, wir gehen nach Hause, ich bin müde und habe Hunger.«

Taifun schreckte auf. Es hatte geklopft. Aber da wirbelte auch schon eine junge Krankenpflegerin ins Zimmer, in den Händen ein Tablett mit Rasierzeug.

»Oh, hallo«, sagte sie, als sie ihn erblickte.

Er stand auf und streckte die Hände nach dem Tablett aus. »Das mach ich schon, vielen Dank.«

Sie sah kurz, mit einem Anflug von Misstrauen, erst ihn, dann Öktem an.

»Mein Sohn«, sagte der und lächelte.

»Na, dann«, sagte sie und erwiderte das Lächeln. »Schön, das erleichtert mir die Arbeit. Danke!«

Als sie wieder draußen war, rückte Taifun den Stuhl noch näher an Öktems Kopfende, schlug Rasierschaum in einem Schüsselchen und begann seinen Vater zu rasieren.

»Was sagt der Arzt, *baba*?«

»Nur eine Rippe gebrochen. Keine Organe verletzt. Wahrscheinlich kann ich am Wochenende schon wieder nach Hause.«

»Und was ist nun passiert?«

»Du hast es doch gehört: Ich bin gestürzt.«

»Ja, das habe ich gehört.« Taifun schaute sich im Zimmer um.
»Ein Einzelzimmer. Seit wann bist du privat versichert?«
»Bin ich nicht.«
»Und wer zahlt das alles?« Öktem nickte bloß zur Tür hin.
»Diese Dreckstypen?« Öktem hob nur die Augenbrauen und wiegte leicht den Kopf, als wollte er sagen, das sei ja wohl das Mindeste. Taifun kratzte ihm sanft Schaum von den Wangen und beugte sich tiefer zu ihm hinab. »Und was ist wirklich passiert?« Öktems Blick glitt zum Fenster hin. »Ich bin gestürzt.«
»Ja, nee, is' klar.« Sein Sohn nahm ein Handtuch und wischte ihm die letzten Schaumflocken vom Gesicht, dann rieb er es ihm mit einem entsetzlich stinkenden Aftershave ein. »Okay. Jetzt kannst du dich wieder im Schwesternzimmer sehen lassen.« Er stand auf und stellte das Tablett auf das Tischchen an der Wand. »Ich muss dann mal wieder los. Vielleicht gucke ich morgen noch mal rein. Brauchst du irgendwas?«

Der Alte schüttelte den Kopf, griff nach Taifuns Hand und drückte sie. »Alles ist gut«, sagte er.

»Dann ist's ja gut«, brummte der Sohn. »Bis dann.«

»Was willst du, verdammt?«, schrie der alte Metin aus dem Fenster im ersten Stock, nachdem Taifun minutenlang die Hand nicht von allen drei Klingelknöpfen genommen und mit der anderen zwischendurch an die Haustür gebollert hatte.
»Mit dir reden.«
»Wer bist du?«
»Taifun.«
»Wer?«
»Taifun. Öktems Sohn.«

Das Fenster im Zimmer daneben wurde geöffnet. Der Kopf des alten Ömer erschien.
»Wer ist das?«, fragte er Metin.
»Er sagt, er sei Öktems Sohn.«
»Was will er?«
»Mit mir reden.«

»Oder mit dir«, rief Taifun zu Ömer hinauf. »Oder mit irgendeinem von euch.«

»Worüber?«, wollte Ömer wissen.

»Darüber, warum mein Vater im Krankenhaus liegt. Und wer ihm die Rippe gebrochen hat. Und wer euch eure Gesichter so verschönt hat.«

Die beiden Alten sahen ihn lange an. Dann einander. Wortlos, nur mit Blicken, schienen sie sich zu einigen.

»Warte«, sagte Metin und verschwand nach drinnen.

»Lange nicht gesehen«, sagte Ömer.

»Viel zu lange«, erwiderte Taifun.

»Das ist wahr«, sagte Ömer und verschwand ebenfalls. Ohne das Fenster zu schließen. Taifun wartete.

Schließlich, er wurde schon ungeduldig, wurde die Haustür geöffnet. Metin, ein kleines Messingtablett mit zwei Tassen dampfendem Tee in der Hand, ließ sich schwerfällig auf der obersten der beiden Stufen nieder.

»Setz dich, *oğlum*«, sagte er und wies neben sich. Taifun setzte sich. »Lass uns einen Schluck Tee trinken und den Sonnenuntergang genießen.«

»Wir könnten eine Zigarette dazu rauchen.«

»Nicht die schlechteste Idee.«

Also schlürften sie stumm den Tee, rauchten und genossen den Sonnenuntergang.

»Lange nicht gesehen«, sagte Metin, als seine Tasse leer war und er seine Kippe in den Rinnstein geschnipst hatte.

»Hat Ömer auch gesagt.«

»Und du hast gesagt: Viel zu lange.«

»Ja.«

»Er hat dich vermisst. Sehr. Und ich rede nicht von Ömer.«

»Ja. Ich war ein *götveren* – ein Arschloch. Und es tut mir leid.«

»Na ja«, Metin grinste, »nach allem, was ich so weiß, war *er* der Sturkopf. Und du hattest gute Gründe, die Adresse zu wechseln.«

»Ja, vielleicht. Aber jetzt bin ich wieder da.«

»Ja. Vielleicht ist das gut, vielleicht auch nicht.«

»Also, Metin, was ist wirklich passiert am Samstag?«

»Woher weißt du überhaupt davon?«

»Die Straße hat auch tausend Ohren.«

Metin seufzte. »Das ist manchmal gut und manchmal nicht. Ich hoffe, es gibt sehr viel weniger geschwätzige Münder.«

»Erzähl, Metin. Ich werde so oder so nicht lockerlassen, bis ich es herausgefunden habe.«

»Ganz der Vater, der kleine Taifun. Sturer als ein zwanzigjähriger Maulesel.«

Und dann erzählte ihm Metin die ganze Geschichte.

»Vergiss nicht, dass ich geholfen habe, das Arschloch den Boden küssen zu lassen!«, rief Ömer von oben.

»Du warst doch gar nicht dabei«, rief Metin zurück.

»Ach ja, stimmt ja.«

Taifun stand auf und streckte ihm die Hand hin. »Danke, Onkel Metin.«

»Hilf mir auf«, sagte der Alte, und Taifun zog ihn hoch.

»Danke«, wiederholte er. »Und am besten vergisst du, dass ich überhaupt hier war.«

»Das Alter ...«, sagte Metin, und seine Augen blickten verschmitzt an Taifuns Schläfe vorbei. »Manchmal höre ich Stimmen. Aus heiterem Himmel. Und dann sehe ich mich um, aber es ist nirgends jemand zu sehen ...«

Er nahm die beiden Tassen und das Tablett, ging in den Hausflur und schloss die Tür hinter sich, ohne sich noch einmal umzusehen, ohne ein weiteres Wort.

Taifun schaute nach oben – Ömers Fenster war ein schwarzes Loch. Er wandte sich um und blickte die kurze Häuserzeile entlang. Hier und da klappte eine Gardine, ein Vorhang zur Seite. Die tausend Augen hatten sich geschlossen. Vielleicht hatten sie auch nie etwas gesehen.

25
Mittwoch, 17. April

BÖRNIE

Es war das Geräusch des Regens, das Big Börnie weckte. Irgendetwas war falsch damit. Er drehte sich auf die Seite und blickte zum Fenster. Es stand offen, der Regen prasselte auf die hölzerne, braun lackierte Fensterbank, Wasser lief die Wand herab. Börnie starrte verwirrt auf den vollgesogenen Teppich, dessen Farbe von hell- zu dunkelblau gewechselt war. Dann holte ihn mit leichter Verspätung der Kater ein – und dazu die Erinnerung an den gestrigen Abend. Es war eiskalt im Zimmer. Er kämpfte sich hoch, ging zum Fenster, schloss es und warf sich zurück aufs Bett. Doch einschlafen konnte er nicht mehr: Immer wieder sah er in Zeitlupe, wie er Jaworski aus dem offenen Fenster stieß. Der Krankenwagen war gekommen, die Polizei auch.

»Ihr Freund wird wohl noch vorgeladen, um eine Aussage zu machen«, hatte einer der Bullen zu Mona und Lisa gesagt. »Wenn er wieder nüchtern ist.« Die Bettwäsche roch noch immer nach dem Parfüm der Zwillinge, und Börnie bemerkte, dass er immer noch seine Jeans und die Cowboy-Stiefel anhatte. Nicht einmal der oberste Knopf der Hose stand offen. Er hatte mit zwei wunderschönen Frauen im Bett gelegen und war einfach eingeschlafen.
Was bist du für ein armseliges Arschloch. Scheiß beschissene Sauferei.
Er stülpte sich ein Kissen über den Kopf und ergab sich dem Blues. Fast wäre er wieder weggedöst, doch dann war da diese Stimme in seinem schmerzenden Schädel, die ihn hochschrecken ließ: *Weißt du, was du auch noch getan hast? Du hast die Kraadeberjer ans Messer geliefert. Du hast deine Kumpels ausgerechnet an die Gören eines Verfassungsschutz-Spitzels verraten!*
Er stand auf und ging in das winzige Badezimmer. Beim Pinkeln konnte er sein Gesicht im Spiegel sehen, es ekelte ihn an. Es

war vorbei, so konnte er den anderen nicht mehr unter die Augen treten. Wenn das herauskam – und er zweifelte kein bisschen daran, dass sein Verrat früher oder später herauskommen musste – würde Hoffmann ihn umbringen. Er hatte den Zwillingen *alles* erzählt. Die Kraadeberjer würden für Jahre hinter Gittern landen. *Ich muss hier weg. Und zwar schnell!*
Börnie warf seine abgeschabte Reisetasche aufs Bett und begann sie mit Klamotten vollzustopfen. Jemand klopfte an die Tür. Er erstarrte und hielt den Atem an. Er hatte Angst, zu öffnen – *aber vielleicht sind es ja Mona und Lisa. Sie kommen zu mir zurück. Ja, das sind meine Mädels!*
Mit zwei Schritten war er an der Tür, riss sie auf und zuckte heftig zusammen.
»Ganz schön schreckhaft für so'n großen Kerl«, sagte Hoffmann ohne das geringste Lächeln und drängte sich an ihm vorbei ins Zimmer. Er hatte zwei Einkaufstaschen bei sich, der Regen hatte den Verband um seinen Kopf aufgeweicht. Da, wo früher sein rechtes Ohr gewesen war, hatte sich die Gaze rosarot verfärbt. »Wo ist Jaworski?« Hoffmann sah sich um und bemerkte den nassen Teppich und die leeren Bierflaschen vor der Couch. »Habt im besoffenen Kopp das Fenster offenstehen lassen, wa? Also, wo ist der Penner?«
Börnie kämpfte gegen die aufsteigende Panik. *Ja, wo ist er? Wo, wo, wo, kann Jaworski sein?* »In der Wohnung«, stieß er hervor. »In seiner alten Wohnung ... Fernseher abholen und so ... Kommt erst heute Abend wieder, hat er gesagt.«
Hoffmann nickte in Richtung Bett. »Und du willst verreisen, oder warum packst du die Tasche da?« Börnie rutschte das Herz in die Hose, doch sein Gehirn lief im Panikmodus erstaunlicherweise auf Hochtouren.
»Waschsalon ... Hab ja keine Waschmaschine.« Hoffmann blicke ihm misstrauisch in die Augen, doch dann gab er sich mit der Erklärung zufrieden.
»Kenn ich, geht mir genauso«, brummte er. »Kannst du aber für heute vergessen, ich habe euch 'n bisschen Hausarbeit mitgebracht.« Er bückte sich und zog einen Senfeimer aus Plastik

aus einer der Taschen. Der Deckel war mit schwarzem Klebeband befestigt. Dann verteilte er den Inhalt der anderen Tasche auf Börnies kleinem Schreibtisch gegenüber dem Bett.

»Ich war vorhin im Baumarkt, damit ihr bestens ausgerüstet seid. Vorschriftsmäßig, quasi«, sagte er und legte zwei Paar Arbeitshandschuhe, zwei in Klarsichtfolie eingepackte Schutzbrillen und zwei Staubschutzmasken auf die Tischplatte. Dann bückte er sich erneut und kam mit einer kleinen elektrischen Kaffeemühle wieder hoch. Börnie stierte verständnislos auf die Staubmasken, die Handschuhe und das Gerät in Hoffmanns Hand. Er konnte keinen Zusammenhang erkennen.

»Pech, dass Jaworski ausgeflogen ist.« Hoffmann packte einen zweiten Senfeimer aus und stellte ihn vor den Tisch. »Jetzt musst du das alles alleine machen.«

»Was soll ich alleine machen?«, fragte Börnie vorsichtig.

Hoffmann riss das Klebeband von einem der Eimer und hob den Deckel an. Börnie sah, dass er randvoll mit rötlich-braunen Bohnen gefüllt war.

»Das, du kleines Arschgesicht, sind meine Rizinsamen«, sagte Hoffmann, und Börnie konnte den Stolz in seiner Stimme hören.

»Mit dem Zeug werden wir den Kanakenfreunden von der Stadt die Lügenmäuler stopfen. Wenn die nämlich nicht mit der Kohle herausrücken, kippen wir die Scheiße ins Trinkwasser. Und dann werden jede Menge Leute elendig verrecken.« Hoffmann tätschelte liebevoll den Eimer. »Allerdings müssen die Dinger erst gemahlen werden. So sind sie nicht giftig genug.« Er nahm eine Handvoll der Samen und hielt sie Börnie hin.

»Heiner ... Ich kann das nicht.« Börnies Stimme war fast ein Flüstern. »Ich kann keine Leute töten.«

Hoffmann warf die Samen wütend in den Eimer zurück, ging zum Fenster und schaute eine Weile in den Hinterhof. Dann drehte er sich langsam um und trat dicht an Börnie heran. »Jetzpassmaauf«, zischte er mit hassverzerrtem Gesicht. »Du machst, was ich sage. Du hältst jetzt die Fresse, machst dich an die Arbeit und mahlst diese Rizinsamen.«

Börnie schluckte. »Und wenn ich nicht will?«, presste er hervor. Hoffmann grinste boshaft. »Ich weiß, wo deine kleine Schlampe wohnt. Mona heißt sie, oder? Ich weiß, wo sie zur Schule geht. Was meinst du, soll ich sie mal besuchen? Ich würde gerne mal testen, ob sie gut im Bett ist.« Ein Speichelsprühregen landete auf Börnies Gesicht. »Und wenn ich mit der Nutte fertig bin, wirst du sie nicht mehr wiedererkennen. Das schwöre ich dir.«

Börnies Mundwinkel zuckten unkontrolliert, und eine Träne kullerte seine Wange hinab. Er glaubte dem Schwein jedes Wort. Hoffmann würde erst Mona töten und dann ihn. Und es würde ihm Spaß machen. Es blieb ihm nichts übrig, als zu gehorchen.

»Ich gehe jetzt«, sagte Hoffmann leise und zupfte seinen Kopfverband zurecht. Die Blutung hatte wieder zugenommen. »Du hast vier Stunden Zeit, dann bringst du das gemahlene Zeug zu unserem Treffpunkt.« Er zog sein Handy aus der Hosentasche und checkte die Uhrzeit. »Jetzt ist es kurz vor elf. Um drei bist du da. Falls nicht, schnappe ich mir das Mädchen. Und ich nehme Koppnuss mit, der braucht auch mal wieder was zum Poppen.«

Er blieb an der Tür kurz stehen. »Grüß Jaworski von mir«, sagte er noch, dann war er weg.

Börnie setzte sich aufs Bett und heulte. Wo war er hier hineingeraten? Er wollte ein Held sein, ein stolzer Widerstandskämpfer. Jetzt sollte er helfen, unschuldige Menschen zu töten. Er musste an seine Mutter denken, die selbst nach dem abgebrochenen Soziologiestudium zu ihm gehalten hatte. »Junge, Hauptsache du wirst glücklich«, hatte sie gesagt und seine Wange getätschelt. »Aber pass bloß auf, dass du dir nicht dein Leben versaust.«

Er schüttelte den Kopf und rieb sich die Augen trocken. Dann ging er an den Schreibtisch, zog den Stecker der Lampe aus der Steckdose und schloss die Kaffeemühle an. Schutzbrille und Handschuhe passten wie angegossen, an der Staubmaske musste er ein Gummiband etwas lösen, damit sie nicht zu eng saß. Er holte einen Löffel und die große Salatschüssel aus dem Küchenschrank, befüllte die kleine Mühle, schloss den Deckel und schaltete sie ein. Das kreischende Geräusch des Geräts ließ ihn zusammenzucken, doch als

er sah, wie schnell aus den trockenen Samen ein rötliches Mehl wurde, beruhigte er sich ein wenig. *Bis drei Uhr ist das zu schaffen. Ich liefere das Zeug ab, und dann gehe ich zu Mona und erzähle alles ihrem Vater. Vielleicht komme ich mit einer kleinen Strafe davon.*
Immer, wenn die Kaffeemühle ihre Arbeit getan hatte, schüttete Börnie das Mehl vorsichtig in die Schüssel. Eine Stunde später war der erste Eimer geleert, und er öffnete den zweiten – das geschredderte Rizin füllte er löffelweise und schön langsam in den leeren Senfeimer. *Zeit für eine kleine Pause. Ich muss mal die Maske ausziehen und frische Luft schnappen.*
Er kippte Samen in den Glasbehälter der Maschine und legte den Schalter um. Bisher hatte er das Ding mit der linken Hand festgehalten, damit es nicht auf der Tischplatte herumtanzte. Jetzt klemmte er die Mühle zwischen den schweren Metallaschenbecher und den dicken Band von ›Soziologie heute‹, den er immer noch mit sich herumschleppte. Er öffnete das Fenster, zog die Maske herunter und die Brille aus. Es hatte aufgehört zu regnen, doch die Wolken waren geblieben. Ein leichter Wind trug Möwengeschrei vom Rhein herüber. Hinter ihm stotterte und jaulte die Kaffeemühle. Er dachte an Mona.
Hätte Börnie sich in diesem Augenblick umgedreht, wäre der Sturz noch zu vermeiden gewesen. Die Mühle hatte sich aus der improvisierten Zange befreit und ratterte wie ein Aufziehmännchen auf die Tischkante zu. Kurz änderte sie die Richtung, als hätte sie es sich anders überlegt – doch dann beschleunigte sie ihren zittrigen Marsch über die glatte Platte und fiel krachend zu Boden. Der Deckel zerbrach, und gerade als Börnie erschrocken herumfuhr, schoss das Pulver aus dem Behälter und füllte den ganzen Raum mit rötlichem Nebel. Börnie sprang zu der Stelle, an der das Gerät weiter mahlte, als wäre nichts geschehen, und schaltete es aus. Im Zimmer herrschte plötzliche Stille, nur die Möwen waren von draußen zu hören.
Börnie stand reglos in der roten Wolke, in einer Hand die Kaffeemühle, in der anderen baumelten die Staubmaske und die Schutzbrille.

Als Hoffmann in den Hinterhof der Mansfelder Straße Nummer 13 einbog, gratulierte er sich dazu, dem kleinen Scheißer Druck gemacht zu haben. Es war noch nicht einmal drei Uhr, und Börnie war schon da. Er saß auf dem Treppchen vor der Eingangstür des Kraadeberjer-Hauptquartiers und umklammerte einen der Senfeimer auf seinem Schoß. Der zweite stand neben ihm.
»Schiss verleiht Flügel, wa', Börnie?«, rief Hoffmann und lachte. Börnie reagierte nicht. Er starrte stumm geradeaus, als hätte er nichts gehört. »Was ist, redest du etwa nicht mehr mit mir?« Hoffmann kam näher – und stutzte. Börnies Jacke stand offen, sein Hemd war vorne aufgerissen. Irgendetwas war mit seinem Gesicht passiert: Die Wangen waren eingefallen, seine Augen starrten schreckgeweitet durch Hoffmann hindurch.
»He, alles klar?« Hoffmann ging vor dem Jungen in die Hocke und sah das geronnene Blut an Nasenlöchern und Mundwinkeln. Bemerkte die tiefen Kratzer an Börnies nackter Brust, die er sich, kurz bevor er erstickte, zugefügt hatte, um seiner Lunge irgendwie Luft zu verschaffen. Hoffmann sah das Blut unter den Fingernägeln der unnatürlich verkrampften Hände, die den Eimer auf dem Schoß umklammerten.
Er stand ruckartig auf und holte sein Handy aus der Tasche. Jaworski nahm nicht ab, Koppnuss erst nach dem dritten Klingeln.
»Komm sofort her. Wir haben ein Problem«, sagte Hoffmann und steckte das Telefon wieder weg, ohne die Antwort abzuwarten.
Als Erstes musste die Leiche verschwinden.

Folker & Hehlau

»Wer bist *du* denn?«, fragte Hehlau überrascht, als ihm ein strubbeliger Steppke die Tür öffnete.
»Ich bin Kai, und du?«
»Herbert. Ich möchte eigentlich Volker Schmittem besuchen – ist er da?«

»Ja, der ist in seinem Zimmer und nervt«, sagte Kai, machte den Weg frei und wies auf eine Tür am Ende des Wohnungsflurs, hinter der wildes Gitarrengeschrabbel zu hören war. Galoppierte vor Hehlau her, bollerte an die Tür und öffnete sie, ohne eine Antwort abzuwarten.

»Hier ist der Herbert, der will zu dir«, sagte er zu dem Langhaarigen, der mit der Gitarre auf einem zerwühlten Bett saß und unwillig hochschaute.

»Ich kenne keinen ...«

»Hehlau«, sagte Hehlau, »danke, Kai«, drängte den Jungen in den Flur zurück und schloss die Tür hinter ihm. Kurz hielt er Folker einen amtlich aussehenden Ausweis hin. »Amt für Verfassungsschutz. Sie sind Volker Schmittem?«

»Verfassungs... Was wollen Sie denn von mir? Das letzte Mal, dass ich auf einer Demo war, ist schon ...«

Hehlau winkte ab. »Kennen Sie einen Schuggermän?«

»Klar.«

»Das ist ja interessant«, sagte Hehlau mit hochgezogenen Augenbrauen, verschränkte die Arme vor der Brust und lehnte sich an die Tür. »Was wissen Sie denn über ihn?«

Folker stellte die Gitarre an die Wand neben das Bett, stand auf, räumte eine Jeans und ein Hemd vom Schreibtischstuhl und wies auf den Stuhl. »Setzen Sie sich doch.«

»Danke, ich stehe lieber«, erwiderte Hehlau grimmig. »Schuggermän.«

Folker setzte sich wieder auf sein Bett. »Ein mexikanischer Sänger. Sixto Rodriguez, genannt Sugar Man, weil das sein erfolgreichster Song war. Jahrgang zweiundvierzig oder so. Hat Anfang der Siebziger in Los Angeles und London zwei LPs aufgenommen, die aber beide floppten. Da hatte er die Schnauze voll vom Musikbusiness und arbeitete als Tankwart und auf dem Bau. Aus irgendeinem Grund, den keiner kennt, wurden seine Songs jedoch ein paar Jahre später ein Riesenerfolg in Südafrika. Er war aber quasi spurlos von der Bildfläche verschwunden, und es gab auch mal Gerüchte, er hätte sich erschossen, in LA, auf offener Straße.«

Hehlau runzelte zweifelnd die Stirn, sagte aber nichts. »Vierzig Jahre später wollten zwei Filmemacher aus Südafrika aber unbedingt wissen, was aus ihm geworden ist, sind in die USA und haben recherchiert – und sogar erst seine Tochter und dann, in Detroit, ihn selbst aufgetrieben. Und für ihren Dokumentarfilm über ihn 2013 sogar einen Oscar gekriegt.«

»Moment!«, unterbrach Hehlau ihn, »wir reden hier über einen Kerl, der jetzt an die achtzig sein müsste …? Wollen Sie mich verarschen?«

»Verarschen? Nee«, Folker stand wieder auf und wühlte in dem CD-Stapel in dem Regal über dem Schreibtisch. »Hier«, er reichte seinem Besucher eine CD. »Und seine Geschichte können Sie auf Wikipedia nachlesen. Oder noch besser: Gucken Sie sich den Film an – Moment … Hier …« Er hatte auch die DVD gefunden. »Würde ich aber ungern aus der Hand geben. Ich liebe den Film.«

Hehlau zückte sein Handy und machte ein Foto des DVD-Covers. Und wusste erst einmal nicht mehr weiter.

»Und das ist der einzige Schuggermän, den Sie kennen?«

»Ja«, behauptete Folker.

»Hm. Sind Sie sicher?«

»Ja! Worum geht's denn hier eigentlich?«

»Und was machen *Sie* so beruflich?«, fragte Hehlau, um seine Autorität zu unterstreichen.

»Na ja, ich bin auch Musiker«, sagte Folker und wies auf die Gitarren.

»Musiker …«, wiederholte Hehlau und ließ das Wort klingen, als habe Folker Müllmann, Hühnerschlachter oder Totengräber gesagt, und sah sich skeptisch im Zimmer um. Das ungemachte Bett, der unaufgeräumte Schreibtisch mit dem alten MacBook, der kleine Fernseher, das schiefe *Billy*-Regal mit der eklektischen, undefinierbaren Büchersammlung auf den durchhängenden Brettern, den mit Klamotten überladenen Kleiderständer, die beiden Gitarren an der Wand neben dem Bett. Die Pinnwand voller Notizzettel und Folker-auf-der-Bühne-Fotos, die mit Reißzwecken an den nikotingel-

ben Raufaserwänden befestigten Drucke von Gerhard-Richter- und Joni-Mitchell-Gemälden.»Und davon kann man leben?«
»Geht so«, erwiderte der Musiker mit einem Schulterzucken.
»Wie oft treten Sie denn so auf?«
»Nicht so oft wie Peheika an Weiberfastnacht ...«
»Wie wer?«
»Die drei erfolgreichsten Kölner Karnevalskapellen – Petermanns Enkel, Heizefeiz und Karacho. Haben sich dieses Jahr zusammengetan und sind als Bigband aufgetreten; sieben Mal allein an Weiberfastnacht.«
»Aha«, murmelte Hehlau, ohne dass er das Gefühl hatte, schlauer zu sein.
Was Folker ihm ansah.»Sagt einem wahrscheinlich nicht viel, wenn man Helau heißt«, kalauerte er.
»Nu' wer'n Se ma' nich' frech«, wies Hehlau ihn zurecht und blätterte ziel- und ratlos in einem Exemplar des *Rolling Stone*. Folker dachte an Peheika und sieben mindestens vierstellig honorierte Gigs an einem Tag. Er konnte, obwohl ›'ne eschte kölsche Jung‹, weder mit Karneval noch mit all diesen heimatbesoffenen neuen Bands viel anfangen, die das Kölner Publikum so liebte, zumal man deren Sängern meist deutlich anhörte, dass Kölsch für sie eigentlich eine Fremdsprache war. Aber wie diese jungen Typen es hingekriegt hatten, das in diesen Kreisen von Haus aus übliche Konkurrenzdenken zu überwinden und sich zu einem überaus erfolgreichen Act zusammenzuraufen, forderte ihm Respekt ab. Den Musikern der Generation davor war das nicht gelungen. Innerlich kopfschüttelnd dachte er daran, was sein Freund Büb ihm über die Session 2003 erzählt hatte: In dem Jahr war die Ausschreibung für das Mottolied des Kölner Karnevals besonders spannend gewesen, weil die ewige Gewinnerin Marie Cimera, daher auch ›Mottokönigin‹ genannt, sich aus Altersgründen eine Auszeit genommen hatte. Ein Kollege hatte daraufhin die Idee, dass Die Großen Vier der Zeit sich zusammenschließen und gemeinsam das neue Mottolied präsentieren sollten, und hatte eine Ballade komponiert, zu der Büb den Text beigesteuert hatte.

Alle waren begeistert, es wurde sogar kolportiert, der damalige Oberbürgermeister der Stadt habe beim Anhören einer Demo-Version des Liedes Tränen der Rührung in den Augen gehabt. Na ja, der war ja vorher auch Lateinlehrer gewesen.

»Und ich dachte: Super«, hatte Büb zwischen dem elften und zwölften Kölsch gesagt, »landest du auf deine alten Tage doch noch mal 'nen Hit!«

»Aber ...?«, hatte Folker gefragt.

»Ja, *Driss am Schoh!* Jede dieser Bands hat ein eigenes Tonstudio, jede von denen hat einen eigenen Musikverlag – da ging das Gerangel und Gefeilsche los: In wessen Verlag erscheint denn das Lied, in welchem Studio soll das aufgenommen werden? Mit anderen Worten: Wer macht den meisten Reibach bei dem Unternehmen? Und selbst als sich dann Kompromisse abzeichneten – da kamen die Sänger ins Spiel: Wer singt denn die erste Strophe, wer kriegt die Hauptstimme im Refrain? Und keine dieser Diven gönnte der anderen den vermeintlich besseren Platz – das ganze Projekt platzte, und der Song wurde von einer der Bands aus der zweiten Reihe aufgenommen und veröffentlicht und landete prompt unter ferner liefen ... Und dann haben sie auch noch meine dritte Strophe gestrichen, weil der Song sonst angeblich zu lang fürs Radio geworden wäre ...! He, Helja, mach noch zwei Apfelkorn!«

»Ich wollte wissen, wie oft *Sie* auftreten«, unterbrach Hehlau die Reminiszenzen.

»Kommt drauf an. Mal mehr, mal weniger.«

»Mann, ich bin nicht vom Finanzamt, schon vergessen?«, schnappte der Mann vom Verfassungsschutz.

»Schätze, im Jahresschnitt sind's drei bis fünf Auftritte pro Monat. Vielleicht auch mal sechs.«

Hehlau schnaubte mitleidig. »Da käme doch ein kleiner Nebenverdienst ganz recht, oder nicht?«

Was soll ich dem Blödmann von einem Putzjob im Wasserwerk erzählen?

»Ich bin Musiker«, betonte Folker. »Was soll das denn für'n Job sein? Ach ja, ab und zu gebe ich mal ein bisschen Gitarrenunterricht.«

Hehlau ließ den *Rolling Stone* achtlos auf den Boden flattern. »Und so'n bisschen für die Hausapotheke? Mit dem einen oder anderen Portiönchen zum Dealen? Hasch, Gras, ein paar Pillen? *Koks* ...?«

Folker lachte auf. »Nee, da sind Sie bei mir ganz falsch. Ich bin Biertrinker, ich nehme keine Drogen.« Er schwenkte den Arm über das Zimmer. »Hier können Sie ruhig alles auf den Kopf stellen, Sie werden nicht mal ein Krümelchen Haschisch finden. Und außerdem ...«

»Was?«

»Ich bin hier bloß Untermieter. Und meine Vermieterin hat einen neunjährigen Sohn – Sie haben ihn ja eben gesehen. Was glauben Sie, wie schnell ich auf der Straße säße, wenn die mich hier mit irgendwelchem Rauschgift erwischen würde?« *Hoffentlich kommt er nicht auf die Idee, mal in die Küchentischschublade zu gucken und Juttas Gras-Döschen aufzumachen ...!*

»Verstehe«, sagte Hehlau. »Aber vielleicht haben Sie als Staubfee ja noch 'ne andere Absteige irgendwo.«

»Hä?«

»Staubfee? Sagt Ihnen nichts?«

»Nein! Was soll das sein?«

Hehlau wies auf den Laptop. »Machen Sie Online-Banking?«

»Ja, wieso?«

»Na, dann loggen Sie sich doch mal ein.«

Folker runzelte die Stirn. »Ich soll ... Jetzt ...? Dürfen Sie das überhaupt?«

»Nein«, grinste Hehlau. »Aber wir sind hier auch nicht in einer *Tatort*-Folge, und ich bin kein Kommissar, der sich an irgendwelche dämlichen Regeln halten muss. Einloggen!« Folker schüttelte den Kopf. »Hören Sie zu, Herr Schmittem: Was ich auf jeden Fall *darf*, ist, Ihren Scheiß-Computer wegen Gefahr in Verzug konfiszieren und meine Leute das Ding unter die Lupe nehmen lassen. Diese

Leute sind allerdings ziemlich überlastet, das kann also einige Wochen dauern. Wochen, die Sie, wegen vermutlicher Fluchtgefahr, in einer Zelle in U-Haft verbringen werden. Wäre Ihnen das lieber?«

Wortlos stand Folker auf, setzte sich an seinen Schreibtisch, weckte das MacBook aus dem Ruhezustand, rief die Anmeldeseite seiner Bank auf und loggte sich ein.

»Kontoumsätze«, kommandierte Hehlau und ließ ihn nicht aus den Augen.

Erschrocken zuckte Folker zusammen, als er seine aktualisierten Umsätze sah: Ein ›Wege aus der Sucht e.V.‹ hatte ihm dreitausend Euro überwiesen.

»Was ist das denn?«, keuchte er.

»Tja«, sagte Hehlau, »das haben wir uns auch gefragt. Und ich hatte gehofft, dass Sie mir das erklären können.«

»N-nein! Ich ... Keine Ahnung!«, stotterte Folker und starrte ihn mit großen Augen an.

Und das Schlimme ist, ich glaube dir das sogar.

»Funktioniert Ihr Drucker?«, fragte Hehlau laut. Folker nickte.

»Dann drucken Sie mir mal bitte die Auszüge der letzten drei Monate aus.« Folker gehorchte.

Hehlau überflog die gerade mal fünf Seiten. *Ach, du Scheiße! Kaum Umsätze, und der Kontostand ständig am Rande des Dispo-Limits von minus tausend Euro.*

»Wieso haben Sie einen so hohen Überziehungskredit?«

»Ich hab vor ein paar Jahren mal zwei ziemlich wertvolle Gitarren verkaufen müssen. Da war ich plötzlich mit über zehn Mille im Plus – und schwups, hat mir die Bank automatisch den Dispo eingeräumt. Worüber ich inzwischen ziemlich froh bin, wie Sie sehen können.«

»Trotz der Zinsen?« Folker zuckte nur resigniert mit den Schultern: *Was soll man machen?*

»Hm.« Hehlau sah sich frustriert noch einmal um. *Sieht aus, als müsste ich zu dem Schluss kommen, dass die verdammte Staubfee uns mit dieser Kontonummer eine falsche Fährte gelegt hat. Könnte aber – positiv denken! – auch bedeuten, dass wir ihr dicht auf den Fersen sind. Na ja, Me'Shell zumindest. Die ja wohl auch recht hatte damit, dass der Typ hier ein harmloser Spinner ist.*

»Aber Sie kommen doch viel rum«, wandte er sich wieder an Folker, »wahrscheinlich auch in Kreisen, in denen Drogen konsumiert werden, oder?«

Schulterzucken. »Interessiert mich ehrlich gesagt nicht sonderlich.«

»Sollte es aber vielleicht. Sie könnten uns – und sich – einen Gefallen tun, wenn Sie diesbezüglich die Augen offenhalten und uns wissen lassen, was Sie mitkriegen.« Hehlau griff in die kleine Außenbrusttasche seines Jacketts, wo statt eines Ziertuchs seine Visitenkarten steckten. »Hier ist meine Karte. Melden Sie sich, wenn Ihnen irgendetwas Verdächtiges auffällt.«

Dann holte er aus der Innentasche drei Fotos, sortierte sie kurz, fächerte sie auf und hielt sie Folker vor die Nase. »Und was sagen Ihnen diese Bilder?«

Folker staunte. Und musste sich Mühe geben, nur unauffällig zu schlucken. Auf dem ersten Foto kamen Bärbel und er Arm in Arm der Kamera entgegen. Es war ein Infrarotbild, aber trotz all der grünlichen Farben konnte man sie beide gut erkennen. Auf dem zweiten Bild, ebenfalls infrarot, saß er auf einer Parkbank und Bärbel, mit dem Rücken zum Fotografen, rittlings auf seinem Schoß. Das dritte zeigte sie, wie sie vor der Bank standen und beunruhigt bis erschrocken direkt in die Kamera schauten, mit grellweißen Gesichtern und roten Augen – warum auch immer, hatte der Fotograf hier mit Blitzlicht gearbeitet.

»Hm ... Erstens: Das bin ja ich. Zweitens: Das scheint mir im Friedenspark zu sein. In dem man aber, wie man sieht, seinen Frieden auch nicht hat. Drittens: Ich kann mich gar nicht mehr an den Namen meiner Begleiterin erinnern – war wohl nur eine flüchtige Begegnung ...«

»Sie wollen mir weismachen, dass Sie nicht mal wissen, wie die junge Dame heißt, mit der Sie hier so ... intim sind?« Hehlau wedelte ungehalten mit dem Fächer.

»Was heißt denn weismachen – ich weiß es wirklich nicht mehr. Solche Begegnungen hat man als Musiker schon mal öfter. Eh ..., Claudia? Ja, ich glaube, sie hieß Claudia.«

»Sie heißt Barbara.«

»Ach ...? Ja, kann auch sein.«

»Barbara Hoffmann, genauer gesagt.«

Folker zuckte mit den Schultern. »Und was ist mit ihr?«

»Sie ist Mitglied einer rechtsradikalen Gruppierung.«

Folker lachte. »Die? Nee, da muss eine Verwechslung vorliegen – das war voll die Hippie-Tante.«

»Das heißt, ihren Bruder kennen sie auch nicht?«

»Sie hat mir, glaube ich, nicht erzählt, dass sie überhaupt einen hat.«

Hehlau fixierte ihn eine halbe Minute lang skeptisch, als wolle er ihn per Hypnose zu einem Geständnis zwingen.

Schließlich wandte sich der Verfassungsschützer zur Tür. »Melden Sie sich, wenn Ihnen etwas – oder jemand – verdächtig vorkommt. Und gehen Sie ruhig davon aus, dass wir Sie im Auge behalten. Schönen Tag noch. Danke, ich finde allein raus.«

Nicht ohne auf dem Weg zur Wohnungstür dreist sämtliche anderen Türen zu öffnen und einen Blick in die Zimmer zu werfen, allerdings.

»Tschüs, Kai«, rief er leutselig in die Küche.

»Tschüs«, antwortete der Junge, ohne von seinen Heften aufzublicken.

Als Hehlau endlich draußen war und seine Schritte treppab verklangen, lehnte Folker sich mit dem Rücken an die Wohnungstür, bemerkte, dass er weiche Knie hatte, und fragte sich, warum eigentlich. *Ich hab doch gar nix verbrochen ...!*

Er ging in die Küche und nahm sich eine Zigarette aus der Tischschublade.

»Wer war das?«, fragte Kai.

»Ach, irgend so'n Beamter.«

»Von der Polizei?«

»Nee.«

»Was wollte der?«
»Der wollte kontrollieren, ob du auch deine Hausaufgaben immer ordentlich machst.«
»Das glaub ich nicht!«
»Glaub, was du willst, aber mach sie.«
»Du bist doof!«
»Da hast du wahrscheinlich völlig recht«, sagte Folker und ging wieder in sein Zimmer.

26
Donnerstag, 18. April

HOFFMANN

»Was grinst du denn wie ein Honigkuchenpferd?«, polterte Hoffmann.

Jaworski versuchte sogar zu lachen, verzog aber schnell sein Gesicht vor Schmerzen. Mit Mühe hob er den Arm ohne Gipsverband, den rechten, und zeigte auf Hoffmanns verbundenen Kopf. »Du siehst aus wie Körk Dacklass«, murmelte er undeutlich. *Scheiß-Morphium!*, dachte Hoffmann. »Wie wer? Wer soll das sein?«

»Na, der Schauspieler. Der war doch dieser … dieser Maler, in dem Film da …, wo der sich selber ein Ohr abgeschnitten hat …«

»Ich versteh kein Wort«, knurrte Hoffmann. »Und ich hab mir das auch nicht selber abgeschnitten, das weißt du doch.« Ungeduldig schob er den Krankenhausrollstuhl an Jaworskis Bett.

»Van Gogh«, röchelte der alte Mann im Nachbarbett mit einer Stimme wie fünfzig Jahre *Roth-Händle* und bekam einen Hustenanfall, dass sein Kopf, der eher einem Totenschädel glich, lila anlief.

»Ja, dir auch, Kasper«, bellte Hoffmann und fummelte an dem Rollstuhl herum. »Wie zum Teufel soll ich dich denn jetzt hier reinkriegen, Frankenstein?«

»Auf jeden Fall ganz vorsichtig«, nölte Jaworski. »Mann, hab ich Schmerzen …!«

»Ja, ja, stell dich nich' so an. Hättest deinem Freund Börnie halt gleich eine einschenken sollen.«

»Das is' nich mehr mein Freund. *Aua …!* Ey, das tut weh!« Hoffmann hatte die Bettdecke zu Boden geworfen, griff Jaworski einfach unter den Arm und die eingegipsten Kniekehlen, hob ihn hoch und packte ihn unsanft in den Stuhl.

»Schon passiert, Alter. Und jetzt nix wie weg hier.« Jaworski jammerte und heulte, schrie fast vor Schmerzen. »Warte«, Hoffmann förderte aus der Plastiktüte, die am Handgriff des Rollstuhls baumelte, eine Klinikpackung *Ibuprofen 800* zutage. Er löste zwei der Tabletten aus dem Blister und hielt Jaworski das Wasserglas vom Nachtschränkchen vor den Mund. »Hier, nimm die, dann geht's dir gleich besser.«

Jaworski schluckte gehorsam. Und jammerte danach weiter.

»Ich geb dir drei Minuten«, drohte Hoffmann, »dann hältst du die Schnauze oder ich schlage dich bewusstlos, klar? Du willst doch unauffällig hier raus, oder nicht?«

»Ja, ja!«, wimmerte Jaworski und versuchte, sich zusammenzureißen.

Hoffmann huschte zu dem immer noch hustenden Alten hinüber.

»Du hast mich nie gesehen, Opa, ist das klar?« Kurz drückte er dem dürren Greis den Oberschenkel, gleich über dem Knie. Der alte Mann riss Mund und Augen weit auf und schien nicht zu wissen, ob er nun den Kopf schütteln sollte, wegen ›nie gesehen‹, oder nicken, weil es ihm klar war, also tat er beides gleichzeitig.

»Gut«, sagte Hoffmann und ging zu Jaworski zurück. »Und, bist du jetzt still? Können wir endlich los?«

»Ja, ja«, murmelte der schläfrig, nahm sich aber eine Serviette vom Nachtschränkchen und presste sie sich vorsichtshalber mit der Faust auf den Mund. Dann verließen sie das Zimmer.

»Vincent«, rief der Alte heiser in den leeren Raum. »Vincent van Gogh.«

Taifun & Jupp

»Ja, hallo ...?«

»Taifun hier. Ich weiß, Bärbel, es ist arg kurzfristig, aber es gibt leider gute Gründe dafür – könntest du heute für mich einspringen?«

»Eh, ich ... Ach was, ich glaube, ja. Ja, kann ich machen. Was ist denn passiert?«

»Frag lieber nicht.«
Sie lachte. »Gibt's da 'nen Eilzuschlag eventuell?«
»Ich leg 'nen Zwanni drauf.«
»Super, danke, Chef.«
»Ich danke *dir*.« Er wollte gerade auflegen, da hörte er sie noch »Taifun?« rufen. »Ja?«
»Warum machst du das?«
»Warum mach ich was?«
»Na, mich bei dir arbeiten lassen.«
»Ja, warum denn nicht? Du machst das doch ganz prima.«
»Na, du weißt doch, wer ich bin. Und ..., und wer mein Bruder ist.«
»Hör mal, ich verurteile doch keinen Menschen, nur weil sein Bruder ein Arschloch ist. Du arbeitest anständig, du hast noch keinmal mein Vertrauen missbraucht, ich kann mich auf dich verlassen ...«
»Danke«, sagte sie. »Ich mach aber um eins Feierabend. Na ja, spätestens um zwei.«
»Wahrscheinlich werde ich bis dahin wieder zurück sein.« *Oder auch nicht.*
»Okay«, sagte Bärbel, »dann mach ich mich mal fertig«, und legte auf.
»Ja.« Er tippte auf das rote Icon und machte sich auf in die *Sansibar.*

Er hatte Glück. Jupp hockte mit Regina am Tresen vor dem Zapfhahn. Sie schienen sich gut zu verstehen und kicherten in ihr Bier.
Taifun griff zwischen ihren Köpfen hindurch und nahm sich Jupps Deckel. Sieben Striche für Kölsch und zweimal eins-achtzig für Kurze.
»Das geht ja noch«, sagte er und legte Jupp eine Hand auf die Schulter. »Ich suche jemanden, der für ein Stündchen die Augen in meinem Rücken spielt.«
»Na, hoffentlich nicht im Dunkeln«, sagte Jupp.

»Wahrscheinlich nicht.«
»Aber man weiß ja nie, was?«
»Nee.«
»Na, dann ...« Jupp machte Anstalten aufzustehen.
»Was ist denn los?«, fragte Regina und drückte ihn auf seinen Hocker zurück. »Bin ich jetzt in einen Wildwest-Film geraten oder was? ›Spiel mir das Spiel vom Tod‹ oder so?«
»Lied«, sagte Jupp.
»Was?«
»Erklär ich dir ein andermal.«
»Heißt das, du willst mich jetzt hier sitzen lassen und mit dem Goliath hier auf Kriegspfad gehen? Hab ich geduscht und mich feingemacht, um hier allein mit einem Haufen Lesben rumzusitzen und mich zu betrinken? Und warum will mir nicht mal jemand erklären, worum's hier überhaupt geht? Wieso bin ich immer die Letzte, die erfährt, was los ist? Und wieso, verdammt, meinen immer alle ...«
»Liebste Regina«, sagte Jupp, legte den Arm um ihre Schulter und küsste sie auf die Schläfe. »Hat uns dieser Goliath nicht neulich erst aus einer ziemlich miesen Patsche geholfen – ohne dass ihn jemand darum gebeten hätte?«
»Ja, klar. Aber ...«
»Und jetzt kommt er und fragt mich, ob ich ihm bei irgendwas helfen kann – würdest du mich noch lieben, wenn ich ihm das abschlagen würde?«
»Wer sagt denn, dass ich dich ... Ach, scheiß drauf!« Sie trank ihr Bier aus und stand auf. »Ich komm einfach mit.«
»Auf keinen Fall«, sagte Taifun.
»Du hast es gehört.« Jupp stand ebenfalls auf. »Auf keinen Fall. Außerdem muss mir ja irgendjemand meinen Hocker freihalten.«
»Hast du das mitgekriegt, Svenja«, hörten sie auf dem Weg zur Tür hinter sich. »Da fällt diesen Jungs von jetzt auf gleich ein, dass sie irgendwelche doofen Jungsabenteuer erleben müssen und lassen mich einfach hier sitzen! Kannst du dir das vorstellen? Ich hab ja schon viel erlebt, aber ...«

»Ich wette, du musst gar nicht viel sagen, wenn ihr zwei euch unterhaltet«, sagte Taifun draußen.

»Kommt mir sehr entgegen«, erwiderte Jupp.

»Ja, du bist kein Mann vieler Worte, hab ich schon gemerkt. Gefällt mir.«

»Aber *du* könntest vielleicht langsam mal zwei, drei Worte darüber verlieren, was gebacken ist und wo wir jetzt hingehen.«

»In den *Grünen Hof*. Nazis verhauen.«

»Reicht«, sagte Jupp.

Donnerstag Ruhetag verkündete ein Pappschild an der verschlossenen Tür.

»Scheiße!«, fluchte Taifun.

»Ey, Bimbo, haste dich verlaufen?«, rief einer von zwei etwa sechzehnjährigen Glatzköpfen in Bomberjacken von der anderen Straßenseite.

»Ugah, ugah!«, grunzte der zweite, kratzte sich unter den Armen und sprang auf und ab wie ein Schimpanse.

»Ah, ihr kommt gerade richtig«, rief Taifun. »Kommt mal rüber!«

»Arsch lecken«, erwiderte der Affe.

»Du rechts, ich links«, sagte Jupp und setzte sich in Bewegung.

»Kommt rüber, oder ich hol euch«, rief Taifun.

»Vor allen Dingen!«, schrie der andere, und beide marschierten nach links, in ihre ursprüngliche Richtung. Stoppten aber gleich wieder, als sie sahen, dass Jupp bereits mitten auf der Straße war und ihnen den Weg abzuschneiden drohte. Blieben einen Moment unschlüssig stehen, drehten dann um – und mussten erkennen, dass Taifun schon zwischen zwei parkenden Autos hindurch auf ihren Bürgersteig huschte. Instinktiv entschieden sie sich für den kleineren Gegner und liefen wieder los, auf Jupp zu.

»Bleibt stehen!«, rief Taifun. Sie beschleunigten ihr Tempo. Er griff nach einem Herrenfahrrad, das ab-, aber nirgends angeschlossen an einer Hauswand lehnte und schleuderte es hinter ihnen her, mit einer Hand über zehn Meter weit.

Und traf.

Unter Schmerzensschreien landeten die beiden auf dem Asphalt und verhedderten sich beim Versuch, sich schnell wieder aufzurappeln, in Gestänge und Speichen. Jupp stellte sich mit dem rechten Fuß auf die Hand des einen.

»Moment, Jungchen. Mein Freund möchte mit dir reden. Na, na!«, sagte er, als der Junge sich mit der anderen Hand in sein Bein krallte, und legte etwas mehr Gewicht auf den Fuß. »Halt still, Obersturmbannführer. Sonst pinkele ich dich voll, und dann werden sie dich auch Bimbo nennen.«

Taifun packte den Affen am Ohr und stellte ihn auf die Füße.

»Ey, du tust mir weh!«, schrie der.

»Noch nicht wirklich, Cheetah. Aber in ungefähr dreißig Sekunden, wenn du mir nicht sofort sagst, wo deine Kameraden hingehen, wenn der Laden da drüben zu hat.«

»Welche Kameraden?« Taifun drehte das Ohr ein wenig. »AUUU! Ich ... ich weiß nicht, wo die hingehen! Ehrlich!« Taifun drehte weiter. Der Affe kreischte auf.

»Fuffzehn Sekunden«, sagte Taifun.

»Aaah!«, schrie der Junge am Boden, als Jupp sich noch etwas schwerer machte.

»Im *Knobelbecher*!«, jaulte der Affe.

»Geht doch«, sagte Taifun und ließ ihn los. »Wo ist das?«

»Nächste Ecke links.«

Taifun schaute sich um. Bis zur nächsten Ecke waren es etwa zwanzig Meter. Er sah Jupp an. Der marschierte los, und Taifuns Fuß löste seinen ab.

»Hiergeblieben!«, brummte er, als der Affe Anstalten machte sich wegzudrehen, packte ihn am Kragen und blickte Jupp hinterher. Der hatte die Ecke erreicht, warf einen Blick nach links und nickte.

»So«, sagte Taifun. »Wir spielen jetzt Hollywood. Ich bin der Regisseur, ihr seid das Liebespaar. Umarmt euch!«

»Was? Was soll ...«

»Nehmt euch in den Arm, sonst tackere ich euch aneinander«,

drohte Taifun und brach zwei Speichen aus dem Fahrrad. Die Jungs nahmen einander vorsichtig und ungeschickt in die Arme. »Aber richtig!«, kommandierte der Regisseur und rückte sie enger aneinander. »Und jetzt schön liebevoll und überzeugend den anderen umschlingen. Lernt ihr so was nicht bei der Hitlerjugend? Mit den Mädels vom BDM?« Er stülpte das Fahrrad über sie, dessen Rahmen sie nun zusammenhielt wie eine Klammer. Dann bog er die Speichen um und knebelte den Jungs die Handgelenke hinter dem Rücken des jeweils anderen zusammen.

Schließlich packte er beide am Ohr. »Sag ›Ich liebe dich, Cheetah‹! Der Junge schluchzte. Taifun griff härter zu.

»Ich liebe dich, Cheetah«, murmelte der eine.

»Sag ›Ich Sie auch, Herr Obersturmbannführer‹!«

»Ich Sie auch, Herr Oberschtmmbnnn …«

Aus der Haustür des Nebenhauses trat ein Mann in einer braunen Lederjacke auf die Straße.

»Was machen Sie denn da?«

»Wir spielen Hollywood«, erklärte Taifun. »Die Kamera läuft schon.«

»Oh, Entschuldigung«, stotterte der Mann und beeilte sich, weiterzukommen.

»Okay«, sagte Taifun zu den Jungs, zückte sein Handy und machte ein Foto von den beiden. »Ihr müsst euch nicht küssen, dürft es aber; das könnte der Szene zusätzliche Würze geben. Wenn ich euch vor nächster Woche noch mal irgendwo sehe, egal wo, egal warum, schleppe ich euch in mein Tattoo-Studio und tätowiere euch beiden dick ›Nazi-Schwuchtel‹ auf die Stirn. Ist das klar?« Sie nickten bloß. Dass sie dabei ihre Wangen aneinander rieben, schien ihnen nicht sehr angenehm zu sein.

Er machte sich auf den Weg zum *Knobelbecher*.

Taifun & Koppnuss

Der Namensgeber des *Knobelbecher* hatte offensichtlich Humor – die Eckkneipe war nicht viel größer. Direkt rechts neben der Eingangstür gab es einen Stehtisch, an dem drei Männer auf Hockern saßen und knobelten, gleich dahinter klebte ein Messingschild an einer Tür, auf dem *Toiletten* eingraviert war. Der Tresen links davon war keine drei Meter lang, mitsamt der hinteren Kurve, wo auf einer Eckbank zwei weitere Männer saßen und knobelten. Hinter dem Tresen stand eine Frau, die aussah, als stünde sie da schon seit mindestens siebzig Jahren. Vor den beiden Fenstern auf der linken Seite, der Theke gegenüber, gab es nur zwei verbreiterte hölzerne Fensterbänke, an denen noch drei, vier Barhocker platziert waren. Aus einer Box im obersten Schnapsregal klang Roland Kaisers *Heute und hier* ...

Koppnuss lehnte aufrecht an einer der Fensterbänke, ein großes Kölsch in der Hand, und wiegte den Kopf zur Musik.

»Ach nee ...«, sagte er, als er Taifun erblickte, und kicherte, als Jupp die Kneipe betrat. Taifun machte einen Schritt weiter in den Raum hinein, und Koppnuss nahm sein Bier in die linke Hand, griff sich mit der rechten wie absichtslos einen Hocker und ließ ihn locker neben seinem Bein baumeln. »Hab schon von dir gehört, Kanake. Du bist doch Mohammed Ali Akba, oder?« Er kicherte wieder. »Und hast dir 'nen Pudel mitjebracht – wie süß!« Die Männer am Stehtisch lachten.

»Is' hier nicht nur für Weiße, Tante Frieda?«, rief eine der Figuren an der Thekenkurve. Noch mehr Gelächter.

»Der passt nur auf, dass mir niemand von hinten einen Hocker über die Rübe zieht, wenn ich dir den Arsch versohle«, sagte Taifun zu Koppnuss, ohne auf die anderen zu achten.

Jupp schnappte sich einen Hocker und setzte sich zu den Knobelbrüdern an den Stehtisch.

»Also, ich finde das ja diskriminierend«, sagte er, griff unter seine Jacke und legte seine Pistole auf den Tisch. Die drei zuckten zurück. »Ihr nicht auch? Immer bleibt die Drecksarbeit an unsereins hängen. Wie in Las Vegas – die Weißen haben ihren Spaß, und der arme Sammy Davis junior muss dazu tanzen und grinsen, als würde er sich auch amüsieren. Ihr erinnert euch doch – Sammy Davis? Mister Bojangles?« Seine Hand blieb auf der Waffe liegen, der Zeigefinger dicht beim Abzug. »Ganz ruhig bleiben«, mahnte er sanft, als einer der Männer am Tisch sich anspannte, und drehte den Lauf ein wenig in dessen Richtung. »Vielleicht holst du uns einfach mal vier Bier?«

Niemand rührte sich.

Jupp nahm die Pistole auf und schob dem Mann den Lauf unter die Nase. Drückte sie nach oben. »Vier. Leckere. Frisch gezapfte. Gute. Kölsch«, sagte er und drückte mit jedem Wort ein, zwei Millimeter weiter. Am Ende des Satzes stand der Mann auf Zehenspitzen.

»Vier Bier, Tante Frieda«, quetschte er schließlich hervor.

»Guter Junge«, sagte Jupp und nahm die Waffe wieder herunter. Tante Frieda zapfte.

Derweil hatten Taifun und Koppnuss nur einander gegenübergestanden und sich wortlos angestarrt.

»Mir den Arsch versohlen«, sagte Koppnuss schließlich. »Du …?«

»Aber hallo«, brummte Taifun. »Du wirst nie wieder sitzen können, ohne an mich zu denken. Und an den alten Öktem.«

»Ach nee …«, sagte Koppnuss und grinste.

»Vier Bier«, rief Tante Frieda mit zittriger Kettenraucherinnenstimme und stellte sie auf den Tresen.

»Kipp sie in'n Ausguss«, sagte Koppnuss. »Isch kümmere misch um dat Gesocks hier.« Ansatzlos schleuderte er den Barhocker durch den Raum, aber Taifun duckte sich blitzschnell zur Seite weg; der Hocker traf den linken der drei Würfelspieler an der Schläfe, und der Mann kippte mit einem Rumms aufs Parkett. Alle im *Knobelbecher* starrten entgeistert auf ihn herab – alle außer Taifun –, und sämtliche Köpfe flogen wieder herum, als es am Fenster ebenfalls rummste. Da lag Koppnuss auf dem Boden, und niemand verstand, wie er dorthin gekommen war, denn Taifun stand schon wieder zwei Schritte entfernt am Tresen. Griff darüber hinweg, nahm ein ungespültes Glas, tauchte es ins Spülbecken, füllte es mit Wasser und kippte es Koppnuss über den Schädel.

»Wir sind noch nicht fertig«, knurrte er und wiederholte die Prozedur. *Ich glaub, es geht schon wieder los*, sang Roland Kaiser. Beim dritten Mal schüttelte Koppnuss sich und kam auf die Knie. »Isch bring disch um«, grollte er und kam gebückt auf die Füße. Und rannte genauso gebückt auf Taifun zu. Der geschmeidig zur Seite tänzelte und zusah, wie Koppnuss die Theke köpfte. Aber der trug seinen Namen zu Recht – sein Schädel war wirklich sehr hart. Er wirbelte herum, richtete sich auf und traf Taifun mit einem wilden Schwinger am Kinn. Taifun taumelte.

»Ja!«, schrie einer der Kurvenmänner.

»Ganz ruhig«, sagte Jupp zu seinem rechten Tischnachbarn, der schon wieder Anstalten machte, vom Hocker aufzuspringen. »Es sei denn, du willst endlich das Bier holen. Das wird doch schal.«

»Niemals«, zischte der Mann.

»Ich hol's schon, Addi«, sagte der andere. Er konnte sich umdrehen, ohne aufzustehen, und die vier Biere vom Tresen nehmen.

»Na, dann: Prost!«, sagte Jupp freundlich, nahm sich eins mit der linken Hand, die rechte weiterhin auf der Waffe, und trank einen Schluck. Und alle drei schauten zu, wie Koppnuss versuchte, Taifun mit Körpertreffern einzudecken – was aber nicht klappte, weil der Türke etwas längere Arme hatte und seinen Gegner bequem mit einer Hand auf dessen Stirn auf Abstand halten konnte. Koppnuss keuchte lauter und lauter und kurzatmiger, bis ihm einfiel, mit einem Aufwärtshaken Taifuns Arm zur Seite zu schlagen. Ein weiterer Schwinger traf Taifun unter dem Auge. Wurde aber augenblicklich gekontert von zwei rechten Geraden, die Koppnuss zwei Zähne kosteten. Jetzt taumelte Koppnuss, taumelte zurück, bis er an dem Sparkästchen an der Rückwand landete.

»Isch bring disch um!«, brüllte er wieder und stieß sich von der Wand ab.

Einer der Männer an der Thekenkurve schnappte sich einen flachen Aschenbecher und warf ihn wie eine Frisbee-Scheibe in Richtung Taifun, aber der bekam das aus dem Augenwinkel mit und fing das Geschoss mit dem rechten Unterarm ab. Mit einem Stoß des linken Handballens bremste er Koppnuss' Vorwärtsbewegung, trat ihm mit dem Absatz auf die Kniescheibe, und als Koppnuss das Bein wegknickte, knallte Taifun ihm erst den linken Ellenbogen an die Schläfe, dann einen rechten Haken aufs Auge.

Koppnuss wurde von einer Seite auf die andere geworfen, und als er wegen seines lädierten Knies keinen Halt mehr fand, sackte er in der Ecke neben dem hinteren Fenster zusammen.

»Du Scheiß-Kanake!«, heulte er.

»Mag sein«, sagte Taifun schwer atmend, ein Auge zu- und das Kinn angeschwollen. »Aber ich halte, was ich verspreche.« Er nahm einen der hölzernen Barhocker, warf ihn auf den Boden und trat zweimal zu, bis er eins der glatt gedrechselten Beine in der Hand hielt. »Und ich hab versprochen, dir den Arsch zu versohlen, oder?«

Er packte Koppnuss am Kragen, zog ihn hoch, stieß ihn auf das Parkett und wälzte ihn mit dem Fuß auf den Bauch.

»Niemals!«, schrie Koppnuss, aber da landete der Holzknüppel auch schon auf seinem Hintern.

»Ach, Addi ...«, sagte Jupp, zog dem Mann, der seinerseits nach dem Aschenbecher auf ihrem Tisch gegriffen hatte, den Pistolenlauf quer über die Nase und brach ihm das Nasenbein. Schwenkte die Waffe herum und drückte sie dem anderen unters Kinn. »Manche lernen's nie, wie?«

»N-n-n-nicht!«, jammerte der.

»Und euer Bier mögt ihr auch nicht?«, meinte Jupp. »Ihr seid komische Typen«, und nahm sich ein zweites Glas. Trank, schaute nach drüben, wo Taifun auf das Hinterteil des kreischenden Koppnuss eindrosch, und zählte mit. Die beiden in der Kurve sahen ebenfalls zu, die Gesichter weiß vor Wut, Hass und Angst.

»Dreiunddreißig, Taifun, das genügt.« Taifun reagierte nicht und prügelte weiter. »Ey!«, schrie Jupp. Sein Freund schaute verwirrt hoch, als hätte ihn gerade jemand geweckt. »Was ist?«
»Sechsunddreißig. Jetzt hast du uns die Schnapszahl versaut. Komm, es reicht, Junge.«
»Ja, vielleicht«, sagte Taifun und ließ den Knüppel fallen. Er bückte sich und zog Koppnuss' Kopf am Ohr hoch und sah ihm ins blut- und tränenüberströmte Gesicht. »Wenn ich dich jemals wiedersehe, Scheißhaufen, versohle ich dir nicht deinen fetten Arsch, sondern deinen hohlen Schädel, hast du mich verstanden?«
»Brrchng«, machte Koppnuss und spuckte Blut. Taifun ließ ihn los. Mit einem hässlichen Klatschen landete das Gesicht wieder auf dem Boden. Taifun bemerkte die zwei Hälften des Frisbee-Aschenbechers am Fuß der Theke, hob sie auf und warf sie dem Typen an der Kurve in den Schoß.
»Ich glaube, du hast was verloren«, sagte er. »Solltest in Zukunft besser aufpassen.«
»Und dich am besten in der Zukunft gar nicht erst blicken lassen«, ergänzte Jupp grinsend und leerte sein Bier. »Lass uns abhauen, Kumpel.«
»Ja. Lass uns einen trinken gehen. Irgendwo, wo's gemütlicher ist.«
»Und die Musik besser.« Jupp kramte in seiner Hosentasche und legte einen zerknüllten Zehner auf die Theke. »Sollte reichen für vier Bier«, sagte er. »Tschüs, Tante Frieda.«
Taifun zeigte auf den Aschenbecher-Mann. »Den Hocker zahlt er.« Niemand äußerte sich dazu.
Taifun ging voraus und öffnete die Tür, warf einen Blick um beide Ecken, nickte und hielt sie für Jupp auf, der rückwärts hinauskam und noch einmal mit seiner Waffe ins Lokal winkte. Dann ließ er sie zufallen.
Am Ende bleiben Tränen, sang Roland.

27
Freitag, 19. April

Schuggermän

Mit einem zufriedenen Schmatzen schluckte der Geldautomat die Karte. Seine Innereien summten leise, als sie die Daten auf dem viereckigen Stück Plastik auslasen, der hellblau leuchtende Monitor wollte wissen, womit er dienen könne, und bot ein paar Optionen an. Schuggermän tippte mit dem Zeigefingerknöchel auf das Feld *Auszahlung*, ignorierte die vom Automaten angebotenen Summen, gab stattdessen 800 Euro und dann die PIN ein. Es folgte erst ein Surren im Geldfach, danach ein Klicken und – Stille.

Auf dem Monitor erschien ein neues Fenster. ›Die Karte ist ungültig. Bitte wenden Sie sich an den Kundenberater Ihres Bankinstituts‹.

Die Karte blieb im Bauch der Maschine. Es war klar, dass dieser Moment irgendwann einmal kommen musste. Die Nachricht des Rechtsanwalts, dass eine rothaarige Frau mit Kontoauszügen der Deutschen Bank in Dresden bei ihm aufgetaucht war, ließ keine andere Schlussfolgerung zu: Irgendjemand hatte die Spur aufgenommen. Und dieser Irgendjemand hatte die Macht, Konten zu überprüfen und sie nach Belieben zu sperren.

Aus und vorbei. Das Bonbon ist gelutscht. Dresden kannst du abhaken.

Die EC-Karten der Sparda-Bank Hamburg und der Münchner Bank nahm der Geldautomat ohne Murren an: Er spuckte das Geld aus und dankte für das Vertrauen. Aber auch diese Quellen würden bald versiegen. Schon in wenigen Tagen würde der Geldhahn komplett abgedreht sein – so lange würden die Automaten in der Gegend geplündert werden.

Bis sie heiß laufen. Scheiß auf die Bescheidenheit und hol dir, was geht.

Schuggermän dachte an den Reisekoffer voller Bargeld im Versteck. Es war überraschend lange glatt gelaufen. Für alles, was jetzt noch kommen sollte, war gesorgt. Nur die Belgier mussten noch benachrichtigt werden.

Hoffmann & Bärbel

Bärbel Hoffmann holte noch einmal tief Luft, fuhr sich durch die Haare, zerrte ihre Jacke zurecht und öffnete die Tür zum Clubheim der Kraadeberjer.

Im Inneren des Schuppens war es ziemlich düster, es brannte nur die Hängelampe über dem runden Tisch neben dem summenden Kühlschrank; die Ecken des Raums lagen im Dunkeln. Es roch nach nassem Zement, Gummi und toten Mäusen, nach kaltem Rauch und abgestandenem Bier, und Bärbel war sicher, dass irgendwo ein Stück Pizza vor sich hin schimmelte.

Kein Mensch war zu sehen.

Sie zuckte zusammen, als hätte sie das Geräusch nicht schon hunderte Male gehört, als der Kühlschrank mit einem dreifachen Klacken verkündete, dass seine eingestellte Betriebstemperatur jetzt erreicht sei und er nun eine etwa achtminütige Pause einlegen würde.

Sie runzelte die Stirn – irgendetwas stimmte hier nicht, ganz und gar nicht. Ihr Bruder hatte schon so merkwürdig geklungen, verbissen, hektisch und fast verzweifelt, als er sie vor einer halben Stunde angerufen und herbestellt hatte. Aber wo war er jetzt?

»Heiner ...?«

»Hier.« Sie fuhr herum. Er trat aus dem schwarzen Schatten der Ecke hinter der Tür, einen Baseballschläger in der Hand. Sobald er den Rand des Lichtkreises erreichte, leuchtete sein Kopfverband auf; er hatte ihn offenbar gewechselt, seit sie Heiner in der Woche davor gesehen hatte. Und er sich geweigert hatte, ihr zu verraten, was mit seinem Dickschädel passiert war.

»Was soll das denn? Spielen wir wieder Kleine-Schwester-Erschrecken?«

»Wollte nur sichergehen, dass du es bist«, knurrte er und schlich zum Tisch hinüber. Legte den Schläger darauf, als müsse er ihn immer in Griffweite haben, öffnete den Kühlschrank und holte zwei Flaschen Bier heraus. Dann ließ er sich in einen der krummen Sessel fallen, schlug an der Tischkante den Kronkorken ab und nahm einen langen Schluck.
»Wen hast du denn noch angerufen? Und wo sind die anderen?«
»Weißichnich.«
»Wie ›weiß ich nicht‹? Seit wann weißt du nicht, was deine Jungs ...«
Wütend knallte er seine Flasche auf den Tisch, dass der Schaum herausquoll. »Mann, Küppers liegt im Leichenschauhaus, in was weiß ich wie vielen Einzelteilen, Jaworski ist bei seiner Mutter untergekommen; der liegt als Krüppel in seinem Scheiß-Kinderzimmer und guckt sich Boris-Becker- und Steffi-Graf-Poster an, und Koppnuss ist wie vom Erdboden verschluckt! So sieht's aus! Und alles bleibt jetzt an mir hängen, verdammte Scheiße!«
»Und Börnie?«
»Ach, Börnie. Was weiß ich. Scheiß auf Börnie.« Er schnappte sich seine Flasche wieder und trank. »Jetzt steh da nich so dämlich rum, setz dich endlich, ich muss mit dir reden. Mach dir 'n Bier auf!«
»Ich will kein Bier«, sagte sie, setzte sich aber auf den Sessel ihm gegenüber. Ganz vorn auf die Kante, und das nicht nur, weil das Ding so kippelig war. »Worüber musst du mit mir reden? Was ist los? Habt ihr Krieg mit irgendjemandem?«
»Scheiß-Türken«, murrte Hoffmann. *Taifun!*, dachte Bärbel erschrocken.
»Welche Türken?«
»Die Scheiß-Türken-Mafia!«, schrie er. »Führen sich auf, als wäre das *ihre* Stadt!«
»Wo doch jeder weiß, dass es deine ist«, spottete sie.
»Pass auf, was du sagst, Schwesterchen.«
»Ich muss gar nix sagen – *du* willst doch mit mir reden. Dann mach doch auch mal!«

»Ja, ja!« Er leerte sein Bier und öffnete gleich die andere Flasche.

»Also … Es ist so …« Er hob die Hand in einer beschwichtigenden Geste. »Und egal, was ich dir jetzt erzähle – reg dich nicht gleich wieder so auf!«

Sie verdrehte die Augen zur Decke und trommelte mit den Fingern auf ihr Knie. »Es ist Freitag, ich hab nicht den ganzen Abend Zeit.«

Er grinste. »Ach, willste wieder in dem Kanaken-Puff anschaffen gehen?«

»Nicht, wenn *du* mir mein Studium finanzierst. Außerdem ist das kein Puff, und ich gehe schon gar nicht anschaffen.«

»Studium …! Scheiße! Und wenn du irgendwann damit fertig bist, kannst du Leuten in den Kopp gucken und weißt, ob sie bekloppt sind oder nicht, wa'? Dafür brauch ich kein Scheiß-Studium, das ist rausgeschmissen' Geld – ich seh auch so, wer den Arsch offen hat.«

Sie sprang auf und deutete auf seinen Kopf. »Da hast du dich bei dem, der dir den Schädel lädiert hat, aber wohl ein bisschen vertan, wie?«

»Das war 'n Hinterhalt. Im Hinterkopp hab ich doch keine Augen!«

»Ja, schon gut. Aber du hast mich doch sicher nicht herbestellt, um mit mir über meine beruflichen Ambitionen zu reden …«

»Über was?«

»Ach, vergiss es. Also, worum geht's?«

»Jetzt setz dich schon wieder hin!«

»Nee, ich bleib lieber stehen.«

Er stöhnte. »Immer noch dieselbe alte Kratzbürste …! Also, hör zu, wir haben da ein ganz dickes Ding am Laufen … He! Was …«

Bärbel hatte sich schon zur Tür gewandt. »Damit will ich nichts zu tun haben. Das weißt du ganz genau.«

»Mann, jetzt setz dich wieder hin, verdammt! Du musst mir helfen!«

Überrascht setzte sie sich tatsächlich. »Ich? Dir helfen?« Er hatte sie noch nie um irgendetwas gebeten, geschweige denn um

Hilfe. Na ja, über die Jahre ab und zu ein zerknirschtes ›Kannst du mir mal 'nen Zwanni leihen?‹. Den er in der Tat auch immer zurückgezahlt hatte. Also, meistens jedenfalls.«Wobei? Bei deinem *ganz dicken Ding*? Hast du sie noch alle?«

Er beugte sich vor und fixierte sie. Bärbel fragte sich nicht zum ersten Mal, ob das die Augen eines Wahnsinnigen waren, aber heute schien ihr das gar keine Frage mehr zu sein. In ihrem Magen drehte sich ein Eiswürfel.

»Das kann man nicht alleine«, sagte er. »Und du siehst ja, ich hab sonst keinen mehr. Ich brauch deine Hilfe. Morgen Abend. Vielleicht 'ne Stunde lang, dann ist es vorbei. Und wenn die Sache klappt, sitzt der olle Heiner Hoffmann plötzlich auf 'nem Haufen Kohle, und du brauchst dir um dein blödes Studium keine Sorgen mehr zu machen.«

»Mach ich auch so nicht. Davon abgesehen: So gut wie jedes Mal, wenn du bisher von *'nem Haufen Kohle* schwadroniert hast, hast du anschließend ganz woanders gesessen.«

Hoffmann winkte verächtlich ab. »Wenn wir *das* Ding durchziehen, ist der Reibach garantiert, das schwör ich dir. Dann hab ich so viel Kohle, dass mich hier sowieso nichts mehr hält. Hey, dann bist du mich los!«

»Das wäre allerdings ein Grund mitzumachen. Aber auch der einzige.«

Er schlug mit der Faust auf den Tisch und musste mit der anderen Hand blitzschnell die tanzende Bierflasche retten. »Die *müssen* zahlen! Denen bleibt gar nix anderes übrig, verstehst du?«

»Nee.«

»Was, ›nee‹?«

»Ich verstehe überhaupt nichts. Und wenn du nicht langsam mal Klartext mit mir redest, bin ich gleich durch die Tür.«

Er sprang auf. Mit zwei Schritten war er um den Tisch herum, packte sie grob am Arm und riss sie hoch. »Du wirst mir helfen, verdammt, sonst ...«

»Sonst was? Sonst reißt du mir wieder die Klamotten vom Leib und fällst über mich her ...?«

Sofort ließ er sie los, wandte sich halb ab und machte ein zerknirschtes Gesicht. »Ich hab doch gesagt, es tut mir leid«, murmelte er.

»Ja, jedes Mal.«

»Ach, zwei, drei Mal.« Er winkte ab.

»Sieben«, sagte sie. »Sieben. Verdammte. Beschissene. Mal. Du. Scheißkerl! Deine Schwester!« Sie zog ihre Jacke fester um sich, um zu verbergen, dass sie am ganzen Leib zitterte.

Er schaute sie an – und schnell wieder zur Seite. Dann, mit einem schiefen Grinsen: »Der Alte hätte dich noch ganz anders aufgeklärt.«

»Oh ja! Vielen Dank, mein lieber großer Bruder, dass du mich davor bewahrt hast!«, spie sie aus. »Ich kotze gleich!« Sie drehte sich um und ging zwei, drei Schritte. Nicht zur Tür, sondern in den Raum hinein. Stand da, im Halbdunkel, die Arme fest verschränkt, und stampfte in hilfloser Wut mit dem Fuß auf. *The torture never stops*, sang Frank Zappa in ihrem Kopf.

»Nur *eine* Stunde«, sprach Hoffmann in ihrem Rücken. »Nur morgen Abend, *eine* beschissene Stunde. Danach werde ich dich nie wieder um irgendwas bitten. Wahrscheinlich *siehst* du mich sogar danach nie wieder.« Sie reagierte nicht. Er nahm eine neue Flasche Bier aus dem Kühlschrank, öffnete sie, trank glucksend, rülpste. »Wir fahren nach Hochkirchen, gegen Mitternacht, steigen da ins Wasserwerk ein, kippen einen Eimer Zeug in eine Leitung, spazieren wieder raus – und stehen noch vor der Polizeistunde an irgendeiner Theke.«

Bärbel drehte sich um. »Wieso Wasserwerk? Was für'n Zeug? Was für 'ne Leitung?«

Und ihr Bruder erklärte ihr den ganzen Plan. Einen Teil des Plans zumindest.

Fassungslos schüttelte sie den Kopf. »Du willst die Stadt Köln erpressen? Du willst die halbe Stadt vergiften? Sag mal, hast du diesen verschissenen Verband da um den Kopp, weil man dir das Gehirn rausoperiert hat?«

»Was heißt denn hier ›vergiften‹?«, wiegelte er ab. »Rizin! *Rizinus,* verstehste? Ein paar tausend Leute werden Durchfall kriegen, sonst nix. Die Frau Reker wird 'nen Mordsschreck kriegen, und die Stadt wird mit Freuden die ... die Million abdrücken, damit so was nicht wieder vorkommt. Der Scheiß-Rosenmontagszug war doppelt so teuer! Und es wird nicht wieder vorkommen, denn eine Woche später werde ich auf den Bahamas sitzen und mir die Eier schaukeln.«

Bärbel kam aus dem Kopfschütteln überhaupt nicht mehr heraus. Aber in ihrem Kopf nahm dabei ein eigener Plan zunehmend Gestalt an.

»Und du kannst studieren, was du willst«, setzte Hoffmann noch einen drauf. »Bis du schwarz wirst.«

Sie ging zurück zu ihrem Sessel und ließ sich hineinfallen. »Gib mir auch 'n Bier.«

»Ah, sie taut auf!« Hoffmann grinste triumphierend und holte eins aus dem Kühlschrank. »Frau Madame hat Lunte gerochen!« Er öffnete die Flasche und reichte sie ihr mit abgespreiztem kleinem Finger. »Auf Ihr Wohl, Madame!« Sie tranken. Er lehnte sich selbstgefällig zurück. »Super Plan, oder?«

»Noch lange nicht. Wie kommen wir dahin?«, zählte sie an den Fingern ab. »Jedenfalls nicht mit meinem Auto.«

»Ich besorg schon eins.« Ein breites Grinsen kommentierte das ›wir‹.

Zweiter Finger. »Welche Leitung?«

»Was weiß ich. Irgendeine Leitung, wo Wasser durchläuft. Is' doch 'n Wasserwerk, oder? Bestimmt schön ordentlich mit 'nem Schildchen dran überall.«

Dritter Finger. »Und in welchem Raum finden wir diese Leitung?«

»Was weiß ich – wir gehen einfach den Schildchen nach.«

»Ganz toll, du Superhirn.« Vierter Finger. »Wie kommen wir da überhaupt rein? Was ist mit Security?«

»Mann, ich komm überall rein. Und den Nachtwächter leg ich solange in 'ne Ecke.«

»Astrein. Und seinen die ganze Nachbarschaft zusammenbellenden Rottweiler auch, ne? Und die Mannschaft, die fünf

Minuten später anrollt, weil der Mann nicht zur vereinbarten Zeit irgendeinen Knopf gedrückt hat, auch, wie? Sag mal, wäre es nicht auch 'ne super Idee, vorher noch ein paar Scheinwerfer zu besorgen und das ganze Ding von außen anzustrahlen? Sollen wir nicht auch gleich beim WDR anrufen und ein Kamerateam der Aktuellen Stunde bestellen?«

Hoffmanns Gesicht verfinsterte sich mit jedem ihrer Worte. »Hömma, wat bis' du denn auf ei'mal für 'n Klugscheißer?«

»Klugscheißer*in*.«

»Arschlecken. Hast du vielleicht 'ne bessere Idee?«

Bärbel trank einen langen Schluck von ihrem Bier, stellte die Flasche auf den Tisch, lehnte sich vor und sah ihn ruhig an. »Ja, hab ich allerdings.«

Er fuhr in seinem Sessel hoch, als hätte jemand eine glühende Stricknadel durch die Rückenlehne gestochen. »Wat? Lass ma' hören!«

»Na ja«, sagte sie. »Zufällig kenne ich jemanden, der in diesem Wasserwerk arbeitet ...«

»Nä!«

»Doch.«

»Wer?«

»Du kennst ihn auch. Zumindest vom Sehen.« *Jetzt wird's spannend.* »Er heißt Folker.«

»Wat, dein Stecher?«

Sie nickte. »Mein Stecher. Was dich im Übrigen einen Scheißdreck angeht. Und wenn du ihn noch mal Stecher nennst, kannst du alleine nach Hochkirchen fahren – er ist mein Freund.«

Hoffmann brach in wieherndes Gelächter aus und schlug sich auf die Schenkel. »Die kleine Hippie-Schwuchtel! Der Freund meiner Schwester! Ich werd nich' mehr!« Dann hielt er sich den schmerzenden Kopf und wurde wieder ernst. »Dem hab ich doch versprochen, ihm 'n paar Arme zu brechen.«

»Wäre nicht das erste Versprechen, das du nicht hältst.«

»Und der soll uns helfen? Bei *der* Nummer?«

»Ich könnte ihn fragen.«

Eine Weile brütete Hoffmann stumm vor sich hin. Bärbel wartete. Ihre Knie zitterten. Der Kühlschrank summte.

»Dat is' doch auch so 'n armer Schlucker, oder?«, sagte Hoffmann schließlich. »Sag ihm, er kriegt zehn Mille, wenn er sich nützlich macht.« Er beugte sich vor. »Und wenn er nicht will, sagst du ihm, komme ich und haue ihm seine Scheiß-Gitarre so lange auf den Kopp, bis ich lahme Arme kriege.«

Bärbel stand auf. »Wir treffen uns um halb elf hier. Nüchtern, Heiner. Und vergiss das Auto nicht. Bis dann.«

Verdattert starrte Hoffmann ihr nach, bis die Tür hinter ihr zufiel.

»Mein Schwesterchen ...«, murmelte er, grinste breit und machte sich das nächste Bier auf.

Sein Schwesterchen saß draußen, eine Ecke weiter, in ihrem Twingo, den Kopf auf dem Lenkrad, und weinte.

Me'Shell & Jutta

»... *brauche weiter nichts als nur Musik, Musik, Musik*«, sang Me'Shell leise vor sich hin und hielt mit dem Fuß die in Zeitlupe ächzend zufallende Haustür auf. *Ob Frau Ndegeocello das Lied kennt – und manchmal unter der Dusche singt, vielleicht?* Sie wartete, bis Folker, seinen Gitarrenkoffer aufrecht auf den Rücken geschnallt, um die nächste Ecke verschwunden war, dann schlüpfte sie in den Hausflur, drückte die Tür fest zu und stieg die Treppen hinauf.

Es hatte sich gelohnt, Hehlaus Wunsch (den er sicher dienstliche Anweisung genannt hätte) zu erfüllen und ›diesen komischen Musiker‹ aufzuspüren und drei Tage zu beschatten. Am zweiten Nachmittag war er in dieses Haus gegangen, mit einem eigenen Schlüssel, und eine Stunde später mit einer Frau wieder herausgekommen, die der mit dem Arztkoffer auf den Videos verdammt ähnlich war. Diesmal trug sie, wie Folker, eine Einkaufstasche aus Bast. Me'Shell beobachtete die beiden, völlig unbemerkt, als sie in den türkischen Gemüseladen gingen, zum Bäcker, in den Supermarkt und zum Schluss in ein Fischgeschäft.

Es gelang ihr sogar, sich nach ihnen in den Hausflur zu schleichen, als sie bereits auf dem ersten Treppenabsatz verschwunden waren. Danach hockte sie eine halbe Stunde hinter einem Müllcontainer im Hinterhof und starrte die rückseitige Fassade des Hauses hinauf, bis sie sicher sein konnte, dass das Fenster im vierten Stock, hinter dem eben das Licht angegangen war, das richtige war. Und das konnte sie, denn als das Fenster beschlug, kam Folkers Begleiterin und öffnete es, um die Kochdünste hinauszulassen.

Heute Morgen war sie in aller Frühe mit der Bahn nach Merkenich zu den Ford-Werken gefahren, hatte auf einem der riesigen Mitarbeiterparkplätze den unauffälligen Fiesta eines Frühschichtlers geknackt und danach mit zwei Käsebrötchen, einer Flasche Wasser und einem Joint ein paar Häuser weiter in dem Wagen gesessen und das Haus beobachtet. Nach sechs Stunden war die Frau herausgekommen und eine halbe Stunde später mit einem kleinen Jungen zurückgekehrt. Zwei Stunden später war der Junge, ein Skateboard unter dem Arm, wieder herausgekommen und an dem Fiesta vorbei gebrettert. Danach war Me'Shell rasch, sonst war niemand auf der Straße, nach hinten geklettert und hatte vor den Rücksitz gepinkelt – sie würde das Auto eh nicht mehr brauchen.

Erst am Nachmittag um fünf war Folker mit seinem Gitarrenkoffer auf die Straße getreten, und als er in die andere Richtung marschierte, ohne sich umzusehen, war sie ausgestiegen und schnell zu der Haustür gelaufen.

»Ja?«, fragte Jutta, sichtlich überrascht, dass jemand schon oben vor ihrer Wohnungstür stand.

»Hallo, ich bin Me'Shell. Hübscher Kaftan! Ja, ich weiß, Sie kennen mich nicht. Ich weiß allerdings, wer Sie sind ... Schuggermän.« Jutta wurde kreidebleich und wollte erschrocken die Tür zuschlagen. Aber ihre Besucherin hatte einen Fuß in einem Doc-Marten-Stiefel dazwischen. »Oder soll ich Sie Staubfee nennen?« Sie drückte ohne Anstrengung die Tür auf, schob Jutta in den Flur und schloss die Tür hinter sich. »Wir sollten uns mal ein bisschen in Ruhe unterhalten. Wo?«

Jutta öffnete den Mund, um zu protestieren, sagte jedoch nichts. Ihr Gesicht eine gleichzeitig entsetzte und trotzige Miene, in ihren Augen ein feuchter Schimmer, als müsse sie gleich anfangen zu weinen.

Sie drückte sich an Me'Shell vorbei und ging voraus in die Küche. Öffnete die Tischschublade und zuckte zusammen, als Me'Shell mit einem harten Griff ihr Handgelenk umklammerte.

»Ach so«, sagte Me'Shell, als sie die Zigarettenschachtel zwischen dem Krimskrams in der Lade sah, und ließ los. »Ja, rauchen wir eine. Soll ja gut für die Nerven sein. Vielleicht ein Tässchen Tee dazu?«

Jutta nahm sich eine Zigarette, zündete sie mit leicht zitternden Händen an und warf die Schachtel auf den Tisch. Fixierte ihre Besucherin drei Züge lang, ging zur Arbeitsplatte, füllte den Wasserkocher und setzte Wasser auf. Holte eine Teedose aus dem Hängeschrank, gab Teeblätter in ein Teesieb und hängte es in eine dunkelblaue große Teekanne. Nahm zwei Tassen aus dem Schrank, zwei Unterteller, einen Zuckertopf, stellte alles auf den Tisch. Me'Shell saß am Kopfende, rauchte und schaute ihr ausdruckslos bei alldem zu. Jutta stand mit dem Rücken zu ihr, bis das Wasser kochte und sie es in die Kanne gegossen hatte. Dann zündete sie eins der Teelichte auf dem Tisch an, versenkte es in einem Stövchen und stellte die Kanne darauf.

Schließlich setzte sie sich, drückte ihre Kippe im Aschenbecher aus und nahm sich direkt die nächste aus der Schachtel. Endlich blickte sie Me'Shell einigermaßen gefasst ins Gesicht.

»Ich hätte noch ein paar Zyankalikekse dazu, wenn Sie mögen.«

Me'Shell lächelte. »Nein, danke, sehr freundlich. Aber ich denke, die vertragen sich eher nicht mit dem Kaviar, den ich heute Abend zu bestellen gedenke. Den Champagner nicht zu vergessen.«

»Was wollen Sie?«

»Ja, Sie haben recht: Kommen wir gleich zur Sache. Was ich will? Ich will Schuggermäns Geschäft liquidieren. Nur sein Geschäft, wohlgemerkt. Also, bisher jedenfalls.«
»Wer ist Schuggermän?«
»Ach, kommen Sie ...! Halten Sie mich bitte nicht für blöde!« Die unheimliche Besucherin beugte sich vor. »Ich sag's Ihnen, wie's ist, schöne Staubfee: Entweder das Geschäft ist am Ende, weil jemand der Polizei einen Tipp gegeben hat – die Geschäftsführerin wandert für ein paar Jahre in den Knast, der Junior landet in einem Heim oder bei der entsetzten Oma, und all das schöne Firmenvermögen wird konfisziert ... Oder die Geschäftsführerin darf sich unbehelligt und unbesorgt wieder ganz ihrem bürgerlichen Beruf und ihrem Familienleben widmen, weil sie die Kohle für einen guten Zweck gespendet hat.« Sie lehnte sich wieder zurück. »Müssen Sie da lange überlegen, was Ihnen lieber ist?«
»›Einen guten Zweck‹!«, spie Jutta aus. »Was soll das sein?«
»Sollten wir den Tee nicht langsam als genug gezogen betrachten?« Me'Shell kramte in ihrer Handtasche, legte Tabak, Blättchen und eine kleine Zinndose auf den Tisch und begann seelenruhig einen dreiblättrigen Gras-Joint zu drehen, während Jutta sich um den Tee kümmerte. Routiniert zündete sie die zusammengezwirbelte Spitze des Joints an, nahm schließlich einen tiefen Zug, ließ den Rauch lange in der Lunge, bis sie ihn summend wieder ausstieß. »Ach, es gibt so viel Gutes, das man mit ein bisschen Geld tun kann«, sagte sie mit belegter Stimme und reichte Jutta das Gerät. »Finden Sie nicht?«
Jutta schnaubte, nahm aber den Joint und genehmigte sich auch einen Zug.
»Wie stellen Sie sich das vor?«, fragte sie und gab das Ding zurück. Ihr Handy klingelte – das Schrillen eines altmodischen Bakelit-Telefons – und tanzte vibrierend auf der Tischplatte herum.
»Nein!«, zischte Me'Shell scharf, als sie danach greifen wollte.
»Ich bin Hebamme«, sagte Jutta, »ich *muss* da rangehen.«
Me'Shell zeigte mit dem Joint auf sie und machte ein Überleg-dir-

gut-was-du-sagst-Gesicht. »Ja?«, meldete Jutta sich, dann hörte sie eine Weile zu. »Ach, das ist ganz normal, Evelyn. Bleiben Sie ganz ruhig … Ja, machen Sie ihre Atemübungen und versuchen Sie, sich zu entspannen … Nein, es ist alles in Ordnung … Ja, okay … Ja, ich komme morgen gegen neun und schaue nach Ihnen … Ja, klar, keine Ursache … Schlafen Sie gut, bis morgen!«
Sie tippte auf den Aus-Button und legte das Handy wieder auf den Tisch.

»Wollen Sie ihren Tee nicht trinken?«
Me'Shell lächelte überlegen. »Doch, gern. Nach Ihnen.«
Jutta lachte. »Ach so, ja. Zyankali und so.« Sie nahm ihre Tasse, trank sie halb leer und stellte sie wieder ab. »Zufrieden?«
Me'Shell nickte und schlürfte ihrerseits einen winzigen Schluck.

»Wie kommt man denn eigentlich als Hebamme auf die Idee, mit Koks zu dealen?«, fragte sie, als interessiere sie das wirklich.

»Na ja, man hat halt so seine Träume«, sagte Jutta. »Sie nicht?« Me'Shell zog an dem Dreiblatt und sah sie nur ausdruckslos an. »Eine griechische Insel. Sonne, Meer, saubere Luft. Keine hysterischen Schwangeren mehr, keine durchgedrehten Väter.« Jutta schaute zu Boden und schluckte. »Keine toten Kinder.«

»Oh …!«, sagte Me'Shell leise, reichte ihr den Joint und dachte an ihre Vergewaltigung, zum ersten Mal seit etlichen Jahren, und an die Abtreibung zwei Monate später. Versuchte, sich an einen sonnigen Strand zu versetzen, wo sie einem Zwölfjährigen beim Bauen einer Sandburg zusah. *Setz deine Sonnenmütze wieder auf, Schatz! Komm her und trink mal was. Komm und lass dich noch mal eincremen.* Aber der Junge hörte sie nicht. Er hatte auch gar kein Gesicht, da war nur ein leerer, sonnenverbrannter Fleck. Bis sich aus der roten Fläche die bleichen Züge seines Erzeugers schälten.

Sie schüttelte das Bild aus ihrem Kopf.
»Eine kriminelle Laufbahn als Jobwechsel, Jutta?«
Ein Achselzucken. »Haben Sie eine Ahnung, was eine Hebamme verdient?« Wieder ein Kopfschütteln seitens Me'Shell. Jutta seufzte. »Es wäre eigentlich ganz okay, sogar für eine allein erziehende Mut-

ter. Aber in den letzten Jahren haben die Versicherungen mehrmals ihre Beiträge erhöht – Berufshaftpflicht, eine spezielle Rechtsschutzversicherung ... Viele von denen bieten das schon gar nicht mehr an, weil die Schadensummen auf ein Vielfaches angewachsen sind. Das führt zu Versicherungsbeiträgen, die kein Mensch mehr bezahlen kann. Sogar Krankenhäuser schließen deshalb ihre Geburtsstationen!« Noch ein Seufzer. »Und die eigene Krankenversicherung kommt dann natürlich noch hinzu. Da arbeitest du als Hebamme zwei Wochen im Monat bloß für deine Beiträge ...«

»Na ja«, sagte Me'Shell, »so'n Dealerleben ist ja nun auch nicht gerade ohne Risiko, oder?«

»Nee, wahrhaftig nicht. Aber bis jetzt hab ich ja ganz schön Glück gehabt.«

»Bis ich aufgetaucht bin.«

»Bis Sie aufgetaucht sind, ja.«

Eine ganze Weile schwiegen sie nachdenklich, reichten bloß stumm den Joint hin und her.

»Wie sind Sie überhaupt darauf gekommen?«, fragte Me'Shell schließlich.

Jutta lachte leise. »Mein Mann hat damit angefangen, vor einigen Jahren schon. Erst hat er Spaß am Schniefen bekommen, dann hat er gemerkt, dass das ganz schön ins Geld geht ...«

»Und immer ein bisschen zum Dealen abgezweigt und gewinnbringend verkauft.«

»Ja. Und dann hat er diesen Belgier kennengelernt. Ob er nicht ein bisschen größer einsteigen wolle, hat der gefragt. Klar, wollte er das. Er war selber inzwischen so drauf, dass er jede Woche ein paar Hunderter durch die Nase geblasen hat. Und immer durchgeknallter wurde. Dann hat er erst 'ne Zeitlang Hundert-Gramm-Päckchen bekommen und verdealt, dann wurde es mehr und mehr – und schließlich kam das Zeug kiloweise hier an.« Jutta zuckte mit den Schultern. »Schließlich ist er völlig durchgedreht. Hat zwei Kilo verkauft und ist mit der Kohle dafür nach Thailand abgehauen. Da kann man sich wohl mit an die zweihundert Mille ein schönes Leben machen.«

»Und der Belgier?«
»Tja, der Belgier ... Ich saß halt da, mit einem dreijährigen Sohn, und hatte keine große Wahl. ›Sie können sicher sein, dass Ihr Mann seinen Reichtum nicht lange genießen wird‹, hat er gesagt, ›aber es werden wohl ein paar Euro Schulden übrigbleiben. Schlecht für unseren Ruf, schlecht für unser Geschäft‹, hat er gesagt ...«
»Und da haben Sie das Geschäft übernommen.«
»Genau. Unsere Ehe war da eigentlich schon länger nur noch ein schlechter Witz, aber Thilo – mein Mann – hatte kurz vor seinem Verschwinden noch mal wenigstens *eine* gute Idee. Die Belgier haben meine ganze Wohnung auf den Kopf gestellt, um an seine Kundenliste und so weiter zu kommen, aber sie haben nichts gefunden. ›Für wenn mal was ist‹, hatte Thilo gesagt und in einem alten Pürierstab einen USB-Stick versteckt.« Jutta blickte wieder zu Boden und wiegte den Kopf. »Lange her. Ich weiß nicht mal, ob er überhaupt noch lebt.«
»Warum sind Sie nicht zur Polizei?«
»Hab ich den Belgier auch gefragt. Er hat mich nur angelächelt und gesagt: ›Einen süßen Sohn haben Sie ...‹.«
»Shit«, sagte Me'Shell.
»Ja. Zwei Jahre lang habe ich mit Koks gedealt, ohne einen Cent damit zu verdienen. Und das muss man dem Belgier lassen: Er hat ganz korrekt Buch geführt und mir eine Nachricht geschickt, als die Schulden abgestottert waren. »Wollen Sie weitermachen?‹, hat er gefragt. Und ich ..., na ja ...«
»Sie haben weitergemacht. Wollten endlich auch mal ein bisschen von der Kohle abhaben.«
»Ja.«
»Das heißt, dass Sie ... sechs Jahre? Gewinn gemacht haben.«
»Fünf.«
»Fünf. Wie viel?«
Jutta schwieg. Me'Shell stand auf, ging zum Fenster und schaute eine Weile auf den Hinterhof hinunter, zu den Fenstern auf der anderen Seite, zum Himmel über den Dächern gegenüber. Dann drehte sie sich wieder um.

»Jutta. Ich habe eine Menge investiert, und ich bin eine Menge Risiken eingegangen, um jetzt hier zu sitzen und mit Ihnen zu reden. Ich werde jetzt nicht aufgeben, nur weil Sie stur bleiben möchten. Ich kann auch noch ein bisschen mehr ins Risiko gehen und Sie dazu bringen, den Mund aufzumachen. Verstehen Sie mich?«

Jutta nickte bloß und betrachtete ihre Hände, die flach auf ihren Oberschenkeln lagen.

»Aber ich bin wahrhaftig nicht scharf darauf. Also, wie viel schlummert da auf Ihren Koks-Konten in Berlin, München und was-weiß-ich-wo vor sich hin?«

»Anderthalb Millionen«, flüsterte Jutta auf die Hände hinab. Dann ruckte ihr Kopf hoch. »Woher wissen Sie …?«

Me'Shell lachte. »Viel investiert, sagte ich doch.« Sie kam zurück zum Tisch und setzte sich wieder. »Gut.« Sie griff in ihre Jackentasche, holte ein Handy heraus und tippte darauf herum. Jutta schrak zusammen, als ihr eigenes mit einem lustigen Froschquaken eine SMS ankündigte. Me'Shell gebot ihr mit einer Geste, sitzen zu bleiben, als sie danach greifen wollte.

»Speichern Sie diese Nummern ab, das sind Kontonummern in Luxemburg und Irland und in …«, sie kicherte, »in Belgien. Sie werden das Geld auf Ihren Konten gleichmäßig auf diesen Konten verteilen. Die Banken werden ein Weilchen brauchen, Sie werden ein Weilchen brauchen – ich gebe Ihnen zehn Tage Zeit – ach nein, wir sind ja in Köln: elf Tage. Wenn die Kohle dann nicht bei mir angekommen ist, werde ich am zwölften Tag hier wieder auf der Matte stehen. Und glauben Sie mir, Sie werden dann keinen Grund zur Wiedersehensfreude haben. Haben Sie das verstanden?«

Jutta nickte wieder. »Ich hab fast alles schon abgehoben«, gestand sie leise.

»Umso besser.« Me'Shell stand auf, steckte ihr Handy weg und nahm ihre Handtasche. »Ich ruf Sie an wegen der Übergabe. Ach ja«, sagte sie, als sie sich an der Tür noch einmal umwandte, »behalten Sie einhundertelftausend.«

Jutta sah sie erstaunt und stirnrunzelnd an. »Aber wieso …?«
»Ihr Sohn hat doch bald Geburtstag, oder?« Jutta blieb der Mund offenstehen. »Und die elf Mille geben Sie Ihrem Untermieter. Mit einem schönen Gruß von mir.« Me'Shell wandte sich ab, drehte sich dann aber noch einmal um. »Schlafen Sie mit ihm?«
Dass Jutta rot wurde, schien ihr Antwort genug zu sein. Sie ging hinaus und schloss die Tür hinter sich. Kurz darauf schlug die Wohnungstür zu.

Jutta starrte fassungslos auf die Zimmertür, zum Fenster, auf den Tisch, auf die Teetassen, auf den Jointstummel im Aschenbecher. Und bekam einen hysterischen Lachanfall.

Folker

I ain't nothing but a stranger in this world …

Es hat ganz klar seinen Reiz, sich einen eigenen, individuellen Klingelton für sein Handy zu basteln. Aber abends um elf, nach knapp anderthalb Stunden Schlaf, noch mindestens halb betrunken von einem ausgiebigen Frühschoppen, kann die Endlosschleife von Van Morrisons Zeile aus *Astral Weeks* eine ziemlich beunruhigende Wirkung haben. Erst recht, wenn sie sich von weit her unerbittlich und unaufhaltsam in einen rätselhaften Traum schleicht, in dem du, Hand in Hand mit einer gesichtslosen Frau mit endlos langen blonden Locken, auf einen mit üppigen tropischen Pflanzen bewachsenen Berg steigst. Wo du schließlich auf einer runden, mit weißen Felsen übersäten Bergkuppe stehst und im diffus milchigen Licht einer blassgelben Morgensonne tief unter dir den Rhein glitzern siehst, den alten Vater Rhein und Köln, der Dom an seinem Ufer nicht größer als eine Streichholzschachtel. Eine im treibenden Sechs-Achtel-Rhythmus von Morrisons Gitarre und Richard Davis' Kontrabass so fröhlich hin und her tanzende, halb offene Schachtel, dass ständig Streichhölzer herauspurzeln und am goldenen Dach des Ludwig-Museums in Flammen aufgehen.

»Kann doch gar nicht sein«, sagst du zu der Frau und willst

sie ansehen – aber sie hat dir ihre Hand entzogen und steht auch gar nicht mehr neben dir, sondern liegt auf dem Boden. Sie hat sich, in eine schwarze, mit neongrünen Streifen verzierte Motorradfahrermontur aus Leder gekleidet, einen grünen Motorradhelm mit heruntergeklapptem getöntem Visier auf dem Kopf, um einen der runden weißen Felsen geschmiegt, und unter dem Helm hervor klingt dumpf ihre Stimme: »Da simmer dabei, da simmer dabei, dat is pri-ima ...«

Gerade als du entsetzt begreifst, was sie vorhat, stößt sie sich mit den Füßen ab und rollt mitsamt dem Felsen auf den steilen, kilometerlangen Abhang zu. »Nein!«, schreist du, »nein!«, und greifst nach ihr – willst nach ihr greifen, aber du musst feststellen, dass deine Stimme dir gar nicht gehorcht und du außer deinem Arm nichts bewegen kannst: Deine Füße stecken in einem schmatzenden Morast und versinken immer tiefer darin, je mehr du strampelst und dich zu befreien versuchst. Die Frau, deine Frau, wird abstürzen und sterben, und *bloß ein Fremder in dieser Welt* zu sein klingt wie eine zutiefst beängstigende Drohung. Wie ein Fluch. Hilflos stochert deine Hand in der Luft herum ...

Endlich fanden Folkers wild tastende Finger das Handy. *Bärbel*, tanzte es im dunklen Zimmer verschwommen leuchtend vor seinen Augen. Verwirrt drückte er mit dem Daumen auf das grüne Icon.

»Ja ...?«

»Sorry, Folker, aber ich wollte nicht klingeln und deine ganze WG aufwecken ...«

»Was ist denn los? Wo bist du?«, krächzte er völlig verschlafen und noch verwirrt von dem finsteren Traum.

»Ich stehe vor deiner Haustür. Kann ich raufkommen? Bitte ...«

»Eh ..., ja, klar. Warte ...«

Er wälzte sich aus dem Bett, stolperte in den Flur und drückte auf den Haustürsummer. Öffnete die Wohnungstür einen Spalt, ging ins Bad und schöpfte sich mehrere Handvoll Wasser ins Gesicht, pinkelte, beugte sich dann unter den Hahn und trank gierig von dem kalten Wasser.

Wieder an der Tür, wurde ihm bewusst, dass er nackt war, und überlegte kurz, ob er sich rasch etwas überziehen sollte. Aber da hörte er schon Bärbels Schritte im Hausflur, und außerdem hatte sie ihn ja bereits gründlich nackend gesehen.

»Oh ...!«, sagte sie bei seinem Anblick, und er war ein wenig enttäuscht, dass es so gar nicht freudig oder gar lüstern klang. Er öffnete die Tür weit, um sie hereinzulassen, und beugte sich vor, um ihr einen Kuss zu geben. Aber auch das ließ sie eher interesselos über sich ergehen, sie zeigte keinerlei Regung, den Kuss zu erwidern oder sich an ihn zu schmiegen, hielt ihm nur die Wange hin und flüsterte: »Tut mir leid, wenn ich dich geweckt habe, aber ich muss mit dir reden. Es ist wichtig!«

»Na, dann komm mal rein«, brummte er, schloss die Wohnungstür und wies auf seine Zimmertür am Ende des Flurs. »Da hinten.«

Es war ein merkwürdiges Gefühl, nackt hinter einer zierlichen Frau herzugehen, die eine rote Lederjacke, einen schwarzen Minirock und schwarze Leggings trug und auf roten Schuhen in sein nach Schlaf, Schweiß und Bierdünsten riechendes Zimmer mit dem zerwühlten, noch warmen Bett stöckelte. Drinnen zog er sich als Erstes seine Shorts und ein T-Shirt über. Überrascht schaute er sie an, als sie »Danke«, sagte.

»Na ja ...«, erklärte sie mit einem Schulterzucken und einem schiefen halben Grinsen, »es hätte mich schon abgelenkt, wenn du hier die ganze Zeit ...« Sie nickte zu seinen Bermudas hin. »Du weißt schon, was ich meine. Aber wir müssen reden. Ernsthaft reden. Es ist ...«

»Anscheinend wichtig«, sagte er, setzte sich auf das Bett und klopfte neben sich auf die Matratze.

»Ja«, murmelte sie, nahm Platz und griff nach seiner Hand. »Ich bin froh, dass ich dich hier alleine antreffe ...« Sie ließ die Hand gleich wieder los, stand auf und setzte sich drei Schritte weiter ihm gegenüber auf seinen Schreibtischstuhl. »Es geht um Mord«, sagte sie und fing an zu weinen.

Folker erhob sich, um zu ihr zu gehen und sie in den Arm zu nehmen und zu trösten, aber sie hob abwehrend die Hand. Mitten im Zimmer blieb er stehen und fühlte sich nun tatsächlich wie ein Fremder in dieser Welt – Mord ...?

»Ich mach mal 'nen Tee«, murmelte er schließlich. Bärbel, in ihre Hände schluchzend, nickte. Er ging in die Küche und bereitete eine Kanne von Juttas Allzweckheilmittel zu, eine von ihr selbst zusammengestellte Mischung aus mindestens dreißig verschiedenen Kräutern, die unter vielem anderen gut für den Gemütszustand sein sollten.

Als er mit einem Tablett zurückkam, darauf die dampfende Kanne, ein Stövchen samt brennendem Teelicht und zwei Becher, hatte Bärbel sich wieder gefasst. Er setzte es auf seinem Schreibtisch ab, schenkte ein und reichte ihr einen Tee. Es gelang ihr sogar ein angedeutetes dankbares Lächeln. Sie trank einen Schluck und wölbte die Hände um den warmen Becher.

»Hast du mal 'ne Zigarette für mich?«

»Nee«, sagte er. »Du rauchst doch gar nicht. Und ich will nicht schuld sein, dass du damit anfängst.«

»Okay.« Sie nickte und blies, die Augen niedergeschlagen, in ihren heißen Tee. Folkers Verlangen, sie, ohne jeden sexuellen Hintergedanken, in den Arm zu nehmen, war stärker denn je.

»Stichwort des Abends war, glaube ich, ›Mord‹«, sagte er stattdessen und setzte sich wieder aufs Bett. »Jetzt erzähl doch mal, was du damit meinst.«

Sie schaute auf, sah ihn lange an und holte dann tief Luft. »Heiner«, flüsterte sie und räusperte sich. »Nein. Zuerst musst du mir versprechen, hoch und heilig, dass alles, was wir jetzt hier besprechen, auf jeden Fall unter uns bleibt. Egal, wie es endet, egal, was kommt.«

»Okay«, brummte er. »Versprochen.«

»Danke. Also, die Kraadeberjer haben einen Plan. *Hatten* einen Plan. Sie haben der Stadt Köln einen Brief geschrieben und gedroht, das Trinkwasser der Stadt zu vergiften, wenn sie nicht bis morgen eine Million zahlt.«

Folker lachte. »Was für Drogen nehmen die denn? Kann ich da auch was von haben? Als wenn die Stadt ...«

»Lach nicht, es ist verdammt ernst. Du hast natürlich recht: Die Stadt hat bis heute keinen Cent gezahlt. Aber genau das ist das Problem. Die Kraadeberjer sind zwar alle verletzt, und zwei von denen sind spurlos verschwunden, wieso auch immer, aber mein Bruder ist wild entschlossen, den Plan trotzdem durchzuziehen. Zur Not auch alleine. Ich glaube, der ist mittlerweile völlig durchgedreht.«

»Ganz offensichtlich.«

»Ja. Heute ...«, Bärbel sah auf ihre Armbanduhr, »ja, heute Abend hat er mich um Hilfe gebeten ...«

Folker richtete sich abrupt auf. »Was? Du willst da mitmachen?!«

»Nein! Jetzt hör mir doch erst mal zu! Bitte!« Und dann schilderte sie ihm das ganze Gespräch mit Hoffmann. »Verstehst du, Folker, die Idioten haben in ihrem dämlichen Erpresserbrief angekündigt, *wann* sie das Zeug in irgendeinem Wasserwerk in die Leitung kippen werden! Und ich dachte nur, wenn Heiner jetzt auch noch dämmert, dass morgen in jedem Wasserwerk eine Hundertschaft Bullen wartet, ist er fähig, heute Nacht schon loszuziehen und ... Und deshalb wusste ich mir auf die Schnelle nicht anders zu helfen, als dich ins Spiel zu bringen. Dich und Hochkirchen. Verstehst du das?«

Folker blies die Wangen auf und atmete zischend aus. Dann nickte er. »Ja, verstehe ich schon. Nicht, dass es mir sonderlich gefällt.«

»Das ist mir klar, und es tut mir ja auch leid, aber mir ist einfach nichts Besseres eingefallen. Und ich habe ja auch in dem Moment schon gedacht, nein, ich muss das irgendwie verhindern. *Wir müssen das irgendwie verhindern.* Danach bin ich zwei Stunden einfach durch die Gegend gefahren, habe mich eine Stunde an den Rhein gesetzt und gegrübelt und gegrübelt und darüber nachgedacht, ob ich es wirklich fertigbringe, meinen Bruder ...«

»Ob du ihn anzeigen und hinhängen kannst. Ihn verraten kannst«

»Ja.«

»Findest du ernsthaft, dass du eine Wahl hast?«

Sie holte zitternd Luft. »Nein, im Grunde nicht.«

»Wir *müssen* diesen Anschlag verhindern, Bärbel, egal wie«, sagte er und wunderte sich ein bisschen, dass er mit all dem Restalkohol in seinem Schädel so klar denken konnte. »Aber die erste Frage ist doch, ob es reicht, jetzt die Polizei anzurufen. Was macht er, wenn die ihn bis morgen Abend nicht finden? Was macht er, wenn wir beide morgen Abend nicht auftauchen? Was macht er, wenn er alleine loszieht und feststellt, dass er in kein Wasserwerk reinkommt? *Was macht er dann?*«

Sie hob die Schultern und schüttelte verzweifelt und ratlos den Kopf.

»Wir müssen ihn aufhalten«, sagte Folker und erzählte ihr von Hehlaus Besuch. »Mag sein, dass diese Verfassungsheinis ihn im Auge haben – aber ob das uns was nützt, bei dem Hickhack zwischen all diesen Ämtern und Organisationen und Abteilungen ...«

Eine Weile saßen sie schweigend da und wälzten Möglichkeiten und Wahrscheinlichkeiten, Bestenfalls- und Schlimmstenfalls-Szenarien hin und her. Bärbel kaute an ihren Fingernägeln, und Folker drehte sich die fünfte Zigarette. Dann fingen sie gleichzeitig an zu reden.

»Ich ruf beide an«, sagte sie, »die Polizei und den Verfassungsmann.«

»Jupp und Taifun!«, rief Folker.

»Meinst du, die würden uns helfen?«, fragte sie.

»Ich denke, schon. Aber wir müssen ihnen klarmachen, worum's geht. Unser Gespräch bliebe also nicht unter uns.«

»Ja, klar«, sagte Bärbel, wenn auch mit einem leichten Zögern.

»Muss sein«, bekräftigte er. »Immerhin bringen auch sie sich womöglich in Gefahr. Sie müssen deinen Bruder finden und ihn stoppen.« Folker stutzte. »Weiß er eigentlich, wo ich wohne?«

»Nicht, dass ich wüsste – woher auch?«

»Woher weißt du's denn?«

»Ich hab dich gesucht. Und in der *Sansibar* hab ich Jupp gefragt. Daher wusste ich auch, dass du wahrscheinlich zuhause bist, weil du schon den ganzen Tag unterwegs warst.«

»Okay. Dann gehen wir wohl jetzt zusammen noch mal dahin, wie? Und anschließend in die *Zukunft*.«

»Ja.« Bärbel kam näher und umarmte ihn. »Danke«, murmelte sie an seiner Schulter. »Danke, dass du für mich da bist.«

»Klar doch«, brummte er.

»Aber apropos Zukunft«, sagte sie und schaute auf sein Bett. »Kommen wir danach noch mal hierher?«

»Warum nicht?«, antwortete er, in der Annahme, dass sie Angst hatte, ihr Bruder könne bei ihr daheim auftauchen.

»Das wäre schön«, sagte sie und malte mit den Fingernägeln Paisley-Muster auf seinen Rücken. »Ich muss dir nämlich noch was sagen.« Sie schob ihn von sich und sah ihm in die Augen. »Ich werde morgen ein paar Sachen packen und schon morgen Nachmittag nach Mannheim fahren. Ich habe Angst. Ich weiß nicht, wozu Heiner fähig wäre, wenn er das Gefühl hat, ich hätte ihn verraten.« Wieder füllten sich ihre Augen mit Tränen.

Folker zog sie an sich und küsste sie auf die Stirn. »Du hast doch jetzt einen Bodyguard, Whitney.«

Sie lachte unter Tränen und biss sich auf die Lippen. Schüttelte energisch den Kopf, wischte sich mit dem Saum seines T-Shirts über die Augen und küsste ihn.

Der Kuss zog sich hin.

»Später«, flüsterte sie, als sie deutlich spüren konnte, wie die Umarmung Folker in Stimmung brachte.

»Jau«, sagte er und löste sich von ihr. »Auf in den Kampf.«

28
Samstag, 20. April

DAS EISERNE KREUZ

Samstag, der 20. April. Führers Geburtstag. Die Frist war abgelaufen, doch die Stadtverwaltung hatte sich nicht gerührt. Vorhin hatte er den Anzeigenteil des Kölner *Express* durchsucht, wie jeden Morgen seit über vier Wochen – die Annonce mit dem Text »Dat Wasser von Kölle, dä Sultan hät Doosch« war auch diesmal nicht dabei.

Heiner Hoffmann saß am runden Tisch des Kraadeberjer-Hauptquartiers und blickte trübsinnig auf die halb geleerte Flasche Bier in seiner Hand. Ein letzter Sonnenstrahl wanderte draußen über den Hinterhof in der Mansfelder Straße, traf das verstaubte Fenster, drang sogar durch ein paar weniger blinde Flecken und ließ das Stück Metall auf dem Tisch aufleuchten. Das Eiserne Kreuz Zweiter Klasse mit dem in der Mitte eingeprägten Hakenkreuz war ein Erbstück – Opa Rudolf war nach dem Einmarsch in Polen für besonderen Mut im Felde ausgezeichnet worden. An die zerschossene Brust konnten sie es ihm nicht mehr heften – es sei 1940 in einem Päckchen mit Begleitschreiben angekommen, hatte Oma Hilde immer erzählt. »Von Adolf Hitler eigenhändig unterschrieben«, fügte sie jedes Mal stolz hinzu. Nur der Rudolf, der sei nicht wiedergekommen.

Hoffmann stellte die Flasche ab und nahm den Orden in die Hand. Schon als kleiner Junge war er von dem Ding fasziniert gewesen. So oft es ging, hatte er es aus der untersten Schublade der Schrankwand im Wohnzimmer hervorgeholt – wenn der Alte nicht zuhause war oder bis Sonntagmittag seinen Rausch ausschlief. Bei diesen Gelegenheiten umschloss Heiners damals noch kleine Hand das Eiserne Kreuz. Dann kniff er die Augen zu und fand sich mitten auf dem Schlachtfeld wieder. »Vorwärts, Männer!«, rief ein Hüne von einem Mann und sprang aus dem Schützengraben. Der Riese hatte das Gesicht von Opa Rudolf, dessen Porträt hinter dem

Glas einer Vitrine in der Schrankwand vergilbte. »Vorwärts! Wir lassen uns doch nicht von ein paar Polacken aufhalten!« Der Mann warf in Klein-Heiners Tagträumen den Kopf in den Nacken und ließ ein wildes Lachen hören. »Auf, auf für's Vaterland!«, brüllte er und stürmte mit vorgehaltenem Gewehr auf den Feind zu. Niemand folgte ihm. Erst traf ihn ein Schuss in die Brust, dann ein zweiter in den Bauch, doch die Kugeln schienen ihn nicht aufhalten zu können. Als er im Laufschritt die gegnerische Frontlinie erreichte, richteten sich eintausend Gewehre auf den heldenhaften einsamen Landser. Eine Sekunde später fetzten die Geschosse den großen Mann mit dem Gesicht von Heiners Opas in Stücke.

»Auf, auf für's Vaterland«, wiederholte Hoffmann flüsternd. Auch ihm würde heute niemand folgen. Jaworski hatte keinen heilen Knochen mehr im Leib; was von Küppers Kadaver auf dem Bahngleis aufgesammelt worden war, hatte die Spurensicherung versehentlich an gleich zwei Leichenschauhäuser geschickt, und Börnie lag, beschwert mit Jaworskis alter Hantelbank, unter der Südbrücke auf dem Grund des Rheins.

Und Koppnuss? Den Kameraden, der durch Wände ging, wenn es sein musste, gab es nicht mehr. Als Hoffmann ihn am Tag nach der Schlägerei im *Knobelbecher* in seiner Eineinhalb-Zimmer-Bude besuchte, lag er bäuchlings und mit vollgeschissener Windel auf seinem Bett. Das Zimmer stank nach Kot, Urin und den ätherischen Ölen der Pferdesalbe, die Koppnuss am ganzen Leib pfundweise auftrug, um die unzähligen Blutergüsse und Prellungen zu behandeln. Bevor Hoffmann das Fenster aufriss, glaubte er noch einen anderen Geruch wahrzunehmen – schlagartig wurde ihm klar, was es war: Angst. Der Mann hatte eine Scheiß-Angst.

»Ich kann noch nicht aufm Klo sitzen«, nuschelte Koppnuss entschuldigend ins Kopfkissen. »Der Türke hat mir mit 'nem Stuhlbein den Arsch zu Klump geprügelt. Deshalb die Windel.«

»Wird schon wieder.« Hoffmann fiel nichts Besseres ein.

»Nee, Heiner. Gar nix wird wieder«, stöhnte Koppnuss und schloss gequält seine Augen.

Hoffmann hatte die Einkaufstüte mit Ravioli und Texas-Eintopf in Dosen und ein paar Flaschen Bier vor dem Bett stehen lassen und war nach Hause gegangen. Es gab nichts mehr zu sagen.

Als gegen halb neun die Dunkelheit in den Hinterhof schlich, wusste er plötzlich, was er zu tun hatte. Er war allein. Noch nicht mal Bärbel würde ihm helfen, ganz zu schweigen von diesem langhaarigen Schmierlappen, mit dem sie vögelte. *Sogar meine Schwester hat mich im Stich gelassen, die blöde Kuh!* Er hatte keine Chance, in das Wasserwerk hinein zu kommen. Dann musste er grinsen: Sie waren so dämlich gewesen, im Schreiben an die Stadt das Datum anzukündigen, an dem sie das Trinkwasser vergiften wollten; nicht mal Küppers, dem Intellektuellen der Kraadeberjer – na ja, der sich jedenfalls dafür hielt –, war das aufgefallen. Höchstwahrscheinlich stand vor jedem einzelnen der zehn Kölner Wasserwerke ein Dutzend Mannschaftswagen voller Bullen, um die Erpresser in Empfang zu nehmen.

Gut, dann habt ihr ja was zu tun und bleibt mir aus den Füßen. Ich hab da nämlich eine kleine Überraschung für euch.

Er trat vor das Waschbecken und knipste das Licht über dem Spiegel an. Einige Sekunden lang starrte er hinein, dann riss er sich den Verband vom Kopf. Aus den eiternden Rändern der Wunde, die einmal sein rechtes Ohr gewesen war, löste sich ein Tropfen Blut, lief sein Kinn hinab und tropfte ins Becken. Die Wunde sah aus wie ein Einschussloch. Er sah seinem Opa, dem Kriegshelden, immer ähnlicher, fand er.

Er öffnete den Spind in der Ecke und zog den Bundeswehr-Overall an, den Küppers mal irgendwo geklaut hatte, steckte das Eiserne Kreuz seines Großvaters in die Brusttasche und sah sich noch ein letztes Mal um. Dann trat er, bewaffnet mit zwei Senfeimern voller Rizinpulver, in die Dunkelheit hinaus. Die Tür ließ er offen.

Es war Samstag, der 20. April. Führers Geburtstag.
Und Heiner Hoffmann hatte einen Auftrag.

FOLKER

Dance away the heartache, riet Bryan Ferry. Folker fragte sich erst, ob der Mann das ernst meinte, dann musste er in sich hinein grinsen – jahrelang hatte er, wenn er den Song irgendwo hörte, oberflächlich, in irgendeiner Kneipe, gedacht, Bryan würde *There's a way to Harlem* singen. Er dachte darüber nach, was zu seiner Situation jetzt besser passen würde – tanzen oder ein paar tausend Kilometer weit weg in Harlem zu sein. Er war kein Tänzer, nicht im Geringsten. Bei seinen seltenen Versuchen, natürlich dazu überredet von irgendeiner Frau, die er bei Stimmung halten wollte, hatte er sich immer gefühlt, als würde er auf beschämende Art irgendeinen armen Teufel parodieren, der eine spastische Behinderung hatte oder unter epileptischen Anfällen litt. Gerade sehr weit weg zu sein erschien da schon erheblich reizvoller – einerseits. Andererseits wünschte er sich kaum etwas mehr, als statt an der Theke der *Sansibar* nur die drei, vier Kilometer entfernt bei Jupp und Taifun zu sein und mit ihnen dem bösen Spuk ein Ende zu bereiten.

Wiederum andererseits hatte er bei dieser Vorstellung ein Gefühl im Magen, als säße er, eingeklemmt von einem stählernen Sicherheitsbügel, in einem Schlitten auf dem höchsten Punkt einer Achterbahn und starrte auf die mörderische Abfahrt vor ihm.

Nein, Taifun hatte schon recht: »*You're a lover not a fighter*«, hatte er am Vorabend gesagt, und Jupp hatte nur heftig bestätigend genickt. »Außerdem haben wir keinen Schimmer, was auf uns zukommt«, hatte Taifun weiter ausgeführt, »da kann es schon mal ziemlich gut sein, einen verlässlichen Mann außerhalb des Spielfelds zu haben.« ›Spielfeld‹ ... *Ein durchgeknallter Neonazi mit nur einem Ohr ist unterwegs und muss daran gehindert werden, mit seinen zwei Eimern voller tödlicher Fracht die halbe Stadt zu vergiften, und die reden darüber, als sei das für sie bloß ein Spiel ...!*
»Wir beide gucken uns da draußen mal um und checken ab, was wir eventuell unternehmen können, und du bleibst hier und in Telefonbereitschaft. Wir halten ständigen Kontakt, verstehst

du? Ich hab irgendwie ein ganz komisches Gefühl im Bauch ... Hoffmann hat zwar 'ne Mordsecke ab, aber ich kann einfach nicht glauben, dass er so dämlich ist, jetzt ein Wasserwerk knacken zu wollen.«

»Ich auch nicht«, sagte Jupp. »Der wird sich irgendwas anderes Mieses ausdenken.«

»Genau. Etwas, womit wir jetzt noch nicht rechnen können. Wir werden ziemlich viel improvisieren müssen, und da könnte es ganz geschickt sein, dich in der Hinterhand zu haben, Folker. Da hilfst du uns mehr, als ...«

»Als wenn ich euch mit vollgeschissenen Hosen im Weg rumlatsche«, ergänzte Folker verdrießlich.

Jupp schlug ihm beifällig auf die Schulter. »Er hat's kapiert«, sagte er zu Taifun.

»Nix für ungut«, brummte der.

»Schon okay«, hatte Folker zähneknirschend erwidert, sich aber auch einen Anflug von Erleichterung eingestehen müssen.

Also hatte er heute seit fünf Uhr nachmittags an seinem Schreibtisch gesessen, das Handy neben sich und ans Stromnetz angeschlossen, um den Akku zu schonen, und Telefonbereitschaft gespielt. Um halb sechs rief Jupp ihn an, um ihm mitzuteilen, dass das Clubhaus der Kraadeberjer verschlossen und leer war – von Hoffmann keine Spur. Ebenso wenig wie von den Senfeimern, die Bärbel ihnen beschrieben hatte.

Um halb sieben hatten sie Jaworskis Wohnung verlassen, der auch nach eindringlicher Befragung keinen Schimmer hatte, wo Kamerad Hoffman sein könnte, geschweige denn, was er vorhatte.

Um viertel nach sieben meldeten sie, dass sich im Clubhaus immer noch nichts rührte und sie jetzt nach Hochkirchen fahren würden. Von dort berichteten sie um zehn nach acht, dass es im ganzen Viertel um das Wasserwerk herum von Bullen nur so wimmelte, und sie jetzt wieder zum Clubhaus zurückkehren würden.

Das war der Zeitpunkt, an dem Folker es in seinem Zimmer einfach nicht mehr ausgehalten hatte. Er musste irgendwie in Bewegung kommen. Er hatte das Handy eingesteckt, für alle

Fälle auch das Ladekabel, sich eine Jacke übergezogen – und war auf dem Weg nach draußen noch einmal umgekehrt, um seine Gitarre mitzunehmen. Aus völlig unverständlichen Gründen hatte er das dringende Bedürfnis, sie dabei zu haben – vielleicht, weil sie ihm ein diffuses Gefühl von Sicherheit vermittelte. Er wäre in dem Moment ums Verrecken nicht ohne Lili losgezogen.

Und nun saß er eben an der Theke der *Sansibar*.

Zum vierten Mal kontrollierte er sein Handy – Lautstärke aufgedreht? *Check.* Vibrationsalarm eingeschaltet? *Check.* Akkustand? *Fast achtzig Prozent.* Nervenzustand? *Oweia.*

Es war fünf vor neun. Er hatte gerade das zweite Bier geleert, von zweien, die er für seine Nerven dringend brauchte, und ein Wasser bestellt, was ihm besorgte Blicke von Svenja einbrachte. Da rief Jupp an.

»Das Clubhaus ist zwar leer, aber die Tür war offen – und es sieht so aus, als sei vor kurzem noch jemand hier gewesen: Es riecht nach Zigarettenrauch, und sogar die leere Bierflasche auf dem Tisch ist noch eiskalt ... Wir überlegen uns gerade was und melden uns gleich wieder ...«

Oh, Mann ... Folker trank einen Schluck Sprudel und verzog das Gesicht.

»Na, meldet sie sich nicht?«, fragte Sansi und kraulte ihn hinter dem Ohr.

»Wer?«

»Na, Bärbel natürlich.«

»Was ...?«, fragte er ungeduldig und starrte auf das Handy.

Sie rollte die Augen. »Wir sind in der Südstadt, Folker, hier gibt's nicht viele Geheimnisse.«

In dem Moment bimmelte das Handy. *Bärbel* stand auf dem Display.

Sansi grinste. »Na, siehste ...!« Sie klopfte ihm aufmunternd auf die Schulter und ging weiter.

Er wollte den Anruf schon wegdrücken, nahm ihn dann aber doch an, um ihr zu sagen, dass er sie später zurückrufen würde.

Wenn ich die Nacht überlebe ...

»Nicht gleich wieder auflegen!«, schrie Bärbel ihm, beinah hysterisch, ins Ohr, noch bevor er sich melden konnte. »Ich ruf an, weil Taifun *mich* angerufen hat! Und dann hab ich mit Heiner telefoniert, und – oh Gott ...! – er hat mir erzählt, was er vorhat! Er hat ...«, sie schluchzte, »er hat damit angegeben, dass er es jetzt den Türken zeigen würde – er ist auf dem Weg ins *Bodrum* ...! Und er will sämtliche Gäste dort mit seinem Zeug vergiften, und es ist ihm scheißegal, ob er dabei mit draufgeht ...! Oh, Folker ... Er wird in zehn, zwölf Minuten da sein! Was machen wir jetzt? Nein, ich leg sofort wieder auf – Taifun hat gesagt, ich soll als Nächstes diesem Hehlau Bescheid sagen ...« Und schon tutete es nur noch.

Was für eine Scheiße ...! Und was mache ich jetzt? So schnell können Jupp und Taifun es doch gar nicht bis zum Bodrum schaffen! Was mach ich bloß ...? Isra ...!

Die schöne Isra stand am anderen Ende der Theke und unterhielt sich angeregt mit einer Frau, die er nicht kannte.

»Svenja, einen Zettel und 'nen Stift, schnell!«

Zum Glück hielt sie sich nicht mit neugierigen Fragen auf, sondern reichte ihm gleich das Gewünschte. Hektisch kritzelte er einen Satz auf ein Blatt, schüttelte den Kopf, riss es ab und warf es zu Boden.

Beim dritten Versuch hatte er es. Er ging hinüber zu der Türkin, entschuldigte sich bei ihr und der anderen Frau und zog sie zum Fenster.

»Isra, tu mir einen Gefallen, es ist dringend, ganz dringend, verstehst du? Wundere dich jetzt nicht, frag mich nichts und behalt bitte für dich, was ich jetzt von dir will, ja?« Sie starrte ihn verwirrt und mit gerunzelter Stirn an. *Karma*, dachte er. *Es ist keine sechs Wochen her, da ist ihr der Einkaufsbeutel gerissen, und ich hab ihr geholfen, die ganzen Fressalien von der Straße aufzusammeln, bevor der Bus drüberfuhr. Und ich war hin und weg von ihrer Schönheit, aber ich hab sie nicht blöde angemacht. Vielleicht erinnert sie sich daran ...*

Natürlich würde sie – seitdem grüßte sie ihn jedes Mal freundlich, wenn er am Schaufenster ihrer kleinen Goldschmiedewerkstatt vorbeikam und sie zufällig aufblickte.

Er hielt ihr den Zettel und den Stift hin. »Bitte übersetz mir das ins Türkische, schnell, ja? Bitte, sofort!«

Die Panik in seiner Stimme und seinem Blick schienen sie zu überzeugen, dass es sich hier nicht um einen albernen Witz oder eine dämliche Anmache handelte. Der Satz, den sie dann las, trug sicher auch dazu bei. Sie nahm den Stift, schrieb und gab ihm den Zettel zurück.

»Und wie spricht man das aus?«, fragte Folker, als er die merkwürdigen Buchstaben sah. Sie sprach es ihm vor. Er wiederholte, sie korrigierte ihn. Zweimal, dreimal. Dann nickte sie zufrieden.

»Danke!«, sagte er, holte seine Gitarre, schnallte sie sich auf den Rücken und rannte hinaus.

»Was wollte der denn von dir?«, fragte Isras Begleiterin.

»Ach, er will sich verloben und hat mich nach Ringen gefragt«, sagte die Goldschmiedin. »Aber wie der aussieht, werde ich ihm wohl zu teuer sein.«

Hehlau

Ich fasse es nicht ...!
Ungläubig starrte Herbert Hehlau durch die abgedunkelten Scheiben der Dienstlimousine auf das Blaulichtgewitter vor dem Tor zum Wasserwerk Hochkirchen. Die schmale Straße, die durch ein Wäldchen zur Anlage führte, war bis in die letzten Winkel ausgeleuchtet wie eine verdammte Disko-Tanzfläche. Er verfluchte seine Idee, die Kollegen der Polizeidirektion Gefahrenabwehr um Amtshilfe zu bitten. Es war von Objektbeobachtung durch einige wenige Beamte die Rede gewesen, von Vorsicht und Zurückhaltung, um den mutmaßlichen Attentäter in die Falle tappen zu lassen – nicht von einem Großaufgebot in voller Festbeleuchtung.

Hehlau gab dem Fahrer ein Zeichen anzuhalten, stieg aus und marschierte zum nächstbesten Streifenwagen.

»Der Chef hat aber gesagt, wir sollen Präsenz zeigen«, schmatzte ein kaugummikauender Polizeiobermeister durch das eine Handbreit geöffnete Seitenfenster, nachdem er Hehlaus Dienstausweis ausführlich begutachtet hatte. Sein Kollege richtete sich von dem nach hinten geklappten Beifahrersitz auf, nahm die Mütze vom Gesicht und sah auf seine Armbanduhr.

»Ende der Präsenz um Punkt Vierundzwanzignullnull«, knarzte er und ließ sich gähnend wieder zurückfallen.

»Schalten Sie sofort das verdammte Blaulicht ab und sagen Sie auch den Kollegen Bescheid.« Hehlau wies auf die zehn oder zwölf Streifenwagen, die um ihn herumstanden. »Und warten sie auf weitere Anordnungen.«

Er drehte sich um, ging zurück zu seinem dreiköpfigen Team, das im Wagen auf ihn wartete, ließ sich in den Beifahrersitz fallen und atmete tief durch.

»Was jetzt, Chef?«, wollte Meyers von hinten wissen.

Hehlau schüttelte lediglich stumm den Kopf. Für das Team das Zeichen, die Klappe zu halten und ihn in Ruhe nachdenken zu lassen.

Me'Shell hatte seit der Sache mit den Videos der Überwachungskameras den Kontakt zu ihm abgebrochen und bis auf ein paar Andeutungen keine Informationen dazu geliefert, ob Hoffmann und die Kraadeberjer etwas mit dem Erpresserbrief zu tun hatten. Me'Shell war verstummt. Hehlau wusste nicht, wo sie jetzt steckte und was sie trieb.

Sein Vorgesetzter Hesselmann, die gesamte Verfassungsschutz-Chefetage und sogar ein hohes Tier im Oberbürgermeisterbüro hatten den Brief als Kinderkram und »Dumme-Jungen-Streich« abgetan. Selbst der Hinweis auf das aus der Asservatenkammer des Polizeipräsidiums verschwundene Rizin hatte nur kurz für Aufregung gesorgt. Nur so lange, bis sich einer der seinerzeit diensthabenden Beamten daran erinnerte, dass jemand vom Kriminaltechnischen Institut Wiesbaden wohl einige Proben mitgenommen hatte. Das Übergabeprotokoll sei auf die Schnelle nicht auffindbar, doch mit einem Anruf in Wiesbaden ließe sich die

Angelegenheit bestimmt rasch aufklären, hieß es aus dem Präsidium.

»Lassen sie das noch mal gründlich untersuchen, Hehlau«, hatte Hesselmann mit einem genüsslichen Grinsen gesagt. »Sie wissen genauso gut wie ich, dass die Kollegen manchmal etwas schusselig sind. Der Vorfall in Chorweiler letztes Jahr hat Sie etwas dünnhäutig werden lassen, was Rizin angeht, was, Hehlau?«

Es war ihm keine andere Wahl geblieben: Jedes einzelne Wasserwerk der Stadt konnte, wie im Schreiben angedroht, heute, am zwanzigsten April, das Ziel eines Anschlags sein. Überall hatte er seine Leute postiert, und er hatte die böse Ahnung, dass die Polizeidirektion Gefahrenabwehr zur Stunde nicht nur in der Südstadt das ganz große Geschütz auffuhr.

Er hätte besser die Finger davon gelassen. Me'Shell hatte ihn versetzt, und Hesselmann nahm die Drohung eines Giftanschlags nicht ernst. Hehlau hatte also erstens keine stichhaltigen Beweise und zweitens nicht nur seinen Mitarbeitern, sondern auch der Polizeidirektion vorgetäuscht, er habe volle Rückendeckung seitens der Chefetage. Die ganze aufgeblasene Aktion war ein beschissener Alleingang. *Sein* Alleingang.

Jetzt half nur beten, dass Bärbel Hoffmann, die angebliche Schwester Heiner Hoffmanns, ihm gestern am Telefon keine Märchen erzählt hatte und der Trottel heute tatsächlich mit dem Gift unter dem Arm in Hochkirchen auftauchen würde. Falls nicht, wäre Hehlau jetzt nämlich ziemlich am Arsch.

Er warf einen Blick auf die Uhr im Armaturenbrett. Kurz vor neun, draußen vor dem Wagen herrschte nun völlige Dunkelheit. Von Hoffmann keine Spur. Vielleicht war er schon dagewesen und hatte angesichts der Blaulicht-Orgie seinen Plan abgeblasen.

Dabei habe ich doch von vornherein den richtigen Riecher gehabt, als ich Me'Shell auf Küppers, Hoffmann und die anderen, deren Namen mir nicht mehr einfallen, angesetzt habe ... Die Truppe stach schon lange vor dem Vorfall an der Synagoge aus dem Haufen rechtsradikaler Spinner hervor, die in der Stadt herumliefen.

Nicht weil sie, wie viele andere ihrer braunen Gesinnungsgenossen permanent in der Öffentlichkeit Aufsehen provozierte, sondern weil sie, abgesehen von der Aktion am Rathenauplatz und einigen aktenkundig gewordenen Angriffen auf ausländische Mitbürger, im Stillen ihr eigenes Süppchen zu kochen schien.

Sogar eingefleischte Nazis wollten mit Hoffmann und seinen Kraadeberjern am liebsten nichts zu tun haben.

»Der ist doch wie ein tollwütiger Hund«, hatte der selbsternannte ›Obersturmbannführer‹ der ›Schutzstaffel Müngersdorf‹ ausgesagt, als er im Januar wegen Kinderpornografie für einige Jahre hinter Gitter gewandert war. »Eine Schande für unsere Bewegung, eine üble Schlägertruppe, sonst nichts.« Hehlau hatte es sich nicht verkneifen können, nachzufragen, wie denn die sogenannte Bewegung die Vergewaltigung von Kindern beurteilte. Eine Antwort bekam er nicht.

Und nun saß er, wie in den frühen Anfängen seiner Dienstzeit, in einem Auto und starrte in die Dunkelheit. *Vielleicht sollte ich mich schnell daran gewöhnen*, dachte er. *Wenn ich Hesselmann nach dieser wahnwitzigen Aktion ohne ein Ergebnis vor die Augen treten muss, wird der mich garantiert mit einem Arschtritt aus dem Büro befördern und wieder auf die Straße schicken.*

Kaum hatte er dieses Bild vor Augen, fühlte er sich zurückversetzt in die Zeit, als er noch voller Ehrgeiz gewesen war, voller Pläne für eine gloriose Zukunft nicht nur seiner beruflichen Karriere, auch seines Privatlebens. Was beides schon bald mit Hilde verknüpft war, der Frau, die er bereits bei ihrer ersten Begegnung als die Liebe seines Lebens betrachtet hatte.

Was ist bloß schiefgelaufen, Hilde, wo sind wir falsch abgebogen?

Die Szene im Esszimmer vor drei Wochen kam ihm in den Sinn. Ihre vom Kokain angefeuerten Lustschreie, erst auf dem Esstisch, dann im Bett, die Ausbrüche seiner so lange aufgestauten Leidenschaft – und die traute Stunde danach ...

»Ach, Herbert ...«, hatte sie gemurmelt, in seinen Arm geschmiegt, den verschwitzten Kopf auf seiner Brust, ihr Schenkel auf seinem Schoß.

»Ja«, hatte er nur geflüstert. Und dann, fast lautlos: »Ich liebe dich.« Wann hatte er das das letzte Mal gesagt ...?
Sie hatte es gehört. Hatte den Kopf gehoben, ihn angeschaut. »Ich fürchte, ich liebe dich auch. Immer noch.« Hehlau hatte sie an sich gezogen und schnell ihren Kopf zurück auf seine Brust gedrückt, damit sie seine Tränen nicht sah. Das letzte Mal, dass er weinen musste, war achtundvierzig Jahre her – bei seiner Kommunion war der kleine Herbert auf dem Weg zum Altar gestolpert, und die Kommunionskerze mit den aufgedruckten goldenen Engeln, die ihm seine Großmutter geschenkt hatte, die größte und schönste von allen seines Jahrgangs, war ihm aus der Hand gefallen und in drei Teile zerbrochen. Heulend war er aus der Kirche gerannt. Und nun stiegen ihm Tränen der Rührung in die Augen – und der Erleichterung: Sie hatten wieder zueinander gefunden, Hilde und er, und alles würde gut werden.

Jetzt, vor dem im Dunkeln kaum erkennbaren Wasserwerk, hatte sich sein Optimismus in grauem Nebel aufgelöst. Hehlau starrte aus dem Seitenfenster und wischte sich verstohlen über den Augenwinkel – würde es das wirklich? Wie konnte alles wieder gut werden, wenn man ihn zum Fußvolk degradierte, wahrscheinlich einhergehend mit einer Kürzung seiner Bezüge und diverser Privilegien?

Das stummgeschaltete Handy in seiner Tasche vibrierte. Seufzend und aus jeglicher Richtung mit dem Schlimmsten rechnend zog er es heraus und schaute auf das Display.
Es zeigte die Nummer von Bärbel Hoffmann an.

Folker

Lola rennt.
Die Bilder aus dem Film wollten ihm nicht aus dem Kopf gehen, während er sich auf dem Trottoir der Bonner Straße im Slalom einen Weg durch die Pärchen und Grüppchen feierlustiger *Saturday Night People* bahnte. Die Bilder und der so unwi-

derstehliche, so genial passende Soundtrack. Als er, etliche Jahre nach der Premiere, aus dem Kino gekommen war, hatte er erst einmal mit dem Gott der Talentvergabe gehadert: Wie kann man so ungerecht so viele Talente an einen einzigen Typen verteilen? Das durchgeknallte Drehbuch: Tom Tykwer, Regie, wie man sie nicht besser hätte machen können: Tykwer – und dann hatte der Typ auch noch diese kongeniale Musik zum Film verbrochen ...!

Aber was ist schon gerecht, dachte Folker, als er am Chlodwigplatz in letzter Sekunde vor einer wild bimmelnden Straßenbahn die Gleise überquerte, keuchend auf den Karolingerring einbog und wieder und wieder den Satz vor sich hin murmelte, den Isra ihm beigebracht hatte.

Das hier, zum Beispiel: Auf der anderen Straßenseite trottete ein Mann in einem Bundeswehr-Overall den Bürgersteig entlang, zwei Plastikeimer in den Händen. Nein, er trottete nicht, er marschierte, den Oberkörper steif aufgerichtet, als hätte er ein Bügelbrett im Rücken, den Kopf hoch erhoben und den Blick starr geradeaus gerichtet. Passanten, die ihm entgegenkamen, drehten sich nach ihm um und verzogen angeekelt das Gesicht – da, wo sein rechtes Ohr sein sollte, klaffte eine blutende Wunde, und die Schulter des olivgrünen Overalls glänzte dunkel vor Nässe.

Scheiße, hier draußen kann ich nichts machen, dachte Folker verzweifelt, ignorierte seine Seitenstiche und setzte zum Endspurt an. Hoffmann würde an der Ampel zweihundert Meter weiter den Ring noch überqueren müssen, das bedeutete einen Vorsprung von etwa anderthalb Minuten.

Schweißgebadet riss Folker die Tür des Restaurant *Bodrum* auf und stolperte hinein. Dezent klimpernde Saz-Klänge unterstrichen, dass das hier alles andere als eine weitere Dönerbude war – das *Bodrum* war ein gehobenes Restaurant, mit in Leder gebundenen Speisekarten, weiß gedeckten Tischen und Kellnern in weinroten Westen über gebügelten weißen Hemden.

Bestimmt zwanzig Tische, und fast alle voll besetzt. An die achtzig, mit dem Personal etwa hundert Menschen, die sich einen schönen Samstagabend machten und keine Ahnung hatten, dass sie in höchster Lebensgefahr schwebten. Volker schluckte. Sein Herz schlug ihm bis zum Hals.

»Guten Abend!«, sagte einer der jungen Kellner und lächelte ihn freundlich an. Folker hätte am liebsten seinen Kopf auf dessen Schulter gelegt und angefangen zu weinen.

»Bin gleich wieder da«, sagte er stattdessen und eilte an dem verdutzten Jungen vorbei zügig zu den Toiletten an der Rückseite des Raums. Ging hinein, schnallte das Gitarrenfutteral ab, nahm seine Lili heraus, küsste ihren Hals, hängte sie um den seinen, holte noch einmal tief Luft und kehrte zurück ins Restaurant. Stellte sich mitten in den Raum – und wusste nicht, was er spielen sollte.

Eine endlose Liste von Liedern ratterte im Zeitraffer durch seinen Kopf, und er konnte sich für keins entscheiden. Ringsum blickten Gäste von ihrem Essen auf und starrten ihn an, einige neugierig, andere, als fühlten sie sich gestört, ein paar wenige, als hielten sie ihn für eine gelungene Abwechslung im *Bodrum*-Unterhaltungsprogramm.

Der Kellner tauchte wieder neben ihm auf, gleichzeitig sah Folker, wie draußen vor der Tür der unförmige Bundeswehr-Overall erschien. Hoffmann schaute zur Leuchtreklame des Restaurants hoch, als müsse er sich davon überzeugen, dass er an der richtigen Adresse war. Er nahm die Bügel beider Eimer in die linke Hand und zog mit der rechten langsam die schwere Glastür auf.

Folkers Herzschlag stolperte, doch irgendeine unsichtbare, vermutlich außerirdische Hand drückte die Finger seiner Linken auf die Saiten, und seine Rechte schlug automatisch die Saiten an, und Volker ›Folker‹ Schmittem spielte, was er sich vor Jahren schon geschworen hatte, nie im Leben zu spielen: den beschissensten – und wahrscheinlich auch deshalb einen der beliebtesten und erfolgreichsten – aller Bob-Dylan-Songs, räusperte sich und sang.

Lord take this badge off of me ...

Der Kellner zupfte ihn diskret am Ärmel, doch Folker beachtete ihn nicht. Wie hypnotisiert starrte er auf den Albtraum, der sich drei Meter vor ihm durch die Tür zwängte.

»Iiieh!«, rief eine Frau am Tisch gleich bei der Tür, und bei aller Entsetzensstarre konnte Folker nicht anders, als sich einen Augenblick lang zu fragen, ob sie den neuen Gast meinte oder das schreckliche Lied.

»Nein!«, dröhnte Hoffmann bei Folkers Anblick, sein Gesicht verzerrte sich vor Wut. Der Hase, der am Ziel außer Atem und völlig verständnislos auf den Igel stößt.

Und Folker änderte seinen Text.

Ölmek istemiyorsanız, elinden o kovaları alın – içinde ölümcül zehir var!, sang er mit zittriger Stimme, und gleich noch einmal, lauter diesmal und sicherer. Und noch einmal. Die Hand des Kellners krallte sich in seinen Arm, an den Tischen ringsum wurde Raunen laut, empörte, fragende, beunruhigte Rufe. Folker wiederholte sein Mantra. *Ölmek istemiyorsanız, elinden o kovaları alın – içinde ölümcül zehir var!* – »Nehmt ihm die Eimer ab, wenn ihr nicht sterben wollt – da ist tödliches Gift drin!«

Hoffmann machte zwei Schritte auf ihn zu und schwang den Eimer in seiner rechten Hand. »Du verschissener kleiner Drecks-Wichser!«, schrie er. »Was machst du hier?«

Folker wich zurück, doch er kam nicht weit. Er stieß mit dem Rücken an eine Mauer aus Gästen, die sich hinter ihm gebildet hatte. Zwei oder drei Männer hatten sich Barhocker geschnappt und drängten nach vorne. Hoffmann hob die Senfeimer an.

»Na? Wer will denn als erster verrecken?«, zischte er. Die Wärme im Raum, der gefütterte Overall und das Adrenalin trieben ihm den Schweiß aus den Poren, der seinen kahlen Schädel hinabbrann und sich mit dem Blut auf seiner rechten Gesichtshälfte vermischte. Hoffmann zwinkerte mit den Augen, als ihm der salzige Saft hineinlief, und bleckte die Zähne.

Jedem im Restaurant wurde bei diesem Anblick schlagartig klar, dass der Mann in ihrer Mitte gerade im Begriff war, den Verstand zu verlieren.

Fast jedem.

»Hören Sie mal, junger Mann«, protestierte der Parlamentarische Staatssekretär a.D. Justus Räthlein, der nebst Gemahlin,

Tochter und Schwiegersohn an einem der runden Tische vor einer großen Portion *Domates Soslu Köfte* saß. »Was wollen Sie denn mit zwei Eimern mittelscharfem Senf gegen all diese Leute ausrichten? Ich schlage vor, Sie gehen nach Hause und denken noch einmal gründlich über ihr offenbar arg übereilt beschlossenes Vorhaben nach.«

Hoffmanns Kopf zuckte in Räthleins Richtung. »Was, zum Teufel ...«

Zwei jüngere Typen mit Undercut-Frisuren, breiten Schultern und ausgeprägten Oberarmen an einem Tisch hinter ihm sprangen auf und packten seine Arme.

»Fasst mich nicht an, ihr Kümmeltürken!«

»Ey, bleib ma' cool, Altä«, sagte der links von ihm und drückte ihm mit einer Hand ein wenig den Hals zu. Hoffmann versuchte sich loszureißen, woraufhin ihm der rechte ein Knie in die Weichteile stieß. Hoffmanns Beine knickten ein, und die Eimer standen nun auf dem Boden. Beide Türken hatten den gleichen Gedanken und stellten jeder einen Fuß auf einen Eimer. Als der Typ links Hoffmann am Hals hochzog, musste der die Bügel loslassen. Rammte sofort dem Rechten den Ellenbogen unters Kinn und hieb dem Linken einen Haken in die Magengrube. Beide taumelten kurz. Zeit genug für Hoffmann, einem der Eimer einen Tritt zu versetzen.

Herzinfarkt!, dachte Folker, ein schrilles Pfeifen im Ohr, *ich kriege einen Herzinfarkt!* Einen ewigen Augenblick lang wünschte er sich, sofort daran zu sterben und nicht stundenlang elendig an Rizindämpfen ersticken zu müssen.

Aber das Klebeband, das den Deckel fixierte, hielt. Der Eimer blieb verschlossen.

»NEIIIN!«, kreischte Hoffmann.

Ein dritter junger Türke stand auf, nahm zwei Schritte Anlauf und versetzte ihm einen Karatetritt vor die Brust, der ihn rückwärts gegen die Tür schleuderte. Keuchend und halb blind vor Schmerz versuchte er, auf den Knien einen der Eimer zu erreichen. Mehrere Hände packten ihn an Armen und Beinen, hoben ihn hoch und warfen ihn erneut gegen die Tür. Sie sprang auf, und er landete als wimmerndes Bündel auf dem Bürgersteig – vor den Füßen von Taifun und Jupp.

»Heiner, Heiner ...«, brummte Taifun und schüttelte tadelnd den Kopf. Hoffmann rappelte sich ächzend auf, spuckte Blut und grinste ihn irre an.

»Dich werde ich eines Tages auch noch ficken, du Hurensohn. Frag deine Mutter, der hat's gefallen«, krächzte er.

»Ach, Heiner ...«, seufzte Taifun und verpasste ihm eine Ohrfeige. Die im Grunde keine war, denn da war ja gar kein Ohr. Hoffmann schwankte, stieß Jupp beiseite und rannte nach rechts davon.

Und rannte mit Schwung gegen den schwarzen Audi, der gerade mit quietschenden Reifen quer auf den Bürgersteig fuhr. Benommen brach er zusammen. Die hinteren Türen flogen auf, noch bevor der Wagen stand, und zwei Typen in Kampfanzügen sprangen heraus, knieten sich auf Hoffmann, drehten ihm die Arme auf den Rücken und fesselten seine Handgelenke mit Kabelbinder.

Die Beifahrertür wurde geöffnet, Herbert Hehlau stieg aus. Einen Moment lang sah es aus, als wolle er ausholen und dem am Boden liegenden und immer noch »Nein! Nein, nein!« schreienden Hoffmann in die Rippen treten, aber dann siegte seine Disziplin. Nicht zuletzt deshalb, weil sich inzwischen vor dem *Bodrum* eine Traube von Gaffern gebildet hatte. Auch aus dem Restaurant strömten die Gäste hinaus und sahen zu.

»Das wäre das«, sagte er bloß, gab den Kampfmonturen einen Wink, den Attentäter abzutransportieren, und stolzierte ins *Bodrum*.

»Stopp!«, brüllte er, als er sah, dass zwei Neugierige dabei waren, das Klebeband von einem der Eimerdeckel abzureißen. »Seid ihr des Wahnsinns?« Hektisch winkte er weitere Beamte herbei. Sie holten die Eimer, klebten sie wieder zu und trugen sie vorsichtig zu einem mittlerweile eingetroffenen schwarzen Lieferwagen.

Hörbar aufatmend wandte Hehlau sich dem Raum zu. Wo ein kreidebleicher Folker, von strahlenden und ihm auf die Schultern klopfenden Menschen umgeben, auf einem Stuhl saß, die Gitarre auf dem Schoß, und sich von Taifun einen doppelten Raki einflößen ließ.

»Sie …?«, wunderte Hehlau sich.

»*Sheriff*«, sagte Folker, grinste, verdrehte die Augen und kippte ohnmächtig vom Stuhl.

29
Mittwoch, 24. April

KAI & JUTTA

»Hey, du kleiner Scheißer! Bleib sofort stehen!«
Kai dachte nicht im Traum daran und gab Gas. Jutta würde ihm die Hölle heißmachen, wenn ihn zwei Fahrradbullen heimbrachten. *Scheißescheißescheiße!*, fluchte er in sich hinein – da hatte er endlich den Bogen raus und nach zahllosen Stürzen gelernt, auf seinem neuen Skateboard eine elegante Kurve um eine Häuserecke hinzukriegen, ohne abzubremsen und vor allem ohne hinzufallen ... Und dann kriegen ausgerechnet diese Bullen mit, wie er dabei an der letzten Ecke an einem Scheiß-SUV entlang schrammt, einem nun nicht mehr ganz so schneeweißen, nagelneuen *Qashqai*.

Und sie kamen näher, auf ihren verdammten grün-weißen Mountainbikes.

Kai raste um die nächste Ecke in die Elsaßstraße. Vor dem Haus von Anja, die Apartments und Zimmer vermietete, stand ein Taxi am Rinnstein, mit laufendem Motor, die Kofferraumklappe geöffnet. Ein dicker älterer Typ mit einer speckigen Baskenmütze, wohl der Fahrer, kam aus dem Haus, zwei Koffer in den Händen, und humpelte behäbig zum Auto.

Das wird eng...!, wimmerte Kai. Dicht an der Häuserwand entlang versuchte er, durch die Lücke hinter dem Mann hindurchzuwischen. Und rammte die schöne Frau mit den langen, rabenschwarzen Haaren und der riesigen Sonnenbrille, die genau in diesem Moment mit einer Reisetasche aus dem Hauseingang trat. Die Tasche flog im hohen Bogen ein paar Meter weiter, die Frau stürzte dem Taxifahrer in den Rücken und landete auf dem Asphalt, die Koffer schlitterten über den Bürgersteig und knallten gegen das Taxi. Der Deckel des einen sprang auf. Damenwäsche fiel heraus.

Ein riesiger UPS-Transporter raste an der Reihe der parkenden Autos vorbei, wirbelte Staub und Papierfetzen auf. Und eine

Ladung Geldscheine, die unter der Wäsche gesteckt hatten und nun im Sog des Lkws herumflatterten.

»Ja, leck mich doch ...!«, schrie der Taxifahrer und hielt sich die Stirn, mit der er das Dach seines Wagens geküsst hatte.

»Was ist *das* denn ...?!«, schrie einer der Polizisten entgeistert.

»Himmelarsch ...!«, schrie Me'Shell.

Mit quietschenden Reifen bremsten die Fahrradbullen neben ihr.

Kai hatte keine Ahnung, wie es ihm gelungen war, aber der Zusammenprall hatte ihn zwar vom Skateboard geworfen, doch ohne zu stürzen war er ein paar Schritte neben dem Brett hergelaufen und hatte dann wieder aufspringen können. Wäre nun jedoch beinahe über die Reisetasche geflogen. Er bremste kurz ab, sah sich um und konnte beobachten, wie die Frau gleichzeitig versuchte, das Geld einzusammeln und sich vor Wut kreischend mit wilden Tritten aus dem Griff eines der Polizisten zu befreien. Der Taxifahrer lehnte breitbeinig an seinem Wagen, und der zweite Beamte legte ihm gerade Handschellen an.

Vielleicht ist da noch mehr Geld drin! Kai schnappte sich die Tasche und flitzte erst um die nächste Ecke, dann zwischen wütend hupenden Autos über die Straße in den kleinen Park. Rannte, sein Board unter dem einen, die Tasche unter dem anderen Arm, über den sandigen Abenteuerspielplatz und kletterte in das kleine Baumhaus. Niemand verfolgte ihn, stellte er keuchend fest. Er wartete eine Viertelstunde, dann stieg er wieder hinunter und fuhr nach Hause.

»So was machst du nie wieder, hörst du?«, schimpfte Jutta, als er ihr sein Abenteuer gebeichtet hatte. »Na, wollen wir mal sehen, was du da angeschleppt hast. Aber dann gehen wir beide schön brav zum Fundbüro, klar?«

Er nickte bloß zerknirscht, innerlich froh, dass es nicht schlimmer kam.

Jutta öffnete die Tasche – und bekam einen Lachanfall. Sie kriegte sich gar nicht mehr ein, als sie unter Lachtränen ein paar bläulich schimmernde Plastikbeutel herausholte. In die offenbar irgendein weißes Pulver verpackt war.

»*Waschmittel* ...?«, wunderte Kai sich.

»Ja, so was Ähnliches«, lachte seine Mutter und drückte ihm ein paar schmatzende Küsse auf die Stirn. Dann setzte sie sich an den Küchentisch, holte eine Zigarette aus der Schublade und zündete sie an.

»Wieso ...?«, wollte Kai wissen, aber sie legte einen Finger an die Lippen.

»Sei still, ich muss nachdenken.« Also schaute er abwechselnd ihr beim Nachdenken zu und auf die rätselhaften Päckchen.

Schließlich drückte sie entschieden und nachdrücklich ihre Kippe im Aschenbecher aus.

»Okay«, sagte sie und sah ihn sehr ernst an. »Hör zu, mein Sohn. Du wirst nie wieder und mit niemandem über dieses Erlebnis reden. Klar?« Er nickte. »Es gab keinen Unfall, es gibt keine Tasche, nichts, gar nichts. Klar?« Wieder nickte er. Sie stand auf, stopfte die Päckchen zurück in die Tasche und zog den Reißverschluss zu. »Und vergiss das Fundbüro. Ich gehe nachher zu Sans..., eh ..., selbst hin. Und du fängst schon mal an, ein paar Sachen zu packen. Spätestens übermorgen fahren wir in Urlaub, Schatz.«

»Aber es sind doch gar keine Ferien?«

Sie küsste ihn noch einmal auf die Stirn. »Da, wo wir hinfahren, mein großer kleiner Held, sind immer Ferien.«

Epilog

Folker bog gerade um die Ecke, da erlosch die Leuchtreklame der *Sansibar*. Die Rollläden waren auch schon unten. Doch das beunruhigte ihn nicht weiter; er war zwar arg spät dran heute, aber es wäre nicht das erste Mal, dass es bei Sansi, der alten Nachteule, nach Feierabend erst so richtig gemütlich wurde.

Er atmete einmal tief durch. Ja, sein Entschluss stand fest – er würde umdisponieren. Erst recht nach dem langen Gespräch mit Jutta, wegen dem er so spät losgezogen war. Losziehen *musste* – diese überraschenden Neuigkeiten verlangten nach einem männlichen, mannhaften Besäufnis, drei Gläser Wein reichten dafür keinesfalls aus. Er würde sich gemütlich bemengen und sich mit Svenja unterhalten, ein bisschen Schönwetter machen. Mal wieder mit ihr flirten. Sie irgendwann auf einen Absacker bei sich daheim einladen – das würde auch Jutta signalisieren, dass alles okay war, dass er ihr nichts übelnahm. Dass sie ihn nicht verletzt hatte.

Aber natürlich *war* er verletzt. Sein Gemütszustand torkelte zwischen dem Bedürfnis, auf der Stelle loszuheulen und dem Verlangen, irgendetwas gründlich zu Klump zu hauen, im Sekundentakt hin und her. Was für eine beschissene Woche! Erst musste er feststellen, dass Me'Shell überhaupt nicht zu ihm passte und seine vermeintliche Verliebtheit bloß ein kindisches oder hormongesteuertes Strohfeuer gewesen war, dann eröffnete Bärbel ihm, dass ihre Bewerbung an der Uni Mannheim erfolgreich war und sie bereits zum Sommersemester dorthin wechseln würde. Sie hatte gleich ein Zimmer in einer Frauen-WG klargemacht und war quasi schon umgezogen – sie bräuchte ›Abstand von allem‹, hatte sie gesagt. Also wohl auch von ihm. Dabei hatte er gerade angefangen, sie wirklich zu mögen.

Na ja, wie hieß es so schön: *Sag beim Abschied leise ›Servus‹* ...
Und schließlich auch noch Jutta.
Ihr »Lust auf ein Gläschen Wein?«, als er vor zwei Stunden

gerade dabei war, sich für eine Runde um die Häuser fertigzumachen, hatte ihn noch, kein Wunder, mit freudiger Hoffnung erfüllt. Die wurde, als hätte er schon eine Vorahnung, ein wenig gedämpft, als er feststellte, dass sie keinen ihrer verführerischen Kaftane trug, sondern Jeans und einen Pulli. Dennoch war er zuversichtlich: Heute Abend würde sich herausstellen, dass ihre Reserviertheit, ja: Distanziertheit der letzten beiden Wochen nur eine notwendige Phase der Entscheidungsfindung gewesen war – und dass sie sich nun entschieden hatte. Für die Liebe. Für ihn. Für ein richtiges Familienleben.

Das Familienleben begann nach dem ersten Glas Wein mit ihrer Eröffnung, sie würde am Wochenende mit Kai zu einer spontanen Urlaubsreise aufbrechen – ohne ihn, Folker, auch nur andeutungsweise zu fragen, ob er mitkommen wolle. Na gut, hatte er, schon etwas säuerlich, gedacht, offenbar brauchte sie noch ein bisschen mehr Zeit für ihre Entscheidungsfindung.

Und musste ein Glas später feststellen, dass er kaum weiter danebenliegen konnte.

»Das neulich«, sagte sie und schnippte nervös die Asche von ihrer Zigarette, obwohl längst keine mehr dran war, »das war ... schön, Folker. Glaub mir, sehr schön. Aber es war ... ein Ausrutscher. Eine definitiv einmalige Angelegenheit.« Sie legte ihre Hand auf seine und drückte sie. Zog sie jedoch sofort wieder zurück. »Ich danke dir dafür, dass du mich in den Arm genommen und mich an einem der beschissensten Tage meines Lebens getröstet hast ...«

›*In den Arm genommen*‹? *Wir haben die ganze wunderbare Nacht lang gevögelt, dass der Himmel voller Geigen hing!*

»Verstehst du? Es war ...«

»Ein Versehen?«

»Nein, ich wollte es ja auch. Aber eben nur da und an dem Abend. Es ... Wir gehören einfach nicht zusammen, Folker, verstehst du?«

»Nein!«

»Es tut mir leid.«

»Na, toll.«
»Und dass du so verletzt und wütend reagierst ...« *Ja, wie soll man denn sonst auf so einen Arschtritt reagieren?!* »... bestärkt mich in meinem Entschluss. Tut mir leid, aber ich muss dich bitten, dich schon mal nach einer anderen Unterkunft umzugucken, wenn wir weg sind.«
Das hatte ihm freilich den Rest gegeben.
Er hatte mehrmals den Mund geöffnet, um etwas zu sagen, aber alles, was ihm dazu einfiel, wäre eines erwachsenen Mannes nicht würdig gewesen. Also hatte er sich ein drittes Glas eingeschenkt, um es in einem Zug zu leeren und wortlos aufzustehen und zu gehen.
Aber sie war ihm auch da zuvorgekommen. War aufgestanden und hatte ihm kurz eine Hand auf die Schulter gelegt.
»Ich muss schlafen, gute Nacht. Denk drüber nach. Es tut mir leid.« Und weg war sie. *Ja, mir tut's auch leid. Und wie.* Und er hatte nicht einmal fragen können, wie lange sie denn wegbleiben würden.

Die Tür der *Sansibar* auf der anderen Straßenseite wurde geöffnet. Eine Raute aus Licht ergoss sich über den Bürgersteig, dann tänzelten zwei kichernde Mädels heraus und entfernten sich Arm in Arm. Merkwürdigerweise war von drinnen keine Musik zu hören.

Sie wird doch nicht ernsthaft schon Feierabend machen? Ausgerechnet heute! Folker wollte bereits eilig die Straße überqueren, aber sein nächster Schritt fühlte sich irgendwie merkwürdig an. Er schaute nach unten und fluchte – ein Hundehaufen. Zum Glück nicht die weiche Sorte und auch nicht die eines Riesenköters, aber auch mit den Würstchenresten eines dieser kläffenden Rohrreiniger würde er sich an der Theke keine Freunde machen. Von Flirten mal ganz zu schweigen.

Genervt versuchte er, am Bordsteinrand seinen Schuh sauberzukratzen und stützte sich mit einer Hand an einem Parkticketautomaten ab.

Wieder öffnete sich die *Sansibar*-Tür. *Svenja! Mist, die machen tatsächlich schon dicht!* Er wollte sie gerade rufen und sie auf ein

Bier in der *Zukunft* einladen, als hinter ihr noch jemand erschien. Eine Gestalt, die fast kein Licht mehr nach draußen ließ. *Taifun ...?*

Im Schatten des Automaten stand Folker da und konnte zusehen, wie Svenja stehenblieb und Taifun den Arm um sie legte. Wie sie sich auf die Zehenspitzen stellte und er den Kopf hinunterbeugte. Wie sie sich küssten.

Dann gingen sie eng umschlungen in Richtung *Zukunft*.

Von Folkers Schuhsohle stieg ein übler Gestank in seine Nase.

»Oh, Mann«, sagte er zu dem Automaten. »Manchmal hat man echt Scheiße am Schuh.«

Aber auch an den miesesten Tagen gilt, universell und unerschütterlich, das Mephisto-Prinzip: In allem Guten verbirgt sich etwas Schlechtes, in allem Schlechten etwas Gutes. Als er zwei, drei Mal mit dem Kopf gegen die Kiste stieß, klackerte es im Inneren, und eine Zwei-Euro-Münze fiel in den Entnahmeschacht.

FIN.

Dank

Wir möchten, nein: *müssen* uns bedanken bei ...
Brigitte Schwab, nicht nur für ihr unermüdliches Lektorat und Korrektorat; wer jetzt noch Fehler finden sollte, darf sie gern behalten;
Marlen: Uhuara guat ... merci villmal;
Tisickrat dekuji, Mamko;
Petra M. Breuer für ihre sehr hilfreichen Informationen zum Thema Hebammenberuf;
Udo K. für seine aufschlussreichen Plaudereien aus dem Nähkästchen;
Serdar B. für gewohnt verlässliche Dolmetscherdienste;
unseren Test- und Erstlesern Ulrich Hundt, Michael Schröder und Armand Maréchal für das gute Gefühl, das man nach ihren Kommentaren haben darf: Man kann dieses Buch auch anderen Lesern beruhigt zumuten;
Dir, denn für Dich haben wir es geschrieben.

Glossar

Michelle Text & Musik: Lennon-McCartney, Verlag: Sony-ATV Tunes LLC

Die Männer sind alle Verbrecher Text & Musik: Walter Kollo, Rudolf Bernauer, Rudolf Schanzer, Verlag: Dreiklang-Dreimasken-Bühnen-Musikverlag GmbH

Ich brech die Herzen der stolzesten Frau'n Text & Musik: Lothar Bruehne, Bruno Balz, Verlag: Wiener Boheme-Verlag Edition

Helja Text & Musik: Köster-Hocker, Verlag: Chlodwig Musik

They call me the breeze Text & Musik: John W. Cale, Verlag: Johnny Bienstock Music / Warner Chappell Music Germany

Cocaine runnin' around my brain Text & Musik: Dillinger, L. Sevitt, W. Shrouder, L. Bullocks, Verlag: IF Records

Ich tanze mit dir in den Himmel hinein Text & Musik: Franz Grothe, Ernst Marischka, Verlag: Josef Weinberger Ltd., Star Musik Edition

Lieber einmal zu viel als zu wenig geküsst Text & Musik: Peter Igelhoff, Klaus S. Richter, Fritz Reiter, Verlag: Bennefeld Albert Musikverlag, Inh. Andreas Bennefeld

Ich brauche keine Millionen Text & Musik: Peter Kreuder, Hans Fritz Beckmann, Verlag: MGB U-Ton Edition

Es muss was Wunderbares sein Text & Musik: Ralph Benatzky, Robert Gilbert, Verlag: Dreiklang-Dreimasken-Bühnen-Musikverlag GmbH

Lecker Bierchen Text & Musik: Wilfried Schmickler, Rich Schwab, Verlag: Chlodwig Musik

Haben Sie schon mal im Dunkeln geküsst? Text & Musik: Michael Jary, Hans Fritz Beckmann, Aldo v. Pinelli, Verlag: Wiener Boheme-Verlag Edition

Da geht mir der Hut hoch Text & Musik: Peter Igelhoff, Adolf Steimel, Helmut Käutner, Aldo v. Pinelli, Verlag: Wiener Boheme-Verlag Edition

Ich zähl's an meinen Knöpfen ab Text & Musik: Franz Grothe, Willy Dehmel, Verlag: Hohner Verlag GmbH

Man müsste Klavier spielen können Text & Musik: Friedrich Schröder, Hans Fritz Beckmann, Verlag: Beboton Verlag GmbH
Schöner Gigolo Text & Musik: Leonello Casucci, Julius Brammer, Verlag: Wiener Boheme-Verlag Edition
Der Nowak Text & Musik: Hugo Wiener, Verlag: Schneider Hermann Bühnen-Musikalienverlag
Es wird einmal ein Wunder gescheh'n Text & Musik: Michael Jary, Bruno Balz, Verlag: MGB U-Ton Edition
Beim ersten Mal, da tut's noch weh Text & Musik: Helmut Käutner, Werner Eisbrenner, Verlag: Wiener Boheme-Verlag Edition
Nur nicht aus Liebe weinen Text & Musik: Hans Fritz Beckmann, Theo Mackeben, Verlag: MGB U-Ton Edition
Wenn ich mir was wünschen dürfte Text & Musik: Friedrich Hollaender, Verlag: Music Sales Corporation
We Will Rock You Text & Musik: Brian Harold May, Verlag: Queen Music Ltd, EMI Music Publishing GmbH
Psycho Killer Text & Musik: Talking Heads, Verlag: Index Music Inc.
Happy Text & Musik: Pharrell Williams, Verlag: EMI April Music Inc.
Let's Dance Text & Musik: David Bowie, Verlag: Jones Music America
Sag, wie heißt du? Text & Musik: Artur Beul, Verlag: Walter Wild Musikverlag GmbH
Ob blond, ob braun, ich liebe alle Frau'n Text & Musik: Ernst Marischka, Robert Stolz, Verlag: Wiener Boheme-Verlag Edition
The Way Text & Musik: Me'shell Ndegeocello, Verlag: Maverick Recording Co.
Magnolia Text & Musik: J.J. Cale, Verlag: Universal Music Group
Ain't Love Funny Text & Musik: J.J. Cale, Verlag: Universal Music Group
Lady Luck Text & Musik: J.J. Cale, Verlag: Universal Music Group
Nimm mich mit, Kapitän Text & Musik: Fritz Graßhoff, Norbert Schultze, Verlag: Bühnen- und Musikverlage Dr. Sikorski
After midnight Text & Musik: J.J. Cale, Verlag: Universal Music Group

On Saturday Night Text & Musik: Lyle Lovett, Verlag: Curb Records, Inc.
If I Needed You Text & Musik: Townes Van Zandt, Verlag: The Orchard Music
I'm a Man Text & Musik: Willie James Dixon, Verlag: Hoochie Coochie Music
Come Smoke My Herb Text & Musik: Me'shell Ndegeocello, Verlag: WMG / Maverick
Wenn ein junger Mann kommt Text & Musik: Franz Grothe, Willy Dehmel, Verlag: The Orchard Music
Mein Papagei frisst keine harten Eier Text & Musik: James Kruess, Kurt Pahlen, Verlag: Dreiklang-Dreimasken-Bühnen-Musikverlag GmbH
Heute und hier Text & Musik: Bernd Meinunger, Gerd Grabowski-Grabo, Engelbert Simons, Verlag: Hansa Musik Verlag GmbH
Ich glaub, es geht schon wieder los Text & Musik: Roland Kaiser, P.R. Heinen, Franz Bartzsch, Verlag: Hansa Musik Verlag GmbH
Am Ende bleiben Tränen Text & Musik: Roland Kaiser, Norbert Hammerschmidt, Verlag: Universal Music Italia SRL
The Torture Never Stops Text & Musik: Francis Vincent Zappa, Verlag: Kobalt Music Publishing Ltd
Astral Weeks Text & Musik: Van Morrison, Verlag: WMG, Warner Chappell
Dance Away the Heartache Text & Musik: Bryan Ferry, Verlag: Universal Music MBG Ltd.
Knocking on Heaven's Door Text & Musik: Bob Dylan, Verlag: Ram's Horn Music
Sag beim Abschied leise ›Servus‹ Text & Musik: Karl Kowarik, Harry Hilm, Peter Kreuder, Verlag: BMG

Die Autoren:

Vladi Nowakowski, Jahrgang 1962, Musiker (Bassist, Sänger, Produzent), Freier Journalist (u.a. *Deutschlandfunk*, seit 2009 beim *Trierischen Volksfreund*. Tourneen, Musikproduktionen und TV-Auftritte u.a. mit *Nikitakis*, dem Rezitator *Lutz Görner, Jamie Clarke's Perfect, Schmitz, Zikato* u.v.a.

Rich Schwab, Jahrgang 1949, Musiker und Autor. Spielte als Bassist mit u.a. *Brainstorm, Eiliff, Schroeder Roadshow, Richard Bargel, Alex Oriental Experience, Kozmic Blue, Rich Choice*. Schrieb Songs für u.a. *Schroeder Roadshow, Peter Bursch, The Piano Has Been Drinking, Wilfried Schmickler, Höhner, Brings, Kozmic Blue* und neun Soloalben. Komponierte Hörspiel- und Filmmusiken. Veröffentlichte 1992 seinen ersten Roman (*Nie wieder Apfelkorn – der erste Büb-Klütsch-Roman*, Volksblatt Verlag), seitdem vier weitere sowie zahlreiche Kurzgeschichten.

Letzte Veröffentlichungen: *Paaf! – der vierte Büb-Klütsch-Roman*, Fuego 2016, *Rich Choice – Everybody's Dancing*, Fuego 2018, *Ming Tant – Jede Jeck es anders*, 2018, *Caurey – music for unfilmed movies vol. 1–5*, Fuego 2017–2022, *the little while – Do What You Love*, Fuego 2022.

Vladi Nowakowski (l.) & Rich Schwab

Links

Und weil die Zeit zwischen zwei Büchern erfahrungsgemäß ganz schön lang werden kann, empfehlen wir den einen oder anderen Blick auf diese Webseiten:

https://www.richschwab.de
https://fuego.lnk.to/rich_dancing
https://www.youtube.com/richschwab09/videos
https://www.the-little-while.com
https://caurey.bandcamp.com/music
https://mingtant.bandcamp.com
www.citiescape.de